青年学术丛书·文化

YOUTH ACADEMIC SERIES-CULTURE

韩国高丽词文学研究

李宝龙 著

人民出版社

序　言

许辉勋

在韩国古典文学中，词文学作为一种从中国传入的特殊韵文体裁，经历了自己的发展过程，成为韩国汉文学的重要组成部分。它不仅因其与中国文学的密切关系引人注目，而且以其独特的风格和民族精神的显现而自成体系，成为中韩文学比较研究的重要领域。可是，国内外学术界对韩国词文学的研究相对薄弱，缺乏认真扎实的研究，高水平的研究成果也不多见。而这种研究需要一种平心静气的心态，一种纯学术的科学态度，一种深入到研究对象去刨根问底的钻研精神，也需要深厚的学养和广阔的视野，因而不是一般心浮气躁、汲汲于名利和"话语权"的浅薄之徒所敢于问津的。

李宝龙博士有感于此，将韩国古典词文学研究作为博士论文选题，几经刻苦钻研，数易其稿，完成了这部专著。这是一部以断代史的视角，系统地考察韩国古典词文学的力作，它全面系统地考察韩国高丽朝词文学，既阐明高丽朝词的发展历史，又论述高丽词创作的文学成果，还涉及高丽词与中国词文学之关联，这在国内尚属首次，具有开拓性和重要的学术意义。

本书的特点，首先在于从历时性的角度对韩国高丽时期的词文学进行了宏观与微观相结合、审美与文化相交融的研究。既对高丽朝词文学的发展脉络进行宏观扫描，又对各个阶段具有代表性的词创作成果进行具体分析，既通过作品分析探究韩国词文学的审美特点，又从文化学的视角观照韩国词文学与韩民族的传统文化之间的互动关系。

其次是论析扎实，自成一家之见。本书视野开阔，持论公允，在高丽词文学的内容、形式以及得失等问题上不仅作了周密细致的梳理辨析，而且进行了理据结合的逻辑论证，并通过精心选择，着重对有典型意义的代表诗人及其作品进行深入分析和实事求是的评价，不少论述很有新意并具启迪，其涉及范围之广，层次之深，见解之独到，均居国内韩国汉文学研究之前沿。

再次是本书的论述始终植根于细密的作品分析之中。本书作者具有较为敏锐的艺术感觉，且用心甚细，颇能于作品的文本结构之隐微处发现一些囫囵地评论作品的评论者往往视而不见、习而不察的问题。这足以体现作者的治学精神和治学风格。做学问，应该力求探奥抉微，孜孜不倦，只有这样才能成为一个学术领域的杰出者。

学术著作不同于文学创作，但是文学论著如能考论谨严，分析精辟，而又富于文采，就能锦上添花。宝龙君热爱文学，故行文富有情才和感染力。

宝龙是从事中韩古典文学比较研究的少壮学者，他为人持重真诚，勤奋好学，做学问严谨认真，学术功底扎实。读博期间，勤勉问学，刻苦研读韩国古典文学，以准备今后更好地展开中韩古典文学比较研究。他在孜孜不倦地问学的同时，着重探讨中韩诗歌比较方面的学术问题，并发表了这方面的论文多篇，显示出深厚的学术功力和广博的人文科学知识素养，将会在中韩古典文学比较研究，特别是中韩古典诗歌比较方面有所作为。经过专门的学术训练和自己的刻苦努力，历时四载，博士论文杀青，论文评阅人和答辩委员一致认为，作者的论文是一篇很有学术价值的高水平的博士论文，在国内具有开拓性意义。

本书是作者在博士论文的基础上修改而成的。闻此书将由人民出版社出版，作为作者的博士导师，欣然为之作序。

希望作者在经济高热、文化低迷的时代，始终保持作为学者的平常心，在今后的学术研究中能有更大的作为，取得更优异的成绩。

2011.11

目　录

第一章　绪　论

第二章　高丽词文学的引进与传播

第三章　高丽朝词文学范围的界定与词坛态势描述

第四章　韩国词文学的开山：李奎报

第一章

绪　论

1.1　目的和意义

一、为中国的词学研究提供一个新的研究视野。中国的本土词学研究无论从深度还是从广度到目前为止都已达到了一个空前的高度，连一向不被重视的元明词也早已被纳入到研究视野当中来，并已经诞生了一批可喜的成果。但对域外词学的研究却仍然少之又少。事实上，域外词与中国的本土词，同源同根而且同形同貌，可以说是中国词文学的进一步延伸。但域外词毕竟又是在另一种土壤中滋生成长，故而另有一种姿态和味道，另有一种特别之处，由此又可看出中国词文学域外发展的特质与变异。所以，中国的词学研究如果不把域外词学研究纳入进来，其词学研究就不能算完整，而且终究难达大成。韩国的词学无疑是域外词学的一个重要的组成部分，对这一领域的拓展，不但会为中国词学的研究提供一个域外视角，同时通过比较研究，更能促进或者说刺激本土词文学研究的开展。

二、丰富韩国词文学的研究成果。韩国的词文学研究虽然同中国的韩国词文学研究相比成果要丰富的多，但同韩国国内其他文学样式相比，研究成果则少得可怜。即便同为汉文学，词的研究也无法与汉诗和汉文小说相比。而且目前的韩国学界在词学研究方面明显存在着很多不足，诸如偏重形式研究，偏重个案研究，理论深度不够，比较研究面过窄，缺乏宏观把握等等，特别是在宏观研究方面，基本上还处在起步阶段。本书力求在这些方面有所补充。同时，本书力争在韩国词文学的发展规律和韩国词文学的特质、韩国词文学对中国词学理念的接收和改造等方面有所突破。

三、为中韩的文化交流提供一个有意义的参照。中韩两国隔海相望，数千年来，交往不断，文化交流源远流长。这种文化交流涉及到方方面面。词文学因其形式体制的特殊性，与一些深层次的文化因素关联甚紧，诸如音乐、礼仪、政治、外交等。所以通过韩国词文学的研究和中韩词文学的比较，我们可以发现一些中韩文化交流的特有方式和潜在动因，这些多少会对中韩文化交流的历史探究有所裨补。

1.2 研究现状

中国的词学研究起步甚早，其滥觞可追至五代时期。近百年来，词学研究更是成为显学，自晚清王鹏运、况周颐、王国维以降，到开创现代词学研究之先河三大宗师，再到现在，名家辈出，硕果累累。但是，关于域外词的研究却一直是中国词学研究的一个薄弱环节。特别是对于原本应给予极大关注的韩国词的研究，到目前为止，其成果所占的比重与本土词文学的研究成果仍是根本不成比例。尽管导致这一情形的原因很复杂，但没有给予足够的重视肯定是一个重要的原因。

其实，中国对于韩国词的研究从时间上看也不可谓不早。早在康熙年间，王奕清等人在编撰《钦定词谱》时就已经对《高丽史乐志》中的相关作品进行了研究，只不过那时并不认为那里面有韩国词存在而已。中国学者对韩国词文学真正意义上的研究应该说始于况周颐，他在《蕙风词话》中不但评论了李齐贤和权贵妃的词作，还提到了朴闾《撷秀集》。其后在1931年，《小说月报》第22卷9号刊出了日本内藤虎次郎所写的文章《宋乐与朝鲜乐之关系》，其文考证虽详，但因对中国词文学的不熟悉，文中颇多错误。又因为对韩国文学明显持有偏见，所以很多结论带有主观臆断的色彩。当然，文章中有些内容也不无可取之处，如对唐乐由来及其性质的考辩，就有其客观合理之处。然此文之后，约50年左右的时间内，国内对韩国词文学的研究基本上是一片空白。

直到 80 年代初，夏承焘《域外词选》问世，才打破了这一局面。夏承焘的这本小册子，虽然只是本作品选集，但在前言里和李齐贤的作者简介中对李齐贤其人其作却有非常简明精要而又切中肯綮的评论，其说屡屡为后人所征引，影响很大。80 年代后期，韦旭升撰《朝鲜文学史》，对李齐贤的词进行了较为系统的梳理，并给予了较高的评价，中间还提到了林椿和李奎报。但可能是因为教材体制的限制，内容多是介绍性质，分析得不够透彻深入。然在 90 年代以前，韦旭升的研究，已经称得上是代表性的成果。

进入 90 年代以后，国内关于韩国词文学的研究比之以前升温了许多。其中比较有代表性的文章有黄拔荆的《试论豪放派词风对朝鲜词人李齐贤的影响》①、谢桃坊的《〈高丽史乐志〉所存宋词考辨》②、李凤能的《李益斋和他的旅蜀词》③、罗忼烈的《高丽、朝鲜词说略》④、吴熊和的《〈高丽史乐志〉中宋人词曲的传入时间与两国的文化交流》⑤等。其中罗、吴两人的文章可以说是这一段时间内的标志性的成果。罗氏的文章分成"从《域外词选》说起"、"'唐乐'中的无名氏词"、"词律问题"、"高丽、朝鲜词举隅"、"朝鲜词人用宋词韵或词意"五个部分，颇多精恰之论。吴氏乃词学大家，其文详细论述了宋代神宗、哲宗、徽宗三朝宋、丽之间的音乐和文化交流，文章旁征博引，多有创见。

本世纪以来，国内的韩国词学研究有勃兴之势。说其勃兴，主要原因有两点，一是国内开始有不少学人把韩国词文学作为学位论文的研究对象，并出现了一批可喜的成果。硕士论文如李琴声的《李齐贤词与中国词文学》⑥、尹禧的《宋词在韩国的传播与接受》⑦、孙艳杰的《李齐贤的词文学研究——以思想内容为中心》等，博士论文则有李承梅的《韩国词文学研究》⑧。另外，何永波在其博士学位论文《李齐贤汉诗研究》⑨中对李齐贤的词也作了专章研究。二

---

① 黄拔荆：《国外文学》，1990 年第 2 期。
② 谢桃坊：《文学遗产》，1993 年第 2 期。
③ 李凤能：《文史杂志》，2000 年第 1 期。
④ 罗忼烈：《文学评论》，1991 年第 3 期。
⑤ 沈善洪主编：《韩国研究》，杭州大学出版社 1994 年版。
⑥ 李琴声：《李齐贤词与中国词文学》，《延边大学硕士学位论文》，2002 年。
⑦ 尹禧：《宋词在韩国的传播与接受》，《北京师范大学硕士论文》，2006 年。
⑧ 李承梅：《韩国词文学研究》，《韩国成均馆大学校博士学位论文》，2005 年 12 月。
⑨ 何永波：《李齐贤汉诗研究》，《中央民族大学博士学位论文》，2006 年。

是关于韩国词文学研究专著的出现，代表作品是李承梅的《韩国词文学通论》。这本书在国内韩国词文学研究史上，无疑具有非常重大的意义。除此以外，这一时期国内的研究成果还有徐建顺的《论李齐贤词作的成因和意义》[①]，刘泽宇的《元高丽词人李齐贤的两首华山词》[②]，李承梅的《韩国词文学小考——以探究韩国词文学不景气的原因为中心》[③]和《朝鲜前期词文学的认识和特征》，（台湾）衣若芬的《李齐贤八景诗词与韩国地方八景之开创》[④]等。还有就是陶然在其《金元词通论》中对李齐贤的词也作了专门介绍。金柄珉、金宽雄著的《朝鲜文学的发展与中国文学》[⑤]，许辉勋、蔡美花的《朝鲜文学史》[⑥]中对李齐贤的词也作了介绍。

本世纪韩国词文学研究较之上一个世纪无疑有了长足发展。不但研究者众多，研究视野也拓宽了许多。在本世纪的韩国词文学研究的学者群中，李承梅无疑是最杰出的一个，她是国内学界第一个对韩国词文学进行全面梳理和研究的人。可惜的是，李承梅的文章专著都是用韩国语写成的，又都是在韩国发表出版的，这势必会削弱其研究成果在国内的影响。

在韩国，词文学的研究也是自古代已始，但多是零星成果，且少之又少。比较有代表性的有徐居正的《东人诗话》（卷上），李宗准《遗山乐府跋》，李睟光《芝峰类说》（卷十四），申光汉《企斋集》（卷七），申钦《象村集》（卷六十），许筠《鹤山樵谈》、《惺所覆瓿稿》（卷十三），洪万宗《旬五志》（卷下），林椿《西河集》（卷四），李衡祥《瓶窝集》（卷四），李瀷的《星湖僿说》，南有容《雷渊集·答吴伯玉书》，张锡荩《果斋集》（卷二卷十三）等。

进入 20 世纪以后，较早对词文学加以关注的是金台俊，他在其 30 年代初的著作《朝鲜汉文学史》中论述到了李齐贤的词，但其关注点仅止于李齐贤

① 徐建顺：《论李齐贤词作的成因和意义》，《文学前沿》，2002 年。
② 刘泽宇：《元高丽词人李齐贤的两首华山词》，《渭南师范学院学报》，2003 年第 2 期。
③ 李承梅：《韩国词文学小考》，《洌上古典研究》，第 20 辑，2004 年。
　　《朝鲜前期词文学的认识和特征》，《韩国汉文学研究》，第 21 辑，2005 年。
④ 衣若芬：《李齐贤八景诗词与韩国地方八景之开创》，《中国诗学》，第 9 辑。
⑤ 金柄珉、金宽雄：《朝鲜文学的发展与中国文学》，延边大学出版社 2003 年版。
⑥ 许辉勋、蔡美花：《朝鲜文学史》，延边大学出版社 2003 年版。

而已，且其评论未出前人藩篱之外。稍后又有赵润济的《韩国文学史》，性质和金台俊一样，甚至叙述比金台俊还简略。韩国现代意义上的韩国词文学研究始于60年代，而其中的领军人物当首推车柱环。车柱环从60年代初开始，发表了一系列研究成果①。仅就高丽时期而言，其代表性成果有《高丽史乐志唐乐考》、《韩国词文学研究——以资料整理为中心(1)》、《唐乐研究》、《高丽与中国词学的比较研究》、《韩中词学之比较》等论文，另外还出版了专著《中国词文学论考》②，其中既有中国词文学的研究，也包含了一部分韩国词文学的研究成果。车柱环教授是一位中国词学修养很深的学者，其研究由考辩和资料整理入手，进而进行中韩词文学比较研究，在韩国词文学研究史上可以说具有开创之功。

车柱环之外，在高丽词文学研究方面成果卓著的学者还有池荣在、白祯喜和柳己洙三人。池荣在③是李齐贤词的研究专家，其硕士学位论文就是关于李齐贤的，论文题目是《益斋长短句的研究》，其后又陆续发表了《益斋长短句的成立》、《关于益斋词的风格研究》、《益斋长短句的境界》、《益斋李齐贤其人其词》等文章，在韩国学界，池荣在对李齐贤的研究与其他人相比，更加广泛深入。白祯喜④的词文学研究成果也很不俗，先是在《中国学论丛》上陆续发表了《韩中词比较研究》、《韩国词文学小考——高丽的词(1)》、《韩国词文学小考——高丽的词(2)》等文章，而后又完成了博士论文《李奎报词研究——用

---

① 车柱环：《高丽史乐志唐乐考》，《震檀学报》，第23辑，1962年。
　《韩国词文学研究——以资料整理为中心》，《亚细亚研究》，7卷3号，1964年9月。
　《唐乐研究》，《泛学》，1979年9月。
　《高丽与中国词学的比较研究》，《词学》，第9辑。
　《韩中词学之比较》，《韩国研究》，第3期，1981年3月。
② 车柱环：《中国词文学论考》，首尔大学校出版部1982年10月版。
③ 池荣在：《益斋长短句的研究》，《成均馆大学硕士学位论文》，1977年。
　《益斋长短句的成立》，《中国文学报》，第4号，1980年。
　《关于益斋词的风格研究》，《中国语文学》，第2辑，1981年。
　《益斋长短句的境界》，《东洋学丛书》，第11辑，1981年。
　《益斋李齐贤其人其词》，《词学》，第9辑。
④ 白祯喜：《韩中词比较研究》，《中国学论丛》，第9辑，1993年。
　《韩国词文学小考——高丽的词》(1)，《中国学论丛》，第10辑，1994年9月。
　《韩国词文学小考——高丽的词》(2)，《中国学论丛》，第11辑，1995年。

韩、中词比较研究的方法》①，该文称得上是到目前为止李奎报词文学研究的最有代表性的成果之一。柳己洙②的词文学研究先是从中国的词入手，转而研究韩国词，是一位难得精通中韩两国词文学的韩国学者。在韩国词文学研究方面则是先从李齐贤入手，1991 年完成的博士学位论文《李齐贤及其词之研究》是其标志性成果。其后又陆续发表了《中国与韩国的巫山一段云词比较》、《高丽朝鲜本中国词集考》、《历代韩中使节与词的关系研究》、《高丽、朝鲜词三题》、《高丽时代的词人及词文学的发展背景的考察》、《韩国词的原资料中表现出来的几个问题》等一系列论文。柳己洙还于 2006 年出版了《历代韩国词总集》。这本书是目前能见到的搜罗韩国词作家作品最多的一部总集，较之当年车柱环教授筚路蓝缕的草创之功，又前进了一大步。

除了上面介绍的以外，相关的研究文章还有柳基荣的《苏轼与韩国词学的关系》③、柳种睦的《韩国的词和词学》④、李明九⑤的《高丽史乐志所载宋词考》和《关于高丽史乐志唐乐条所载宋词考察》、尹贵燮的《高丽俗谣与宋词的比较》⑥、萧继宗的《论李益斋和他的词对韩国文学贡献》⑦、姜铨燮的《板本〈乐章歌词〉管窥》⑧、洪瑀钦的《关于益斋词风格的研究》⑨、徐镜普的《益斋词小

　① 白祯喜：《李奎报词研究——用韩、中词比较研究的方法》，《诚信女子大学校博士学位论文》，1996 年。
　② 柳己洙：《李齐贤及其词之研究》，《香港大学博士学位论文》，1991 年。
　　　　《中国与韩国的巫山一段云词比较》，《中国学研究》，第 8 辑，1993 年。
　　　　《高丽朝鲜本中国词集考》，1993 年。
　　　　《历代韩中使节与词的关系研究》，1993 年。
　　　　《高丽、朝鲜词三题》，《中韩文化比较》第 1 辑，南京大学中国文化研究中心，1997 年。
　　　　《高丽时代的词人及词文学的发展背景的考察》，2006 年。
　　　　《韩国词的原资料中表现出来的几个问题》，2006 年。
　③ 柳基荣：《苏轼与韩国词学的关系》，《复旦大学学报》，1997 年第 6 期。
　④ 柳种睦：《韩国的词和词学》，《词学》，第 18 辑，上海华东师范大学出版社 2007 年版。
　⑤ 李明九：《高丽史乐志所载宋词考》，《成均馆大学论文集》，第 10 期，1965 年。
　　　　《关于高丽史乐志唐乐条所载宋词考察》，《国际文化》（第 3 辑），1965 年 6 月。
　⑥ 尹贵燮：《高丽俗谣与宋词的比较》，《成大文学》，第 11 辑，1965 年。
　⑦ 萧继宗：《论李益斋和他的词对韩国文学贡献》，《东洋学》（第 2 辑），檀国大学校东洋学研究所，1972 年。
　⑧ 姜铨燮：《板本〈乐章歌词〉管窥》，《韩国言语文学》，第 14 辑，1976 年 12 月。
　⑨ 洪瑀钦：《关于益斋词风格的研究》，《中国语文学》，第 2 辑，1981 年。

考》①、朴仁和的《益斋词研究》②、崔利子的《金克己诗、词的形式研究》③、柳种睦的《中国词文学在高丽及朝鲜文坛的影响和展开》④等。相关的硕士学位论文有李炳日的《益斋词研究》⑤、赵汉秋的《传入韩国宋词乐——步虚子与洛阳春研究》⑥。此外，涉及相关研究内容的专著还有池浚模的《高丽汉文学史(下)》⑦、金时晃的《益斋研究》⑧、李家源的《朝鲜文学史》⑨、金镇英的《李奎报文学研究》⑩，其中，池浚模的《高丽汉文学史》对高丽词文学的发展做了一个简单的梳理，虽然资料不全，论述也远不够充分，但却是韩国学界内难得一见的既有资料整理、又有分析论述的，从宏观的整体上去把握高丽词的研究成果。金时晃的《益斋研究》和金镇英的《李奎报文学研究》是专门研究，但是并无特别出奇之处。倒是李家源的《朝鲜文学史》中收集到了很多包括柳己洙和李承梅都没有搜集到的词学资料，殊为难能可贵，可惜的是李先生点到即止，没有详细记录和充分展开，但所提供的线索已经非常宝贵。

综观中韩两国的韩国词文学研究，我们发现还存在着许多不足。

首先是研究面狭窄。一是大多数研究者的关注焦点都集中在李齐贤、李奎报、《高丽史乐志》上，高丽时期的其他词人很少涉及，或者根本未曾涉及；二是多是单个作家的独立研究，缺乏综合研究和交叉研究；三是多局限于各自的研究圈子，视野没能放开或完全放开。

其次是研究深度不够。一是很多研究大多流于表面现象，很少本质的、内在的透析；二是偏重形式者多，重视内容者少；三是很多论文虽然名目很大，

---

① 徐镜普：《益斋词小考》，《汉文学研究》(国文学研究丛书7)，国语国文学会编，正音社1981年版。

② 朴仁和：《益斋词研究》，《汉文学论考》，第2辑，公州大学汉文学会，1986年。

③ 崔利子：《金克己诗、词的形式研究》，《石轩丁奎福博士还历纪念论丛》，1987年。

④ 柳种睦：《中国词文学在高丽及朝鲜文坛的影响和展开》，《中国学报》，韩国中国文学会，1999年。

⑤ 李炳日：《益斋词研究》，《公州师大教育大学院硕士学位论文》，1986年。

⑥ 赵汉秋：《传入韩国宋词乐——步虚子与洛阳春研究》，《文化大学艺术研究所硕士学位论文》，1979年。

⑦ 池浚模：《高丽汉文学史》(下)，《语文学》，第39辑。

⑧ 金时晃：《益斋研究》，中文出版社1988年版。

⑨ 李家源：《朝鲜文学史》，太学社1995年版。

⑩ 金镇英：《李奎报文学研究》，集文堂1984年版。

但是实际上边缘考察多，而对于文本这个中心的研究却很少。

再次是比较层面肤浅。到目前为止，可能是由于语言上的障碍，或者是学术风气所致，或者是对对方的资料互相都把握不够，也或者是因为对对方的相关内容理解不够，其比较研究总让人觉得不够深入，没能到现象背后找原因，而仅在词调、词律等形式上做文章，这是不能实现比较的真正价值的。

最后是宏观研究欠缺。到目前为止，高丽词研究还缺乏一个历史的、整体的描述，高丽词的发展完整脉络、发展特点、发展规律的宏观研究到目前为止仍是空白。

1.3 研究方法

本书主要运用比较文学的批评方法，通过中韩词文学在形式、内容、理论上的比较，探明中韩词文学本质上的异同。在具体的阐述过程中，还会较多地运用到社会文学的批评方法，接受美学的批评方法和原型批评等批评手段，一方面要梳理出韩国高丽时期词文学的发展脉络和运行轨迹，总结其发展特点和规律，另一方面还要从文化和社会的层面挖掘不同作家作品特色的成因，并从接受美学的角度，探讨韩国词文学对中国词文学的接受和变异。

第二章

高丽词文学的引进与传播

2.1 中国词作、词集在高丽朝的流传情况考察

2.1.1 高丽朝中韩的友好交流

中韩两国在历史上地相毗邻，一衣带水，唇齿相依，所以无论是官方还是民间，始终保持着远较他国更为密切的交往关系，友好交流源远流长。特别是在文化交流方面，虽然因为政治的原因偶有间断，但在整体上始终保持着连续性。高丽朝建国之后，这种传统依然未变。而中国的历代王朝也都非常重视同朝鲜半岛的关系，所以宋王朝建立之后，很快便同高丽建交。但是由于当时的中国除了宋朝外，还先后有辽、金、西夏、大理、元等并立的政权，这就导致了双方交往的复杂性。不过，在元灭宋以前，中国的主导政权当然还是宋朝，中韩两国的交流当然还是高丽与宋的交流。元灭宋以后，高丽所面对的中国政权是唯一的，中韩两国的交流理所当然的只能是高丽与元朝的交流。明朝建立不久，高丽朝即告灭亡，高丽与明的交流算起来只有二十几年，且对本书的阐述影响不大，故暂不放在叙述范围之内。这样，这里讨论高丽朝的中韩交流，主要是就丽宋、丽元关系而论。

宋以南渡为界，分为北宋、南宋两段。北宋于 960 年建国，962 年 10 月高丽就遣使赴北宋朝贡，翌年春，北宋遣册封使赴高丽，是年 12 月，"高丽行宋年号。"宋册封高丽国王，高丽行宋年号，这标志着北宋与高丽政权的互相

认同和两国朝贡关系的正式确立。此后，宋丽两国的使节来往不绝，仅太宗朝 23 年间，双方使节来往就多达 23 次，平均每年一次。其中高丽遣使赴北宋 14 次，北宋遣使赴高丽 9 次。这充分说明了两朝交往之频繁，也充分说明了两朝对相互关系的重视。但是受其他政权的影响，特别是受北方辽、金政权的影响，高丽与北宋的交流却表现出时断时续的特点。

986 年，北宋经多年准备，兴师伐辽，同时派监察御史韩国华往高丽宣诏，要求高丽出兵助攻，两面夹击，以求一举破辽。但高丽国王惧辽势大，虽然在韩国华的努力下，口头答应发兵，实际上却一直在犹疑观望，结果北宋军大败。这件事虽然没有导致两朝关系破裂，却埋下了难除的阴影。北宋也因此而改变了对辽的政策，由此也就直接影响了对辽的态度。993 年年底，辽入侵高丽，次年初，攻克蓬山郡，直抵清川江。二月，高丽迫于形势，向辽乞和称臣，从此行辽年号，向辽朝贡。但高丽同时又向北宋密派使者，希望北宋能够出兵，与高丽夹击辽国，结果受前此诸多因素的影响，宋太宗以"北鄙甫宁，不宜轻动"为由，婉拒其请，高丽"自是与宋绝"①，宋丽关系第一次中断。其后，999 年（宋真宗咸平二年，高丽穆宗二年），两国关系恢复，旋于 1003 年二度中断。其后虽又曾恢复，但受强辽所迫，两国关系一直时续时断。1030 年，高丽遣元颖入宋，元颖返国时，宋还特意"遣使护送至登州"，虽然两国好像都表示出了恢复关系的诚意，但也正是从那以后，高丽"绝不通中国者四十三年"②，出现了宋丽断交最长的一段历史时期。直到宋神宗即位之后，两国才再度恢复往来。

宋神宗是个励精图治的皇帝，加之他即位时辽势已衰，所以积极推行"联丽制辽"的政策。当时的高丽王朝文宗在位，"文宗是个极有抱负的年轻国王，他不甘心向辽称臣却对中华的文明无限向往"③，一直积极努力，想恢复两国邦交。所以当宋神宗把恢复两国的关系的意图转达给文宗时，很快得到热烈回应。1071 年，高丽遣民官侍郎金悌入宋，由此，掀开了宋丽关系全新的一

---

① 韩国文献研究所：《高丽史》，《世家卷第三·成宗十三年》，亚西亚文化社 1990 年版，第 79 页。
② 脱脱等：《宋史》，卷 487，《列传》246，《外国三·高丽》，第 9646 页。
③ 王忠和：《韩国王廷史》，团结出版社 2006 年 9 月版，第 150 页。

页。

神宗朝之后，历哲宗、徽宗两朝，宋、丽关系一直不错，往来频繁。其间哲宗朝关系略微疏远，这主要是因为在哲宗朝前期，一些朝廷重臣特别是苏轼、苏辙等极力反对同高丽朝的频繁往来，尤其反对高丽使者入北宋。自1089年至1093年，苏轼曾就丽宋关系先后向朝廷上了七道奏折，认为高丽既与辽通好，复来朝北宋，则极有可能借朝北宋之机而为辽间谍，高丽使者又往往借机货贸、搜购书籍，于宋有害而无利。不过这一派虽然在一定程度上影响了宋丽的交往，但并没能从根本上动摇两国的关系，而且其影响也只是局限于哲宗朝前期的元祐年间。哲宗后期直至徽宗、钦宗朝高丽始终与北宋保持交往。

总体来讲，北宋期间，宋丽关系虽然时断时续，而且高丽对辽的朝贡远远要比对北宋更为频繁，但两国之间始终有着强烈的交好愿望，并且努力保持着和平友好的关系。按常理而言，辽和北宋既是宿敌，应该都不允许高丽同两国同时建交的。之所以如此，是因为高丽与辽的交往，是迫于淫威，而与北宋的交往，则是出于自愿。而辽对高丽与北宋的交往莫可奈何，北宋则对高丽与辽的交往则给予默认，故始终能保持和平相处。所以徐兢在分析丽宋关系时说："本朝之于高丽，如彼之远，北虏之于高丽，如此之近。然附北虏者，常以困于兵力，伺其稍弛，则辄拒之。至于尊事圣朝，则始终如一，拳拳倾戴，虽或时有牵制，不能如愿，而诚意所向，坚如金石。"[1]虽不无自我感觉良好之嫌，却仍不失为精洽之论。

南宋王朝偏安一隅，频遭掳掠。然国势羸弱，先是无力抗衡于金，后则无力角逐于元，外患不绝，内忧不断，根本没时间去考虑同高丽的关系问题，即便考虑，迫于金和元的压力，也没能力去开展两国的关系。而此时的高丽朝也是长期处于金和蒙元的欺压之下，不敢与南宋过多交往，更不敢忤逆金与蒙元的意志。同时高丽与南宋之间也互有疑惧，兼且无力相援，难免互存不满。所以南宋与高丽关系非常疏远，交往很少。据杨昭全的统计，北宋167年间，宋丽双方使节往来共78次，按照彭林的统计则有87次之多[2]；而南宋

---

[1]　徐兢：《宣和奉使高丽图经》，卷40，正朔。
[2]　彭林：《中国礼学在古代朝鲜的播迁》，北京大学出版社2005年5月版，第43页。

152 年间，双方使节往来仅有 12 次。往来频率相差极为悬殊，由此亦可看出南宋时的丽、宋两朝，虽非交恶，但也绝非交好。

高丽与宋的交流，从实质上看，更多的还是文化交流。"高丽从历史上就仰慕、仿效中华文化，它对北宋每有所请，总是文化方面的要求居多。"[①]这种文化交流的进行主要是在北宋，而且主要集中在神宗、哲宗、徽宗三朝。而在当时众多的文化交流中，音乐交流无疑是其中很重要的一项。根据现在所掌握的资料来看，音乐交流，特别是宋朝的"赐乐"，恰是中国的词文学传入韩国的非常重要的一个途径。宋乐在高丽王廷流传的同时，也正是词文学在高丽王室开始创作之时，并且高丽词文学创作最初仅局限于王室之间，这种种迹象已经充分说明了音乐的交流对于词文学创作的重大影响。当然，我们这里并不排除书籍交流对高丽词文学创作的巨大推动作用，甚至后来书籍的影响已经大于音乐的影响，但这也并不能抹煞音乐交流乃是激发韩国高丽词文学创作的始作俑者之功。

蒙丽正式通交始于 1219 年。此前高丽一直在金的控制之下。但是，1211年蒙、金大战野狐岭，金兵败北之后，金之统治已经日趋瓦解。次年就发生了耶律留哥叛金降蒙事件。于是金遣蒲鲜万奴前往讨伐，结果蒲鲜万奴兵败惧罪，亦叛金，称王建国，号大真，后改东夏，又称东真。未几，耶律留哥部下乞奴、喊舍复叛蒙，东渡鸭绿江，夺占高丽江东城，由此而引发了蒙与东真的联军讨伐。联军直驱江东城下，遇雪受阻，粮运不继，于是蒙军元帅哈真派人求援于高丽西北面元帅府，并约定平叛之后，两国结为兄弟之邦。高丽应约援助，派兵合围江东城，战事迅速结束。于是哈真与高丽西北面元帅赵冲结盟，"两国永为兄弟，万世子孙无忘今日。"[②]但两国在通交之始，就已经是不平等的宗藩关系。而且这种不平等不仅是名位上的不平等，更多地表现为具体事务和诸多利益上的不平等，是一种单方面索取却全无付出的不平等。在这一点上，蒙丽关系与金丽关系、宋丽关系有很大不同。两国通交之后，蒙

① 吴熊和：《〈高丽史乐志〉中宋人词曲的传入时间与两国的文化交流》，见沈善洪主编：《韩国研究》，杭州大学出版社 1994 年 4 月版，第 11 页。
② 韩国学文献研究所：《高丽史》，《列传卷第十六·金就砺传》，亚西亚文化社 1990 年版，第268—269 页。

古每年都派遣使团到高丽索要大量财物。"巨额的勒索，无休止的变相掠夺，自然引起高丽的强烈不满。"[1]蒙古当权者当然也能意识到这一点，但他们并没有就此收敛，这使两国关系日趋紧张。蒙古的贪得无厌和高丽的不甘欺压，最终导致了蒙古对高丽的七次进攻。

蒙古对高丽的进攻，直接的导火索是蒙使被杀。公元1224年，蒙使赴高丽索贡，翌年返经咸新（义州）镇时突遭杀害。蒙古当权者认定此事是高丽王廷所为，尽管高丽王廷一再辩白并一再致歉，但蒙古坚持认为是高丽人所为，遂与高丽绝交。

蒙太宗窝阔台即位后，以当年蒙使被杀为借口，于公元1231年命撒礼塔为元帅，于8月开始攻打高丽，由此拉开了对高丽七次进攻的序幕。撒礼塔率军渡过鸭绿江后，推进速度非常快，连克高丽诸多重镇。虽在龟州、慈城遭到顽抗，但还是很快在年底便包围了高丽的都城开京。高丽国王高宗被迫请和，派王弟淮安公王侹前往撒礼塔大营，一则再次辩白当年蒙使被杀事件绝非高丽人所为，二则进献大量贡品，并向撒礼塔及其部下赠送大量财物，数目之巨，令人瞠目。翌年年初，撒礼塔在开京、西京及西北面14个重镇安置了72个达鲁花赤之后，撤回辽东。后又任都且为"都统高丽国事"，派驻开京，作为72个达鲁花赤的首领，全面干预高丽国政。是年9月，高丽国王派使者赴蒙古"上表称臣"，并献贡物，两国再次建立宗藩关系。

不过因为蒙古的敲诈和压迫变本加厉，高丽王廷一直极度不满。特别是达鲁花赤的残暴不仁，终于导致了不甘胁迫的当时执政的武人集团激烈反抗，最后尽杀达鲁花赤72人，迁都江华岛，于是爆发了蒙古对高丽的第二次进攻。不过此次进攻以艾萨克礼塔被射杀而草草收场。因为此时的蒙古正集中兵力攻打金和东夏，无暇东顾，所以暂时忍下，没有再立即派兵进攻。1235年，蒙古先后完成了灭东夏和金的任务后，开始了对高丽的第三次进攻。此次进攻历时5年，蒙军铁蹄踏遍高丽全境，肆意烧杀掳掠。高丽国王无奈，再度被迫遣使请求罢兵。蒙古以高丽国王亲朝为条件，撤兵回国。但在武臣的摆

---

[1]　杨昭全、何彤梅：《中国—朝鲜、韩国关系史》（上），天津人民出版社2001年8月版，第375页。

布下，高丽国王百般托词，始终不肯亲朝。公元 1251 年，蒙古宪宗即位，旋即派人到高丽，再度要求高丽国王亲朝并出陆，高丽国王虽然答应蒙使的要求，但终因武臣崔沆的阻挠而未果。于是蒙军于 1252、1254、1255 年命车罗大为元帅，接连三次发动了对高丽的进攻。每次进攻的起因都是高丽国王不肯亲朝和出陆，每次撤兵的原因都是高丽国王派使恳求。如此往复，以致韩半岛战乱不断。1257 年，高丽国王不但不肯亲朝和出陆，而且在武臣的极力主张下，以蒙古的"连岁加兵"为由，怒而停止对蒙古的春例岁贡，于是蒙古皇帝又命车罗大发动了对高丽的第七次进攻，结果高丽王廷又遣使赴蒙，请求罢兵。宪宗应允，于是车罗大率军北撤，屯兵高丽西北境内，以观动向。翌年，高丽朝臣发动政变，诛杀崔竩，还政于王。高丽国王于是再度遣使赴蒙，表示愿意"出水就陆"，但要求蒙军先撤出高丽境内。至此，蒙古结束了对高丽的七次进攻。"蒙古为期 26 年，多达七次的对高丽的进攻，极大的破坏了高丽的社会经济，使无数高丽民众丧生和流离失所，遭受空前灾难。"[①]其中为祸之烈，尤以车罗大率领的于 1254 年发动的第五次进攻为最，"是岁蒙兵所虏男女，无虑二十万六千八百余人，杀戮者不可胜计，所经州郡皆为煨烬，自有蒙兵之乱，未有甚于此时者也。"[②]诛杀崔竩之后，1259 年 6 月，高丽高宗病故，1 个月后，蒙古宪宗亦薨。次年 3 月，高丽太子王倎自蒙古回国即位，是为元宗。是月，蒙世祖忽必烈亦得继大统。元宗采取亲元政策，而世祖也采用怀柔手段，两国关系进入和平时期。两国还通过通婚的方式加强联系。但实际上，此时元朝对高丽的统治更为加强，不但把高丽视为下辖的一个省，而且把高丽作为东征日本的军事基地，其军事控制、政治干预、经济掠夺均有甚于往日。更有甚者，强制推行蒙古文化，强索高丽妇女。特别是后者，给高丽人民带来极大灾难。每当选女之际，"一遇使臣，国中骚然，虽鸡犬不得宁焉。……每取一女，阅数百家。……既在其选，则父母宗族，相聚哭泣，日夜声不绝。及送于国门，牵衣顿仆，拦道呼号，悲痛愤懑，有投井而死者，

---

① 杨昭全、何彤梅：《中国—朝鲜韩国关系史》，天津人民出版社 2001 年 8 月版，第 381 页。
② 韩国文献研究所：《高丽史》，《世家卷第二十四·高宗四十一年》，亚西亚文化社 1990 年版，第 489 页。

有自缢者，有忧愁绝倒者，有血泣丧明者，如此之类，不可殚记。"[①]至于忽必烈的两次东征日本，给高丽造成的巨大损害，更是难以估量。

元朝末年，各路义军风起云涌，政权统治岌岌可危。高丽王廷于是趁蒙元政府自顾不暇之际，开始清逐元朝在高丽的势力。1356 年 5 月，罢征东行中书省理问所，6 月，停用元之年号，7 月，恢复高丽传统官制。元丽关系遂绝。

尽管蒙元与高丽的关系始终是一种武力胁迫下的不平等关系，是一种带有大国对于小国欺压性质的宗藩关系，而且两国之间长时间征战不休，但无可否认的是，正是在这一时期，中国与韩半岛的各个方面的交流都进入了一个全新的阶段。特别是在文化方面。忽必烈采取怀柔政策以后，不但历代高丽世子都曾定居大都，接受蒙古文化和汉文化的熏陶，而且高丽文人也大量来华，李齐贤当然是其中最著名的一个，此外如安珦、白颐正、朴忠佐等人都曾来华并居留过一段时间，程朱理学能在高丽朝得以广泛传播，这几个人功莫大焉。李谷也是几度来华，受中国文化影响非常大。另外据桂栖鹏先生考证，在元朝，高丽人入元为官者多达 71 人。如此情形，"不仅元代的南人望尘莫及，就是中原汉人亦有所不如。唐宋元明清诸朝都有韩国人入仕中国，但在数量上和仕宦质量上均不能与元朝时的盛况相提并论。"[②]另外蒙元赴高丽定居的文臣武将亦不在少数。还有一点值得注意的是，在元朝，高丽文人接受中国文化影响的方式可能比在宋朝还要直接。这大大地刺激了高丽汉文学的发展，也刺激了词文学创作的发展。高丽中前期的词人虽然也多有来华者，但多是走马观花、浮光掠影式的走过一遭而已；而后期的词人当中不但闵思平、郑誧一度游学大都，李齐贤和李谷在中国居留时间则更是都长达 10 年以上。这种因浸润时间长短的关系而造成的对汉文化熟悉程度上的差距是不可以道理计的，这也是高丽朝后期词文学创作相对繁荣的一个重要原因。

---

① 韩国文献研究所：《高丽史》，《列传卷第二十二·李谷传》，亚西亚文化社 1990 年版，第389—390 页。

② 桂栖鹏：《高丽人入仕元朝考论》，杭州大学《第二届韩国传统文化学术研讨会》（历史卷），第 74 页。

2.1.2 高丽朝的中国书籍输入情况

可以说，高丽朝在辽金的重重压力下仍然保持同宋朝交往的一个根本原因，就在于对华夏文化的仰慕，而宋朝才是当时华夏文化的代表。也正是因为这种慕华思想的作用，所以"高丽十分重视搜集中国典籍，非但收藏而且学习、传播和研究"[①]，而历代高丽国王，对于这一项事业也非常重视，以致"高丽使节入贡中国，几乎都担负有求书的任务"[②]。故高丽朝时，中国书籍输入甚多，虽非绝后，确属空前。对于这一点，中韩研究者多有关注。韩国学者朴文烈依据《高丽史》的记载，曾对高丽朝中国书籍的输入情况作过全面的梳理，所得结果如下：

高丽朝输入的佛书

朝	代	年度	月	书 名	数量	国名	区分
太祖	6	923	6	五百阿罗汉		后汉	搬入
	11	928	8	大藏经	1部	后唐	将来
			岁	大藏经		宋	搬入
光宗	10	959	岁	慧琳经音义		后周	请求
成宗	8	989		大藏经		宋	将来
	10	991	4	大藏经	481函	宋	赐
穆宗	7	1004	岁	官本藏经		宋	请求
显宗	10	1019		佛经	1藏	宋	将来
	12	1021	8	金字大藏经		宋	将来
	13	1022	5	释典	1藏	宋	赐
文宗	17	1063	5	大藏经		契丹	赐
			3	大藏经		宋	赐

---

① 郑成宏：《中韩儒学典籍的相互流通》，复旦大学韩国研究中心编：《韩国研究论丛》，第11辑，中国社会科学出版社2004年12月版，第250页。

② 黄建国：《古代中韩典籍交流概说》，沈善洪主编：《韩国研究》，第3辑，杭州出版社1996年12月版，第217页。

朝　代		年度	月	书　名	数量	国名	区分
宣宗	3	1086	6	佛典	1000余卷	宋	
				佛典经典	4000余卷	辽	购贸
						宋	购贸
						日本	购贸
	4	1087	3	新注华严经板		宋	献
肃宗	4	1099	4	藏经		辽	赐
	5	1100	5	佛经	2函	辽	赐
睿宗	2	1107	1	大藏经		辽	赐
忠穆王	4	1348	11	佛经		吴	献

高丽朝输入的儒书、史书

朝　代		年度	月	书　名	数量	国名	区分	备考
成宗	2	983	5	大朝唐图	1铺	宋	将来	
				大朝唐记	1卷			
				社稷唐图	1铺			
				社稷唐记	1卷			
				文宣王朝图	1铺			
				祭器图	1卷			
				七十二贤赞记	1卷			
	14	995	岁	文集		宋	请求	
显宗	8	1017	岁	射端圣图		宋	请求	
	18	1027	8	书册	597卷	宋	献	
文宗	27	1073	岁	国子图		宋	将来	
宣宗	2	1085	8	刑法书		宋	请求	
				太平御览		宋	请求	

朝　代		年度	月	书名	数量	国名	区分	备考
宣宗	2			开宝通礼		宋	请求	
				文苑英华		宋	请求	
				文苑英华		宋	赐	
	7	1090	12	文苑英华集		宋	赐	
	10	1093	7	各种书册		宋	请求	苏轼反对
				册府元龟	1	宋	购贸	
肃宗	3	1098	12	开宝通礼	1部	宋	赐	
	4	1099	6	资治通鉴		宋	赐	
	6	1101	6	太平御览	1000卷	宋	赐	
明宗	22	1192	8	太平御览		宋	献	
忠烈王	4	1278	岁	圣朝图		宋	抄来	
	14	1290	岁	朱子画像		宋	模写来	
	16	1290	岁	朱子画		宋	抄来	
忠肃王	2	1315	6	新购书籍	10800卷		购贸	
			7	书籍	17000卷	元	赐	
					4371册			
恭愍王	13	1364	6	玉海		明	献	
				通志				
	19	1370	5	六经		元	赐	
				四书				
				通鉴				
				汉书				
	21	1372	8	经籍		元	赐	
				史书				

高丽朝输入的科学书

朝　代		年度	月	书名	数量	国名	区分	备考
太祖	16	933	3	日历		后唐	赐	
显宗	13	1022	5	圣惠方		宋	赐	
				阴阳二宅书				
				干与历				
肃宗	6	1101	5	新医补救方		宋	赐	
元宗	5	1264	2	历日（中通历）	1本	蒙	赐	
	9	1268	2	历书	1道	蒙	赐	
史忠烈	22	1296	3	历日		元	赐	
恭王	19	1370	5	大统历（洪武3）		元	赐	
？王	12		3	历日		元	赐	

高丽朝输入的其他书籍

朝　代		年度	月	书名	数量	国名	区分	备考
文宗	28	1074	岁	图画		宋	搜访	
宣宗	7	1090	9	御制天庆寺碑文		辽	赐	
睿宗	9	1114	6	乐诀		宋	赐	
毅宗	16	1162	3	明州牒报		宋	献	
高宗	12	1225	6	女真小字		东真	将来	
忠烈王	5	1279	9	海青度碑		元	将来	

注：朴文烈：《高丽时代的书籍输入研究》，清州大学校人文科学研究所编《人文科学论集》，第 11 辑，第 151、154—155、156、157 页。

另外，朝鲜王朝时期，韩致奫著《海东绎史》，其中第四十四卷《艺文志》部分为中国书目设了一个专章，其中所载高丽朝时期输入中国书籍计有49种，而这只是一家之藏本。

从这些材料我们可以清楚地看到，高丽朝时期，中国书籍通过各种途径输入韩国，其中在宋、辽、金、元各朝中，尤以宋朝时期为最。而其输入方式，则主要有三种：一是入贡求赐。就是高丽朝的使者趁着到中国朝贡的时机向朝廷提出赐书的要求，一般情况下，朝廷基本都能应允其请，慷慨赐书。当然为展示泱泱大国的风度，中国各朝不求而赐的时候也很多。这是高丽朝输入中国书籍的一个主要途径。二是民间收购。就是高丽朝的使者或商贩花钱到中国的市场上去购买所欲购的书籍。三是鼓励进献。就是鼓励中国的商人把书籍带到韩国献给他们，而高丽朝则对这么做的人给予重赏。如明宗二十二年八月，宋商献《太平御览》，高丽朝廷奖赏其白银多达60斤。这大大刺激了中国商人的献书热情，以致当时有人把飘洋过海、贩卖书籍当成一种发财之道。所以"宋代建阳人熊禾在其《同文书院上梁文》中曾引用当时民谣写道：'儿郎伟，抛梁东，书籍高丽日本通。'这说明不仅宋代官刻书，就是福建建阳的坊刻本，亦源源不断地远销高丽、日本"[1]。其实除了非法的以外，这就等于动用了一切可以动用的手段来搜求书籍。

事实上高丽朝所得书籍当然不止于此。上列书籍只是见诸史籍记载的，而且仅限于《高丽史》这样的韩国正史。其他史料中所载以及未被记载的尚不算在内。如宋太宗淳化四年(993)，高丽成宗王治通过使臣刘式等请求宋廷赐予"板本《九经》"[2]，太宗允其所请。大中祥符八年(1015)，高丽使节郭元奉王命来贡，"九年，辞还，赐询诏书七函，袭衣、金带、器币、鞍马及经史、历日、《圣惠方》等。元又请录《国朝登科记》及所赐御诗以归，从之。"[3]此外，"高丽使臣还直接向国子监或书坊购买。仁宗时的翰林学士范镇在《东斋记事》中写道：'天圣中，新罗人来朝贡，因往国子监市书。是时，直讲李畋监书

---

① 黄建国：《古代中韩典籍交流概说》，沈善洪主编：《韩国研究》，第3辑，杭州出版社1996年12月版，第219页。
② 脱脱等：《宋史》，卷487，《列传》246，《外国三·高丽》，第9646页。
③ 脱脱等：《宋史》，卷487，《列传》246，《外国三·高丽》，第9646页。

库，遣畋发子史诸类数种。'"①这些都不见于高丽正史记载。至于高丽文人来华后所购私藏书籍，就更不可能见诸官修正史的记载了。而对于这些书籍，我们根本无从统计。私购书在数量上可能没有官购书籍那样庞大，但其品种可能要比官购书籍丰富得多。

不过，这里面的问题是，通过对上表所列书籍的观察，我们不难发现，《高丽史》中所载的高丽朝输入的书籍虽然数量庞大，但多是一些非常严肃的、正统的经典著作，或者实用的科学著作，或者是工具书一类的东西。佛经和科技方面的书就不用说了，儒家经典和各种史籍似乎也与我们要谈的词文学无甚关涉，能够靠上边的也就是各类文集。可是第17页"高丽朝输入的儒书、史书"一表中所列书卷除了成宗十四年外，究竟哪些是文集很难搞清楚；再则这里面到底有没有词集或者有没有包括词作的文集在里面亦难考证。而对于私购书籍，我们无从考察。这样，如何能够确定中国的词集或者词作品确实传入到高丽朝了呢？这就还需要做一番更细致地考证工作。

2.1.3 中国的词集、词作在高丽朝的传播

成宗十四年输入文集一事虽见诸列表，但其事不详，考诸史实则甚有可疑。一则此事并不见载于《高丽史成宗世家》；二则《高丽史成宗世家》明载，成宗十三年(994)六月，"遣元郁如宋乞师，以报前年之役，宋以北鄙甫宁，不宜轻动，但优礼遣还。自是与宋绝。"此后直到999年两国才再度恢复交往。丽宋关系时断时续实自此始。既然高丽于十三年已经与宋断交，不太可能转过年来又于十四年去宋朝请求书籍。所以此一节可以暂时置之不论。除此以外，第17页"高丽朝输入的儒书、史书"表中所列书卷中可能包括文集的主要有这么几项：一是显宗十八年(1027)八月；一是宣宗十年(1093)七月；一是忠肃王二年(1315)六七月。

关于第一项，查《高丽史显宗世家》，十八年八月：

> 丁亥，江南人李文通等来献书册五百七十九卷。

---

① 黄建国：《古代中韩典籍交流概说》，沈善洪主编：《韩国研究》，第3辑，杭州出版社1996年12月版，第213页。

关于第二项，查《宣宗世家》，十年七月并无求书事，查《宋史哲宗本纪》，苏轼上书反对高丽购书事在哲宗元祐八年二月，与列表所记有所不同：

> 二月……辛亥，礼部尚书苏轼言："高丽使乞买历代史及《策府元龟》等书，宜却其请不许。"省臣许之，轼又疏陈五害，极论其不可。有旨："书籍曾经买者听。"

又《宋史高丽列传》载：

> 七年，遣黄宗悫来献《黄帝针经》，请市书甚众。礼部尚书苏轼言："高丽入贡，无丝发利而有五害，今请诸书与收买金箔，皆宜勿许。"诏许买金箔，然卒市《册府元龟》以归。

同书而互有抵牾，与列表所写差距更大。又据《宋史苏轼传》，哲宗元七年：

> 高丽遣使请书，朝廷以故事尽许之。轼曰："汉东平王请诸子及《太史公书》，犹不肯予。今高丽所请，有甚于此，其可予乎？"不听。

则似乎当以哲宗元祐七年为确。但今人孔凡礼《苏轼年谱》系苏轼三上札子论高丽买书利害事皆在元祐八年二月。当是。不过虽然三处记载在时间上互有不同，但苏轼反对向高丽赐书一事是毫无疑问的，苏轼的奏折现今具载文集，一一可查。可是从《苏轼传》的记载来看，苏轼的反对好像没起什么作用。归根结底，高丽使者还是把书运回去了。

关于第三项，查《忠肃王世家》二年六月：

> 赞成事权溥、商议会议都监事李瑱、三司使权汉功、评理赵简、知密直安于器等会成均馆考阅新购书籍。初，成均提举司遣博士柳

衍、学谕俞迪于江南购书籍，未达而船败。衍等赤身登岸。判典校寺事洪瀹以太子府参军在南京遗衍宝钞一百五十锭，使购得经籍一万八百卷而还。

七月：

帝赐王书籍四千三百七十一册共计一万七千卷，皆宋密阁所藏。

如此看来，这三次的书籍输入是确切无疑的。但这里面只是可能包括文集，因没有具体书目，还是无法确认有无。不过有一点可以肯定的是，高丽朝在搜购中国书籍的时候，确曾买入不少个人文集，而且有不少宋朝当时没有或版本不佳的前人文集。

据《高丽史》载，高丽宣宗七年(宋哲宗元祐五年，1090)七月，高丽户部尚书李资义等入宋，次年(1091)六月自宋回到高丽，曾向宣宗奏明宋哲宗想要"好本书"，并将当时宋方"馆伴"开列的一张"求书目录"呈上。其目如下：

百篇《尚书》　荀爽《周易》十卷　《京房易》十卷　郑康成《周易》九卷　陆绩注《周易》十四卷　虞翻注《周易》九卷　《东观汉记》一百二十七卷　谢承《后汉书》一百三十卷　《韩诗》二十二卷　业遵《毛诗》二十卷　吕悦《字林》七卷　《古玉篇》三十卷　《括地志》五百卷　《舆地志》三十卷　《新序》三卷　《说苑》二十卷　刘向《七录》二十卷　刘歆《七略》七卷　王方庆《园亭草木疏》二十七卷《古今录验方》五十卷　《张仲景方》十五卷　《元白唱和诗》一卷　深师方《黄帝针经》九卷　《九墟经》九卷　《小品方》十二卷　陶隐居《效验方》六卷　《尸子》二十卷　《淮南子》二十一卷　公孙罗《文选》《水经》四十卷　羊祜《老子》二卷　罗什《老子》二卷　钟会《老子》二卷　阮孝绪《七录》　孙盛《晋阳秋》三十三卷　孙盛《魏氏春秋》二十卷　干宝《晋记》二十二卷　《十六国春秋》一百二卷　魏澹《后魏书》一百卷　鱼豢《魏略》　刘璠《梁典》三十卷　吴均《齐春秋》三十卷　元行

冲《魏典》六十卷　沈孙《齐纪》二十卷　《扬雄集》五卷　《班固集》十四卷　《崔马因集》十卷《汲冢纪年》一十四卷　《谢灵运集》二十卷　《颜延年集》四十一卷　《三教珠英》一千卷　孔逭《文范》一百卷　《类文》三百七十卷　《文馆词林》一千卷　仲长统《昌言》　杜恕《体论》《诸葛亮集》二十四卷　王羲之《小学篇》一卷　周处《风土纪》一卷　张揖《广雅》四卷　《管弦志》四卷　王详撰《音乐志》　蔡邕《月令章句》十二卷　信都芳撰《乐书》九卷　《古今乐录》十三卷　公羊《黑守》十五卷　谷梁《废疾》三卷　《孝经》刘邵注一卷　《孝经》韦昭注一卷　《郑志》九卷　《尔雅图赞》二卷　《三苍》三卷　《埤苍》三卷　卫宏《官书》一卷《通俗文》二卷　《凡将篇》一卷　《在昔篇》一卷《飞龙篇》一卷　《圣皇章》一卷　《劝学篇》一卷《晋中兴书》八十卷　《古史考》二十五卷　伏侯《十今注》八卷　《三辅黄图》一卷　《汉官解诂》三卷　《三辅决录》七卷　《益都耆旧传》十四卷　《襄阳耆旧传》五卷　嵇康《高士传》三卷　《玄晏春秋》三卷　干宝《搜神记》三十卷　《魏名臣奏》三十一卷　《汉名臣奏》二十九卷　《今书七志》十卷　《世本》四卷　《申子》二卷　《隋巢子》一卷　《胡非子》一卷　何承天《性苑》　高士廉《氏族志》一百卷　《十三州志》十四卷　《高丽风俗纪》一卷《高丽志》七卷　《子思子》八卷　《公孙尼子》一卷《慎子》十卷　《晁氏新书》三卷　《风俗通义》三十卷　《氾胜之书》三卷　《灵宪图》一卷　《大衍历》　《兵书接要》七卷　《司马法汉图》一卷　《桐君药录》二卷　《黄帝大素》三十卷　《名医别录》三卷　《曹植集》三十卷　《司马相如集》二卷　桓谭《新论》十卷　《刘琨集》十五卷　《卢谌集》二十一卷　《公山启事》三卷　《书集》八十卷　应璩《百一诗》八卷　《古今诗苑》《英华集》二十卷　《集林》二十卷　《计然子》十五卷

这张单子不但可见高丽所藏中国古籍之丰，更可见高丽搜罗中国古籍范围之广。其中不乏个人文集，诸如《扬雄集》五卷、《班固集》十四卷、《崔骃集》十卷、《谢灵运集》二十卷、《颜延年集》四十一卷、《诸葛亮集》二十四卷、《刘琨集》十五卷、《卢谌集》二十一卷、应璩《百一诗》八卷等等。这起码说明高丽朝搜购中国个人文集的传统古已有之。另外，如《海东绎史》里所录的崔南善藏本中《欧阳公居士集》、《王安国诗集》、《王安石三经新义》、《朱子集注经书》、《柳文》、《张鷟文》等均为《高丽史》所未载。这里面也有文集在，且《欧阳公居士集》、《王安国诗集》还是宋代文集。那么在显宗十八年、宣宗十年、忠肃王二年这三次所输入中国的书籍中既然没有单以经史二字标之，其中包括个人文集就已经毋庸置疑。何况从高丽文人的诸多记述中，我们已不难看出，当时流入高丽朝的唐宋人文集不在少数。这些尽可在《白云小说》、《补闲集》、《破闲集》、《栎翁稗说》以及高丽诸多文人的书札序跋包括诗文中看得清清楚楚。另外，苏轼的集子在苏轼生时就已经传入高丽已是不争之实。黄庭坚的集子在高丽朝也已传入韩国并广为流传，李奎报不但读过黄庭坚《山谷集》，而且还有次韵之作（《东国李相国集》前集，卷十八有《偶读〈山谷集〉，次韵〈雨丝〉》）。问题是这些文集里面是否确有词作和词集，答案是肯定的。

其一，据《尹誧墓志》载：

> 癸丑秋八月，奉王旨，撰集古词三百首，名《唐宋乐章》一部。又于大金皇统六年，纂《太平广记撮要诗一百首》，随表进呈。……又据唐玄奘师《西域记》，撰进《五天竺国图》，……仍命左承宣金存中，谘问乐谱。其遭遇之盛，千载一时欤。公平生倜傥有大节，敏于文学，达于政事，该通音律，尤工歌词。

这里的癸丑年指的是高丽仁宗十一年（1133），其时虽已在宋朝赐乐之后，但今《高丽史乐志》中所存词仅 60 余首，当时流传的可能要多些，据《增补文献备考》卷之一百七乐考十八《俗部乐二·本朝乐》条载：世宗十二年，朴堧上书曰："唐乐一部，乃中国俗部之音也。其乐总百有余篇，而我朝工人所解者，只三十余声而已，余者皆不晓。然谱法分明，有寻悟之理，但未知急慢之节，为可恨耳。姑并存之，以待知者。……"《世宗实录》卷四十七，十二年二月庚寅条有相同的记载。不过，从行文来看，这里的"百有余篇"盖指乐章，而非歌词。世宗十二年为 1430 年，下距《高丽史》成书的文宗元年（1451）不过二十一年光景，如此短的时间内，不可能一下子失传几十首歌词。不过我们还是可以退一步讲，即便这百余篇都是歌词，也不过百余篇而已，而尹誧所搜集到的词作竟能多达300首。而且这部《唐宋乐章》明显还是个选本，则当时传入高丽朝的词作数量应该远在300首以上，其中必多有宋朝赐乐以外之作品。又其名既为《唐宋乐章》，则其中还有唐词存在。另外这里还明言是"古词三百首"，而不是"古曲"或"古乐"，则说明所搜集的专注点就是词作而非别的。可知这时必有唐宋词集或词选流入高丽王朝，否则绝难拿出这样的一个词选来。

其二，高丽朝在李齐贤之前所创作的一些作品所用词牌已多有不见于《高丽史乐志》者，如宣宗王运的《添声杨柳枝》，金克己的《忆江南》、《采桑子》、《锦堂春》，李奎报的《浪淘沙》、《清平乐》（《乐志唐乐》中虽然有《清平乐》一体，但与李词迥异，二者之间并无关联）、《渔家傲》，慧谌的《更漏子》等，李齐贤因久居中国，所用词牌不可作为中国输入高丽词作之证，但李齐贤之后，不见于《高丽史乐志》并不见于李齐贤所用词牌却在高丽其他词人的作品中出现的还有。如金九容的《画堂春》、《卜算子》、《长相思》等。而且这里的《卜算子》还是步宋朝无名氏词韵之作，原作有两首，抄录如下：

> 曾约再来时，花暗春风树。今日人来花未开，春未知人处。坐客有疏狂，彩笔题新语。浑为玉人颏玉山，忘了阳关路。

> 烟髻绾层巅，云叶生寒树。斜日行人窈窕村，愁阵纵横处。细细写蛮笺，道寄相思语。会倩春风展柳眉，回马章台路。

又金九容另有《朝中措》，是步欧阳修词韵之作，抄录欧词如下：

> 平山栏槛倚晴空，山色有无中。手钟堂前垂柳，别来几度春风？文章太守，挥毫万字，一饮千钟。行乐直须年少，尊前看取衰翁。

上述这些词人都未尝来华，这些词牌也未见于任何音乐资料记载。这也说明除随音乐而把词传入韩国这一途径之外，必有因书籍而传入这另一途径。

其三，林椿《与皇甫若水书》中有这样一段话：

> 仆观近古已来本朝制作之体。与皇宋相为甲乙。而未闻有以善为乐章名于世者。……仆尝叹世无作者。屡欲为之。而力不暇久矣。足下负超卓之才。学博而识精。气清而词雅。今又于乐章。推余刃而为之。正声谐韶䕫。劲气沮金石。铿鋐陶冶。动人耳目。非若郑卫之青角激楚以鼓动妇女之心也。论者或谓淫辞艳语。非壮士雅人所为。然食物之有稻也粱也。美则美矣。固为常珍。至于退方怪产。然后乃得极天下之奇味。岂异于是哉。彼贫寻嗜琐者。其言不足恤也。

这段话说明了一个关键性的问题，就是林椿已经对词这种文学样式有了相当深刻地了解和认识，这种认识绝非读一两首词，或者看一两条评论，或者仅凭道听途说所能实现的。这是需要广读词作之后才能达到的境界，由此可知林椿所阅词作当不在少数，此为其一。其二，从"论者或谓淫辞艳语"这句话中我们可以看出，当时文坛对词这种文学样式已有定评，而这种评论则清楚地表明了当时文人对词的偏见。而能说出这种见解的，必然对中国词坛有一定了解，起码对《花间集》和《乐章集》这一类的词集有一定的了解才行，而这两部集子恰是唐宋时期流传最广也是最可能传出海外的集子。林椿生活的年代主要在毅、明两朝，由此可知，到了高丽毅宗、明宗的时候，应该有一定数量的词集、词选流行。此时恰好距尹誧编《唐宋乐章》之时不远，正可两相印证。尤其是尹誧的集名中还有"乐章"二字，而中国以"乐章"作为词集的名称始于柳永，尹誧如此命名虽未必一定与柳永的词集有关系，但也未必一定没有关系。故虽不能断言《花间》、《乐章》二集已于此时输入韩国，但可能性非常大。

综上三点，我们认为输入高丽朝的众多文集中必然有词集或包括词作的文集在内。尽管如此，但我们如果想要从书籍输入上看韩国词之输入，毕竟看不真切。好在词文学之输入韩国并非仅止书籍一途。通过其他途径，特别是在音乐交流方面，我们还是可以对词文学输入韩国的状况了解一个大概。柳己洙在总结唐宋词流入韩国的渠道时，把音乐一途列在首位。如此安排，当属有意。不管当时的真实情况如何，从现存资料来看，能看清楚词文学传入韩国的具体情形的，确实只有通过音乐这方面的记载这一途径。

目前，能够见到的与词有关的最早的确切史料是《高丽·乐志》，其中的《俗乐·用俗乐节度》中有这样一段记载：

> 文宗二十七年二月乙亥，教坊奏女弟子真卿等十三人所传《踏沙行》歌舞，请用于燃灯会，制从之。十一月辛亥，设八关会，御神凤楼观乐，教坊女弟子楚永奏新传《抛球乐》、《九张机》。别伎《抛球乐》弟子十三人，"九张机"弟子十人。

高丽文宗二十七年是公元 1073 年，这里所提到的《踏沙行》、《抛球乐》、《九张机》是乐曲名，也都是词牌名，值得注意的是这里既然称其为歌舞，在表演形式上理所当然应该有舞有歌，有曲有词。这说明最晚在文宗二十七年之前，词文学已经传入了韩国，关于这一点，中国的史料中也有可以作为辅证的材料，据徐兢《宣和奉使高丽图经》卷四十载："熙宁中，王徽（高丽文宗）尝奏请乐工，诏往其国，数年乃还。"熙宁是宋神宗的年号，时间是 1068 年到 1077 年，这与《高丽史·乐志》所载暗合。史载熙宁年间高丽遣使赴宋共有三次，分别是熙宁三年、七年和九年（杨昭全《关系史》作四年、六年和九年，今依《宋史高丽传》），柳己洙据"数年乃还"的说法，认为高丽文宗奏请乐工事应在熙宁三年（1070），当是。另外根据史料记载，此前光宗朝与中国的交往也非常频繁，并且光宗朝也曾"遣使请唐乐及工"[①]，但是一则虽然光宗朝确与后周和宋均有过较为频繁的来往，但《五代史》、《宋史》、《高丽史》均不载其"请唐乐及工"之事，二则这里并无具体的乐舞记载，已无法得知其中词之有无。故只能聊备参考。其后至睿宗朝，宋朝更是屡屡赐乐，其中有大晟乐，也有教

---

① 李肯翊：《燃藜室记述·别集》，卷12，《政教典故·音乐》。

坊乐。这些得自于宋朝的音乐，自成一个系统，后来渐渐成为高丽音乐的一个组成部分，这些均见载于《高丽史·乐志》，并对此有明确的说明：

> ……睿宗朝宋赐新乐，又赐大晟乐；恭愍时，太祖皇帝特赐雅乐，遂用之于朝庙；又杂用唐乐及三国与当时俗乐。……类分雅乐、唐乐、俗乐，作乐志。

这里的《唐乐》是现今所能见到的韩国历史上最早的著录词作品的文献。其中所存的歌词，一部分可以肯定是宋代文人的词。其中可以考证出姓名的作品，共有8人15首，其中又以柳永的作品最多，共8首，余下赵企、晁端礼、李甲、阮逸女、欧阳修、苏轼、晏殊各1首。而《乐志》中所存的词牌，则有不少都见诸唐宋词作之中，这一切已经明确说明了一个问题，就是到了睿宗朝，随着音乐的输入，词文学作品已经大量传入韩国。关于《唐乐》，因为它在高丽词史上有着特殊意义，我们后面将对它进行专门讨论。

2.2 高丽词之发源："唐乐"

2.2.1 《高丽史乐志》与《唐乐》

《高丽史》是韩国朝鲜朝学者郑麟趾(1396—1478)等32人根据《高丽历代实录》等文献编撰而成。成书于朝鲜朝文宗元年(1451，明景泰二年)，并于同年表进于明王朝。全书用汉文写成，体例悉仿中国正史。全书计分世家46卷，志39卷，表2卷，传50卷。世家记述历王事迹。自太祖至恭让凡三十二王，辛禑、辛昌二王以伪姓而窃王位，降为列传，不列世家，"以严讨贼之义。"① 志包括天文、历、五行、地理、礼、乐、舆服、选举、百官、食货、兵、刑等十二志，体例以元史为准，"条分类聚，使览者易考。"② 列传重点在历代名臣，首列后妃、宗室、公主，又有良吏、忠义、孝友、烈女、方技、宦者、酷吏、嬖幸、奸臣、叛逆等

---

① 韩国文献研究所：《高丽史》，卷1，《凡例》，亚西亚文化社1990年版，第1页。
② 韩国文献研究所：《高丽史》，卷1，《凡例》，亚西亚文化社1990年版，第1页。

类。是书对918—1392年的高丽诸王事迹及有关社会政治、经济、文化等史事载录颇详，为研究高丽王朝历史的基本史籍。此书撰成后，于次年刊行。因为此书是韩国历史上现存较早的历史典籍，也是研究高丽史的必备文献，故历来极受重视。不但韩国、朝鲜有不同版本，中国、日本也有多种版本流行。

这里面的《乐志》计有两卷，在十二志39卷中所占比重不大，然而意义却非同小可。它不但载录了高丽朝音乐的发展历史、所取得成就、时人的音乐观念，同时也记录了中韩音乐的交流过程，并保存下来了中国典籍中不曾著录的一些珍贵资料，而且因为词与音乐的特殊关系，使得这部《乐志》，特别是其中的《唐乐》部分，不但具有音乐史料文献的价值，更具有了词文学史料文献的价值，故历来为学者所重视。

关于这部《乐志》的编撰宗旨，其前有序曰：

> 夫乐者，所以树风化象功德者也。高丽太祖草创大业，而成宗立郊社躬禘袷。自后文物始备而典籍不存，未有所考也。睿宗朝宋赐新乐，又赐大晟乐；恭愍时，太祖皇帝特赐雅乐，遂用之于朝庙；又杂用唐乐及三国与当时俗乐。然因兵乱，锺磬散失。俗乐则语多鄙俚，其甚者，但记其歌名与作歌之意。类分雅乐、唐乐、俗乐，作乐志。

这段文字虽然读起来感觉简单而且含混，但还是告诉了我们一些可贵的信息。首先，从音乐发展史来看，高丽朝音乐于成宗朝已经有所树立，但是因为典籍缺载而无法考知，可具体考知者，盖自睿宗朝始。其次，《乐志》所载之乐，乃是综合宋赐新乐、大晟乐、太祖皇帝所赐的雅乐、唐乐、三国与当时俗乐而成，不过因为战乱和人为的因素，所记并不全面。再次，雅乐、唐乐、俗乐的分类是对当时可见的所有音乐的分类，而这三个名目的提出应是编书者所为。不过，在我们获得这些信息的同时，诸多问题也就跟着来了。诸如雅乐、唐乐、俗乐的分类标准是什么？为什么要这么划分？先后出现的雅乐、唐乐、俗乐既然不是同一概念，为什么还要这样用？这里的雅乐、唐乐、俗乐的含义与中国文献中所出现的是否相同？对于这些问题，这段简短的序文当然回答不了，而且《高丽史乐志》的正文中也没有明确地回答。因此后人对此只能根据自己的理解进行阐释，难免见仁见智，各持一端。直到现在，学者们对这些问题的看法仍不完全一致，姑举两例：

　　高丽乐分为雅乐、唐乐和俗乐三部。其中雅乐是其传统音乐，在三国高丽、新罗、百济音乐基础上按宋乐加工而成，用于宗庙祭祀和其它正规场合。宋文献中有很多高丽请赐乐的记载，如熙宁七年王徽"表求"乐工，宋神宗令福建路转运使罗拯予以物色，所派乐工在高丽数年，将宋之歌舞传入了高丽。徽宗时宋朝设置了大晟府制定新乐、颁布乐律、教习音乐、创作和整理曲谱、撰写歌词的专门机构，宋乐发展至极盛。高丽立即将大晟雅乐和燕乐作为学习对象，多次请"赐大晟乐，乞教习声律、大晟府撰乐谱辞"，宋徽宗"诏许教习，仍赐乐谱"，后又赐大晟燕乐及笾豆、篚、尊等乐器。将一整套当时朝廷所用的雅乐、燕乐、乐器、法物、舞图、歌谱、歌词以及相当数量的乐工和歌舞艺人输入高丽。所以《宋史·高丽传》说，本来"乐声甚下，无金石之音"的高丽乐，在赐乐后"乃分为左右二部，左曰唐乐，中国之乐也，右曰乡乐，其故习也"，而"唐乐"实际上就是宋之大晟新燕乐。高丽方面不仅很快学会演奏，而且"乐舞益盛，可以观听"，大晟乐也成为高丽的庙堂之乐。①

　　《高丽史·乐志》两卷，前一卷叙述高丽乐的来源和雅乐的情况，第二卷记载"唐乐"和"俗乐"。它反映了高丽朝宫廷音乐的基本类别，即分为三个部分：一是"雅乐"，二是"唐乐"，三是三国以来的"俗乐"。从书中的记述可以知道，"雅乐"即用于郊祠、宗庙、籍田、宴享等仪式的音乐，主要使用金钟、玉盘、笛、麾、巢笙、和笙等乐器，其制度和中国历代的雅乐制度大致相同。"唐乐"即高丽宫廷中的艺术音

①　孙建民、顾宏义：《略论宋文化对高丽的影响》，《解放军外语学院学报》，1996 年第 3 期，第86 页。

乐，属中国的"俗部"之乐，来源于宋代的教坊乐。"俗乐"则是高丽官廷旧有的音乐，即三国新罗、高句丽、百济以来的音乐积累，其主体部分是所谓"乡乐"。①

前一解说可能是因为作者对《高丽史乐志》不是十分了解，故讹误、臆断之处颇多，后一解说已经很接近真实情况，但仍有偏颇之处。不过在纠偏之前，我们首先要明白一点，就是如果想对今人的说法有一个正确的判断，对《高丽史乐志》有一个全面准确的了解，必须得回过头来，对这段序言中的相关概念和《乐志》中的内容重新进行一番审视和认真梳理。特别是要弄清楚"睿宗朝宋赐新乐，又赐大晟乐；恭愍时，太祖皇帝特赐雅乐，遂用之于朝庙；又杂用唐乐及三国与当时俗乐"这段话中的几个概念，只有把概念弄清楚了，我们才能弄清楚"雅乐"、"唐乐"、"俗乐"的确切内涵和相互关系。这些问题弄清楚了，上面所引观点的对与错、偏与失自可判明。在这个基础之上，我们才可以再来讨论唐乐。

第一个要解决的问题是新乐和大晟乐。对于这两种音乐，《乐志》中明确记载了它的来源：

> 睿宗九年六月甲辰朔，安稷崇还自宋，徽宗诏曰："乐与天地同流，百年而后兴，功成而后作。自先王之泽渴，礼废乐坏，由周迄今，莫之能述。朕嗣承累圣基绪，永惟圣德休烈，继志述事，告厥成功。乃诏有司，以身为度，由度铸鼎作乐，荐之天地宗庙，羽物时应。夫今之乐犹古之乐，朕所不废，以雅正之声，播之今乐，肇布天下，以和民志。卿保有外服，慕义来同，有使至止，愿闻新乐。嘉乃诚心，是用有锡。今因信使安稷崇回，俯赐卿新乐。"②

> 睿宗十一年六月乙丑，王字之还自宋，徽宗诏曰："三代以还，

---

① 王小盾、刘玉珺：《从〈高丽史·乐志〉"唐乐"看宋代音乐》，《中国音乐学》，2005 年第 1 期，第 49 页。

② 韩国文献研究所：《高丽史》，亚细亚文化社 1990 年版，第 535 页。

礼废乐坏，朕若稽古，述而明之。百年而兴，乃作大晟。千载之下，聿追先王，比律谐音，遂致羽物。雅正之声，诞弥率士，以安宾客，以悦远人。遐惟尔邦，表兹东海，请命下吏，有使在庭。古之诸侯，教尊德盛，赏之以乐，肆颁轩簴，以作尔社。夫移风易俗，莫若于此，往祗厥命，御于邦国。虽疆殊壤绝，同底大和，不其美欤！今赐大晟雅乐。"[①]

很明显，序中所说的大晟乐指的就是睿宗十一年(1116)六月传入的大晟雅乐，这一点是毫无疑问的。问题在新乐，因为这两种音乐都被列入到雅乐当中，所以人们习惯上都认为这里的新乐和大晟乐虽然分两次传入，但是实为一体。其实不然，既然这里将新乐与大晟雅乐对举，而且在编排顺序上有意将睿宗十一年传入的大晟雅乐排在前面，就说明二者之间必有不同，而且编撰者也看到了这种不同。那么究竟不同在何处呢？这是一个比较复杂的问题。既然这两种音乐都是从宋朝输入的，那么我们还得回到宋乐这个"根"上来探查。

众所周知，宋代重文轻武，以文治国，极重教化。故自太祖以下，历朝君主对音乐的整理、修订都非常重视。"有宋之乐，自建隆讫崇宁，凡六改作。"[②]太祖朝以雅乐声高，不合中和，于是诏和岘以王朴律准比照洛阳铜望臬石尺，重订律吕。故建隆以来有和岘乐。仁宗朝先是用李照的意见，改定雅乐，比王朴律低下三律，故景佑中有李照乐。后又诏侍从，礼官参定声律，阮逸、胡瑗参与其事，所制只比王朴律低下一律，乐名《大安》，故皇祐中有阮逸乐。神宗时召杨杰、刘几和范镇议乐，双方意见不同，后用杨、刘之说，故元丰中有杨杰、刘几乐。哲宗朝，复用范镇之说，故元祐中有范镇乐。至徽宗，"锐意制作，以文太平，于是蔡京主魏汉津之说。破先儒累黍之非，用夏禹以身为度之文，以帝指为律条，铸帝鼎、景钟。乐成，赐名《大晟》，谓之雅乐，颁之天下，播之教坊，故崇宁以来有魏汉津乐。"[③]到宋徽宗为止，音乐

---

①　韩国文献研究所：《高丽史》，亚细亚文化社1990年版，第524页。
②　脱脱等：《宋史·志》(七十九乐一)，卷126，第1859页。
③　脱脱等：《宋史·志》(七十九乐一)，卷126，第1859页。

虽然六经改作，但论其知名度之高，波及面之广，以及对后世影响之大，还是以宋徽宗的大晟乐为最。《高丽史乐志》中所记载的两次音乐输入都是在徽宗年间，且均明显与大晟乐有不可分割的关系。所以我们不妨先从大晟乐入手。按照《宋史》的记载，大晟乐成于崇宁四年：

> 崇宁四年七月，铸帝鼐、八鼎成。九月朔，以鼎乐成，帝御大庆殿受贺。是日，初用新乐，太尉率百僚奉觞称寿，有数鹤从东北来，飞度黄庭，回翔鸣唳。乃下诏曰："礼乐之兴，百年于此。然去圣愈远，遗声弗存。乃者，得隐逸之士于草茅之贱，获《英茎》之器于受命之邦。适时之宜，以身为度，铸鼎以起律，因律以制器，按协于庭，八音克谐。昔尧有《大章》，舜有《大韶》，三代之王亦各异名。今追千载而成一代之制，宜赐新乐之名曰《大晟》，朕将荐郊庙、享鬼神、和万邦，与天下共之。其旧乐勿用。"①

值得注意的是，在上面这段话里也提到了新乐，而且这里的新乐和大晟雅乐所指同一，并无二致，大晟乐就是新乐之名。这似乎在告诉人们新乐和大晟乐确实没什么不同，其实又不然。实际上在宋朝，特别是北宋，几乎每一朝都有新乐。而所谓的新乐只是与此前的旧乐相对而言。北宋的音乐凡六改作，每一改作之后的音乐相对于改作之前的音乐而言都可以做新乐。这种情况考诸《宋史乐志》随处可见。如仁宗景佑二年(1035)，李照重新订乐：

> 起五月，止九月，成金石具七县。至于鼓吹及十二案，悉修饰之。……是月，与新乐并献于崇政殿，诏中书、门下、枢密院大臣预观焉。……其年十一月，有事南郊，悉以新乐并圣制及诸臣乐章用之。②

---

① 脱脱等：《宋史·志》(八十二乐四)，卷129，第1899页。
② 脱脱等：《宋史·志》(七十九乐一)，卷126，第1859页。

后阮逸等再次改乐，皇佑六年(1054)六月新订《大安》之乐成，翰林学士胡宿上言：

> 自古无并用二乐之理，今旧乐高，新乐下，相去一律，难并用。且新乐未施郊庙，先用之朝会，非先王荐上帝、配祖考之意。

九月，御崇政殿，召近臣、宗室、台谏、省府推判官观新乐并新作晋鼓。

> 至和元年，言者多以阴阳不和由大乐未定。……初，李照斥王朴乐音高，乃作新乐，下其声。①

又神宗元丰年间：

> 而太常以为大乐法度旧器，乞留朴钟磬，别制新乐，以验议者之术。
>
> 几等谓："新乐之成，足以荐郊庙，传万世。……"
>
> 六年春正月，御大庆殿，初用新乐。②

又徽宗崇宁四年：

> 八月，大司乐刘昺言："大朝会官架旧用十二熊罴按，金錞、箫、鼓、鬻箫等与大合奏。今所造大乐，远稽古制，不应杂以郑、卫。"诏罢之。又依昺改定二舞，各九成，每三成为一变，执钥秉翟，扬戈持盾，威仪之节，以象治功。庚寅，乐成，列于崇政殿。有旨，先奏旧乐三阕，曲未终，帝曰："旧乐如泣声。"挥止之。既奏新乐，天颜和豫，百僚称颂。③

① 脱脱等：《宋史·志》(八十乐二)，卷127，第1873页。
② 脱脱等：《宋史·志》(八十一乐三)，卷128，第1886页。
③ 脱脱等：《宋史·志》(八十二乐四)，卷129，第1899页。

可见在宋人眼里，新乐并非专指，而是泛指。所以神宗年间可以"初用新乐"，徽宗年间也可以"初用新乐"。故崇宁四年所谓的"新乐"虽然在特定语境里面与大晟乐所指相同，但含义有别。这样看来，睿宗九年徽宗所赐之新乐也应该是新朝新订之乐的泛指，而非一个专有名词，只是《高丽史乐志》的编撰者不明就里，只看到了睿宗九年与睿宗十一年所赐音乐的不同，故将新乐与大晟乐对举，由此而造成了理解上的分歧。那么，睿宗九年所赐的音乐到底是一种什么样的音乐呢？

我们知道，徽宗年间的新乐虽然从大晟乐开始，但却并不仅止于大晟乐；虽然因大晟乐而设立大晟府，但大晟府的职责也并没有仅限于大晟乐。徽宗这个人虽然做皇帝不怎么样，但艺术修为还是相当不错的，对音乐创制修改也非常热衷，所以工作也就做得比较全面：

（政和三年）五月，帝御崇政殿，亲按宴乐，召侍从以上侍立。诏曰："《大晟》之乐已荐之郊庙，而未施于宴飨。比诏有司，以《大晟》乐播之教坊，试于殿庭，五声既具，无滥濮焦急之声，嘉与天下共之，可以所进乐颁之天下，其旧乐悉禁。"于是令尚书省立法，新征、角二调曲谱已经按试者，并令大晟府刊行，后续有谱，依此。其宫、商、羽调曲谱自从旧，新乐器五声、八音方全。埙、篪、匏、笙、石磬之类已经按试者，大晟府画图疏说颁行，教坊、钧容直、开封府各颁降二副。开封府用所颁乐器，明示依式造粥，教坊、钧容直及中外不得违。今辄高下其声，或别为他声，或移改增损乐器，旧来淫哇之声，如打断、哨笛、呀鼓、十般舞、小鼓腔、小笛之类与其曲名，悉行禁止，违者与听者悉坐罪。

（政和三年）八月，大晟府奏，以雅乐中声播于宴乐，旧阙征、角二调，及无土、石、匏三音，今乐并已增入。诏颁降天下。九月，诏："《大晟乐》颁于太学、辟雍，诸生习学，所服冠以弁，袍以素纱、皂缘、绅带，佩玉。"

（政和）四年正月，大晟府言："宴乐诸宫调多不正，如以无射为黄钟宫，以夹钟为中吕宫，以夷则为仙吕宫之类。又加越调、双调、大食、小食，皆俚俗所传，今依月律改定。"诏可。

　　（政和）六年，诏："先帝尝命儒臣肇造玉磬，藏之乐府，久不施用，其令略加磨砻，俾与律合。并造金钟，专用于明堂。"又诏："《大晟》雅乐，顷岁已命儒臣着乐书，独宴乐未有纪述。其令大晟府编集八十四调并图谱，令刘昺撰以为《宴乐新书》。"十月，臣僚乞以崇宁、大观、政和所得珍瑞名数，分命儒臣作为颂诗，协以新律，荐之郊庙，以告成功。诏送礼制局。①

　　从《宋史乐志》的记载来看，宋徽宗对自己的大晟乐非常满意并引以为豪，把它当成可以比肩古圣先贤的一项了不起的伟大功业。故大晟乐颁布之后，强制推广，并且迅速运用到了当时的燕乐当中去，对燕乐进行改造。又制征招和角招、新广之八十四调。而大晟府的职能范围也非常广泛，凡是与音乐有关的，基本上都与大晟府有关，"朝廷旧以礼乐掌于太常，至是专置大晟府，大司乐一员、典乐二员并为长贰，大乐令一员、协律郎四员，又有制撰官，为制甚备，于是礼乐始分为二。"②大晟府成了当时配备齐全、规模不小的国家专门音乐机构。而且大晟府自崇宁四年九月建府，宣和七年十二月罢府，前后历时20年零3个月，自然做了不少事情。故徽宗年间的新乐，包含的内容很多，不过就其主体而言，主要还是大晟雅乐和新燕乐这两类。所以诸葛忆兵在考察大晟府所制新乐时说："大晟所制新乐，可以分为二大类：即朝廷庆典、庙堂祭祀所用的颂乐和歌舞宴席佐欢助兴所用的燕乐。"③据《宋史徽宗本纪》和《宋会要辑稿乐》的记载，新燕乐颁布于政和三年，而睿宗九年按宋历时为政和四年，则此时传入高丽的新乐既然不是大晟雅乐，就不排除是新燕乐的可能性。如此推测，还基于以下几点考虑：

　　其一，这次随着徽宗所赐新乐带回来的乐器有：铁方响5，石方响5，琵琶4，五弦2，双弦4，筝4，箜篌4，觱篥4，笛20，篪20，箫10，匏笙10，埙40，大鼓1，杖鼓20，拍板2。这种乐器配置，明显以俗乐器为主，

① 脱脱等：《宋史·志》（八十二乐四），卷129，第1899页。
② 脱脱等：《宋史·志》（八十二乐四），卷129，第1899页。
③ 诸葛忆兵：《大晟乐辨三题》，《文献》，1998年第2期，第153页。

虽然有箎、箫、匏笙、埙等几类雅乐器，但在总体配置上比重很小，且无钟磬，远无法达到雅乐"八音克谐"的要求，特别是与睿宗十一年所赐的大晟雅乐相比，差别极为明显。

其二，从睿宗对新乐的态度和使用上也可看出一些端倪。对于大晟雅乐，不但特下诏书表明重视程度，而且"亲阅大晟乐于干德殿"，进而"亲裸太庙荐大晟乐"；而对于新乐，虽然也用于"亲祫太庙"，却是"兼用"，而且自睿宗"兼用"一次之后，再无下文，不像大晟雅乐那样，其后历朝君主的使用均有记载。

其三，《高丽史乐志》对睿宗十一年传入的大晟乐不但置之卷首，且记述不厌其详，但对于睿宗九年传入的新乐记载得非常简略。还有一点非常值得注意的是，接于新乐之后的是"用鼓吹乐节度"，这似乎表明新乐与鼓吹乐存在着某种关联。且其后并无雅乐乐章，这似乎也在暗示新乐并非雅乐。

其四，宋代宫廷用乐除雅乐外，还有燕乐和鼓吹乐，雅乐用于祭祀，燕乐用于宴飨，鼓吹用于仪仗。高丽宫廷用乐既然输自于宋，免不了受宋朝这种音乐格局的影响，从高丽雅乐的内容排列上看，前有祭祀雅乐，后有仪仗鼓吹，那么中间自然应该是宴飨燕乐。

其五，据《高丽史乐志》载，高丽雅乐中杂奏乡乐。既可杂奏乡乐，当然也可杂奏燕乐，又载睿宗十一年六月睿宗曾在会庆殿与宰枢侍臣同观大晟新乐，八月下诏曰："今大宋皇帝，特赐大晟乐文武舞，宜先荐宗庙，以及宴享。"这里用于"宴享"的，当然不可能是祭祀雅乐，也不可能是鼓吹乐，只能是新乐，这也道出了新乐的性质。

其六，《宋史》《高丽传》载："政和中，升其使为国信，礼在夏国上，与辽人皆隶枢密院；改引伴、押伴官为接送馆伴。赐以《大晟燕乐》、笾豆、簠簋、尊罍等器，至宴使者于睿谟殿中。"政和始于1111年，终于1118年，这里说"政和中"，而非"政和初"或"政和末"，从时间表述上推断，亦以政和四年为宜。

其七，关于睿宗九年赐乐一事，《高丽史节要》中的记述与《高丽史》略有不同，同一诏书，前面的文字也都一样，但《节要》的结尾是这样的：

……嘉乃诚心，是用有锡。大晟雅正之声，犹不在是。①

当然，这里"大晟雅正之声，犹不在是"一句可能是诏书里面的，也可能是修书者所加的说明，但不管怎样，它都告诉我们，此次所赐之乐，非"大晟雅正之声"。而这一条记载，常为学者所忽略。

综上所述，我认为，睿宗九年传入的新乐，应该是新燕乐，也即大晟燕乐。这一点的确立对我们讨论唐乐的意义非常重大。

至于太祖皇帝所赐雅乐，书中阙载，但从这次雅乐输入和学习的过程来看，其性质当属祭祀雅乐一类。不过一则这次明太祖所赐乐器比较少，只有编钟 16 架，编盘 16 架，笙、箫、琴、瑟和排箫各一件而已，二则虽然明朝也试图帮助高丽恢复雅乐，高丽朝也派人到明朝去努力学习，但此时的高丽雅乐已经走向混乱没落，又缺乏高明的音乐家，故无论如何已经无法重建像睿宗、毅宗时代那样的雅乐盛况。这可能也是书中对这次词日技术简略的根本原因。

这样梳理之后，我们对《高丽史乐志》中所载的"雅乐"就能够有一个整体的了解了。就音乐内容而言，这里面包括了宋大晟雅乐、宋新燕乐、明初雅乐和宋鼓吹乐四个主要部分，同时也有一部分乡乐，情形比较复杂。所以这里的"雅乐"与中国传统的雅乐、也就是宋代所说的"大乐"明显不同，它似乎是一个宫廷用乐的笼统归类，所指范围比中国的传统雅乐要宽泛的多。

第二个要解决的问题是俗乐。

这个问题相对简单一些。从"当时俗乐"这四个字来看，俗乐指的是高丽时期的本土音乐。不过俗乐之名，在《高丽史乐志》之前的文献中并不常见，比较常见的是乡乐。并且在《高丽史乐志》之前，也并无"雅乐"、"唐乐"、"俗乐"之分，上推至统一新罗时期，史籍中描述韩国音乐一般只笼统地分为"唐乐"和"乡乐"。如《宋史》卷 455《列传》246《高丽》条载：

八年，诏登州置馆于海次以待使者。其年，又遣御事民官侍郎郭元来贡。元自言："……乐有二品：曰唐乐，曰乡乐。……"元辞

---

① 《高丽史节要》，卷 7，《睿宗》，亚细亚文化社 1973 年版，第 206 页。

貌恭恪，每受宴赐，必自为谢表，粗有文采，朝廷待之亦厚。

　　这里的"八年"指的是宋真宗大中祥符八年(1015)。较之《高丽史》成书的1451年早400多年。相似的记载还见于徐兢的《宣和奉使高丽图经》，其书成于宣和六年(1124)，较之《高丽史》成书的时间早200多年。而且乡乐之名在高丽朝之后也一直在用，如朝鲜王朝《世宗实录》卷65，世宗十九年条载："惯习都鉴启，御前礼宴，乡乐在东，唐乐在西。"另外，乡乐之名在《高丽史乐志》中也多次出现。所以人们大都认为俗乐是乡乐的一个代指。这一点中、韩学者都发表过相似的意见。如沈淑庆就认为"高丽的音乐，即韩国民族固有的音乐叫'乡乐'，而《高丽史乐志》中的俗乐指的就是乡乐"[1]。王小盾也认为"朝鲜半岛的古代音乐可以分为两部分，一部分是'土著乐舞'，一部分是'外来乐舞'，而对于前者，高丽时代称'俗乐'"[2]。但实际上却并没有这么简单。我们可以说《高丽史乐志》中的俗乐包含了乡乐，但俗乐却不等同于乡乐。从所载音乐的内容上看，俗乐主要包含了两个部分，即"高丽俗乐"和"三国俗乐"，这两部分都是乡乐，这是没问题的。但是从后面的"用俗乐节度"来看，高丽俗乐中应该还包含了一部分外来音乐，前引"文宗二十七年二月"条已经很清楚地说明了这一点。此外，这里还有多处记载了在俗乐表演中乡乐、唐乐杂奏的情况。这些都表明，高丽时代的俗乐中包含了一部分中国音乐，并非单纯的乡乐那么简单。

　　通过以上几个概念的澄清和对高丽"雅乐"、"俗乐"的梳理，我们发现，《高丽史乐志》的音乐分类的情形非常复杂，往往我中有你，你中有我。所谓的"雅乐"、"俗乐"之说，只是就其主体而言。不过，这里的"雅"、"俗"这两个字的使用还是在一定程度上表明了该音乐的性质。

---

　　[1]　沈淑庆：《高丽与宋时期的宫廷乐舞交流》，《南京艺术学院学报》，2004年第1期，第47—48页。

　　[2]　王小盾：《朝鲜半岛的古代音乐和音乐文献》，《黄钟：武汉音乐学院学报》，2005年第2期，第15页。

2.2.2 《唐乐》辨析

相比之下，唐乐的情况比之前面所述还要更复杂些。

在韩国音乐史上，唐乐之名由来已久。《三国史记》卷 6 中，就有"文武王四年，遣星川丘日等二十八人于府城学唐乐"的记载，时为唐高宗麟德元年（664）。这里的唐乐，取其字面含义，也就是唐代音乐之义。前引宋真宗大中祥符八年御事民官侍郎郭元的话则说明进入高丽朝之后，仍一直沿用唐乐之名。又，据《宋史·高丽传》记载：

> 高丽乐声甚下，无金石之音。既赐乐，乃分为左右二部。左曰唐乐，中国之音也，右曰乡乐，其故习也。

《宣和奉使高丽图经》卷 40，"乐律"条：

> 比年入贡，又请赐大晟雅乐。及请赐燕乐。诏皆从之。故乐舞益盛，可以观听。今其乐有两部：左曰唐乐，中国之音；右曰乡乐，盖夷音也。

虽然这里并不排除《宋史》沿袭《图经》的可能，但即便如此，毕竟徐兢曾经亲使高丽，所记还是非常可信的。由此可知高丽唐乐虽然由来已久，但其盛况的形成，则是在徽宗赐乐之后。不过从《高丽史·乐志·唐乐》的内容来看，此时的唐乐，与《高丽史乐志》中的唐乐仍有不同。当时的唐乐指的是所有来自中国的音乐，不但包括了《高丽史乐志》中的雅乐和唐乐，还包括了俗乐中的一部分来自中国的音乐。唐乐的这一含义一直沿用到朝鲜朝，如朝鲜朝初期的大音乐家朴堧说过这样的话："其乐之名，世称唐乐，唐字既为汉唐之唐，则历代中国之乐，皆以唐称之，其可乎？"[①]虽然朴堧旨在提出反对意见，但却在客观上反映出了当时以唐乐称历代中国音乐的事实。值得注意的是，当时《高丽史》尚未成书。所以以朴堧的影响，他的意见有可能直接影响

---

① 《世宗实录》，卷 47，世宗十二年二月条。

到了《高丽史乐志》的编撰也未可知。不管怎样，一个毋庸置疑的客观事实是，到了《高丽史乐志》这里，唐乐不再指唐代之乐，也不是指历代中国之乐，而是指从中国输入的音乐的一部分。这样看来，在韩国音乐史上，唐乐的含义至少有三：一是指唐代之乐，二是指来自中国的历代之乐，三是指来自中国的一部分音乐，也就是《高丽史乐志》中的这部分唐乐。这一点中韩学者均有见及。对此，沈淑庆曾做过一番总结，她说：

"唐乐"的定义随着时代和学者不同而有所不同，但通常作为与"乡乐"相对的概念，则泛指为唐代以后传入的中国系统乐舞的统称。韩国的音乐理论家宋芳松教授认为："唐乐"的用词虽然在统一新罗时代指唐代音乐在狭义上使用过。但是此后经过高丽及朝鲜时代直到今天仍作为包括宋代音乐在内的广泛意义上的概念而使用。中国舞蹈理论家朴永光教授把"唐乐"的概念分为两个方面：一个作为广义的概念，指中国各个时期传入的各种乐舞，包括宴乐、祭乐和鼓吹乐等。另一个狭义的"唐乐"，只是指宫廷宴乐，即由中国传入的教坊乐。韩国音乐史学家张师勋教授认为："唐乐作为新罗以后从唐、宋、元、明传入的中国系音乐的统称，作为与乡乐相对的概念而使用。"并且"把音乐、舞蹈、乐器和在一起用唐乐来代表"。[①]

虽然因看问题的视角不同，得出的结论也不尽相同，但沈淑庆在这段文字中对唐乐的三种含义的总结并不全面，却还是都有所触及，可以让我们对中韩学者关于唐乐的看法有一个大致的了解。我们这里重点要讨论的，当然是《高丽史乐志》中的这部分唐乐，而这部分音乐的情况比较特殊，长时间以来人们对这部分音乐的看法有颇多混淆错乱之处，所以有几点需要辨明。

其一，《高丽史乐志》唐乐所载宋词与大晟乐有着本质的区别，不能混为一谈。

---

① 沈淑庆：《高丽与宋时期的宫廷乐舞交流》，《南京艺术学院学报》，2004 年第 1 期，第 47—48 页。

在中国，较早言及唐乐的是朱彝尊，他在《书高丽史后》中有这样一段话：

> 《高丽史》……观其体例，有条不紊，王氏一代之文献有足征者。卷中《乐志》歌辞，率本裕陵所赐大晟乐府谱。[①]

这里的"《乐志》歌辞"明显是指唐乐中的词作，并认为这些词作来源于宋徽宗所赐的大晟乐。朱彝尊的这个观点直接影响到了后来的《钦定词谱》。《钦定词谱》中收录了《高丽史乐志》唐乐中的词作凡28首，另有提及而未著录的8首。其中多处将所录词作与大晟乐混为一谈。

如卷九《迎春乐》有注曰：

> 按，宋以《大晟乐》赐高丽，其乐章皆北宋人作，故《高丽史·乐志》有宋词一卷，间亦采之。

卷十《荔子丹》下有注曰：

> 宋赐高丽大晟乐，故《乐志》中犹存宋人词，此亦其一也，无别首可校。

卷十六《惜奴娇》调下注云：

> 《高丽史·乐志》，宋赐大晟乐内有《惜奴娇曲破》，择其雅者，亦为类列。

又录《高丽史乐志》唐乐中词为例并注曰：

> 此以下三词，皆见《高丽史·乐志》宋赐大晟乐中，《惜奴娇曲

---

① 《曝书亭集》，卷44。

破》之一遍也。

　　以朱彝尊和《钦定词谱》在词学界的地位和影响，把唐乐看作大晟乐的这一观点广泛传播，几成定论。直到现在，很多学者仍承袭这种说法。而事实上，大晟乐和《高丽史乐志》唐乐中所载的词虽然有一定的关联，但从性质上看却完全不同。这种看法至少犯了这样三个错误：一是概念混乱，没弄清楚大晟乐的确切含义，把大晟乐与大晟词等同起来。大晟乐的含义有二，一是指大晟雅乐，二是指大晟府所制的全部音乐。其中第一个含义较科学，使用的也较为普遍。但无论哪一种含义都不可用来代指大晟词，更不能用来代指宋词，何况唐乐与大晟词和宋词还有不同。对此，诸葛忆兵曾经指出："后人笼统言及'大晟乐'，总是与词的创作联系在一起。这样的理解，与徽宗时所谓的'大晟乐'，概念上有不统一之处。其错误在于忽视了'大晟乐'内部的分类。"也就是说忽视了大晟雅乐和燕乐的分类，而"徽宗时朝廷颁布的'大晟乐'，仅指前者；后人理解的'大晟乐'，偏指后者，二者并不是一个概念"[1]。诸葛忆兵的议论虽然与唐乐无关，但至少让我们知道，前人在大晟乐的理解上犯了怎样的错误，带着这种错误去看唐乐，自然不免错上加错。二是对宋徽宗赐乐的具体情况缺乏了解。根据现存史料，徽宗朝对高丽的官方赐乐至少有三次，每次所赐的音乐都不尽相同，可是朱彝尊和《钦定词谱》的编撰者似乎只看到了宋徽宗所赐的大晟雅乐，却不及其他。这种认识上的偏颇直接导致了对《高丽史乐志》所载词的错误判断，以为这些词作就是大晟雅乐的歌词，即引文中提到的"乐章"，却不知大晟雅乐虽然也有歌词，但却与我们所认识的宋词沾不上边。因为大晟雅乐的这些歌词都是四言颂诗，这些颂诗"整齐呆板，空洞无物，多是四平八稳、歌功颂德的陈词滥调，《宋史·乐志》载录甚详，它们与宋词毫无关联"[2]。三是对唐乐的考察不够深入。对于《钦定词谱》认为《高丽史乐志》中的宋词均出于大晟乐的这种看法，吴熊和先生在20世纪90年代初就已经提出质疑，他说：

---

① 诸葛忆兵：《大晟乐辨三题》，《文献》，1998年第2期，第153页。
② 诸葛忆兵：《徽宗词坛研究》。

　　大晟乐是一种用于祭祀宴飨的朝廷雅乐，它与柳永诸人的侧艳俗曲不能相容，两者不可混为一谈。北宋史籍对赐大晟乐一事，固然语焉不详，难以作为依据；可是高丽史料有关大晟乐的乐舞内容，传授经过与演奏情况，记述甚备，从中却找不到《词谱》所云的事实依据。所谓《高丽史乐志》中宋词都是大晟乐章的说法，令人不能无疑。而且，高丽传入宋乐，绝非自大晟乐始，早在宋神宗熙宁时期，双方交流就以络绎不绝，屡见于宋人典籍。《词谱》于此，亦未免失考。①

　　吴先生的这段话实际上指明了《钦定词谱》在《高丽史乐志》唐乐中所载词的内容、体制、来源等方面均有失察。换句话说，就是《钦定词谱》对这部分词作品已经有了先入为主的成见，所以根本没有对文本本身进行深入研究，想当然的就得出结论，错误也就在所难免。

　　其二，《高丽史乐志》中唐乐所载宋词是在较长的时间内通过多种方式输入高丽朝的。

　　关于这部分唐乐的传入时间，一向是研究热点。但是因为在这方面中、韩史籍都没有明确地记载，研究者们只能根据现存的几则材料从自己认为是正确的角度进行分析，故得出的结论也就不免见仁见智，各持一端。总结起来，其中有三种看法比较有代表性。

　　一种看法认为，《唐乐》中所载宋词是宋徽宗政和七年一次性传入高丽朝的。持这种观点的人认为，"大晟乐有俗、雅乐之分，而唐乐是徽宗年间传入高丽的'大晟俗乐'，因此，依据徽宗赐乐高丽史料，就有可能探查出唐乐传入时间。"而徽宗赐乐高丽虽然共有三次，分别是在宋徽宗政和四年、政和六年和政和七年，但"前两次所赐都为大晟雅乐，故不可能在前两次传入"，故只能是在政和七年这次。并提出三点佐证理由：一是以陈振孙《直斋书录解题》卷一八著录孙觌《鸿庆集》四十二卷其下所作的注"大观三年进士，政和四年词科。《代高丽王谢赐燕乐表》，脍炙人口"为依据，断定宋代确有赐高丽大晟燕

――――――――――
　　① 吴熊和：《〈高丽史乐志〉中宋人词曲的传入时间与两国的文化交流》，见沈善洪主编：《韩国研究》，杭州大学出版社1994年4月版。

乐的行为。而高丽使臣安稷崇及王字之、文公彦的两次赐乐，都未见有请人代笔致谢的情况，那么这篇《代高丽王谢赐燕乐表》极有可能写于政和七年这次。二是从时间看，"政和七年是大晟新燕乐改造完成、理论成熟的时期。随着大晟新燕乐改造完成，大晟府面临的主要任务就是如何将之在民间广为推广。"对一贯好大喜功的徽宗来说，此时赐高丽朝以燕乐是顺理成章的。第三，"唐乐词曲的内容特征和大晟词人任职期间所作的词曲一致。唐乐词曲中颂圣祝寿词占一半以上。""这类词多应用于徽宗时期宫廷举行的各种节庆活动。此外，唐乐中很多作品描写元宵祝寿。例如《献仙桃》队舞，通篇表现王母于灯夕从蓬莱仙境来为君王祝寿的情景。"①

　　一种看法认为，《唐乐》传入高丽的时间是宋徽宗政和年间。其证据主要有二：其一是《高丽史·乐志》把宋神宗熙宁年间传入的教坊乐编入"俗乐"，而按《宋史·高丽传》的解释，俗乐的特点是"其故习也"。这样的话，"唐乐"便是指另一批教坊乐，即较晚传入的徽宗时的音乐。也就是说，《高丽史·乐志》中的"俗乐"与"唐乐"之分，不仅是"乡乐"与"中国之音"的区分，而且是教坊旧乐与教坊新乐的区分。其二是《高丽史·乐志》"唐乐"歌曲中，有些作品如赵企《感皇恩》、李景元《帝台春》、晁端礼《黄河清慢》等作于徽宗时期。另外，大晟时期宋丽之间的宫廷音乐交往，据记载共有三次，尽管宋代词文学之传入高丽可以有许多机会，但"唐乐"却只能随乐工谱器而传入。因此可以判断，它是通过以上三次途径，亦即在宋政和年间和高丽睿宗年间，进入高丽宫廷的。②

　　一种看法认为，《唐乐》之传入高丽历经神宗、哲宗、徽宗三朝。其依据主要有三：一是晏殊、柳永、欧阳修的词应是在神宗朝传入高丽的。这是因为熙宁、元丰年间三家的词传唱正盛，声播遐迩。而此时北宋与高丽的音乐交流臻于极盛，三家词集亦先后刊行，广为流行。特别是柳永的《乐章集》，本是教坊的习用唱本，以其"凡有井水饮处，即能歌柳词"超常影响力，通过教坊子弟传入高丽，合乎当时的时代风气，不足为怪。此外，《唐乐》中的《抛球乐》、

---

① 朱君梅：《〈高丽史·乐志〉"唐乐"传入时间考》，《华北水利水电学院学报》，2007 年第 2 期。
② 王小盾、刘玉珺：《从〈高丽史·乐志〉"唐乐"看宋代音乐》，《中国音乐学》，2005 年第 1 期。

《献仙桃》、《五羊仙》诸词根据《用俗乐节度》中文宗二十七年、三十一年用乐情况的记载，也当是神宗年间传入的。《惜奴娇》和《万年欢》从内容上看，也是此时传入的。二是苏轼的词只能是哲宗朝传入高丽的。《唐乐》中有苏轼《行香子》一词，"这首词传入高丽，也是在哲宗时期，此后即无可能。"因为徽宗即位后，禁元祐学术，苏轼名列奸党，且文集被毁，直到宣和六年冬十月，朝廷还下诏"有收藏习用苏、黄之文者，并令焚毁，犯者以大不恭论"①。所以此词不可能在徽宗年间传入高丽。三是赵企《感皇恩》、李景元《帝台春》、晁端礼《黄河清慢》等都作于徽宗时期，晁端礼的《黄河清慢》更可以确定是大晟府所制曲。这些作品当与大晟乐先后传入。②

　　第一种看法是要全盘否定的。首先它的立论基础就很成问题。前面我们已经分析过，政和四年所赐的新乐实际上是新燕乐，也就是教坊乐、俗乐，最起码是以新燕乐为主，所以认为"前两次所赐都为大晟雅乐"根本就不成立。另外它的几点佐证也有问题。一是前两次未见有请人代笔致谢不代表没有请人代笔致谢，更何况史籍也没记载第三次就请人代笔致谢，怎么能够认定《代高丽王谢赐燕乐表》是为第三次赐乐所写，而不是第一次或者第二次？况且，如果按照习惯性的思维方式，从"大观三年进士，政和四年词科。《代高丽王谢赐燕乐表》，脍炙人口"这句话的表述顺序，这张《谢表》写于政和四年的可能性好像更大些。吴熊和先生从《谢表》的内容考察，也认为"盖指守(首)赐大晟新乐而言"③。二是新燕乐于政和三年就已经颁布，对于一贯好大喜功的宋徽宗来说，未必能够等到政和七年才去推广它。三是唐乐中很多作品描写元宵祝寿只能代表这些作品可能是徽宗朝传入高丽的，却不能代表这些作品一定是政和七年传入的。而最根本的一个问题是，从《唐乐》所录的作品来看，它们根本就不可能是一次性传入高丽朝的。这里面的因由，在后面的两种看法中已经分析得非常透彻，无须赘言。

　　第二种看法较之第一种更加客观合理些。但把时间限定在政和年间仍有

---

　　①　脱脱等：《宋史》，卷22，《本纪》22，《徽宗四》，第257页。

　　②　吴熊和：《〈高丽史乐志〉中宋人词曲的传入时间与两国的文化交流》，见沈善洪主编：《韩国研究》，杭州大学出版社1994年4月版。

　　③　吴熊和：《〈高丽史乐志〉中宋人词曲的传入时间与两国的文化交流》。

问题。首先，强调"俗乐的特点是'其故习也'"没有错，但据此就说《高丽史·乐志》中的"俗乐"与"唐乐"之分，不仅是"乡乐"与"中国之音"的区分，而且是教坊旧乐与教坊新乐的区分，未免有断章取义、强为作解之嫌。"故习"之说出自《宋史高丽传》[①]，原是就"分为左右二部"的"唐乐"、"乡乐"而言，其区别是外来音乐与高丽本土音乐的区别，也就是中国音乐与高丽乡乐的区别，所以这里的唐乐指的是从中国输入的全部的音乐，其中包括雅乐，与后来的俗乐并不完全相同。《宋史》问世时，《高丽史》尚未开始编撰，这里关于唐乐、乡乐的划分与后来的《高丽史》中唐乐、俗乐的划分不可一概而论。其次就是对"故习"的解释也有问题。联系上下文，"故习"应该并非"旧日所习"的意思，而是"本土所习"的意思，"其故习也"也就是徐兢所说的"盖夷音也"。所以据此认为"'唐乐'便是指另一批教坊乐，即较晚传入的徽宗时的音乐"是不能成立的。没有了这个前提，唐乐只能通过徽宗三次赐乐的途径输入高丽朝的结论自然也就不能成立。

第三种看法剖析细致，论证充分，对唐乐的输入时间的判断已经落实到具体的作家作品，无疑是三种看法中最接近真实情况的一种论断。可惜的是，如此详尽客观的分析却为许多研究者所忽略。不过，这种看法也有需要补充之处。无可否认，宋、丽的文化交流特别是音乐交流主要集中在神宗、哲宗、徽宗三朝，但是，在宋、丽关系一度断绝长达 40 余年之前，两国的交流同样非常频繁。这一点前文已有交待。仅以互派使者而论，太宗年间 23 次，比徽宗年间的 19 次还多 4 次。真宗年间两国关系虽然时断时续，但也有 8 次。还有一点非常值得注意的是，据《宋史·乐志》的记载，"太宗洞晓音律，前后亲制大小曲及因旧曲创新声者总三百九十"，其中所包括的《清平乐》、《万年欢》、《帝台春》、《游月宫》、《瑞鹧鸪》、《倾杯乐》、《千秋岁》等，均见于高丽"唐乐"。另外根据王小盾的分析，"高丽'唐乐'主要是在北宋太宗至徽宗这一百五十年间形成的，是北宋时候的'新乐'。也就是说，高丽'唐乐'是宋代流行音乐的代表。"[②]这样看来，我们就不能排除太宗、真宗、仁宗三朝在 1030 年之前有部

---

① 吴熊和：《〈高丽史乐志〉中宋人词曲的传入时间与两国的文化交流》。
② 王小盾、刘玉珺：《从〈高丽史·乐志〉"唐乐"看宋代音乐》，《中国音乐学》，2005 年第 1 期，第 52 页。

分音乐已经传入高丽的可能。尽管对此史籍无载。另外，从前面所引的朴壎在世宗十二年的上书中我们已经知道，我们现在所见的《唐乐》中所录的词作并非当年的全部，这从《高丽史》的相关记载中也可以得到证明。如宣宗王运作的《添声杨柳枝》，睿宗王俣所作的《寿星明》均不见载于《唐乐》。由此也就不排除神宗前已有不少词作传入高丽但后来流失、不见载于《唐乐》的可能。

其三，《高丽史乐志》中的唐乐乃"杂用"之乐。

《高丽史乐志》唐乐条下有这样一条注释："唐乐，高丽杂用之，故集而附之。"这条注释一直为研治《唐乐》的学者所忽略，而这却是解决《唐乐》研究诸多疑难杂症的一个关键。这条注释起码向我们揭明了两点：第一，唐乐是"杂用"之乐，也就是说，它是与其他音乐混合起来使用的一种音乐；第二，唐乐并非一个独立完整的音乐体系，"集而附之"四个字已经清楚地说明了这一点。所谓的"集"就是由原来的散乱状态把它们归拢到一起，所谓的"附"则表明这些内容并非主体内容，所以只是附录于此。明白了这个道理，关于唐乐的一些疑点我们就可以解开了。

《高丽史乐志》《雅乐太庙乐章》中有这样的记载：

> 十六年(1367)正月丙午，幸徽懿公主魂殿，告锡命，仍设大享，教坊奏新撰乐章。

但在同书的《俗乐用俗乐节度》却有这样的记载：

> 十六年(1367)正月丙午，告锡命于徽懿公主魂殿，初献奏《太平年》之曲、亚献奏《水龙吟》之曲、中献奏《忆吹箫》之曲。

同一件事情同时见载于雅乐和俗乐两处，只能说明一个问题，就是这个仪式中既有雅乐的成分，也有俗乐的成分。这绝非史家记载有误，而是当时的情况确实如此。这里的《太平年》、《水龙吟》、《忆吹箫》当指《唐乐》中的《太平年慢》、《水龙吟慢》、《忆吹箫慢》，其乐当与雅乐杂奏，而非初献、亚献、中献只奏一曲。这从《乐志》中所记载的太庙乐章已经看得很清楚。

其四,《唐乐》所载词的数量。

《唐乐》所载词的数量,原本不应该作为问题提出来。《唐乐》中所收录的词作一一地摆在那里,只要会数数,就应该能够数得出来一共有多少首作品。可是就是这样一件简单的事情却在结论上产生了众多分歧。各家统计出来的数字居然各不相同。姑举几例:

> 《高丽史乐志》著录自北宋传入的歌舞曲七套,曲词三十首,另外还有小令慢曲四十四首,共七十四首,列于"唐乐"。[1]

> 在邻邦朝鲜《高丽史乐志》里存录了宋词七十首,其中有五十五首属于佚词。它实为北宋大晟府习用的歌词,由宋王朝应邻邦之请而转赠的,是古代中国与朝鲜文化交流的产物。[2]

> 据《高丽史·乐志二·唐乐》,祝寿、宴享唱的词共六十七首,其中歌舞剧曲《献仙桃》、《寿延长》等五组唱词共十二首,《惜奴娇曲破》八首,《万年欢慢》四首,其余四十三首是独立的散词。这六十七首词都没有作者姓名,但有十五首是可考的,即柳永八首,晏殊、欧阳修、苏轼、晁端礼、阮逸女、赵企、李甲七人各一首。[3]

所以出现这样的情况,原因可能很多:或者是因为计算的出发点不同,如吴熊和先生偏重于曲目,谢、罗两位先生偏重于歌词;或者对具体篇章的划分不同,如罗先生认为《惜奴娇曲破》共有八首,但韩国的李明九则认为是六首,虽然不知道吴、谢两位先生是怎样划分这组词的,但出现分歧的可能性比较大;或者是因为对曲词性质的认识不同,如吴熊和称"歌舞曲",而罗忼烈称"歌舞剧曲",而且在数目上,一曰七,一曰五,明显看法不一;加之大曲中颇多有目无词的作品著录其间,可能也给统计者造成了一些混乱。不过,因为

---

① 吴熊和:《〈高丽史乐志〉中宋人词曲的传入时间与两国的文化交流》,第8页。
② 谢桃坊:《〈高丽史乐志〉所存宋词考辨》,《文学遗产》,1993年第2期,第70页。
③ 罗忼烈:《高丽、朝鲜词说略》,《文学评论》,1991年第3期,第17页。

这三个人都没有把具体词篇罗列出来，我们没办法知道他们是怎样划定词作的。散词还好办些，除了《惜奴娇》和《万年欢》，其他都独立成篇，但在大曲里面，歌词是杂在乐舞中间的，处理起来比较困难。为了弄清楚《唐乐》所载词的确切数目，笔者逐一爬梳，并结合《钦定词谱》所录，参酌己见，认为以有目有词的作品为准，还是李明九的整理比其他人较为详尽，列出了具体的篇章。按照他的统计，共得词66首。兹将这66首词目列举如下：

1. 大曲
《献仙桃》
(1) 献天寿慢（日暖风和春更迟）
(2) 献天寿令（阆苑人间虽隔）
(3) 金展子慢（丽日舒长）
(4) 金盏子令（东风报暖）
(5) 献桃仙（北暴东顽词）
《寿延长》
(1) 中腔令（彤云暎彩色）
(2) 破字令（青春玉殿和风细）
《五羊仙》
(1) 步虚字令（碧云笼晓海波闲）
(2) 破字令（缥缈三山岛）
《抛球乐》
(1) 折花令三台词（翠幕华筵）
(2) 水龙吟令（洞天景色常春）
(3) 清平令（满庭罗绮流粲）

2. 散词
(1) 惜奴娇（春早皇都）
(2) 惜奴娇（夸帝里）
(3) 惜奴娇（景云披靡）

(4) 惜奴娇 (骋轮从勒)
(5) 惜奴娇 (莫如胜槩)
(6) 惜奴娇 (楼起霄宫里)
(7) 万年欢慢 (禁籞初晴)
(8) 万年欢慢 (当今圣主)
(9) 万年欢慢 (婥妁腰肢轻婀娜)
(10) 万年欢慢 (舞鸾双翥)
(11) 忆吹箫慢 (血洒霜罗)
(12) 洛阳春 (红纱未晓黄鹂语) 欧阳修作
(13) 月华清慢 (雨洗天开)
(14) 传花枝令 (平生自负风流才调) 柳永作
(15) 感皇恩令 (骑马踏红尘) 赵企作
(16) 感皇恩令 (和袖把金鞭)
(17) 醉太平 (恹恹闷着)
(18) 夏云峰慢 (宴堂深) 柳永作
(19) 醉蓬来慢 (渐亭皋叶下) 柳永作
(20) 黄河清慢 (晴景初升风细细) 晁端礼作
(21) 还宫乐 (喜贺我皇)
(22) 清平乐 (真主玉历成康)
(23) 荔子丹 (鬬巧宫妆扫翠眉)
(24) 水龙吟慢 (玉皇金阕长春)
(25) 倾杯乐 (禁漏花深) 柳永作
(26) 太平年慢 (皇州春满群芳丽)
(27) 金殿乐 (驾紫鸾軿)
(28) 金殿乐 (清夜无尘) 苏轼作(即《行香子·述怀》)
(29) 安平乐 (开琼筵)
(30) 爱月夜眠迟慢 (禁鼓初敲)
(31) 惜花春起早慢 (向春来)
(32) 帝台春慢 (芳草碧色) 李甲作

（33）千秋岁令（想风流态）

（34）风中柳令（爱鬓云长）

（35）汉宫春（春日迟迟）

（36）花心动（暑逼芳襟）

（37）花心动（仙苑春浓）阮逸女作

（38）雨淋铃慢（寒蝉凄切）柳永作

（39）行香子慢（瑞景光融）

（40）雨中花慢（宴阑倚栏）

（41）迎春乐令（神州丽景春先到）

（42）浪淘沙令（有个人人）柳永作

（43）御街行令（燔柴烟断星河曙）柳永作

（44）西江月慢（烟笼细柳）

（45）游月宫令（当今圣主座龙楼）

（46）少年游（芙蓉花发去年枝）晏殊作

（47）桂枝香（暖风迟日）

（48）庆金枝令（莫惜金缕衣）

（49）百宝妆（一抹弦器）

（50）万朝欢令（未央宫阙丹霞住）

（51）天下乐令（寿星明久寿曲）

（52）感恩多令（罗帐半垂门半开）

（53）临江仙慢（梦觉小庭院）柳永作

（54）解佩令（脸儿端正）

但李明九在词牌的标注、词的断句、文字的校正等方面还存在着许多问题，这里暂不作讨论。这里要说的是，他的统计实际上也不够完全。可能因为他对中国的词还不是十分熟悉的原因，有几篇类似于诗的词，他没有统计进来，兹补列如下：

《献仙桃》

元宵嘉会赏春光，盛事当年忆上阳。
尧颡喜瞻天北极，舜衣深拱殿中央。
欢声浩荡连韶曲，和气氤氲带御香。
壮观太平何以报，蟠桃一朵献千祥。

《瑞鹧鸪慢》

海东今日太平天，喜望龙云庆会筵。
尾扇初开明黼座，画帘高卷罩祥烟。
梯航交凑端门外，玉帛森罗殿陛前。
妾献皇龄千万寿，封人何更祝遐年。

《小抛球乐令》

两行花窈占风流，
缕金罗带系抛球。
玉纤高指红丝网，
大家着意胜头筹。

满庭箫鼓簇飞球，
丝竿红网总抬头，
频歌覆手抛将过，
两行人待看回筹。

五花心里看抛球，
香腮红嫩柳烟稠，
清歌叠鼓连催促，

这里不让第三筹。

箫鼓声声且莫催，
彩球高下意难裁，
恐将脂粉均妆面，
羞被狂毫抹污来。

　　这三调六篇作品，前两篇见于大曲《献仙桃》，后四篇见于大曲《抛球乐》。认为这六篇作品也是词的理由有两点：其一，从行文习惯上看，《唐乐》在记述这几篇作品之前，皆曰"唱"某某"词"，而《唐乐》所载，凡曰"唱"者皆为词，诗或散语皆曰"口号"。其二，这里补录的《瑞鹧鸪慢》和《献仙桃》两篇，从篇章句法以及用韵上看，都基本上符合《瑞鹧鸪》词调的要求，双调五十六字，前段四句三平韵，后段四句两平韵，所以应该都是《瑞鹧鸪》词。查《钦定词谱》，《瑞鹧鸪》双调五十六字共有两体，《唐乐》中所载与贺铸一体大致相同。而且退一步讲，即便这两篇作品在《词谱》中找不到对应的词调，但《唐乐》中既然已经标明词调，且曰"唱词"，我们就应该把它当作词来看。《小抛球乐令》不见于中、韩学者的论述，似乎都没有把它当作词来看，而且从形式上考察，它们与七言绝句无异，但一则《唐乐》明白写着"全队唱《小抛球乐令》两行花窍词"[1]，我们不能因为它形近于诗而不予承认；二则词而形近于诗者所在多是，诸如《竹枝词》、《浪淘沙》，包括《瑞鹧鸪》、《玉楼春》等都是这样，我们也不能因为这样就不承认它是词。

　　还有就是关于《惜奴娇》曲破的篇章划定问题。如依《钦定词谱》所收录的三篇《惜奴娇》词的情况来看，李明九的六篇之说没有问题。不过罗忼烈既然提出八篇之说，当然也并非全无依据。虽然不知道罗忼烈的八篇具体是怎样划定的，但出现分歧的地方应该是"春早皇都"和"景云披靡"这两首，这两篇依照李明九的整理，内容如下：

---

① 韩国文献研究所：《高丽史》，《乐志二》，亚细亚文化社1990年版，第541页。

　　春早皇都，冰泮宫沼，东风布轻暖，梅粉飘香，柳带弄色，瑞霭祥烟凝浅，正值元宵，行乐同民总无间，肆情怀，何惜相邀，是处裹容歆。

　　无算仗委东君遍，有风光，占五陵闲散，从把千金五夜继赏，并彻春宵游酛，借问花灯，金瑙琼瑰果曾罕，洞天里，一掠蓬瀛，第恐今宵短。

　　景云披靡，露浥轻寒若水，尽是游人才美，陌尘润，宝沉递，笑指扬鞭，多少高门胜会，况是，只有今夕誓无寐。

　　盛日凝理，羽巢可窥，阆苑金关启扉，烛连宵，宁防避，暗尘随马，明月逐人，无际调戏，相歌秾李，未阑已。

　　在篇章划定上，《钦定词谱》与此略同，断句和个别字眼有异。之所以认为分歧是在这两篇，是因为其他四篇依《唐乐》所载，或单调，或双调，每首都是独立成篇，排版上已经显示得明明白白，且用韵统一，意脉连贯。而这两篇在排版上虽然可以认为是单调的四篇，但《词谱》却是作为双调的两篇看。而罗忼烈的八篇之数，应该就是把这两篇作为四篇看的。李明九在整理这两篇作品的时候，似乎未见《词谱》。他所参考的是严宾杜的《词范》和刘宏度的《宋歌舞戏曲考》，但这两本书均为后出之作，与最早著录《唐乐》所载词作的《词谱》应该不无关联，特别是严、刘两人都是词学研究领域中的知名学者，《词谱》所载，不可能没有见过。不过，《词谱》虽好，但未必无错。"春早皇都"一首看作是双调一篇，尚可，但"景云披靡"一首也这样看的话，却有很大疑问。"春早皇都"篇中，"无算仗委东君遍"句虽然在排版上另起一行，但与上面的"是处裹容歆"一句，中间只隔一字空格，这与《唐乐》中所载其他双调词上下片之间仅隔一格的排版方式相同，虽然不排除巧合的可能，但还可以看做并非特意另起一行，只是行文所致。而且，"春早皇都"一节和"无算仗委东君遍"一节在用韵上完全一致，看做一篇最起码说得过去。而"景云披靡"一篇中，"盛日凝理"句起，从排版上看，绝对是另起一行，与上一行的"只有今夕誓无寐"句之间相隔十字，在半行以上。可见起码《唐乐》的编撰者是把它们作为两篇作品来看的。尽管编者也未必完全正确，但我们还是应该尊重编撰者的意见，把它们作为两首看。

这样，《惜奴娇》曲破实为七首。加上前面的六首，《唐乐》所载词应为73首。

2.2.3 《唐乐》与韩国词的萌芽

在中国学界，从朱彝尊到《钦定词谱》，再到词学三大宗师之一的唐圭璋，再到当今著名学者如吴熊和、谢桃坊、王小盾等人，虽然对《唐乐》的认识不尽相同，但却不约而同的一致认为，《唐乐》所载的全部词作都是宋词。王小盾甚至认为：

> 高丽宫廷音乐的历史，就是吸收和消化中国音乐的历史。因为在"雅""唐""俗"三类音乐中，都有来自中国的音乐。例如"俗乐"中的《踏莎行》歌舞、《抛球乐》、《九张机》别伎和王母队歌舞皆来自中国，而"唐乐"的直接来源则是联系于中国节庆风俗活动的宋代教坊俗乐。①

在这一点上国内学界敢于提出反对意见的，罗忼烈大概是第一人。他在《高丽、朝鲜词说略》中有这样一段话：

> 《全宋词》把那些无主名之作收在"无名氏"名下，刘永济也将《惜奴娇曲破》八首收入《宋代歌舞剧曲录要》中，都是有问题的。因为我们既不能证明那些词全是宋代的作品，更不能证明那些无名氏作者都是中国人。②

罗先生进一步强调说，在古代，中韩两国的文人都用古汉语进行创作，

---

① 王小盾：《朝鲜半岛的古代音乐和音乐文献》，《黄钟：武汉音乐学院学报》，2005 年第 2 期，第 17 页。
② 罗忼烈：《高丽、朝鲜词说略》，《文学评论》，1991 年第 3 期，第 18 页。

很难区别。就韩国言，从崔致远(857—917？)的《桂苑笔耕集》到郭钟扬(1846—1919)的《俛宇先生文集》，其文字、格式行款和我们的一模一样，如果不知道作者国籍，只看书的外貌是分辨不出来的。典型的如《全唐文》最后一卷收了新罗、高丽和后百济七人之作，可是我们看不出用语行文和中国人写的有什么不同。"同样地，如果把他们的词按年代放进元明清的词籍里，大概也不容易分辨出来的。也许觉得有些作品不够火候或不合平仄，如此而已。"由此，罗先生认为：

> 在"唐乐"的六十七首词中，除柳永等十五首采自中国之外其余五十二首极可能是高丽词人作的。因为其中《献天寿慢》、《金盏子令》、《折花令》、《荔子丹》等十七个词调，从来没有在我国词籍里出现过；而且《献仙桃》、《寿延长》等词组，都是颂圣贡谀的整套歌舞剧曲，显然出于御用文人之手，不是用现成的宋元人词可以拼凑出来的。①

罗先生的话没错，李齐贤的词就已经很能说明问题了。今人论及元词时，李齐贤是一个必不可少的人物，几乎已经成了元人的一分子。当然，李齐贤有其特殊性，毕竟他居留中国的时间较长，已经算得上是半个中国人。不过，即便换一个人，如高丽宣宗王运，把他的《添声杨柳枝》放到中国的早期词里面，恐怕也一样没人能够分辨得出来。从这一点来看，说《唐乐》中有高丽词人的作品，非常可能，也非常合理。

其实在韩国学界，在罗先生之前，已经有人提出过这个问题了。如李明九，他就认为《唐乐》中不可能完全没有高丽词人之作，其中应该有相当数量的作品是高丽词人写的。②池浚模也认为《瑞鹧鸪嗺子》(北暴东顽)一词，当为高丽词人所作。③罗先生之后，柳己洙《历代韩国词总集》中收录了《唐乐》中的《瑞鹧鸪》(海东今日太平天)和《月华清慢》(雨洗天开)两首词，认为是高丽

---

① 罗忼烈：《高丽、朝鲜词说略》，《文学评论》，1991年第3期，第18页。
② 李明九：《高丽歌谣研究》，新雅社，第193页。
③ 池浚模：《高丽汉文学史》(下)，《语文学》，第39辑，第134页。

词人的作品。

不过，韩国的这方面的研究成果还较少介绍到中国来，所以鲜为人知；而罗先生的观点在他之后，几乎湮没无闻，似乎没能引起学界的注意。这不能不说是一件憾事。

当然，罗先生的观点有矫枉过正之嫌，说剩下的五十多首词可能都是高丽词人所作，未免从一个极端走向另一个极端。最起码，像下面这几首词，当非高丽词人所作：

忆吹箫慢

血洒霜罗，泪薄艳锦，伊方教我成行。
渐望断、斜桥暝柳，曲水归云。
月暗风高露冷，独自才抵孤城。
江南远，今夜就中，愁损行人。
愁人。旧香遗粉，空淡淡余暖、隐隐残痕。
到这里，思量是我、忒煞无情。
水更无情。使我摧画航，一日三程。
休烦恼，相见定约新春。

风中柳令

爱鬓云长，惜眉山翠。乍相见，一时眠起。
为伊尚敛未欲，将言相戏。早樽前，会人深意。
霎时间阻，眠儿早、巴巴地。便也解，封题相寄。
怎生是欵曲，终成连理。管胜如，旧来识底。

解佩令

脸儿端正，心儿峭俊，眉儿长，眼儿入鬓。

鼻儿隆隆口儿小，舌儿香软，耳朵儿就中红润。

项如琼玉，发如云鬟。眉如削，手如春笋。

妳儿甘甜腰儿细，脚儿去紧。那些儿，更休要问。

说这三首词不是高丽词人所作，主要是因为这几篇作品中俚言俗语用得太多太频繁，而这些东西对于主要从书本上学习汉语的高丽词人来说，一方面恐怕学不来，另一方面即便在书本上曾经见到过或者学过，也不可能运用得如此地道纯熟。不要说高丽文人，即便是中国的词人，能将俚言俗语运用到这种程度的，也不多见。

但我们还是要承认，《唐乐》中确实有一部分作品是高丽词人所作。对此，其实只要我们稍微细心一点，就会发现《唐乐》本身已经告诉我们这一情况了。首先，无可否认的一个事实是，《唐乐》中的歌舞曲词已经绝非宋时传入的原貌，而是被改造过了的。至为明显的就是《瑞鹧鸪慢》(海东今日太平天)词的出现。"海东"一词为高丽自指，宋赐高丽之乐不可能代作此词，而且北宋朝廷无论怎样优礼高丽朝，也不会自降身份去写这样的词。其次，有些词虽然没有明显的标记，但从内容上来看，不会是宋词。如《献仙桃》(北暴东顽)，若是宋词，"东顽"一词便不好作解，另外这首词恰在《瑞鹧鸪慢》一词之后，词意上也与前一词歌颂太平的主题紧密相关，前后联属，二者似为同时所作。此外，《月华清慢》(雨洗天开)，按《增补文献备考》卷107《乐考》17所载，乃丽末人所作。所以《唐乐》中所收录的作品并非全是宋词已经可以确定。问题是这里的高丽词作究竟有多少，如何去辨别。

在这一点上，其实罗先生在前面所引的那段话中已经给我们提供了一些可供参考的意见。

分析起来，罗先生其实是提出了两点分辨原则。他之所以认为剩下的五十多首词都极可能是高丽词人所作，一是从词调上看，"其中《献天寿慢》、《金盏子令》、《折花令》、《荔子丹》等十七个词调，从来没有在我国词籍里出现过"，也就是说，中国词籍中没出现过的词调，但却出现在《唐乐》中的，有可能是高丽词人的作品；二是从内容上看，"《献仙桃》、《寿延长》等词组，都是颂圣贡谀的整套歌舞剧曲，显然出于御用文人之手，不是用现成的宋元人词可以拼凑出来的"，也就是说，凡不符合中国词人的创作习惯的，内容不应为中国词作中所有的，有可能是高丽词人的作品。虽然我们不同意罗先生"除柳永等十五首采自中国之外其余五十二首极可能是高丽词人作的"这一观点，但还是要承认，罗先生的这种方法毕竟提供了一个较易入手的门径，有一定的科学性。只要我们小心求证，尚可一用。

罗先生所说的中国词籍中所没出现的十七个词调，没有罗列出来，到底是哪十七篇作品，不得而知，笔者限于水平，仅得十六调，不知是否在罗先生的统计范围之内，依《唐乐》，暂列如下：

> 《献天寿慢》、《献天寿令》、《金盏子令》、《金盏子令》嗺子、《寿延长中腔令》、《寿延长破字令》、《(五羊仙)破字令》、《步虚子令》、《折花令》、《还宫乐》、《荔子丹》、《太平年慢》、《爱月夜眠迟》、《惜花春早起慢》、《行香子慢》、《游月宫令》

其中见于大曲者九，见于散词者七。下面我们就以这十六首词为例，试作推断。

按照罗先生所说的"歌舞剧曲《献仙桃》、《寿延长》等五组唱词共十二首"，则这一部分的统计在数字上与李明九相同，所以这里面似乎应该没有包括《献仙桃》(元宵嘉会赏春光)、《瑞鹧鸪慢》(海东今日太平天)和《小抛球乐令》四首。但在罗先生的论文中《瑞鹧鸪慢》(海东今日太平天)这首词赫然在目，可见罗先生在这一部分的统计仍然与李明九不同。

大曲里面的词，罗先生曾举《献仙桃》中的作品为例，认为"这是演元宵佳节西王母献蟠桃给高丽王祝寿的歌舞剧曲"，又说"像这种词，断不是宋朝的作者跑到高丽去歌功颂德的，所以我推测出于高丽王朝御用文人之手。至于词调为宋元所无的竟然多至十七个，除是他们的'自度曲'外，是不容易解释的"。但对于《唐乐》众多颂寿之作，王小盾却持有不同看法，他认为"种种迹象表明，《高丽史·乐志》'唐乐'中的节目，其主体是作为天宁节祝寿乐舞创制出来的"。并举《满朝欢令》、《清平乐》、《还宫乐》为例，说这些作品"明显是用于秋日祝寿的作品"。又说，"按北宋徽宗天宁节在十月十日，南宋理宗天基圣节在正月五日，而十月亦是庆'丰稔'的时节。据此可知这些具秋日祝寿特点的作品都产生于北宋后期的天宁节庆典。"①对于其中出现了较多的元宵祝寿的词作，王小盾引《东京梦华录》、《梦粱录》的与元宵相关记载，以为北宋元宵庆祝活动非常隆重，而词作中所写，恰是这种情况的真实反映。应该说两个人的观点都有合理的成分，但也都有错误的地方。罗先生的观点未免武断，论据不是很充分；而王先生的观点稍嫌牵强，且不免有点以偏概全。两个人似乎胸中都已早有定见，求证的时候，只是为定见找例子罢了。以罗先生的观点为例，无可否认，中国的文人是不可能跑到高丽朝去为他们的君主歌功颂德，但又怎知这些作品不是中国文人原本为宋朝皇帝歌功颂德而被高丽朝借去的？虽然有些词调确实为中国词籍所无，但怎知不是原本产生于中国但后来本土失传，却在高丽的典籍中保存下来了？"自度曲"一说，更有问题，即便谙熟音律的中国词人，也不见得有几个人能自度曲，何况是对中国的音律并不十分熟悉的高丽词人？再以王先生的观点为例，王先生所举的例子确实很能说明问题，但有些他没举的例子也同样很能说明问题，如"海东今日太平天"这篇作品又怎么解释？这首词也是祝寿的，但却绝对与北宋的天宁节或者元宵节无关，它说的是高丽朝的事情。当然，王先生可能没注意到这首词，或者不认为这是一首词，但罗先生却看得非常清楚，也肯定它是一首词。

所以我们可以从词调和内容入手，但又不能做简单判断。以这十六调为例，作为《唐乐》中所仅见的词调，他们是高丽朝词人的作品的可能性确实更大些。我们先看一下大曲中的九调，具体如下：

献天寿慢

日暖风和春更迟，是太平时，我从蓬岛整容姿，来降贺丹墀。

幸逢灯夕真佳会，喜近天威，神仙寿算总无期，献君寿，万千斯。

---

① 王小盾、刘玉珺：《从〈高丽史·乐志〉"唐乐"看宋代音乐》，《中国音乐学》，2005年第1期，第54页。

献天寿令

阆苑人间虽隔遥，闻圣德弥高，西离仙境下云霄，来献千岁灵桃。

上祝皇龄齐天久，犹舞蹈，贺贺圣朝，梯航交辏四方遥，端拱永保宗祧。

金盏子令

东风报暖，到头嘉气融怡，巍峨凤阙，起鳌山万仞，争耸云涯。

梨园弟子，齐奏新曲，半是埙箎，见满筵，簪绅醉饱，颂鹿鸣诗。

瑞鹧鸪慢嗺子

北暴东顽，纳款慕义争来，日新君德更明哉，歌咏载衢街。

清宁海宇无余事，乐与民同燕春台，一年一度上元回，愿醉万年杯。

中腔令

彤云暎彩色，相暎御座，中天簇簪缨，万花铺锦满高庭，庆敞寿宴欢声。

千龄启统乐功成，同意贺元珪，丰攀宝箓，频举侠群英，万万载，乐升平。

破字令

青春玉殿和风细，奏箫韶络绎。

韵绕行云飘飘曳，泛金尊。

流霞滟溢，瑞日晖晖临丹宸，布仁慈德意，邈迩愿听歌声缀，万万年，仰瞻宴启。

步虚子令

碧云笼晓海波闲，江上数峰寒。

佩环声里，异香飘落人间。

弭绛节，五云端，宛然共指嘉禾瑞，开一笑，破朱颜，九重峣阕，望中三祝高天，万万载，对南山。

破字令

缥缈三山岛，十万岁，方分昏晓，春风开遍碧桃花，为东君一笑。

祥飙暂引香尘到，祝嵩龄，后天难老，瑞烟散碧，归云弄暖，一声长啸。

折花令

翠幕华筵，相将正是多欢宴，举舞袖，回旋遍，罗绮簇宫商，共歌清羡。

莫惜沉醉，琼浆泛泛金尊满，当永日，长游衍，愿燕乐嘉宾，嘉宾式燕。

考察这些作品，我们还是先判断一下哪些作品可能不是高丽词人所作为好。这里面《献天寿慢》《献天寿令》《金盏子令》《步虚子令》这四篇作品盖非高丽词人所作。原因有二：一是这里面所用的"天威"、"九重"等字眼当为高丽朝所讳，当时的高丽王朝或臣服于宋，或臣服于金，在大型演唱场合，当不敢如此僭越，这是封建王朝极看重的事情；二是鳌山、梨园、新曲、嘉禾这些词更切合北宋的情况，如王小盾所说，比较符合北宋时期的元宵庆祝活动，而新曲、嘉禾更是北宋的流行词汇，特别是嘉禾一词，高丽朝作者未必熟悉，即便熟悉，也未必会用。那么剩下的五首都有可能是高丽词人所写，但是宋人所作的可能性也不是不存在。从文字上看，《瑞鹧鸪慢嗺子》和《中腔令》为高丽词人所作的可能性更大些。前者前文已作说明，不再重复，后者的语言感觉略显生疏稚拙，不够流畅，似非宋代词人所为。此外的几首比较难办，只好暂置一旁。

散词中的七首内容如下：

还宫乐

　　喜贺我皇，有感蓬莱，尽降神仙到，乘鸾驾鹤御楼前，来献长寿仙丹。

　　玉殿阶前排筵会，今宵秋日到神仙，笙歌嘹亮呈玉庭，为报圣寿万岁。

荔子丹

　　斗巧宫妆扫翠眉，相唤折花枝，晓来深入芳菲里，红香散，露泡在罗衣。

　　盈盈巧咏新词，舞态尽娇姿，袅娜文回迎宴处，簇神仙，会赴瑶池。

太平年慢

　　皇州春满群芳丽，散异香旖旎，宫开宴赏佳致，举笙歌鼎沸。
　　永日迟迟和风媚，柳色烟凝翠，唯恐日西坠，且乐欢醉。

爱月夜眠迟慢

禁鼓初敲，觉六街夜悄，车马人稀。暮天澄淡，云收雾卷，亭亭皎月如珪。

冰轮碾出遥空，照临千里无私。最堪怜，有清风，送得丹桂香微。

唯愿素魄长圆，把流霞对饮，满泛觥巵。

醉凭阑处赏玩，不忍孤负，好景良时。清歌妙舞连宵，踟蹰嫩入罗帏。

任佳人，尽瞋我，爱月每夜眠迟。

惜花春起早慢

向春来，觑园林，绣出满槛鲜萼。流莺海棠枝上弄舌，紫燕飞绕池阁。

三眠细柳，垂万条，罗带柔弱。为思量，昨夜去看花，犹自班驳。

须拚尽日樽前，当媚景良辰，且恁欢谑。更阑夜深秉烛，对花酌，莫辜轻诺。

隣鸡唱晓，惊觉来，连忙梳掠。向西园，惜群葩，恐怕狂风吹落。

行香子慢

瑞景光融，焕中天霁烟，佳气葱葱，皇居崇壮丽，金碧辉空，彤霄外，瑶殿深处，帘卷花影重重，迎步辇，几簇真仙，贺寿庆新宫。

方逢，圣主飞龙，正休盛大宁，朝野欢同，何妨宴赏，奉宸意慈容，韶音按，霞觞将进，蕙炉飘馥香浓，长愿承颜，千秋万岁，明月清风。

游月宫令

当今圣主座龙楼，圣寿应天长，宝篆喷香烟，玄宗游月宫。

海晏河清盛朝，侍群臣喜呼万岁，万人民同乐业，愿吾皇增福寿。

同样依据上面的判断原则，这几首词中《还宫乐》《太平年慢》《行香子慢》三首当为宋人之作，余下的四首我们既不能肯定是宋人的作品，那么就不排除是高丽词人所作的可能。特别是《爱月夜眠迟慢》《惜花春起早慢》这两首因题起咏，《游月宫令》一首，用词略显生涩，为高丽词人所作的可能性非常大。

这十六调以外的作品虽然我们没做分析，但情况多少应该与此类似，也应该是高丽词人的作品和宋人的作品混合在一起。以上的探讨至少告诉我们，《唐乐》中确实有高丽词人的作品，而且虽然不像罗先生说得那么多，但其数量应该不在少数。这些词的作者均不可考，其创作年代亦不可知。尽管如此，这些无名氏的作品还是能够说明不少问题。

其一，从内容上看，这些词以颂寿宴乐的作品为多，其最初产生于宫廷已是毋庸置疑。那么这些词当大多数出自于高丽宫廷御用文人之手，其用途则是用于宫廷宴饮，其性质则是教坊俗乐，与宋朝输入的教坊乐同出一脉，而且在用词命意上明显带着模仿宋乐的痕迹。这些作品产生的年代虽不可知，但不会太晚，最起码当在睿宗朝宋乐大量传入后不久。

其二，这些词作当与"大晟词人"、"大晟词风"有一定关联。所谓的"大晟词人"，按照诸葛忆兵的界定是这样的：

宋徽宗崇宁(1105)九月，朝廷设大晟乐府。府中网罗一批懂音乐、善填词的艺术家，一时形成创作风气，后人称其为"大晟词人"……这些词人任职大晟或先或后，彼此间的创作个性差异很大。但是，他们处于相同的社会环境之中，受北宋末年世风之浸染，或仰承帝王旨意，或因大晟职责之所在，其创作呈现出某些共同特征。①

　　而这种"共同特征"也就是"大晟词风"了。其中一个首要的突出特点就是"谀颂"。这种词风不但在徽宗朝盛行一时，而且随着宋乐的输入，也传到了高丽朝。这应该是《唐乐》中所载的高丽词人作品多属颂寿之作的主要原因。

　　其三，从后世词人的作品来看，特别是从一些大儒如李谷、权近、权遇等人的作品来看，《唐乐》中的这种"谀颂"之风对后世词文学的创作还是产生了一定的影响的；再从李奎报、金九容等人的词作来看，《唐乐》中关于女性描写的作品对后世词的创作也产生了一定的影响。

---

　　①　诸葛忆兵：《大晟词风和北宋末年世风》，《文学遗产》，1998 年 6 期，第 57 页。

第三章
高丽朝词文学范围的界定与词坛态势描述

3.1 范围界定

凡论及某一朝代之文学，首先要涉及到范围界定的问题。这里的范围界定主要是指作家的朝代归属问题。这个问题看似简单，实则复杂。就朝代而言，何年建立何年灭亡，史有明载，自可判然而分，然则很多作家却横跨两朝，属上属下殊难截然而定。所以陶然在讨论金元词的时候，首先提出"断限"的问题。我们讲高丽朝的词文学，首先要解决的问题也是断限问题。不过，高丽朝词文学范围的界定显然比金元词的断限要简单明了很多。首先高丽朝是一个单一朝代，不像金元时期，涉及到宋、金、元三个王朝；其次是高丽朝的词文学是在高丽朝建立之后才出现的，不涉及到上限的问题。所以我们这里要解决的主要是横跨高丽朝和朝鲜朝的词人的划分问题。但是，在这个问题之外，高丽朝词文学范围的界定同时又有一个作家和作品的搜集和挖掘的问题。因为高丽朝词文学的整体研究还刚刚起步，加之以往在人们的观念中，除李齐贤外，当时并无以词鸣世的作家，且并无专门的词集、词选传世，再加上前人对词这种文学样式认识的模糊不清，以至于作家作品的搜集整理这个本来不应该是问题的问题现在已经成了一个难题。

好在关于这一点，前人已经有一些研究成果。特别是车柱环、柳己洙、李承梅三人，在这方面的功绩卓著，颇可参考。不过受各自的收集范围和具体方法所限，三个人所得出的结果并不相同。现将他们所搜集到的出生于高丽朝的词人词作列举如下：

车柱环：

1. 宣宗王运(1049—1094)《高丽史宣宗世家》，共1调1首

2. 李奎报(1168—1241)《东国李相国集》前集卷八1调1首，卷十五1调1首，后集卷四1调1首，卷五1调2首，卷十2调6首，共6调11首

3. 李齐贤(1287—1367)《益斋集》卷十《长短句》，共收15调53首

4. 李谷(1298—1351)《稼亭集》卷二十，共3调10首

5. 郑誧(1309—1345)《雪谷集》卷下，共8首

6. 元天锡(1330—？)《耘谷集》《耘谷诗史》第一《诗》，共3调6首

7. 成石璘(1338—1423) 李行《骑牛先生集》卷之《诗》二《附录》，共1调1首

8. 权近(1352—1409)《阳春集》卷八《诗》，共1调8首

9. 权遇(1363—1419)《梅轩集》卷之五《杂体诗》，共2调9首

柳己洙：

1. 宣宗王运(1049—1094)《高丽史宣宗世家》，共1调1首

2. 权贵妃(生卒年不详)《蕙风词话续编》卷二，共3调3首

3. 金克己(1150？—1204？)《新增东国舆地胜览》卷三十五、五十一、五十二，共3调3首

4. 李奎报(1168—1241)《东国李相国集》前集卷八1调1首，卷十五1调2首，后集卷四1调1首，卷五1调2首，卷十2调6首，共6调12首

5. 慧谌(1178—1234)《无衣子诗集》1调1首

6. 李承休(1224—1300)《动安居士集》卷二，共1调1首

7. 李齐贤(1287—1367)《益斋集》卷十《长短句》，共收15调53首

8. 闵思平(1295—1359)《及庵先生诗集》卷四，共2调4首

9. 李谷(1298—1351)《稼亭集》卷二十，共3调10首

10. 郑誧(1309—1345)《雪谷集》卷上、下，共3调11首

11．元天锡(1334—1416？)《耘谷集》《耘谷诗史》卷一《诗》，共 3 调 6 首

12．金九容(1338—1384)《惕若斋学吟集》卷下《词》，共 7 调 7 首

13．崔执均(14 世纪前后)《东文选》卷八，共 1 调 1 首

14．无名氏《高丽史》卷七十一，共 2 调 2 首

15．成石璘(1338—1423)《独谷集》，共 1 调 1 首

16．李詹(1345—1405)《双梅堂先生箧藏文集》卷一，共 3 调 4 首

17．权近(1352—1409)《阳春集》卷八《诗》，共 1 调 8 首

18．权遇(1363—1419)《梅轩集》卷之五《杂体诗》，共 2 调 9 首

19．安鲁生(14 世纪前后在世)《新增东国舆地胜览》卷二十四，共 1 调 12 首

20．李原(1368—1430)《容轩先生集》卷二《诗》，共 1 调 6 首

李承梅：

1．宣宗王运(1049—1094)《高丽史宣宗世家》，共 1 调 1 首

2．金克己(？—1209)《池月塘遗稿》卷之一《词》1 调 1 首，《新增东国舆地胜览》2 调 2 首，共 3 调 3 首

3．李奎报(1168—1241)《东国李相国集》前集卷八 1 调 1 首，卷十五 1 调 2 首，后集卷四 1 调 1 首，卷五 1 调 2 首，卷十 2 调 6 首，共 6 调 12 首

4．慧谌(1178—1234)《无衣子诗集》收《更漏子》1 首，《真觉国师语录》补遗篇有《渔父词》2 首(词调名《渔家傲》)，共 2 调 3 首

5．李齐贤(1287—1367)《益斋集》卷十《长短句》，共收 15 调 53 首

6．李谷(1298—1351)《稼亭集》卷二十，共 3 调 10 首

7．郑誧(1309—1345)《雪谷集》卷下 1 调，共 8 首

8．金九容(1338—1384)《惕若斋学吟集》卷下《词》，共 7 调 7 首

9．元天锡(1330—？)《耘谷诗史》第一《诗》，共 3 调 6 首

10．成石璘(1338—1423)李行《骑牛先生集》卷之《诗》二《附录》，共 1 调 1 首

11．权近(1352—1409)《阳春集》卷八《诗》，共 1 调 8 首

12. 权遇(1363—1419)《梅轩集》卷之五《杂体诗》，共 2 调 9 首

13. 安鲁生(生卒年不详)《新增东国舆地胜览》卷二十四，共 1 调 12 首

14. 李原(1368—1430)《容轩先生集》卷二《诗》，共 1 调 6 首

　　车柱环虽然是韩国学界第一个对词文学进行搜集整理和研究的学者，但也正因为如此，所以搜集到的材料难免不够全面，缺漏很多。三人中无论从人数上看还是从作品数量上看，柳己洙都稳居榜首，但李承梅搜集到的作品中也有柳己洙所没有发现的。综合两个人的成果，我们可以知道，在高丽朝出生并有作品流传下来的词人(无名氏除外)计有 19 人、作品 153 首。这里面可以肯定是高丽词人的有宣宗王运、金克己、李奎报、慧谌、李承休、李齐贤、闵思平、李谷、郑誧、金九容等十人，他们都卒于朝鲜朝建立之前。无名氏的两首词见载于《高丽史乐志》，虽然不知其人，但肯定是高丽词也无疑问。而剩下的这几个人要不要纳入到高丽词文学的范围中来，为什么纳入或者不纳入便是一个值得细细推敲的问题了。要解决这个问题，我们首先要确立一个取舍的原则和依据。关于这一点，陶然的一些见解颇可借鉴。他在《金元词通论》提出了以下几个断限的基本原则和标准：一、以创作为主导；二、依事迹而推定；三、原心迹为辅助；四、取两存以兼顾。这四点里面，前两项是根本性的原则。所谓以创作为主导，就是以作家创作作品的时间作为划分的根本依据，当然，前提是能够知道作品创作的具体时间。依事迹而推定主要是就生卒年无法确切考证的词人而言的，就是根据作家的活动时间在新旧两朝孰长孰短，生平事迹在新旧两朝孰多孰少而定。原心迹是就政治态度的向背来说的，取两存则是一种折中的办法，也就是实在无法确定其属于新朝还是属于旧朝，或者既可属于新朝也可属于旧朝，干脆两下兼取。这四个原则用来划分高丽朝和朝鲜朝词人的归属也同样合适。

　　需要确定归属的这几个词人我们可以把他们划分成两类，一是生卒年可考或大致可考的，包括元天锡、成石璘、李詹、权近、权遇、李原六人，一是生卒年无法考知的，包括权贵妃、崔执均、安鲁生三人。我们先看一下第一组。首先从作品的创作时间来考虑，权近、权遇兄弟两人可以排除。两个人的《巫山一段云》都是次韵郑道传的《新都八景》，用以描写新都汉城景象的作品，时间

已经是在朝鲜朝迁都之后，自然应属新朝。李原词的具体创作时间已不可考，根据其生平，在高丽朝的生活时间是 24 年，而在朝鲜朝的生活时间是 38 年，故亦应归到朝鲜朝去。成石璘的情况则正好相反，他在高丽朝生活了 54 年，在朝鲜朝生活了 31 年，理应归到高丽朝。再者，根据词中所表达出来的情绪，这篇作品当作于腹有牢骚的某个春天。考其行状，成石璘自 19 岁及第后，身经两朝，历事四君，一直极得恩宠，"功名富贵，始终无间，比之古人，唐之晋公汾阳，盖一揆也。"[①]一生中非常短暂的失意均是在高丽朝。这样自然应该将成石璘定为高丽朝词人。元天锡的词，柳已洙和李承梅在出处上都犯了个小错误，他的 6 首词并非都在卷一，《送竹溪轩信回禅者游江浙词》在卷五。元天锡虽然卒年不详，但却是这几个人中最容易做出明确判断的一个人。其文集《耘谷行录》中的全部作品原本是按照明确的编年排下来的，他的 6 首词最晚的一首即上面所提到的《送竹溪轩信回禅者游江浙词》作于辛未年(1391)，可知其全部词作均作于高丽朝，自应是高丽朝词人无疑。况且此老虽曾为太宗李芳远之师，但不仕新朝，以致太宗亲请而避门不见，仅凭这份忠义节操，亦当作为前朝遗老看。李詹词具体创作年月本应可考，然限于手头资料，只好暂告阙无，他在高丽朝生活了 47 年，而在朝鲜朝仅生活了 13 年，所以暂时也把他列入到高丽朝来。[其集卷二有《感皇恩辞，为天使两位作》疑为词，但有脱落，有衍文，且创作年代是在庚辰年(1400)，其时已是朝鲜朝。]

第二组的这三个人确定起来要更困难一些。三个人中，生平事迹较多可考者为安鲁生。此人虽然生卒年均不可知，但他身经高丽和朝鲜朝两朝是确切无疑的。他的《巫山一段云》12 首写的是宁海都护府的十二处景观，而从现有资料来看，他到宁海督护府的机会至少有两次，一次是在辛巳(1401)年之后，权近的《太和楼记》中有这样一段记载：

越三年辛巳春，判事安君鲁生出按是道，诣公辞。公语其事。

---

① 成石璘:《独谷集·行状》，见《标点影印韩国文集丛刊》(6)，民族文化促进会 1988 年 12 月版，第 61 页。

安君对曰："敢不早夜新起此楼，以无忘公勤。"既之部，令行政肃。……

此处安鲁生即将赴任的道指的是庆尚道，重修的楼是太和楼，本与宁海的十二处景观没什么关系，但宁海督护府为庆尚道所辖督护府之一，安鲁生在任上自然有机会到宁海督护府去，那么自然也就有写词的可能性。但他任职期间是否真的去过，史无明载，无法断定，因此这个可能性只能是可能性。再一次是被贬谪居此地。这件事在《新增东国舆地胜览》卷24中有明确的记载，但只是说他曾在宁海谪居过，却没有说明具体的时间。也没有说这12首词就是被贬时所写。另外，从他词中不时的、自然的流露出来的豪迈雄壮的气势、自信潇洒的情怀来看，也不像是被贬时所写，反倒有点像初出茅庐的青年书生那种指点江山、豪情满怀的气象。所以这12首作品究竟何时所作，归根结底仍是无法确定。比较好的处理方式还是"取两存以兼顾"。崔执均的生平事迹虽然所知甚少，但其生活年代应该是在14世纪前后，也可以采取兼顾的原则，列入到高丽朝来。相比之下，权贵妃的情况远比安、崔两人难办得多。柳已洙将权贵妃列入到高丽朝来，主要根据是清代徐树民等人所编的《众香集》，其中有"权贵妃，高丽王妃，见嘉定孙松坪编修《史草》"的记载，并在她的名下收录了《谒金门》、《踏莎行》、《临江仙》3首词。其事亦见于况周颐的《蕙风词话续编卷二》权贵妃条：

高丽人词李齐贤（元时人）益斋长短句一卷，刻入粤雅堂丛书，朴閤撷秀集二卷，孙恺似布衣（致弥）使还，封达御前。众香集载权贵妃词三阕，亦见恺似使草。林下雅音，异邦尤为仅见。谒金门云："真堪惜。锦帐夜长虚掷。挑尽银灯情脉脉。描龙无气力。宫女声停刀尺。百和御香扑鼻。帘卷西宫窥夜色。天青星欲滴。"踏莎行云："时序频移，韶光难驻。柳花飞尽宫前树。朝来为甚不钩帘，柳花正满帘前路。春赏未阑，春归何遽。问春归向何方去。有情海燕不同归，呢喃独伴春愁住。"临江仙云："花影重帘初睡起，绣鞋着罢慵移。窥粮强把绿窗推。隔花双蝶散，犹似梦初回。玉旨传宣呼女监，亲临太液荷池。争将金弹打黄鹂。楼台凌万仞，下有白云飞。"①

　　况周颐在这里把权贵妃继列李齐贤、朴闇之后，明显也是把她当作高丽人来看待。但是根据柳己洙的考证，终高丽朝，权姓的妃子只有寿妃一人，而寿妃与贵妃在高丽朝又完全是两回事，贵妃按照高丽时代的官制属于正一品，所以这两个人根本不可能是同一个人。另外，《高丽史》中作为贵妃被记载下来的只有王氏和庾氏两人，所以柳己洙对此也很有疑问，觉得"作为正一品的妃子在正史里面没有被记载下来已是疑问，而在高丽王朝于 1392 年灭亡近300 年之后，在 1678 年来朝鲜的孙致弥居然能收集到她的作品更属疑问"②。事实上，从柳己洙的记述上来看，他本人似乎也并没有看到孙松坪的《史草》，甚至连《众香集》也没见过，不然也就不会把《蕙风词话》这个实际上已经是第二手材料的东西作为作品的出处。而徐树民关于权贵妃的简介中，只是说其人见于《史草》，并未明言其词亦见于《史草》，那么，权贵妃的这 3 首词是否是孙松坪去朝鲜后在朝鲜收集的便是一个疑问。此其一。徐树民、况周颐虽然皆称权贵妃为高丽人，但这里面的高丽人本身就有两种可能，一是指高丽朝人，一是来自高丽的人，也即泛指古代韩国人，且后一种可能性更大些。像况周颐的叙述，明显把朴闇(1479—1504) 也作为高丽人来看，而朴闇是朝鲜朝人，这本身就已经是很好的说明。那么"高丽贵妃"，也就可以理解成来自高丽国的贵妃，权贵妃就不一定非在高丽朝不可。此其二。再则，权贵妃虽然是高丽人，其词却未必非出于本国不可，李齐贤也是高丽人，可是他的大部分词作都是在中国写的，权贵妃当然也不排除这种可能。从这 3 首词的语言运用和情感表达上看，水平之高，恐怕亦非未在中国居住过之人所能办。此其三。这样，如果走出柳己洙的理解误区，换一个角度来考察这个权贵妃的话，我们可能会得出一个全新的结论。

　　权贵妃既然是见于中国书籍的记载，那么我们未尝不可到中国的典籍中去追寻其人。明代的王世贞《皇明奇事述》卷三有这样一条记载：

---

① 　况周颐：《蕙风词话》，见《蕙风词话人间词话》，人民文学出版社 1982 年 11 月版，第 174 页。
② 　【韩】柳己洙：《历代韩国词总集》，韩信大学出版社 2006 年 10 月版，第 17 页。

中国夷官互居

权贵妃父光禄卿永均、任顺妃父鸿胪卿添年、李昭仪父光禄少卿文、吕婕好父光禄少卿贵真、崔美人父鸿胪少卿得罪，皆朝鲜人也，虽贵至列卿，而尚居朝鲜。至宣德中，永均以讣闻，赐白金米布。……夷人以中国官居夷，而中国人以夷官居中国，亦异事也。

查《明史》、《李朝实录》、《惺所覆瓿稿》，这里的权贵妃指的是权贤妃，王世贞称其为贵妃，可能源于一种称呼上的习惯。兹将各书所载转分录如下：

恭献贤妃权氏，朝鲜人。永乐时朝鲜贡女充掖庭，妃与焉。姿质秾粹，善吹玉箫。帝爱怜之。七年封贤妃，命其父永均为光禄卿。明年十月，侍帝北征，凯还，薨于临城。葬峄县。

八年十月，……上如景福宫，与黄俨、田嘉乐等，更选处女。被选者凡五人，故典书权执中之女为首，前典书任添年，前知永州事李文命，司直吕贵真，水原记官崔得罪之女次之。各赐中朝体制女服，皆用彩缎。[①]

我国女子选入天朝。侍皇上无者不被宠。故权永均，吕贵真，崔得罪得为列卿。居此受俸禄。王弇州异典述所称外国官以中国职而居外国者是已。韩襄节确二妹入天朝。召为光禄少卿。奉诏颁于本国。尤异典也。

不过这里据《李朝实录》所载，权贵妃的父亲是权执中，其时已亡。权永均实为权贵妃之兄。这一点《李朝实录》另有明载：

①　《李朝实录》：《太宗实录》，卷16，八年十月条，国史编撰委员会编，探求堂1970年5月版，第457页。

上不欲明言奏进处女，故使文和略赍进纸札。然文命、贵真、得
霏及执中之子永均皆充押物，独添年以疾未行。①

　　关于权贵妃的家世，自当以《李朝实录》为准，《明史》、《皇明奇事述》应
是误载。权妃入朝是在永乐六年(1408)，当时成祖派内使黄俨等人到朝鲜去
赏赐财物，临行前，成祖私嘱黄俨让朝鲜贡献美女："恁去朝鲜国，和国王
说，有生得好的女子，拣选几名将来。"②朝鲜国王为此多次筛选，历时八个
月，并经黄俨严格把关，从成百上千名女子中，最后选中5人，权贵妃便是
这5人之一，也是5人中最受成祖宠爱的一个。成祖不但把她选拔在众妃之
上，还让她在徐皇后之后接管后宫之事。并加封她的哥哥为光禄寺卿，并有
后来的"以讣闻，赐白金米布"之事。永乐八年，权贵妃随成祖北征蒙古，不
幸卒于返京途中。综合种种迹象，《众香集》中所说的权贵妃十有八九是指此
人。而此人也确实具备了写词的诸多条件。首先，这个权贵妃虽然不是高丽
朝的贵妃，但是作为明朝的贵妃，一样熟悉宫廷生活，写出这样的3首词，
也是情理中事；其次，这个权贵妃出身官宦人家，从小就能受到良好的教育，
有着非常好的学识基础；第三，这个权贵妃精通音乐，其人"资质秾粹，善吹
玉箫"，对词这种文学样式自然更容易接受和把握；第四，这个权贵妃因为有
在中国生活的经历，其对汉语的掌握自然会达到较高的水准；第五，《众香集》
所载乃"华亭王鸿绪、玉峰徐树敏及渔洋、迦陵诸名辈"所撰的"国朝闺秀词"③，
权贵妃若非在中国生活过，应该不会被收入；第六，从作品所反映出来的内容
来看，如"玉旨传宣呼女监，亲临太液荷池"，似乎更像中国的宫廷生活；第
七，这个权贵妃来自古代韩国，按照当时人的称呼方式，也可称她为"高丽
人"。综此种种，这个权贵妃，应该就是《明史》里记载的权贤妃。这样，这个
权贵妃就应该是朝鲜朝词人，而非高丽朝词人。

---

　　①　《李朝实录》:《太宗实录》，卷15，八年十月条，国史编撰委员会编，探求堂1970年5月版，
第463页。
　　②　《李朝实录》:《太宗实录》，卷15，八年四月条，国史编撰委员会编，探求堂1970年5月版，
第436页。
　　③　况周颐:《蕙风词话》，见《蕙风词话人间词话》，人民文学出版社1982年11月版，第166页。

　　这里面需要说明的是，金克己的词作并非 3 首，而是至少有 4 首。郑誧的词也不是 11 首，而是 12 首。除此以外，没有被上述三人提及的高丽朝词人还有陈义贵，他有《巫山一段云·八景》词，见载于《新增东国舆地胜览》卷 16。又姜希孟《私淑斋集》中有《清安八景》诗七绝 8 首，其序云："与一庵南游，至清安县，板上有府君陈义贵《清安八景巫山一段云》八篇，诗语极高，果惬素闻，……"陈义贵也是跨高丽、朝鲜朝两朝的文人，卒于朝鲜朝世宗六年(1424)，生年不详。但《新增东国舆地胜览》中第一首词题之下明确写着"高丽陈义贵词"，则这八首词自是作于高丽朝无疑，故自当作高丽词人看。

　　这样，在有疑问的这些词人当中，除权近、权遇、李原和权贵妃外，我们都可以把他们纳入到高丽朝的范围当中来。如此一来，我们要讨论的高丽词坛有作品流传下来的有名字可考的词人计有 16 人、词作 139 首。

　　需要说明的是，上述词人流传下来的作品并非其全部，如李齐贤《巫山一段云·烟寺暮钟》、《朝中措》词便没有流传下来。此外，根据有关记载，还有一些人曾经创作过词，惜所作全部失传，有的仅存其目，有的仅知其事。虽然如此，通过这些人，仍有助于我们对高丽词坛整体状况的了解。兹列举如下：

1．尹誧(1063—1154)词作不详

2．睿宗王俣(1079—1122)有词 9 首

3．毅宗王晛(1127—1173)有词 5 首

4．皇甫沆(12 世纪左右)有词 6 首

5．景照(生卒年不详)有词 1 首

6．孙舍人(生卒年不详)有词 1 首

7．卢生(生卒年不详)有词 1 首

8．朴据(生卒年不详)有词 1 首

9．朴仁着(生卒年不详)有词 1 首

10．朴晖(生卒年不详)有词 1 首

11．李需(生卒年不详)有词 2 首

12．李藏用(1211—1272)有词 1 首

13．李混(1246—1312)词作不详

14．蔡洪哲(1262—1340)有词2首

这里面的睿宗和毅宗我们将在下一节具体介绍，其他几个人要做一个简要说明。尹誧，据《朝鲜金石总览》118上说，"公生平倜傥有大节，敏于文学，达于政事，该通音律，尤工歌词。"又，刘燕庭《海东金石苑》补遗卷三中说，"癸丑(1133)八月，奉王旨，撰集古词三百首，名《唐宋乐章》一部。"可见他是一个词学造诣很深的人。皇甫沆，据《西河先生集》中《与皇甫若水书》所载，皇甫沆曾"撰乐章六篇"，"正声谐《韶》、《蔓》，劲气沮金石，铿鋐陶冶，动人耳目。"景照而至李需，其所作词情况皆见于李奎报所作诸词序，详见李奎报一章。李藏用，据《动庵居士集》《临江仙·序》有"庆原李侍中甍驾，游衫廓城，作临江仙令，以庆中兴之兆"之说，这里的李侍中，核查《高丽史》，指的是李藏用。李混，据《高丽史》三，其人"诗文清便，长短句若干篇行于世"。蔡洪哲，据李衡祥《瓶窝先生文集》卷八，"高丽侍中蔡洪哲，作《清平乐》，《水龙吟》……"这些人的作品虽然现在已经失传，但却能够告诉我们，当时的高丽词坛虽然不够繁荣兴盛，但也不是十分萧条寂寞，同时它也在暗示我们，我们现在所见到的高丽词坛的景象，绝非当年的全貌。这对今人来说，多少也算是聊胜于无的一点精神慰藉。

3.2　高丽朝前、中期词坛

3.2.1　宫廷流传：从宣宗到毅宗

与中国的词文学发展过程不同，韩国的词文学最初不是在民间，而是在宫廷逐渐蔓延开来，最初的词作者不是百姓，而是帝王。这一点，倒是与日本、越南的情况相近。这可能是因为词文学对于韩、日、越而言，毕竟是舶来品，而且是高层次的舶来品，最初的接触者只能是帝王和宫廷，于是词文学的创作最初也只能在宫廷里的帝王间产生。

现存资料所能见到的韩国最早的一位词作者是高丽宣宗王运(1049—1094)。王运，字继天，原名蒸，又名祁。文宗次子，顺宗母弟。"幼而聪慧，

及长，孝敬恭俭，识量弘远，博览经史，尤工制述。"[1]在位凡十一年(1083—1093)，享年46岁。宣宗笃信佛教，多幸寺庙，屡斋僧众，并兴土木，建寺院。虽然高丽历代君主都信佛弘佛，但宣宗表现的还是更突出些，是为后人所讥。不过宣宗的聪明好学也是后人所公认的。也正因为其聪明好学，所以才能依韵作词。宣宗六年九月，"辽遣永州管内观察使杨璘来贺生辰"，两天后，"以天元节宴辽使于干德殿，王制《贺圣朝》词。"

宣宗之后，依《高丽史》的记载，睿宗、毅宗都曾作词。这三位君主可以看做是词文学在高丽最初流传的三个代表，也是宫廷词作者的三个代表。

睿宗王俣(1079—1122)，字世民。肃宗太子。"深沉有度量，雅好儒学。"[2]在位十七年(1105—1123)，寿四十五。睿宗在高丽朝应该说是一个力图有所作为的君主，而且做得也不错。虽然有人对睿宗的拓边行为颇有微言，说他"侥幸边功，仇隙未已"，而他在与女真的边城争夺战上的最终失利，也确给后人留下口实。但也正是睿宗在任期间，高丽趁辽金争战之际，夺得保州(义州)，并得以从此"倚仗鸭绿江的天然屏障，抗衡中原"[3]。虽然这最终没能挡得住金人的铁蹄，也没能挡得住蒙人的大军，但那是实力相差悬殊的结果，不是睿宗的错。睿宗朝保州的夺得，从战略上来讲，绝对是大功一件。还有更重要的是，正是在睿宗朝，丽宋的文化交流——特别是音乐交流达到了空前的局面，而他也因为在宋乐输入方面的卓越贡献，成为了韩国词史上值得大书特书的人物。睿宗在十年七月派王字之、文公美如宋谢恩以及遣金端等5人赴太学学习时，曾在上给宋朝的表文中说过这样的话：

> 化民成俗，由乎大学之风；用夏变夷，藉彼先王之教。……顾惟弊邑，夙慕华风。在乎开、宝之时，及至神宗之世。[4]

"夙慕华风"确是睿宗的真实想法。故其在位期间，并没有一味地争杀拓

---

① 韩国文献研究所：《高丽史》，卷10，《宣宗世家》，亚细亚文化社1990年版，第201页。
② 《高丽史节要》：卷7，《睿宗》，亚细亚文化社1973年6月版，第186页。
③ 王忠和：《韩国宫廷史》，团结出版社2006年9月版，第154页。
④ 《高丽史节要》：卷7，《睿宗》，亚细亚文化社1973年6月版，第207—208页。

边，而是把更多的精力放在文教方面，不但向宋朝派遣留学生，引进宋朝以文治国的经验，还"开设学校，教养生员，置清燕、宝文两阁。日与文臣讲论《六经》，偃武修文，欲以礼乐成俗"①。而睿宗本人的文学修养也非常好，《高丽史睿宗世家》记其赋诗事所在多是，载其作词事也有多处，兹录如下：

> 五年十二月癸丑立春，百官朝于干德殿，赐春幡子，仍赋迎春词二首。
> 十年三月壬午，宴群臣于乾德殿，赋万年词宣示左右。(此处池浚模以为二首，然查《高丽史》、《高丽史节要》，均未标明二首，不知何据。)
> 十年三月癸丑，召诸王宰枢于赏春亭，置酒极欢，制词二阕，令左右和进，两府宰枢表辞，不允。
> 十一年四月庚午，幸金刚、兴福两寺，还至永明寺，御楼船，宴诸王宰枢侍臣，复以御制《仙吕调临江仙》三阕宣示臣僚。
> 十五年九月癸丑，宴群臣于长乐殿，亲制寿星明词，使乐工歌之。②

池浚模称睿宗为"君王中最大词人"③，从现存资料来看，确非虚语。高丽君王中以雅好儒学知名者很多，但以能诗善词者知名的绝不多见，而睿宗恰恰是这少见的能诗善词者之一，而且还是一个多产作家。

毅宗王晛(1127—1173)，字日升，一名彻。仁宗长子，在位二十四年(1147—1170)，寿四十七。毅宗性喜游宴，不问朝政，他在位期间，爆发了武臣之乱，导致武臣专权达百年之久。对此，金良镜批评说：

> 纵恣淫于逸豫，盘游无度。始以击球昵仲夫，台谏言之而不听；

---

① 《高丽史节要》：卷7，《睿宗》，亚细亚文化社1973年6月版，第221页。
② 韩国文献研究所：《高丽史》，卷13、14，《睿宗世家》，亚细亚文化社1990年版，第259—298页。
③ 池浚模：《高丽汉文学史》(下)，《语文学》，第39辑，萤雪出版社1980年6月版，第131页。

终以词章狎韩赖，武夫愤怨而不悟。卒之韩赖招怨而身死仲夫之手，朝臣尽歼。盖起所好终始有异而其致乱则一也。[①]

虽然作为一国之君，毅宗不是很成功，但仍不失为一个"太平好文之主"[②]，宴游之际，常做诗文，并制词章。史载毅宗二十四年五月，"御大观殿受朝贺，仍宴文武常参官以上，王亲制乐章五首，命工歌之。结彩棚，陈百戏，至夜乃罢。"能在一时之间，作词五首，这份才气，亦属难能可贵。

可惜的是，这几位君王的词作，除宣宗的作品外，均已失传。史籍仅载其事，不载其词。所以宣宗的这首词也就显得分外珍贵。其词如下：

> 露冷风高秋月清，月华明。
> 披香殿里欲三更，沸歌声。
> 扰扰人生都似幻，莫贪乐。
> 好将美酒满金觥，畅欢情。

这首词虽然名为《贺圣朝》，但其所用词调实为《添声杨柳枝》。就词本身而言，不能说差，但也算不得很好。池浚模说这首词"不过助兴歌句，而其清逸之气则可掬"[③]，未免过誉。"清逸之气"也就于首句可见，剩下的三句，可以说世俗之气洋溢。不过，这首词既然是用来"贺圣朝"的，没有颂祷之意、喜庆之情是不行的，所以我们也不能强求宣宗，非得让他写出超世俗的作品来。平心而论，初学作词，能写到这种程度，已经很不容易了。这首词的意义其实并不在其艺术价值的高低，我们说这首词珍贵，主要是就其"史"的意义而言的。和中国的文人初学作词一样，宣宗的这首词显示了初学作者的一些特点。一是选调比较简短。中国早期的文人词作者如张志和、韦应物、王建、戴叔伦、刘长卿、白居易、刘禹锡、韩翃等，在选调上都有这个特点。二是在形式上与诗接近。中国早期的文人词作者在作词时，也喜欢选择与诗比较接近的词

---

① 《高丽史节要》，卷11，亚细亚文化社1973年6月版，第306页。
② 韩国文献研究所：《高丽史·世家第十九毅宗》，亚西亚文化社1990年版，第386页。
③ 池浚模：《高丽汉文学史》(下)，《语文学》，第39辑，萤雪出版社1980年6月版，第131页。

调。如《渔歌子》、《章台柳》近于七言诗,《调笑令》近于六言诗,《好时光》近于五言诗。三是语言晓畅易懂,有民歌特色。张志和、韦应物、王建、戴叔伦、刘长卿等人的词也显示出了这一特色。这主要是初学者对于词后来形成的一些表现技巧还没有掌握,还在摸索阶段,不敢随心使用。从这几点来看,我们可以肯定,宣宗不但是现在所能见到的填词的第一人,同时也应该是事实上最早填词者中的一个。

3.2.2 文人初唱

3.2.2.1 金克己

金克己,号老峰,庆州(古称鸡林)人。关于他的生卒年,各家说法不一。崔利子以为其大概出生在 1150 年前后,而卒于 1205—1210 年之间。柳己洙则认为其生卒年大概在 1150 年到 1204 年之间。而李承梅则断定其卒于 1209 年而生年不详。据俞升旦《金居士集序》"仪曹之命,亦泉壤之追宠"之说,金克己的享年似当与柳宗元相近,而柳宗元终年 47 岁,故相较之下,柳己洙的说法可能更接近真实。关于金克己的生平资料也非常短缺,目前可以依靠的资料只有一篇《金居士集序》。然记述非常简略,序中叙及其生平事迹的仅有这样一段文字:

> 先生讳克己,鸡林人也。童龀颖悟,开口成章,即有惊人语。逮壮,不汲汲于进。自登进士第,不复首路京师,借势公卿之门,唯与逸人韵士,啸咏山林,故文誉益丰而宦途愈阻。安仁素发,飒已垂领,始补义州防御判官。亦非在上推毂引手之援,自以桂藉久次见调耳。秩满替回,明庙闻其词藻,召直翰林院,搢绅巨公,昔但饮其名,今始哜其实。同然歆服,曾无异词。惜乎命不副才,卒以六品青衫而就木焉。仪曹之命,亦泉壤之追宠,朱银华锡,不逮其存。吁可叹也哉!

从这段文字我们可以知道,金克己少年颖悟,出口成章。成年后,性近山林，淡泊功名。后虽考中进士，但无心恋阙，无意攀附，唯啸咏林泉，山水自适。所以虽然文名日隆，但仕途上却一直没什么进展。直到头发花白，才补了一个义州防御判官这样的小官。后来虽然应诏进了翰林院，与当时的很多文坛名士相往来，赢得了众多词苑精英的认可，可惜天不假其年，未及大展宏图而溘然辞世。据载，癸亥年(1203)，他奉命出使金国，虽博盛誉于域外，却不幸卒于返国途中。

金克己虽英年早逝，但创作颇丰。据《金居士集序》记载，金克己死后，崔瑀曾为之遍搜遗稿"凡得古律诗四六杂文共一百三十五卷"。真净国师《湖山录》中《答艺台亚监闵昊书》中也说"近世金翰林克己，着一百三十五卷"。以李奎报之雄才大笔，所作亦不过五十三卷而已，而金克己所作竟多达一百三十五卷，足见其才高文富，一时无两。可惜的是，崔瑀当年编的《金居士集》早已散佚，仅有一部分作品流传下来。据崔利子的统计，金克己现存的作品有：

    《东文选》：五言古诗 5 首

             五言律诗 5 首

             七言律诗 10 首

             七言派律 1 首

             七言绝句 21 首

             表笺 21 篇

             状 3 篇

             祝文 5 篇

             青词 4 篇

    《新增东国舆地胜览》：作品 223 首

    《补闲集》：14 首

    《三韩诗龟鉴》：五言 17 首

                七言 20 首

这里面应该有交叉，作品数量实际上要少于上面的数字之和，但无论如何也决不像金台俊说的那样，"流传至今的作品只有收入《东文选》里的几首诗和表笺青词"[1]，而且崔利子可能搜集得也未必全面。在上面这些作品中，崔利子发掘出了三首词作：

忆江南

江南乐，灵岳莫高焉。
幽谷虎曾跑石去，古湫龙亦抱珠眠。
月夜降群仙。

高下极，一握去青天。
松寺晚钟传绝壑，柳村寒杵隔孤烟。
鸟道上钩连。

采桑子

鳌头转处黄金阙，
偶落人间，凤辇追欢，一眼琼田万顷宽。

长风忽起吹高浪，
翻涌银山，日已三竿，晓气凄微送嫩寒。

锦堂春

翠黛迥浮暮岭，清眸轻剪秋波。
珠帘十里笙歌地，飘梗幸闲过。
潘岳乍烦掷果，谢鲲宁避投梭，

---

[1] 金台俊：《朝鲜汉文学史》，社会科学出版社1996年8月版，第73页。

凉烟细雨西楼上，争奈别愁何？

《忆江南》写的是罗州锦城山的奇险风光，锦城山在罗州东北，山势端重奇伟，乃罗之镇山。金克己的这首词写锦城山的瑰奇险峻。起笔用了白居易《忆江南》的手法，总括一句对锦城山的整体观感，着重在一个"乐"字。接下来进行具体分说。在对山势的描写上，作者刻意突出"高""险"两字，其中又融入了相关传说和氛围渲染，把锦城山写得既有奇险之神，兼得绚丽之姿。词中夸张的描写和神奇的想象，很多地方与李白的《梦游天姥吟留别》以及《蜀道难》的神韵暗合，难得的是金克己能在豪放中妙入精细之笔，如在"灵岳莫高焉"之后，接以"幽谷虎曾跑石去，古湫龙亦抱珠眠"，在"一握去青天"之后，接以"松寺晚钟传绝巘，柳村寒杵隔孤烟"，前是总写，后是特写；前是粗笔勾勒，后是工笔细描，前后相衬，颇得灵动多姿之致。这种才华纯是个人禀赋，往往学是学不来的。《采桑子》写的是平壤多景楼的景观。多景楼是平壤的著名古迹，据《新增东国舆地胜览》，其地原有两处。一处"在府西九里扬命浦上。对岸筑石，架楼其上，楼下可通舟楫"。一处在"唐浦古城门楼"，据《高丽史》载，睿宗十一年幸此地，"置酒欢赏，名楼曰多景楼。"但自朝鲜朝初开始，人们已经多以扬命浦上的多景楼为是，唐浦古城门楼的多景楼仅存其说而已。从《新增东国舆地胜览》的记载来看，金克己的《采桑子》所咏也是此楼。这首词先写多景楼架临江上之势，续写登楼远望之景，气魄、声势、场面均达非常之境，却在结尾巧妙一转，借时间之推移，点出一句"晓气凄微送嫩寒"来，既有突兀之感，又有化刚为柔之妙。这种刚柔相济、圆转跳脱的手法也正是金克己的看家本领。《锦堂春》一词是吟咏嘉山郡的。嘉山郡旧属平安道，"本高丽信都郡"，是一座历史悠久的古城。所辖之地北面依山，南面临海，东有大宁江，西有加磨川，乃是景美物丰之所。不过金克己的这首词却没有像前面的两首词那样，将关注的焦点落在嘉山的山水上，而是落在了自身的感受上。词的起笔两句虽然仍和山水关联，却是借山水以写美人的眉眼，即"眉横远山，眼含秋水"之意。接下来化用杜牧"春风十里扬州路，卷上珠帘总不如"诗意，并用"笙歌地"三字着重点出嘉山的繁华。但结句又说"飘梗"，又说"幸闲过"，却让人觉得字里行间多少带点天涯沦落的落寞无奈之意。下片换头连用了潘岳和谢鲲两个典故。潘岳，字安仁，小名檀奴。在中国古代文学中一向是美男子的代名词。南朝宋刘义庆《世说新语·容止》第7条载："潘岳妙有姿容，好神情。少时挟弹出洛阳道，妇人遇者，莫不连手共萦之。"刘孝标注引《语林》曰："安仁至美，每行，老妪以果掷之满车。"[①]又《晋书·潘岳传》亦载："(潘岳)少时常挟弹出洛阳道，妇人遇之者，皆连手萦绕，投之以果，遂满车而归。时张载甚丑，每行，小儿以瓦石掷之，委顿而反。"[②]这就是"潘岳掷果"的由来。谢鲲，字幼舆，陈国阳夏人。其为人通简有高识，不修威仪，任达不拘。据《晋书·谢鲲传》载："(谢鲲)邻家高氏女有美色，鲲尝挑之，女投梭，折其两齿。时人为之语曰：'任达不已，幼舆折齿。'鲲闻之，敖然长啸曰：'犹不废我啸歌。'"[③]金克己在词里并用这两个典故，似乎是在表达一种感慨，好像在怪责如潘岳者，身当恩遇却不知珍惜；而惋叹如谢鲲者，虽欲蒙青睐，却求而不得。其中有以谢鲲自况的味道。结句含义深微，余味隽永，似乎把人生的不尽慨叹、感伤在不经意间都纳入到淡淡的"别愁"之中。全词给人一种欲说还休、欲休还说的回环吞吐，心神摇荡之感，可说深得词家抒情要旨。

自崔利子之后，柳己洙、李承梅皆承其说，以为金克己流传下来的词仅有三首。但实际上金克己流传下来的词作不仅这三篇，至少应该还有一首：

> 家园寂寞春将半，
> 随分春光犹烂漫。
> 烟浓柳弱短长垂，
> 雨歇花繁红紫间。
> 禁中忆昔同游玩，
> 涕泪交零肠欲断。
> 唯将尺素写幽怀，

---

① 曲建文、陈桦译注：《世说新语译注》，北京燕山出版社1998年3月版，第441页。
② 房玄龄等：《晋书》，中华书局1974年版，第1507页。
③ 房玄龄等：《晋书》，中华书局1974年版，第1377页。

忘却疏狂诗酒伴。

这篇作品亦见于《新增东国舆地胜览》，附在《采桑子·多景楼》之后，未标明诗词之分，但看其下词用韵，绝非律诗，亦非古诗惯有格局。如果我们将这篇作品与李煜的《玉楼春》对照一下，会更清楚地看到，它应该是一首词，双调五十六字，前后段各四句，三仄韵。

玉楼春

（南唐）李 煜

晚妆初了明肌雪，春殿嫔娥鱼贯列。凤箫声断水云间，重按霓裳歌遍彻。临风谁更飘香

屑，醉拍阑干情未切。归时休放烛花红，待踏马蹄清夜月。

○　●●○○●●　○○●○○●●　●●○○●○○

家园寂寞春将半，随分春光犹烂漫。烟浓柳弱短长垂，雨歇花繁红紫间。禁中

○○●●○○●　○○○●○○●●　○○●○○●●　○○

忆昔同游玩，涕泪交零肠欲断。唯将尺素写幽怀，忘却疏狂诗酒伴。

●●○○●　●●○○○●●　○○●●○○○　●●○○○●●

通过比较我们发现，金克己的这篇作品也是五十六字，前后段各四句，三仄韵。而且前后两段界限分明。这两首作品除句中的个别字在平仄上有些出入外，句读、用韵完全一样。不过，高丽朝的词人因大多对中国的词律不是很熟悉，作词时，在平仄的精细辨别上有些出入在所难免。如果把这一点

也考虑进来的话，我们可以肯定金克己的这篇作品是《玉楼春》词无疑。词的上片写景，下片抒情。上片写的是仲春之景，突出其花柳繁华的气象，然在起笔却直写其"家园寂寞"之感，所以后面的烂漫春光，颇有点"以乐景写哀，一倍增其哀乐"的味道。下片抒的是忆昔伤今之情。追念往日的禁中同乐，悲哀眼下的落寞独处，一时肠断魂伤，不能自已，忍不住涕泪交零。然除却书写幽怀，暂忘诗友之外，没有任何办法可以消除此时心中之痛。从词义上看，作者昔日可能在一样的花柳繁华之时，曾与诸好友诗酒同乐，而今情景依旧，却人事已非，其间似经变故，然又不可言说，故心中有非常之痛。所写之景，所抒之情，似乎均与多景楼无甚关联，不知何故将此词列于其后。

金克己的词，总体上看体现出来的仍是北宋以前的风格，甚至晚唐五代的气息更浓些。诸如少用典故，抒情深婉，语句清丽，少经营，少锤炼等。这都是北宋中期以前的风范。不过，在中国词史上，北宋中期以前，景物描写大多与吊古伤今、男女相思、离愁别恨等情绪结合起来，纯粹描摹山水之词几不可见，像白居易的《忆江南·江南好》虽然也曾着意描写"日出江花红胜火，春来江水绿如蓝"的江南美景，但词眼还是落在"能不忆江南"上。体现的是对昔日美好事物的追怀之情，而不是像金克己那样几乎是单纯的对眼前景物的刻画描写。金克己在这方面的做法颇有用别人的酒瓶装自酿的新酒的开创之功，至于这个瓶子合不合适，装完酒后会不会变味道，似乎并没有考虑那么多。但是，事实证明这种以他瓶装己酒的结果，还是别有风味的。尤为值得注意的是，韩国以词写景的传统似乎渊源在此，意义非常重大。

3.2.2.2　慧谌

慧谌，罗州（全罗南道）和顺人，俗名崔寔。字永乙，号无衣子。他是高丽朝著名禅僧，也是在智讷之后将曹溪宗进一步发扬光大的人，泽被后代，非止一世。慧谌初习儒道，神宗四年（1200）举司马试而入太学。后闻智讷于曹溪山修禅社开堂，于是投其门下，精勤苦修。于鳌山禅坐时，每至寅时必唱偈，声传十数里，且回声隆隆，闻者因知晨至。又于智异山金赏庵坐禅期间，常兀坐参禅，乃至积雪没顶，犹未稍事动弹。智讷以慧谌为难得之法器，倍加看重，且推举其为曹溪山二代祖师，可是慧谌学成后，飘然而去。直到智讷圆寂之后，始翻然复返，旋即入院开堂，以答先师遗爱。时，慕其道风者络绎于途，修禅社里名士云集。

慧谌于高宗二十一年入寂，世寿五十七，法腊三十二，谥号"真觉国师"。著有《禅门拈颂集》、《曹溪真觉国师语录》、《狗子无佛性话拣病论》等。其中，《禅门拈颂集》影响最大，该书是慧谌居松广寺时，偕弟子真训搜集禅门古则一一二五条及各祖拈颂，编纂而成，所言条理井然，深入浅出，流播甚广。慧谌另有《无衣子诗集》。今存词 3 首，其中《真觉国师语录》录《渔家傲》2 首，《无衣子诗集》录《更漏子》1 首。

渔家傲

一叶扁舟一竿竹，一蓑一笛外无畜。
直下垂纶钩不曲，何捞摝，但看负命鱼相触。
海上烟岑翠簇簇，洲边黄橘香馥馥。
醉月酣云饱心腹，自知足，何曾梦见闲荣辱。

脱却尘缘与绳墨，腾腾兀兀度朝夕。
独是一身无四壁，随所适，自西自东无南北。
落落晴天荡空寂，茫茫烟水漾虚碧。
天水混然成一色，望何及，更兼芦花秋月白。

更漏子

秋风急，秋霜苦，岁月看看向暮。
群木落，四山黄叶，松筠独苍苍。
人间世，能几岁，忽忽光阴电逝。
须猛省，细思量，无来一梦场。

《渔家傲》两首题为《渔父词》，写渔父自由自在，了无挂碍，甘于清贫，随缘自适的生活。第一首写渔父除了一叶扁舟，一根钓竿，一身蓑衣，一支长笛之外，别无所蓄。而这四样东西结合到一起，俨然给人以出世之想。接下来暗用姜尚钓鱼的典故，但却不是实用其义，只是借以点明渔父虽然垂钓却意不在鱼，从而表达了一种不计得失的人生态度。下片起句转而写景，但所写之景又有明显的象征意义。"海上烟岑"暗指仙乡，"洲边黄橘"隐喻人世。而词中的主人公恰恰优游于仙乡人世之间，融身于天地自然之内，自足自乐，无欲无求，人世间的荣辱得失，早抛到了九霄云外，从而塑造了一个胸怀荡荡、神游物外的高人形象。第二首与前一首命意相似。起笔便写出了撇却人间规范，冲破尘世羁绊，随心所欲地安排自己人生的自由意识，接下来的"独是一身无四壁"一句用司马相如"家徒四壁立"的典故。分析起来，这句话有两层含义：一则写身无余物，二则写无牵无挂。所以下面的一句便蕴含了不管东西南北，任游天地之间，再无任何挂碍的意思。下片整个写景。晴空烟水浑然一色，芦花秋月一派空明，描绘出了一幅浩渺无际而又空灵澄澈的景象。其中明显隐寓了"海阔凭鱼跃，天高任鸟飞"之意，也暗含了"独与天地精神相往来"之心。这两首词均立意高远，境界阔大，池浚模认为这两首词"是豪放之流。作者物外禅僧，又绝尘遗世之态"[1]，的是确评。

《更漏子》一首，意在告诫人们，人生短暂，世事虚幻，需及早看破，以获得解脱。其旨在阐扬佛教教义。词的开始，借秋景的描写，用象征的笔法，告诉人们人生如同秋天一般，充满肃杀萧瑟，饱含悲凉清苦，且匆匆而过，刹那芳华，转眼即成昏暮之景。"群木落"三句，承上而来，着意突出松竹能历经风霜而苍然独立的品格、风神。言下之意是人只有像松竹那样，独立于四季运行之外，才能摆脱荣枯轮回之苦。词的下片直言其志。先说人生苦短，再说人生如梦，提醒世人不要执着幻象，早悟佛家至理，超脱尘俗之外。这首词借物说法，通俗易懂，不作高深语，不作枯燥语，难能可贵。

慧谌作为曹溪宗第二代祖师，佛法修为自不用说，难得的是文学修为同样高深。其词往往能把自然景物的描写与人生感受的抒发、佛家至理的阐释紧密地结合起来，不空讲佛理，而且作者的品性、情怀自然地流溢于字里行间，

---

① 池浚模：《高丽汉文学史》（下），《语文学》，第39辑，萤雪出版社1980年6月版，第132页。

读来别有一番动人之处。其遣词用语处于雅俗之间，所用典故也是众所熟知流布极广的故事，而不用佛家生僻掌故，故很容易为人所接受。其词风格与金克己相近，体现出了北宋前期词的风范，但比金克己更通俗易懂，意蕴更浑厚。

3.2.2.3 李承休

李承休，字休休，号动庵居士。京山府嘉利县人。9 岁知读书，14 岁丧父，见养于从祖母元氏。一度荒于学业，"教绝义方，业不加修，而徒事杯觞。"[①]后受知于崔滋，高宗三十九年壬子(1252)，文科及第，步入仕途。旋即返乡省亲，又因遭逢战乱，绵年不断，不得返京。未几崔滋辞世，元氏亦死，并家遭劫掠，无奈之下，"因结茅于头陁山麓龟洞龙溪之侧而家焉。"[②]不久老母卧床，自己也"病不能兴"，历尽辛苦始渡过难关，前后 10 余年。后安集使李深敦劝赴京，得李藏用、柳璥之荐，补庆兴府书记，入为都兵马录事。癸酉年(1273)，经两府举荐，得元宗破格提拔，为书状官，"从顺安公入元朝。每遇恩赐，上表陈谢，语则惊人，名遂大振。"[③]元宗薨，复以书记官入元，"告哀传遗命于世子。"[④]后忠烈王即位，承休累迁为右司谏，"出按杨广忠清二道，劾赃吏七人，籍其家"[⑤]，因而惹来谗言，寻贬东州副使，承休于此时自号动庵居士。旋迁殿中侍史，"喜言事而不售。遂乃去。屏迹头陁山中。(李序)"著《帝王韵记》、《内典录》。居十年，忠宣王即位后，复征其出山，"待遇极丰"，授以高位。但他执意求去，最后以密直副使监察大夫词林学士承旨致仕。有《动庵居士集》，今存词一首。

临江仙

庆原李侍中扈驾，游衫廊城，作临江仙令，以庆中兴之兆。承

---

① 《病课诗·序》：《动庵居士集》，见《标点影印韩国文集丛刊》(2)，民族文化促进会 1988 年 12 月版，第 395 页。
② 《病课诗·序》。
③ 李穑：《动庵居士李公文集序》，第 381 页。
④ 韩国文献研究所：《高丽史》，卷 106，《列传》19，亚细亚文化社 1990 年版，第 337 页。
⑤ 韩国文献研究所：《高丽史》，卷 106，《列传》19，亚细亚文化社 1990 年版，第 337 页。

休谨依韵课成一首，奉呈。

水绕山回成别境，昌基谚亦相传。

龙飞凤舞共差然。中容千岫辏，外控一江弦。

四海五湖波正渌，澄澄一点无烟。

重瞳舜日正中天。联珠星报瑞，定鼎业增年。

这里的李侍中指的应该是高丽名相李藏用(1211—1272)。李藏用也是多才多艺、精通音律的人。据《居易录》记载，高丽宰相李藏用"从其主人朝于元，翰林学士王鹗邀宴于第。歌人唱吴彦高《人月圆》、《春从天上来》二曲，藏用微吟其词，抗坠中音节。鹗起执其手，叹为海东贤人"[1]。李藏用任侍中的时间是元宗九年至十二年(1268—1271)，序中又说"庆中兴之兆"，则该词当作于元宗重新复位之后，这样这首词应作于1269年至1271年之间。此词的后面有一个自注：是时五星联珠故云。然查《高丽史天文志》，其间并无五星联珠的记载，并且终元宗之世，也无此记载，也许是史籍缺载。

从性质上看，这首词是颂祷之作，但词的气象很好。起句从"水绕山回"写起，别有情境。"中容千岫辏，外控一江弦"和"四海五湖波正渌，澄澄一点无烟"境界阔大，恰与国运昌隆之意相呼应，更显气魄不凡。"昌基谚亦相传"和"联珠星报瑞，定鼎业增年"借民谚流传和天呈异象，以说明元宗是一个上得天降祥瑞、下得百姓拥戴的好君主，而有了上苍眷顾和百姓拥护，自然不愁大业不成。虽然意在祝颂，但用心真诚，非但没有谄媚之态，反能给读者留下忠直的印象。而且不板滞，有气势，颂词能写到这种程度，算得上是佳作了。

3.3 高丽朝后期词坛

3.3.1 闵思平

闵思平，字坦夫，号及庵。平章事闵令谟六世孙，密直司事闵頔之子，

---

① 《词林记事》。

家世非常显赫，少有器局。当时的政丞金伦以知人著称，非常看好闵思平，把自己的女儿嫁给了他。忠肃王时登第，调艺文春秋修撰，历艺文应教成均大司成监察大夫，封骊兴君。闵思平曾经跟随忠定王入元朝觐，有功于王，所以忠定王即位后，拜闵思平为佥议参理赐输诚秉义协赞功臣号。复进赞成事商议会议都监事。其为人"性温雅，睦姻亲，善交游，居官处事，不为崖异。常以诗书自娱"①。恭愍王八年卒，谥文温。有《及庵诗集》。存词4首。

梦仙乡　奉送许存抚使

关东寒食，碧松沙路。翠盖映，玫瑰红雨。
杖节作高游，迎候拥芳洲。
河内居民借寇，心犹未彻。香案下、来含鸡舌。
一笑对天颜，鱼水更同欢。

朝中措　奉和益斋

每闻夫子忆郊扉，何日赋言归。
矫首寻常南望，古诗谩咏星稀。
春回谷口，烟沉钓濑，水满春机。
溪友贻书催我，野花几度残菲。

眼看红雪洒窗扉，闲赋阮郎归。
远近云蒸霞蔚，武陵气象依稀。
琴台锦石，来从底处，织女支机。
曲罢宾朋星散，帽檐满插芳菲。

独怜春色到闲扉，何事忽忙归。

---

① 韩国文献研究所：《高丽史》，卷108，《列传》21，亚细亚文化社1990年版，第370页。

> 莫遣家童来扫，渐愁地上花稀。
>
> 如今更觉，悠悠世事，苒苒天机。
>
> 来岁岂无佳节，可辞烂醉芳菲。

《梦仙乡》一首，调名不见于《钦定词谱》。这是一首送别词，却与传统的送别词有很大的不同。传统的送别词每当分手之际，总不免愁云惨雾或缠绵感伤，或涕流满面，或依依不舍。但这篇作品中却洋溢着一种高昂的情绪。词的上片重在写景，同时也是在交待送别场景。下片想象未来的情景，便显出了对朋友德能的信任和对未来的憧憬。下片用了两个典故，一是借寇，用寇恂的典故。《后汉书·寇恂传》载，恂曾为颍川太守，颇著政绩，后离任。建武七年，光武帝南征隗嚣，恂从行至颍川，百姓遮道谓光武曰："愿从陛下复借寇君一年。"后因以"借寇"为地方上挽留官吏的典故。中国的诗文中经常使用，如南朝梁何逊《哭吴兴柳恽》诗："霞区两借寇，贪泉一举卮。"明张居正《赠袁太守入觐奏绩序》："余不佞，谨述公治郡状，并致其借寇之意，敢以告于铨衡。"这里是说许存抚使到地方后必能造福一方，深得百姓感戴。一是鸡舌。这里的鸡舌即鸡舌香，也即丁香。古代尚书上殿奏事，口含此香。《初学记》卷11引汉应劭《汉官仪》："尚书郎含鸡舌香伏奏事，黄门郎对揖跪受，故称尚书郎怀香握兰，趋走丹墀。"这个典故在古诗文中也比较常见。如唐刘禹锡《郎州窦员外见示与澧州元郎中郡斋赠答长句二篇因而继和》："新恩共理犬牙地，昨日同含鸡舌香。"明陈汝元《金莲·接武》："御杯共醉龙头榜，春雪同含鸡舌香。"有时为了行文方便，也省作"鸡香"、"鸡舌"。如唐黄滔《遇罗员外衮》诗："豸角戴时垂素发，鸡香含处隔青天。"唐李商隐《行次昭应县道上送户部李郎中充昭攻讨》诗："暂逐虎牙临故绛，远含鸡舌过新年。"元李裕《次宋编修显夫南陌诗》："鸡舌遥闻韵，猩唇厌授餐。"《天雨花》第四回："愿为鸡舌噙于口，常作灵台贮在心。"这里是说许存抚使回朝之日，必得君王赏识提拔，官职升迁，指日可待。

这首词虽然略显稚拙，但创格较高，在闵思平的四篇作品中可称佳作。

《朝中措》三首，首先是有很珍贵的史料价值。如果没有闵思平的这三首词，我们还不知道现存李齐贤的词并非其全部。同时，词中"闲赋阮郎归"一句，还告诉我们，《阮郎归》这一词调在当时的高丽朝已经存在，而且应该为当时文人所熟知的一个词调。这些都能让我们对高丽词坛多几分了解。

从时间上看，闵思平与李齐贤大略同时而年辈稍晚，与李齐贤有交往是很自然的事。闵思平似乎对李齐贤非常敬重，所以喜欢奉和其作。《益斋集》有诗云《昨见郭翀龙，言及庵欲和小乐府，以其事一而语重，故未也。仆谓刘宾客作竹枝歌，皆夔峡间男女相悦之辞；东坡则用二妃、屈子、怀王、项羽事，缀为长歌，夫岂袭前人乎？及庵取别曲之感于意者，翻为新词可也。作二篇挑之。》可见闵思平一度曾想和李齐贤的《小乐府》，只是无法翻新，后来未果。李齐贤的这段亦序亦题的文字，很能说明二人的关系。所以闵思平的这三首和作可以说毫无可疑，史料价值真实可靠。

不过从内容上来看，这三首词无甚出奇之处。特别是前两首，所表现的无外乎士大夫的那种流连光景、闲适情怀，多少带点孤芳自赏、自命风流、风雅自任的文人癖性。第三首要好一点，表露出些许惜春情绪。但在语言使用和意绪营造上，总觉得欠缺点东西，似乎前后不够连贯，要表达的意思不够统一，或者说想表达的东西太多。一会儿惜春，一会儿又慨叹世事，一会儿又故作豁达，感觉有点乱，不够自然。

3.3.2 郑誧

郑誧，字仲孚，号雪谷。"年十八中第，以艺文馆修撰奉表如元，会忠肃东还，誧道谒，王爱之。"于是把他留在身边，并马上升他作左司誧（疑为谏字）。忠惠王的时候，他由典理总郎拜左司议大夫。因正言直行，"多所封驳"，故为执政者所恶，先是褫职家居，后又遭谗被贬，谪居蔚州。在蔚期间，"吟啸自若，慨然有游宦上国意。尝曰：'大丈夫安能郁郁一隅耶？'"后来果游燕都，当时元朝的丞相别哥不花与之一见，大加赞赏，便想把他推荐给元朝的皇帝，结果未及举荐而郑誧病卒。《高丽史本传》说他"诗词简古，笔迹亦妙"。有《雪谷集》传世。存词12首。

郑誧的代表作是他的《巫山一段云》（蔚州八咏），这组词作于他谪居蔚州期间。内容如下：

平远阁

阁外临江寺，门前渡海船。
千年遗怨柳堤边，芳草绿芊芊。
画栋辉朝日，朱栏泛暮烟。
游人登览意茫然，满眼好山川。

望海台

绝壁凌晴汉，高台控大洋。
遥看水色接天光，百里共苍苍。
石室知秋草，松扉报晓忙。
幽人呼客瞰东方，红日上扶桑。

碧波亭

叠石敧秋岸，丛篁卧晚汀。
舟人云是碧波亭，碑坏已无铭。
雨过沙痕白，烟消水色清。
当时歌调不敢听，倚棹涕空零。

隐月峰

天近明河影，峰高隐月华。
扶筇远上碧嵯峨，细路入云霞。
古树含秋色，空岩拂晚霞。
深林知有梵王家，钟鼓隔山阿。

藏春坞

骤雨驱春去，群花扫地无。
东君疑是此间留，红白满山隅。
隔水歌声远，连船酒味柔。
谁言太守不风流，醉倩翠娥扶。

大和楼

丹槛临官道，苍波隔寺门。
喧阗车骑送归轩，歌吹日来繁。
细雨花生树，春风酒满尊。
古今离恨月黄昏。渔唱起前村。

白莲岩

松岭丹青色，苔岩绘绣纹。
白衣遗像兀无言，灵感谩前闻。
泛壑风声壮，连空海气昏。
悠悠心事共谁论，搔首日西曛。

开云浦

映岛云光暖，连江水脉通。
人言昔日处容翁，生长碧波中。
草带罗裙绿，花留醉面红。
伴狂玩世意无穷，恒舞度春风。

蔚州属庆尚道，地多山险，风景秀异。郑誧所用八景，均为当地名胜。

其中尤以大和楼最为著名,金克己、权近、徐居正均有诗文记其事。不过,从郑誧的这几篇作品来看,写得比较好的还是《平远阁》《碧波亭》《隐月峰》三首。《平远阁》一首境界开阔而略带苍茫之意。《碧波亭》隐含世事沧桑、怀抱凄婉之情。《隐月峰》瑰丽雄壮,余味悠长。《开云浦》一首也不错,有借处容以写自身的味道,其关注点已非写景,而是写人了。郑誧的这八首词明显是李齐贤的八景词直接影响下的产物。李齐贤与郑誧本有渊源,郑誧之子是李齐贤的学生,李齐贤还为郑誧的集子作过序。不过,郑誧的这组词似乎还没有学到李词的神髓。郑誧另有一首赠妓的《巫山一段云》,反倒能表现出一点新意:

巫山一段云　辛水原席上赠妓

明月当歌席,香风泛画堂。
佳人笑整越罗裳,脉脉断人肠。
夜静弦声急,天寒竹影长。
酒阑携手起彷徨,一曲满庭芳。

高丽朝赠妓之词原不多见,郑誧能写出这么一首词来已经是难能可贵了。词中对于女子的情态、宴饮环境的描绘很真切,写音乐能注意烘托,结句也颇有余味,总体情境还算不错。相似的作品还有一首:

临江仙　代人作

萧史吹生天上去,白云空锁秦城。
东风回首涕纵横。至今明月夕,犹想凤凰鸣。
聚散诚知皆有数,奈何怀抱难平。
人生此别最关情。夜阑闻玉笛,浑是断肠声。

这首词比上一首好得多,原因是有真情在。特别是下片,"聚散诚知皆有数,奈何怀抱难平"一句明显把人生遭际之感打入到了男女离别之情当中,而结句"夜阑闻玉笛，浑是断肠声"既与起句的典故相关合，同时又起到了深化情绪、点化全篇的作用，别有一种动人心魄的感染力。这首词不但在高丽朝的抒情词作中是难得的好作品，即便放之元朝诸词作中，也不逊色。郑誧还有两首《浣溪沙》，似是咏物，又似写人，除第二首的结句有点煞风景外，也还可以：

> 昨夜香闺见玉莲，飘飘巾帔若神仙。
> 拟将歌舞重留连。
> 旧恨新仇浓似酒，相逢即别奈何天。
> 知心唯有使君贤。
>
> 莫笑先生酷爱莲，此花风韵属诗仙。
> 那堪风雨竟连连。
> 曲渚方塘添晚景，红妆翠盖媚秋天。
> 巢龟真个过吾贤。

郑誧的词，无论是数量还是质量，在高丽朝后期都是比较不错的。

3.3.3 李谷

李谷，字中父，初名芸白，号稼亭。为韩山郡吏李自成之子。自幼表现不俗，举止异于常人。自懂得读书之后，勤学不倦。不幸早年丧父，但能事母尽孝。早为都评议使司椽吏，后于忠肃王四年中举子科，穷研经史，造诣益深，一时学者，多来求教。忠肃王七年登第，调福州司录参军。忠惠王元年，迁艺文检阅。忠肃王后元年，参加征东省乡试，考了第一名。所谓的征东省乡试，是元朝政府在朝鲜半岛设置的科举考试，李谷能考取第一，非常了得。"遂擢制科。前此本国人虽中制科，率居下列，谷所对策，大为读卷官所赏，置第二甲，奏授翰林国史院检阅官。"[①]李谷于是得到了与中原文士交

① 韩国文献研究所：《高丽史》，卷109，《列传》22，亚细亚文化社1990年版，第388页。

往切磋的机会，学业精进，所造益深，"为文章操笔立成，词严义奥，典雅高古。"①以致元朝文士，不敢以外国人视之。后奉兴学诏回国，但很快再度入元。这时的李谷在本国、在元朝均有职务。在本国为典仪副令，在元朝为徽政院管勾转征东省行中书省左右司员外郎。当时元朝多次到高丽选征童女，为祸甚深。李谷于是向御史台进言，请求废止这种做法，并代作奏疏。所作奏疏，文辞雄辩，气盛言宜，分析利害，入情入理，言辞恳切，感人至深。元帝读后，深为所动，采纳了他的意见，罢除了这项制度。李谷此举，不知改变了多少高丽女子的人生命运，使多少高丽家庭免于劫难，恩德非小。后回国，除判典校寺事。忠惠王后二年，再度奉表入元，并在元朝留居长达6年之久。元朝任命他为中瑞司典簿。在高丽拜密直副使累升知司事进政堂文学封韩山君。后以颁朔还国，和李齐贤等人一起，增修当年闵渍编写的《编年纲目》，还编写了忠烈、忠肃、忠宣三朝的实录，一度执掌科闱。后再度入元，旋即归国。本国累迁至都佥议赞成事，在元累官至奉议大夫征东行中书省左右司郎中。李谷一生，三度入元，在元朝生活的时间可能是李齐贤之外最多的一个高丽著名文人。它也是李齐贤的门生，还是高丽末文坛大家李穑的父亲。其为人"端严刚直，人皆敬之"②，有《稼亭集》传世。存词10首。

李谷的代表作是与郑誧相唱和的《次郑仲孚蔚州八咏》词：

大和楼

铁骑排江岸，红旗出郭门。

遨头来此送宾轩，宾从亦何繁。

水色摇歌扇，花香扑酒尊。

但无过客闹晨昏，淳朴好山村。

---

①　韩国文献研究所：《高丽史》，卷109，《列传》22，亚细亚文化社1990年版，第388页。
②　韩国文献研究所：《高丽史》，卷109，《列传》22，亚细亚文化社1990年版，第388页。

藏春坞

是处花多少，君家酒有无。
人间红紫已难留，曾见衬庭隅。
世事将头白，余生业舌柔。
携壶日日渡溪流，藜杖不须扶。

平远阁

有客登仙阁，何人棹酒船。
官（疑为宦）游不觉到天边，江路草芊芊。
极浦低红日，孤村起碧烟。
离情诗思共悠然，岁月似奔川。

望海台

自昔闻浮海，吾今信望洋。
有时风静镜磨光，一色际穹苍。
绝岛知谁到，孤帆为底忙。
从教日本是殊方，三万里农桑。

白莲岩

宝厴明珠颗，铢衣雾縠纹。
白莲嘉瑞岂虚言，时有异香闻。
客枕凉如水，禅灯耿破昏。
谁言儒释不同论，到此任朝曛。

碧波亭

山雨花浮水，江清月满汀。
古人诗眼此为亭，谁敢换新铭。
去国心犹赤，忧时鬓尚青。
渔歌政欲共君听，惊起翠毛零。

开云浦

地胜仙游密，云开世路通。
依稀罗带两仙翁，曾见画图中。
舞月婆娑白，簪花烂漫红。
欲寻遗迹杳难穷，须唤半帆风。

隐月峰

落霞。恒娥窃药不归家，风露湿纤阿。
玉叶收银汉，冰轮溢桂华。
高峰碍月故峨峨，不待影欹斜。
逸兴逢清夜，高吟愧。

　　这组词与郑誧的相比，在整体上实在远有不及。李谷在文章方面自是一代大家，诗也不错，不过这词实在是不敢恭维。这组词中好一点的还是《平远阁》《碧波亭》《隐月峰》，大家气象，总算表现出来一些，没有让人失望到底。《平远阁》一首在宦海沉浮的身不由己、离愁别绪的潜滋暗长中，表露出"子在川上曰：逝者如斯夫"的人生感慨，别有一番动人意味。细味全词，依稀可见词人独立亭上，远望萋萋碧草，俯视洋洋流水，在斜阳残照、村烟袅袅中，临风吟诵、俯首沉思的样子。其中"极浦低红日，孤村起碧烟"两句意境绝佳，虽然有模仿王维"渡头余落日，墟里上孤烟"的嫌疑，但用在这里，更见浑成，

也更符合词的意境。"低"、"起"两字极见工夫，虽是千锤百炼，却有妙手偶得
的味道。虽然整体上有差距，但与郑誧的同一首词相比，此词似乎还可略占
上风。《隐月峰》一首上片围绕着一个"月"字做文章，澄澈空明，一派玲珑之
象。因月衬山，又刻画出了山峰的嵯峨屹立，俨然可见月光如水下、壁峰插天
的景观。下片转写在如此良辰美景的激发下，诗兴顿起，然愧无王勃高才，
难道眼前奇景。结尾两句用嫦娥奔月的典故，隐隐露出一点高处不胜寒的意
味。纤阿，是古神话中御月运行之女神。《史记·司马相如列传》："阳子骖乘，
纤阿为御。"司马贞索隐："服虔云：'纤阿为月御。或曰美女姣好貌。'又乐
产曰：'纤阿，山名，有女子处其岩，月历岩度，跃入月中，因名月御也。'"
《文选·司马相如〈子虚赋〉》"作嬐阿"。《文选·束皙〈补亡〉诗之四》："纤阿案
晷，星变其躔。"李善注："《淮南子》曰：'纤阿，月御也。'"南朝宋谢惠连
《前缓声歌》："羲和、纤阿去嵯峨，觌物知命，使余转欲悲歌。"一说古之善御
者。《楚辞·刘向〈九叹·思古〉》："纤阿不御，焉舒情兮？"王逸注："纤阿，古
善御者。"这里应该是借指嫦娥。"风露湿纤阿"，可见伫立之久，亦可见孤凄之
甚。其中隐隐透出"嫦娥应悔偷灵药，碧海青天夜夜心"之意。《碧波亭》一首，
虽然比之其他略好，但在这三首中，却显得略差一些。"山雨花浮水，江清月
满汀"两句还算不俗。

李谷也有一首赠妓词：

浣溪沙　真州新妓名词

客路春风醉不归，笙歌缓缓夜迟迟。
竹西楼迥月参差。
行乐雅宜无事地，寻芳却恨未开时。
他年谁折状元枝。

不过这首词和李谷的很多词一样，就是上片写得还好，但一到下片就
往往倒胃口。本来上片写客路春风，趁兴买醉，笙歌缓缓，月影参差，虽然
格调不高，还是比较有味道的，但到了下片，读起来便有迂腐气，词境也就

打了折扣。李谷还有一首《南柯子》，也是上片写得还较有韵致，下片又落下乘：

> 古木多寒籁，虚檐剩晚凉。
> 秋声无处不鸣商，况是客程佳节，过重阳。
> 诗壁笼纱碧，歌筵舞袖香。
> 官奴已老尚新妆，几见使君遗臭，与流芳。

词的上片写古木寒籁、虚檐晚凉、秋声悲切、客遇重阳，把萧瑟秋景与旅居情怀很好地结合在了一起，道出了典型的游子心境。单看这上片，写得非常好。下片的起句也还不错，结句意思还好，但语词腐恶，与全篇的韵致大不协调，破坏了词的整体意境。这有点像谢灵运的山水诗，前面的山水描写本来很好，偏偏要在诗的结尾来几句玄言尾巴，把本来挺好的一首诗非弄得断裂破碎不可。但不同的是，谢灵运的做法给人的感觉常常是画蛇添足，是多余；而李谷则好像画龙，整条龙画得都还不错，偏偏点睛之笔把龙眼点瞎了，是失误。这未免让人有一种痛惜之感。

3.3.4 金九容

金九容，初名齐闵，字敬之，号惕若斋，又号骊江渔友。安东人。高丽名将开国公金方庆之玄孙，新罗敬顺王之苗裔，高丽名臣闵思平之外孙。金九容生于名门望族，兼自幼得闵思平、李齐贤等高人的熏陶指点，年轻时便已表现不俗。癸巳年(1353)16 岁时中举子科，入宫肃拜时，王亲试《牡丹诗》，九容所作又居魁首。乙未年(1355)18 岁登科，拜德宁府注簿。癸卯年(1363)拜正言，旋拜献纳。戊申年(1368)拜典校副令。辛亥年(1371)白民部议郎兼成均直讲，"勉进后学，训诲不倦，虽休沐在家，诸生质问者相踵"(《高丽史本传》)。是年秋，出为江陵道按廉使。次年，迁总部议郎，并于 8 月作为书状官出使明朝。乙卯年(1375)拜三司左尹，当时辛禑刚刚即位，年仅 10 岁，宰相李仁任等擅权，欲迎北元使者，金九容与郑道传等上书陈事，力言得失，结果被流放到竹州，后按照惯例移徙母乡骊兴郡，因自号骊江渔友。"以乐江山雪月风花之兴"①，于是名其所居堂为"六友堂"，于此闲居 7 年，"放迹江湖，日以诗酒自娱。"②其《少年行》、《朝中措》词当作于此时。辛酉年(1381)，召拜左司议大夫，移判典校寺事。甲子年(1384)，奉使行礼辽东都指挥使司事，结果反遭流放。其中原因，据《高丽史》，说是当时有个义州千户曹叫桂龙的曾经到辽东去过，回来汇报说，辽东都指挥使梅义等人对他说，"我们对你们国家的事情总是尽心尽力地去做，你们怎么也不表示一下谢意呢"，所以高丽王朝才派金九容作行礼使，带着书信还有白金百两、细苎麻布各五十匹前往慰问，结果到了辽东，总兵潘敬叶旺和梅义等人却说，"人臣义无私交，何得乃尔。"③于是把金九容执入京师，皇帝下令把他流放大理。结果未到贬所，行至四川南境泸州永宁县江门站，七月十一日，以病卒于旅次。年四十七。后来，高丽王辛禑还因此追治桂龙误传人言之罪，将其流放。但金明理在叙及这段公案时却说，"以本国迟缓献马事，流于大理卫。"④不知孰是孰非。金九容与当时名儒如郑梦周、李崇仁、郑道传、河仑等交往甚密，当时士林之中，声价颇高。有《惕若斋学吟集》传世。今存词 7 首：

画堂春　代人

绿杨堤畔杏花香。

马头旌旆尽□，阗街珠翠更奔忙。

争觑擅(应为檀)郎。

却恨春宵苦短，锦衾才展鸳鸯。

娇娆总是汉宫妆，□暗断肠。

①　金明理：《先君惕若斋世系行事要略》，《惕若斋学吟集》，见《标点影印韩国文集丛刊》(6)，民族文化促进会 1988 年 12 月版，第 5 页。

②　韩国文献研究所：《高丽史》，卷109，《列传》22，亚细亚文化社 1990 年版，第388页。

③　韩国文献研究所：《高丽史》，卷109，《列传》22，亚细亚文化社 1990 年版，第388页。

④　《行事要略》。

卜算子 代人

倚户望斜阳，正在孤村树。
泪眼昏昏鸟远飞，京国知何处。
一别似千秋，此恨凭谁语。
极目千山又万山，底是郎归处？

长相思 代人

松山青，胜山青，两地相望知几程。
难堪送别情。
独归京，未归京。别后伤心梦不成。
满窗寒月明。

巫山一段云 送李直门下出按西海

药砌吟诗句，薇垣倒酒杯。
一年无事好开怀，送别恨难裁。
揽辔匡时略，埋轮济世才。
风流盐海莫徘徊，恐有铁肠摧。

鹧鸪天 送薛廉使

持节朗官出凤城，满城花柳雨晴□。
先声已逐春光遍，到处歌谣咏太平。
山缭绕，水澄清。骊江楼上最多情。
夜深人静栏杆外，一叶扁舟载月明。

少年行　骊江

黄骊古县最风流，江上有高楼。

水绿山青，柳荫深处，终日系兰舟。

纤歌一曲行云遏，芳草恨悠悠。

十二栏杆，三行粉面，明月满汀洲。

朝中措　骊江

人间万事到头空。春梦百年中。

一卧江垾无赖，相从明月清风。

采山钓水，鲜美满案，贤圣盈钟。

独酌独吟终日，平生甘作村翁。

金九容七首词而用七调，这在高丽词人中绝无仅有。高丽朝李齐贤之下，就属他用的词调最多了，这也能看出金九容对词这种文学样式的熟悉程度高过高丽朝的很多词人。在题材上，金九容的词比较丰富多样，虽仅七首，却包含了艳情、相思、送别、写景、感怀等多方面的内容。而他在相思离别题材方面的成就，尤为其他词人所不及。《代人》三首可为代表。《画堂春》虽有缺文，但所写内容大致可解。其中杏花绿杨的背景，珠翠奔忙的场面，还有春晓苦短、锦衾鸳鸯的描绘，娇娆粉面、伤心断肠的叙说，都给人一种香艳之感。这种印象，在高丽词中极不多见。比较而言《卜算子》和《长相思》的香艳味相对淡了些，但更富情韵。这两首词都是写别后相思，都是写盼归的。但又略有不同。《卜算子》着重写的是望中之思。上片起笔即从远望写起。"倚户望斜阳，正在孤村树"两句虽然看似在描绘斜阳，其实用意根本不在斜阳，望斜阳并非目的，只是望的结果而已。而在这结果中，又渗透出了抒情主人公深深的失望和无奈。透过词句，我们仿佛看到一个红粉佳人，登楼凭窗，放目远眺，希望能够看到自己那日思夜想的熟悉的身影。然极目天边，看到的却只有渐渐西下、刚好挂到远村树梢上的一枚落日而已。而这斜阳，又是最容惹人愁思的东西。透过斜阳，我们的女主人公可能会联想到远行之人踽踽独行的悲凉，所谓"古道西风瘦马，夕阳西下，断肠人在天涯"。也可能联想到韶光易逝的悲哀，所谓"夕阳西下几时回"，"夕阳无限好，只是近黄昏"。于是悲从中来，不仅泪眼婆娑。"泪眼昏昏鸟远飞，京国知何处"两句，承上而来，这里的"泪"，是相思泪，也是伤心泪。泪眼昏花中，不见人归来，但见鸟远飞，隐约有以鸟喻人之意，暗含彼人在外，但知远行，不知归家的伤悲。当然也可以理解成恨不得已身化鸟，展翅远飞，奔赴到爱人身边的意思。但无论如何，这"京国知何处"五字之中，终归是包含了一种茫然不知人在何处的悲苦之情。下片极写相思之苦。"一日不见，如隔三秋"，这是恋人间渴望厮守，不愿暂别的正常感受。而词中的女主人公明显对这一点体会更为深刻，"一别似千秋"极写别后每分每秒都万难煎熬，别离的时间仿佛被无限制的拉长，犹如千万年一样。而这煎熬之苦、相思之痛，却是欲诉无人。结尾两句，照应开篇，以远望起，又以远望结。其中包含了"岭树重遮千里目"的愁肠百转，也包含了"何处是归程，长亭更短亭"的无奈。且余韵隽永，耐人玩味。这首词与宋代无名氏的那两首词相比，文字技巧或有不及，但情味意境则过之，颇有"和韵而似原唱"之意。《长相思》着重写的则是深闺之感，也是一首情韵兼胜之作。词中的松山、胜山应是两个地名，拈出这两个山名的意义，就其根本，其实也不过就是说两个人之间隔着重重山岭的意思，也就是前一首词中所说的"千山万山"的意思。但经作者如此强调，有意安排之后，却给人造成一种一唱三叹的韵致，所以后面"两地相望知几程"的感叹就来得格外强烈，更有打动人心的力量。"难堪送别情"一句，是追忆当年之事。盖当初游子远行之际，两个人不忍骤别，于是送了又送，直送入青山之中。当时情形，在游子，是"行行重行行"；在思妇，则是"与君生别离"。此时望着重重青山，回想彼时心境，自是悲情无限，所以才有"哪堪"一说。下片起笔六字，意在强调，最应该回来的那个人，偏偏在别的人纷纷回来之后，独独他还没有回来。"别后伤心梦不成"一句，感慨极深。其中既包含了"寻好梦，梦难成，有谁知我此时情"的悲哀，更有"梦中犹有数行书，哪堪和梦无"的无奈。结句不但起到了借凄清之景映衬凄凉之情的借景传情的作用，就中还隐含了"明月不谙离恨苦，斜光到晓穿朱户"的意味，同时也收到了余韵不绝的艺术效果。

余下的四首词中,《巫山一段云》应酬味道太浓,也是金九容所有词作中最少词味的一篇作品。同样是赠别,《鹧鸪天》就要好得多。虽然其中较少言及别情,但作者的节操,友人的怀抱,两人相契相得之情,交游酬唱之景,都极好地展示在读者的眼前。《少年行》和《朝中措》写得更好。这两首都是写骊江的。骊江在骊兴郡,骊兴本高句丽古乃斤县,新罗景德王改黄骁,为沂州郡领县,高丽初,改黄骊县,忠烈王三十一年,以顺敬王后金氏之乡,升骊兴郡。骊兴原是"山水清奇"之地,而骊江风光更是其中的翘楚。"骊江山水之胜,自古而称。"①李奎报有诗咏骊江云:"桂棹兰舟截碧涟。红妆明媚水中天。钉盘才见团脐蟹。挂网还看缩项鳊。十里烟花真似画。一江风月不论钱。沙鸥熟听笙歌响。飞到滩前莫避船。"②足见骊江山水物产之胜。《少年行》一首,把骊江写得犹如一个多情的少女,娴静秀丽而又多愁善感,读来让人有一种柔情满怀的感觉。《朝中措》一首,透过词句,则俨然可见一个寄情山水、忘怀世事、心胸淡泊、潇洒自适的田园隐者的形象。这两首词一个重在写景,一个重在写人,但作者怀抱,无不蕴含其中,而且笔意流畅,意境清新,一婉约,一豪放,虽然未必是同时之作,但放在一起来读,还是有相得益彰之效。

3.3.5　元天锡

元天锡,字子正,号耘谷。原州人。生平资料很少,《高丽史》无传,集中亦无行状可查。只知道他和郑道传同时登第,但郑道传显赫一时,元天锡却默默无闻,"特前朝一进士耳"③,从现有资料来看,元天锡似乎很早就开始了隐居生活,"遁荒于雉岳山中"④,在高丽朝就未曾为官,"未尝立王氏之朝,食王氏之禄。"⑤到了朝鲜朝,更是闭门终身。他曾经做过李芳远的老师,李芳远即位后,他原本有当高官的机会,但他却坚守臣节,不事二朝。李芳远

---

① 权近:《宴集序》。
② 《泛小船》:《东国李相国全集》,《削集》,6 卷,见《标点影印韩国文集丛刊》(6),民族文化促进会 1988 年 12 月版,第 349 页。
③ 丁范祖:《耘谷诗史序》,《耘谷行录》,见《标点影印韩国文集丛刊》(6),民族文化促进会 1988 年 12 月版,第 125 页。
④ 郑庄:《耘谷先生文集序》,见《标点影印韩国文集丛刊》(6),民族文化促进会 1988 年 12 月版,第 124 页。
⑤ 丁范祖:《耘谷诗史序》。

即位的当年，就下诏征召元天锡出山，他不肯；第二年，李芳远亲驰三百里，到元天锡的隐居之所来请他，他却避而不见。李芳远知其心志，召来元天锡的做饭婢女聊了几句，后又坐在门前的石头上怅然良久，于是不再勉强。后人名其石曰"太宗台"。因其节操，人们往往把他与郑梦周、吉再并提，说他"清风峻节，直可与圃、冶诸公相伯仲"①。元天锡自丽末隐居，便著书写诗，文章多能揭悉历史真相，惜全部焚毁，其诗本也泯灭不传，直到他死后两百年，朴东亮到原州得其诗集，整理重刊，始大行于世。今有《耘谷行录》传世。存词6首。

元天锡所存的6首词中，以4首《鹧鸪天》为佳：

鹧鸪天

其一　南溪柳下追凉作鹧鸪天忆契内张赵二公

夹岸垂杨弄影微，追凉尽日却忘归。
身闲乐土知今是，迹寄名场悟昨非。
初（疑衍）收暮霭，转斜晖。倚筇时复一凄悕。
故人化作松间土，谁识吾行与世违。

其二　促织词

风静空阶玉露清，隔窗唧唧动哀情。
征夫一听应添恨，寒妇初闻忽暗惊。
秋七月，夜三更，弄鸣机杼到天明。
却嗟尔事如吾事，往往叫阍无助声。

---

① 朴东亮：《诗史序》，见《标点影印韩国文集丛刊》（6），民族文化促进会1988年12月版，第123页。

其三 白鸥词

江海无涯浩荡春，随波逐浪自由身。

浮云态度元无定，白雪精神固未驯。

心绝累，格离尘。淡烟疏雨伴渔人。

平生我亦忘机者，莫负前盟日相亲。

其四 送竹溪轩信回禅者游江浙词并序

三韩无学，本寂二师，皆懒翁门之秀者也。翁信而待之，异于
众。及懒翁示寂之后，一国禅流，敬而致礼，尊荣无待。上人投于
二师为弟子，而于懒翁义当门孙也，盖其学道修习，从可知矣。今
欲远游江浙，飞锡而去。其意无他，切欲参访明师，亦归敬懒翁旧
游之地也。若用其有余力之智行，历参天下善知识，则必于无所得
处有所得矣。作短歌以赆行云。

布袜青縢意趣深，欲参天下大丛林。

只条杖抹千峰影，一片云含万里心。

无孔笛，没弦琴。必应今遇知音□。

要看普济会游处，须向平山古道寻。

《南溪柳下追凉》一首当作于辛丑年(1361)夏。按《耘谷行录》卷一，此词
前有《庚子正月十九日生女，颀然且异，至今年五月十七日病亡，笔以哭之》
诗，诗题中既说"庚子正月十九日生女"，又说"至今年五月十七日病亡"，则
所谓"今年"必在辛丑年或辛丑年之后。又此词之后有《辛丑十一月，红头贼兵
突入王京，国家播迁，大驾南巡，留住福州。命平章事郑世云为摁兵官……
于壬寅正月十八日，直至京城，四面合攻，扫荡贼尘，使我三韩，复兴王
业。作二绝以贺太平云》诗，则此词必在壬寅年正月之前。这首诗的前面又有
《十二月十七日，同年郑道传到此赠予诗云……次韵以谢》诗，又有《七夕》，
故可断定，此词作于辛丑年夏。

所谓文如其人，词复如是。元天锡一生高风亮节，从无亏污，光风霁月，坦坦荡荡，其词作也充分体现了这种节操和情怀。这从这首《南溪柳下追凉作鹧鸪天忆契内张赵二公》可见一斑。这是一首悼亡词。但词的上片却看不出丝毫悼亡的痕迹。"夹岸"两句，表现的是典型的流连光景、潇洒忘怀的自在心境。"身闲"两句则大有"识迷途其未远，觉今是而昨非"的脱离官场、复得自由的大欢喜心境。所以初看之下，这词的上片实是融合了陶渊明《归园田居》和《归去来兮辞》中的一些东西，很容易让人把它与隐逸词联系在一起。词的下片写时光流逝，日薄西山，斜晖暮霭，一片苍茫。面对此景，词人感慨丛生。"倚筇时复一凄悷"，刻画出了一个独立斜阳、倚杖而叹、唏嘘不已、眼含悲凉的老者形象。此时老人的沧桑与傍晚的苍茫仿佛融为了一体，描绘虽然简单，意味却极为深长。但这似乎仍然与悼亡没有什么紧密的联系。不过由此却很自然地引出点明主旨的结尾两句，"故人化作松间土，谁识吾行与世违。"这两句大有庄子在而惠施死，伯牙存而子期亡的味道。这两句一出，前面看似与悼亡无关的词句一下子全部关联起来：我之心，我之行，唯我"故人"知之，此时故人不在，我虽身处芸芸众生茫茫人海间，却有天下虽大仅我一人在的大孤独感。由此表达出了对亡友的深深悼念之情，也道出了亡友行止见识的与众不同。同时也将己与友的怀抱节操的超拔世俗之处点明出来，隐隐刻画出了一个纷浊世风中潇洒独行的高人形象。

《促织词》、《白鸥词》作于壬寅年（1362）至甲辰年（1364）之间。前者体现了关心民瘼之意，后者体现了飘然遗世之情。前者深刻而后者洒脱，一对于人，一对于己，写得都很好。《送竹溪轩信回禅者游江浙词并序》一首，虽是送行之作，但其精神实是与《南溪柳下》、《白鸥词》是一贯的，都表现出了一种超出流俗之外的人生感悟和人生境界。元天锡处易代之际，如何自处是一个大问题。这直接关系到一个人的品性、人格。在这个问题上，元天锡的做法深为后人所叹赏。同时也极好地展示出了他的人格魅力。这种人格魅力，在其词和诗中的表现是一贯的。

如元天锡有《耗老吟》10首，自画自像，颇为传神。其人品风神，可见一斑，姑举三首如下：

耘老平生可怜。心无彩绘之饰。有时半醉高今。十里溪山动色。

（其一）

耘老衰迟病多。萧萧两鬓霜发。对山身世悠悠。闲弄白云明月。

（其三）

耘老河南得所。疏慵不入于时。傲傲休休愚甚。任从世笑人欺。

（其八）

这几首诗虽然表面上看有种自怜自艾的味道，好像日子过得落魄颓唐，但骨子里却透出一种了无牵绊，自得其乐，"不足为外人道"的遗世情怀。又有《首夏幽居》诗，其人怀抱，亦庶几可见：

树影浓加幄。幽禽屡报时。
海棠花正发。山杏子初肥。
心远云无定。身闲日更迟。
晴窗觅佳句。聊复写新诗。

这首诗前四句写景，后四句抒情。景色清丽，心怀淡定。高人韵致，展露无遗，颇有一种"结庐在人境，而无车马喧"的味道。

《阮郎归》和《蝶恋花》是《许同年仲远以诗见寄，分字为韵》二十八首中的两首。这二十八首作品情况比较复杂，有近体律绝，也有古诗，还有演雅体，也包括这两首词。许仲远的诗是一首七言绝句：

萤窗苦业一寒生，枉占原山薄行名。
不识金莲可怜烛，锦屏深处照何情。

元天锡就是将这二十八字"分字为韵"，而这两首词分别占了"名"和"处"两个字。其词旨则和这两个字没有必然的关系。其词如下：

114

阮郎归 名

一区山郡水云清，溪声绕古城。

临流可以濯尘缨，幽禽相送迎。

思许子，久留京。喜闻传美名。

愿君安好速回程，林泉无变更。

蝶恋花 处

客里应难爱得所。乡思凄然，梦绕秋莲渚。

日暮长安愁几许，羡他孤鸟高飞去。

我亦凉凉无伴侣。阒寂幽居，只有山禽语。

忽忆前游多意绪，悠悠往事寻无处。

这两首词中，《阮郎归》表达的还是林间泉下的生活理想，是其词作中屡屡出现的一个主题，其清俊风格也始终如一；而《蝶恋花》却无论从主题上看还是从风格上看都与其一贯做法不太一样，表现出了一种全新的风貌。这里少了几分尘外之音，却多了几分俗世之想。在词中，乡情之思，往事之忆，恋阙之慨，独处之悲，表现得迷离惆怅，幽婉动人。这首词和前面的《促织词》都很值得关注，正是从这两首作品中，我们可以看出，元天锡实际上终归没有脱离尘世，既不能对民生疾苦视而不见，同时也根本做不到太上忘情，这就给我们还原了一个更真实、更有血肉的元天锡形象。

3.3.6 李詹

李詹，字中叔，号双梅堂。洪州人。乙巳年(1365)冬十二月，韩藏掌试，中进士第二名。戊申年(1368)夏四月，恭愍王亲幸九斋试经义，李穑参掌礼闱，李詹中第一名，授艺文检阅，三转为正言。任间直言敢谏，王多纳之。后贬知通州事，旋又召回，复为正言。辛禑初，升献纳。与正言全伯英上疏请诛李仁任池渊，贬知春州事，紧接着又被杖流河东。后蒙宥。戊辰年(1388)，累历门下舍人、典理总郎。转过年来，又拜中显大夫试司宪执义进贤馆直提学，复为右常侍宝文阁直提学知制教兼春秋馆编修官经筵讲读官，经筵讲读时曾趁机上为君之道，并进《九规》，辛未年(1391)，拜密直司知申事，次年又因言事被贬流于桂城。入朝鲜朝后，官职屡有升迁，累迁至正宪大夫知议政府事判工曹事集贤殿大提学知经筵春秋成均馆事。并于庚辰(1400)、壬午(1402)两次入明，有诗记其事。有《双梅堂先生箧藏文集》。今存词5首。

临江仙

春濑和烟分远野，官桥杨柳依依。
花香苒苒袭人衣。楼台无限好，客子甚时归。
忆昔泛舟游夜月，鲈鱼挑上渔矶。
中流渐觉露华微，此来思往(此处原缺一字，据意补)事，黄鹤白云飞。

克斋杂题三章　临江仙 松月亭

亭畔双松张翠葆，秋来十分蒨葱。
幽人衣上露华浓。待看清夜月，耸出乱山中。
鬼影参差天宇静，一声何处冥鸿。
弹琴古调入松风。
上(一作静，皆疑为衍文)浩(一作澔)歌清兴发，莫使酒尊空。

南柯子 竹径烟

梨枣通邻圃，桑麻翳古墟。
竹林深处是吾庐。益友平生但与、此君居。
彭泽休官后，山阴葡筑初。

风霜雪露纵怜渠，怎似和烟一簇，闇扶疏。

虞美人　惊塞雁

金河秋畔惊胡管，万里初飞雁。
哀鸣轻举趁西风。十载江湖、来往也匆匆。
去寒就暖谋身巧，弋者徒求饱。
尺书谁遣到南州，有客怀归、终日倚江楼。

总体上看，李詹词风清丽，喜用月露松竹等意象入词，从而创造出一种清幽的意境。这一点在前三首词中表现得非常明显。《克斋杂题三章》，实际上是一组咏物词，以组词咏物，在高丽朝可以说是独一无二的。其中《惊塞雁》一首，化用杜牧、黄庭坚等人的诗句入词，含意深微，似乎别有寄托。

3.3.7　安鲁生

安鲁生，号春谷。生卒年不详。《高丽史》无传，生平资料零星见于各家著述。综合起来，我们知道他在高丽朝恭让王时做过军资少尹、门下舍人、鉴后兵曹总郎。安鲁生为人果决敢为，雷厉风行。据《高丽史恭让王世家》载，恭让王二年五月，王"以军资少尹安鲁生为西北面察访别监，禁互市上国者"，也就是派安鲁生为特使，到西北面去查禁到中国来买卖经商的高丽人。当时有很多高丽商人带着牛马金银以及苎麻布等偷偷到辽沈地区进行交易，因为利润颇丰，加之国家没有这方面的明确法令，守关边吏又多睁一只眼闭一只眼，所以国家屡禁不绝。以致商人们"往来兴贩，络绎于道"。恭让王认为这是很丢面子的一件事，所以专门派安鲁生来，务求禁绝。"鲁生往斩其魁十人，余皆杖配水军，仍没其货，且杖其州郡官吏之不能禁遏者。于是纪纲大行，边境肃然，无复有犯禁者。"这件事可以看出安鲁生的行事风格。是年九月，恭让王还派时为门下舍人的安鲁生权充随世子入明的书记官，目的也是让安鲁生查禁同行，不要行贸上国，为人所笑。恭让王四年，郑梦周被杀，与其相关人员均或杀或贬，身为鉴后兵曹总郎的安鲁生属于被贬流放人员中的一个。太祖即位后，"收其职（贴）（牒），决杖七十，流于退方"①，定宗朝曾为左谏议，后左迁为铁原府使，复为知制教。太宗元年，曾出按庆尚道按廉使，重修大和楼。其后还出任过吏曹参议、忠清道观察史等官职。无文集传世。今存词12首。

安鲁生的12首词是一组，题名为《十二咏》，分咏宁海府的十二处景观。宁海府本高句丽于尸郡，新罗景德王时改名有邻。高丽初改礼州，高宗时升为德原小都护府，后升为礼州牧。忠宣王时始名宁海府。宁海"阻山滨海，……至于亭台之胜，殆若仙境"②。本是风光秀异之地，且物产丰富，民乐歌舞，亦属繁华升平之所。后虽遭倭寇劫掠，倾毁一时，后得重建，山河依旧。

安鲁生的这12首词大致可分两组，《腾云山》、《望日峰》、《丑山岛》、《揖仙楼》、《奉松亭》、《观鱼台》可为一组，余下的为第二组。先看一下第一组：

腾云山

地轴从天北，山根插海中。
浮云积翠几千重，云气自冲融。
古木苍藤老，深崖白日曚。
会当登览最高峰，随意倚清风。

望日峰

早发寻旸谷，来登望日峰。
金鸦飞出碧波中，淑气满长空。
万物分形影，三元造始终。
细推盈昃妙无穷，嘿嘿谢天工。

---

① 《李朝实录》：太祖一年七月二十八日。
② 权近：《西楼记》。

丑山岛

地尽沧溟大，云收岛屿开。
洪涛汹涌动惊雷，势若雪山颓。
万竹笼烟静，千帆带雨回。
纵然海寇不虞来，知是望风摧。

揖仙楼

楼迥云生栋，山高翠滴裳。
荷风细细送清香，便是入仙乡。
木落知秋气，月明生夜凉。
倚栏时复引壶觞，身世两相忘。

奉松亭

海阔波声壮，郊虚飓风侵。
松为保障蔚成林，千载翠阴阴。
芳草青毡软，晴沙白雪深。
几人把酒日相寻，乘兴豁烦襟。

观鱼台

石壁千层下，沧溟几丈余。
汤汤万里一堪舆，俯瞰数游鱼。
水落渔矶出，帆开宿雨疎。
若令尚父此来居，西伯便同车。

这一组词主要摹写山水为主。《腾云山》中所描写的腾云山在宁海府的东北角，峰峦相簇，东临大海。安鲁生在词中突写腾云山之雄伟苍莽。首句从腾云山的山势连绵，与海相接写起，紧接着写云染翠色，重重笼罩，一派苍茫，俨然可以让人想象出身居山中，展目四望，但见层峦叠翠，云气迷蒙的景象。下片换头写古木苍藤，涧深林密，阳光下照，隐约朦胧。着眼点仍在"山深林密"四个字上。结句化用杜甫"会当凌绝顶，一览众山小"诗意，表现出了词人勇攀高峰的万丈豪情和睥睨天下的胸怀抱负，同时，"随意倚清风"五字又传达出了词人凡俗尽去，豁达潇洒的俊朗风神。《望日峰》词所写的望日峰在府东五里，登峰望海，可观日出，故名望日峰。旸，本是日出的意思；旸谷，古书上指日出的地方。这里的寻旸谷当为一山谷的名称，用在这里与望日峰相对应。首二句是说很早就从寻旸谷出发，登到了望日峰上。接下来的两句描写登峰远望所见之景。茫茫碧海，广阔无边，一轮红日，喷薄而出，飞临其上。一时间美好无限，淑气充盈，天地之间，祥和笼罩。词的下片体现了词人对宇宙人生的深入思考。词人由日出日落的运转联想到世间万事万物的形成变化都自有其规律，也都是天地运行自然造化的有机组成部分。于是满怀感慨，也更加叹服大自然的巧妙安排。《丑山岛》中所写的岛屿在府东十里的大海之中，据《新增东国舆地胜览》，"其形似牛，谓之丑山。南有高峰，其形似马，谓之马山。战舰泊处。"其地险要，历来是宁海的海防前线。词的开头两句，写陆地尽头，汪洋一片，茫无际涯。随着云雾的渐渐消散，一座岛屿出现在眼前。这是总写，接下来是特写。写丑山岛耸立大海之中，海浪汹涌，声如惊雷，水花迸溅，势若山颓。这两句描写很容易让我们联想到苏轼《念奴娇赤壁怀古》中"乱石穿空，惊涛裂岸，卷起千堆雪"的句子。下片笔风陡转，仿佛从金戈铁马的塞北厮杀一下子来到清新秀丽的烟雨江南。结尾两句点明丑山岛乃军事要塞，其拦波横海之势，再加上词中没有提到但可以想象得到的盛大的军威军容，足以让敌人望风而逃，表现出了很强的民族自豪感和自信心。《揖仙楼》一首是这几首词中风格比较细腻的一首。揖仙楼在府西二里，景致清幽，是当地的名胜古迹。词的首二句写揖仙楼建在高山之上，云雾浮动于廊柱之间。揖仙楼的四周林木葱茏，苍翠满眼，那浓浓的绿意仿佛要从树叶中流溢而出，滴到人的衣服上一样。前一句写缥缈之景给人以身临其境之感；后一句则化用了王维的"山路元无雨，空翠湿人衣"和"坐看苍苔色，欲上人衣来"的诗意，但化用无痕，浑然天成。"荷风"两句写登楼望远，清风徐徐，随风而来、荡漾周边、弥漫鼻际的是丝丝缕缕的荷花香气，令人心旷神怡，如入仙乡。下片转写秋景以及登临之感。深山木落，秋意渐浓，明月悬空，夜色生凉。此时此刻，置身楼上，凭栏远眺，倾壶引觞，只感天地空广，大有凭虚御风，身世两忘之意。朴孝修有诗咏揖仙楼云："揖仙遐想若凭虚，弥节登临任所如。"说的大概就是此情此景。《奉松亭》一首写的是海边景观。奉松之名因人而得。据载，"昔有姓奉者为府吏，栽松万株，以防飓风，因名焉。"[1]其地在府北四里，海口最虚旷处。所以词先从海阔郊虚写起，在点明昔人功德同时，也描绘出了松荫浓翠、蔚然成林的充满苍莽气息和蓬勃活力的壮阔景观。换头"芳草"两句，化刚为柔，青草如茵，白沙似雪，意境柔婉，不禁让人产生悠然神往之情。于是结尾两句来得水到渠成，道出了置身其境的身心感受。《观鱼台》一首所写的观鱼台，在府东七里，为当地一大胜景，李穑、金宗直均曾为此地作赋，极写所见景物之奇。李穑的赋中有这样一段：

> 丹阳东岸，日本西涯。洪涛淼淼，莫知其它。其动也，如山之颓，其静也，如镜之磨。风伯之所橐籥，海若之所至家。长鲸群戏，而势摇太空，鸷鸟孤飞，而影接落霞，有台俯焉，目中无地。上有一天，下有一水。茫茫其间，千里万里。惟台之下，波伏不起。俯见群鱼，有同有异。圉圉洋洋，各得其志。

可见观鱼台是以奇险幽丽著称。安鲁生所写，与李穑的赋有颇多相通之处。特别是在壁立千仞，凌空观鱼，海波浩荡，千里万里这一点上，如出一辙。景象阔大，气势不凡。健笔翻卷之际，颇有益斋风范。总体说来，高丽朝在李齐贤之后，能将山水词写到这种地步的，安鲁生可称是唯一的一个。

和前一组的自然景观描写相对应，另一组词写的是人文景观：

---

① 《新增东国舆地胜览》，卷24。

西泣岭

涧道过清浅，峰峦向翠微。
三行红粉并鞍归，白日动光辉。
水逐征骖急，山从祖帐围。
离歌未阕已西晖，挥泪更沾衣。

南眠岘

东国龙兴日，三韩虎闘时。
只缘历数在君师，大业岂前期。
和睡登南岘，输肝献一卮。
风飞电扫定安危，端拱示无为。

燕脂溪

洞密藏仙境，溪回绕妾家。
香风和月上窗纱，流影照琵琶。
手拂青铜镜，头簪白玉珈。
晓来妆罢儿如花，水赤拌丹砂。

梵兴寺

宝地寻精舍，空门薄世情。
赤髭白足出岩扃，松下说无生。
夜静石泉响，晓寒钟梵声。
道心潭影共澄清，跌坐旋忘形。

含恨洞

腰裹紫骝马，夸毗白面郎。
金鞭指点百花妆，中有倚新妆。
纤手开珠箔，明眸出洞房。
上楼相对赏春光，一叹已摧肠。

贞信坊

有别彝伦正，无非德行清。
但因节妇秉心贞，闾井得佳名。
烈女风犹在，关雎化复行。
丹阳礼俗古今成，自是被文明。

西泣岭在府东四十里，为一邑送迎之地，又名破怪岘。"俗传，大小使星，若初逾此岭，必有凶事，人皆避之。孙舜孝为监司，直到岭上，削古树，白而书之曰：汝揖华山呼万岁，我将纶命慰群氓。个中轻重谁能会，白日昭然照两情。因改为破怪岘。"不过词中并没有涉及到这则传说，只是说送别而已。但是写得很平淡，既不动人，也不感人。南眠岘在府南十五里，"谚传，高丽太祖南征至此岘，马上困睡，有一吏姓黄者进酒，太祖睡觉乃饮，名其吏曰愁歇，其山曰眠岘。"《南眠岘》一词，说的就是这件事情。短词叙事，本非所长，加之其事本无甚出奇之处，故读来颇感无味。含恨洞在府南三里，其洞中有燕脂溪，为官妓所居之处。《含恨洞》、《燕脂溪》两词吟咏其事，略有看点。贞信坊在松岘南，松岘则在府南五里。"昔有贞妇自守，不二其操，故名其坊，以旌异之。"《贞信坊》一词就此事发挥，宣扬妇德，称颂贞烈，命意迂腐。这一组中稍好一点的作品只有《梵兴寺》。梵兴寺在腾云山中。词写古刹清幽，禅心澄澈，让人有涤消凡俗之感。不过总体上看，这一组词和前一组相比，大有不如。真正能代表安鲁生词的成就的还是前一组作品。

3.3.8 成石璘和崔执均

成石璘，字自修，号独谷，庆尚道昌宁县人，出身世族。成石璘出生于开城独谷坊，因以为号。父石汝完为昌宁府院君。辛巳年(1341)年仅4岁的成石璘便以门荫而除司酝丞同正。丁酉年登第，拜国子直学，是后由翰林检阅迁三司都事，又迁典仪主簿。"王一见而深为器重，俾专书札之任"[①]，后赐绯鱼袋，又赐紫鱼袋，迁典理总郎。因不阿附辛旽而为其所恶，出为海州牧。召还，为成均司成，擢密直代言，升知申事。辛禑初，拜密直提学艺文馆提学上护军同知春秋书筵事。戊午年(1378)，称输诚佐命功臣号，除密直副使。是年夏，倭贼侵入松都近郊，几乎攻陷了京师。当时成石璘作为助战元帅和元帅杨伯渊一起抗贼。将战，诸将欲退，渡桥而战。成石璘坚决主张背桥而战，以免一旦退而渡桥，军心不稳。将领们依从了成石璘的主张。开战后，人人殊死奋战，终于打败强贼。事后，人们无不叹服其识见谋略。成石璘因此赐输诚佐理功臣号，进同知司事。至秋，杨伯渊遭谗被诛，祸及成石璘，贬于咸安。翌年夏召还，拜同知密直司事进贤馆提学。壬戌年(1382)冬，改称端诚翊祚佐理功臣，封昌原君，除宝文阁大提学。后升知密直司事，又升政堂文学，出为杨广道都观察黜陟使，有政绩，召还，拜门下评理兼判小府寺事，又改同判都评议司事兼司宪府大司宪。后改称端诚保节赞化功臣号，又改定祚功臣号，由三司左使转三司右使迁商议门下赞成事、进贤馆大提学兼成均大司成。后以李穑禹玄宝事一度与弟石瑢同遭流放，但时间非常短暂，太祖即位后，更加"宠遇深隆"[②]，历任门下侍郎赞成事，开城留后司留后，右政丞，左政丞。太宗即位，称推忠同德翊戴佐命功臣号，封昌宁府院君。后又下佐命三等功臣录券，"追爵考妣，宥及永世。"又升领议政府事。成石璘身历四朝，一生显达。处事明智果决，人主多所倚重。居家检素自奉，为人性好宁静。享寿86岁。有《独谷集》。今存词1首。

---

① 金连枝：《独谷先生行状》，《独谷集》，见《标点影印韩国文集丛刊》(2)，民族文化促进会1988年12月版，第55页。
② 金连枝：《独谷先生行状》，《独谷集》，见《标点影印韩国文集丛刊》(2)，民族文化促进会，1988年12月版，第58页。

阮郎归　病中赋阮郎归寄呈牛后

春寒悄悄闭重门。疏帘雨气昏。
达官厚禄是谁恩，香炉火尚温。
人语少，鸟声喧。风花飞上轩。
园中井水岂无源，汲多能不浑。

这首词的题目《独谷集》中作《病中赋阮郎归寄呈牛后》，但李行的《骑牛先生集》卷之《诗》二《附录》中则作《病中赋阮郎归寄呈骑牛子》，不过所指应该是一样的。从词意上看，作者颇有感于人生遭际、世道变迁，心中似有闷气。这一点在词的结句中已经透露出来。但这种感受因何而生、自己的真实想法到底怎样，作者又不欲明言，所以整篇作品显得有点言辞闪烁，语意割裂，甚至有点不太明白作者到底想要说什么。但读独谷诗，用词清简，表意明朗，毫无晦涩之感。词作所以如此，当有原因。而对这个原因的一个比较合理的解释就是成石璘做这首词的时候处于非常时期，故有些话想说而又不敢明说，可是不说又着实难受，于是以一种半晦半明的方式写了这样一首词，寄给他一生中交往最密的朋友。但我们从成石璘的生平中已经了解到，这个人祖荫深厚，本身才具又高，任朝代更迭而终生显贵不减。在他这通达的一生中，出现这种情况的几率非常少。不过也并非完全没有，前文已经叙及，在其富贵荣华的生涯中曾有两次被贬，一次是戊午秋至己未夏这一短暂的时段，也就是 1378 年秋至 1379 年夏这段时间，一次是在壬申年（1392）夏至癸酉年（1393）秋这段时间。尽管时间都不长，但也毕竟是贬谪经历，对他的心灵冲击肯定还是有的。对于后一次被贬，《高丽史本传》说是"以李穑禹玄宝之党与弟成瑢流于外"，但《恭让王世家》却说是因为当时丹阳君禹成范和晋原君姜淮季在会宾门外被斩，"太祖闻之大怒，阻之不及，流赞成事成石璘……"当时一起被流放的不只成石璘兄弟，还有很多人。查《高丽史》，李穑禹玄宝事在恭让王一年（1389）时已发（事发的根本原因是李成桂想要进行私田改革，但这两个人极力反对），其后历遭流放，但恭让王三年（1391）时，二人均已返朝为官，而成石璘被流放是在壬申年（1392），似乎与李穑禹玄宝事无关。又，此事不见载于《行状》，究其原因，可能是因为《行状》作于丙子年(1456)，其作者因事与太祖有关，故为尊者讳，把这件事情有意略掉了。所以成石璘二次流放，很有可能是太祖盛怒，累及无辜的结果。所以很快又被召回，官职不降返升。从时间段上看，两次被贬均有写词的可能；但如果综合考察成石璘两次被贬的前因后果，以前一次被贬时作这首词的可能性更大些。因为第一次纯粹是无辜被冤，而第二次的事情以成石璘与太祖的交情，当能够理解太祖行事之由，不至于如此说话。另外，第一次被贬时成石璘42岁，经历、年龄与词中所表现出来的语气、口吻也都很相合。

崔执均，生卒年不详，约14世纪前后在世。李齐贤曾评其诗曰："虽长篇险韵，走笔立成。"(《栎翁稗说》后集)存词1首。实际上他算不上是一个严格意义上的词人。他所留下来的唯一的一首词等于是抄袭范仲淹的作品。这一点早为学者发现。我们只要把两篇作品稍加比照，情况自然明了：

剔银灯

昨夜细看蜀志。笑曹操孙权刘备。
用尽机关，徒劳心力，只得三分天地。
屈指细寻思，何似、刘伶一醉。
人世都无百岁。少痴孩、老尫悴。
只有中间，些子年少，忍把浮名牵系。
虽一品与千钟，问白发、如何回避。

附：范仲淹词

剔银灯　与欧阳公席上分题

昨夜因看蜀志。笑曹操、孙权、刘备。
用尽机关，徒劳心力，只得三分天地。
屈指细寻思，争如共、刘伶一醉。

人世都无百岁。少痴孩老成尫悴。

只有中间，些子少年，忍把浮名牵系。

一品与千金，问白发、如何回避。

范仲淹原本不是一个以词知名的人，他的词在那个时候能为高丽词人所知，是一件很不容易的事。尽管不以词知名，但范仲淹的词还是写得非常好，既能豪放如《渔家傲》（塞下秋来风景异），又能婉约如《苏幕遮》（碧云天），而且手法也极高明。不过这首《剔银灯》却是他仅存的 5 首词中写得最差的一首，可能因为其笔法有点类似于文，所用典故比较易懂，含义也比较显豁，故为崔执均所喜。有人推测，"想必执均博览群书，好此词，常歌之，后人未知仲淹之词，误认为执均之作欤？"①这种可能性也确实存在。

3.3.9 陈义贵

陈义贵是高丽朝末朝鲜朝初的文人。生年不详。在恭让王时，曾任郎舍、右常侍等职，旋即因故归养。朝鲜朝时，太宗元年(1401)为左司谏，后因上疏弹劾李至事而惹怒太宗，去职流放。一度为礼曹参议，后任恭安府尹，世宗六年(1424)卒。不过从他所留下来的词作和姜希孟的诗序来看，他在高丽朝应该还做过道安(清安)一地的地方长官。有《八景》词，见载于《新增东国舆地胜览》。其生平事迹散见于《高丽史》、《高丽史节要》、《太宗实录》、《世宗实录》等史籍。

巫山一段云八景：

龙门送客

野阔山如画，川平草似茵。

匏樽木楂送佳宾，别酒莫辞频。

凄断阳关曲，蹉跎末路尘。

临分执袂更逡巡，不禁涕酸辛。

---

① 池浚模：《高丽汉文学史》，见《语文学》，第 39 辑，第 132 页。

龟石寻僧

古寺依岑寂，层轩对翠微。
穿林石路入烟霏，昼静掩苔扉。
面壁知僧定，寻巢见鹤归。
日斜禅榻坐忘机，岚翠欲沾衣。

乱谷牧马

断岸菰蒲绿，层峦踯躅红。
良辰秣马碧溪东，雨过草连空。
物外兹游胜，樽前异味重。
酒酣长啸兴无穷，欹帽落花风。

磻溪捕鱼

水阔鱼吹浪，风轻燕掠波。
横流举网忽盈车，得隽各矜夸。
斮脍倾杯数，烹鲜溉釜多。
沙头尽日饮无何，也任帽欹斜。

枻城白雨

列岫围平野，孤城倚翠巅。
风吹雨脚散如烟，山气共悠然。
虹断知何处，鸦栖欲暮天。
幽人卷箔倚栏边，秋水满前川。

椒岭晴云

叠嶂凌清汉，闲云惹碧岑。
如绵如雪锁千林，洞壑更幽深。
鹤去空怀古，猿啼似感今。
吟看倚杖思难禁，回首日将沉。

清河禊饮

柳暗藏春色，松踈带雨声。
山深白日子归鸣，佳节是清明。
水送流觞急，风吹舞袖轻。
花枝满插接篱倾，扶醉画中行。

黉舍闲吟

山郡携佳客，黉庐谒素王。
斐然狂简总成章，相揖共升堂。
后岭松杉翠，前池菡萏香。
论文对榻日偏长，清兴浩难量。

这8首词，有人标其目为《清安八景》，这可能是源于姜希孟的序，《新增东国舆地胜览》只是题为《八景》。《清安八景》之名其实不确。清安县本高句丽道西县，新罗时改都西，属黑壤郡领县，高丽初改名道安，朝鲜朝太宗年间始改名清安。所以若一定要在"八景"之前加一个限制词的话，可能叫"道安八景"更合适些。朝鲜朝时，清安一代地窄人稀，多荒凉景象，前人题咏，多可辅证。如李承召云："行到清安日已斜。官居牢落似僧家。石田硗确人烟少。

茅店荒虚草树多。"①申概诗云："径绕荒山腹，树连碧涧头。"②高丽朝时，应该也是这种情况。不过陈义贵的这8首词却是荒芜气少，清雅气多。但陈义贵似乎在写词方面长于"兴"而短于"情"，所以第一首《龙门送客》写得很是平平。剩下的几首都还不错，其中《杻城白雨》、《椒岭晴云》、《清河禊饮》尤为突出。《杻城白雨》一首，无论写烟雨迷离还是写秋水盈川，都能给人以身临其境之感。下片引入"幽人倚栏"一景，尤有深意。《椒岭晴云》将写景与感怀融为一体，云雾缭绕之状，倚树沉吟之形，如在目前，而其中的苍凉意蕴、高古情怀，亦隐隐可感。《清河禊饮》一首，在疏狂之情中掺入几分雅趣，在明丽之景中夹入几丝艳色，别有韵致。总体上看，陈义贵的词虽以写景见长，但能景中含情，且含而不露，意绪隐微，很耐玩味。与安鲁生相比，明显别有一番味道。

① 《三滩先生集》，卷4。
② 《东国舆地胜览》，卷16。

第四章

韩国词文学的开山：李奎报

4.1 儒雅庄重与放浪不羁：李奎报的生平和思想

4.1.1 生平

李奎报，字春卿，初名仁氐，一作仁底，号白云居士，黄骊县人。父李君绥，官至户部郎中。母金壤郡金氏。"奎报幼聪敏，九岁能属文。时号奇童。稍长，经史百家、佛老之书，一览则记。"[①]

据《东国李相国年谱》载，李奎报刚生下来三个月的时候，满身恶疮，百药不治。其父为此悲愤满怀而又无可奈何，于是到松岳祠去占卜，看看这个孩子到底能否存活下去，还需不需要继续用药。占卜的结果是这个孩子能够存活且无需用药。于是便不再给李奎报施药救治，任由病情发展，以致皮肤溃烂，面目难辨。乳娘抱他的时候，要把面粉敷在两臂上才行。一天，乳娘抱着面目全非的李奎报来到门外，恰逢一个老翁从门前经过，见此情形，说："这个孩子乃是千金之子，怎么不管不顾弄成这个样子，应该善加护养才是。"乳娘听了这话，赶紧跑回去告诉李奎报的父亲。李君绥听了，觉得这个老翁有可能是神仙一类，连忙派人去追。结果追到了一个三岔路口仍不见影踪，于是又派三个人分别去追，最后都无功而返。此说虽事涉荒诞，但它至少告

---

① 韩国文献研究所：《高丽史》，卷102，《列传》15，亚细亚文化社1990年版，第246页。

诉了我们，李奎报曾幼得恶疾，后不药而愈。

李奎报14岁的时候入有"海东孔子"之称的崔冲所创办的"九斋"之一的诚明斋学习，入籍文宪公徒。当时有个规矩，就是每当夏课之际，诸位先生前辈便要聚到一起，"刻烛占韵赋诗，名曰急作。"李奎报每次夏课急作的时候都高中榜首，各位先生对他均是偏爱有加。但是就是这样一个年少才高的李奎报，从16岁起参加司马试却连考三次而不中。直到己酉年(1189)李奎报22岁的时候，第四次参加司马试考试，才终于考中，并荣登榜首。

据《东国李相国年谱》载，李奎报这次考中是有预兆的。在赴考前夕，李奎报曾经做了一个梦，梦见一群像村民打扮的人在堂上聚饮，这时旁边有一个人对他说："这些人就是二十八星宿。"李奎报一听，吓了一跳，连忙拜了两拜，讨问今年应试能否考中。其中一个人指着另一个人说，那个人是奎星，他能知道。李奎报于是到那个人跟前去询问，可是还没听到回答就醒了，感到非常遗憾，没能把梦做完。不过没过多久，李奎报再度入梦，这回梦见那个奎星来对他说："这次你一定能中状元，不用担心。这是天机，千万不要泄露。"于是才改名奎报，前往应试，结果果然考了第一。

次年(1190)六月，李奎报参加礼部考试，登同进士第。李奎报深以为耻，想辞去这个功名，一则父亲切责不许，二则史无先例，只好作罢。翌年(1191)秋八月，李君绥去世，李奎报丁父忧寓居天磨山，自号白云居士。此间作《白云居士语录》、《白云居士传》及《天磨山诗》、《东明王诗》等。丙辰年(1196)，崔忠献杀李义旼，灭三族，并杀许多朝臣。李奎报的姐夫因故南流黄骊，李奎报陪往，后又往尚州省母，得病，数月不愈。愈后归京。丁巳年(1197)年底，宰相赵永仁、任濡、崔诜、崔说等联名上札子推荐李奎报，"请补外寄，以备将来文翰之任。"但是当时掌管奏札的一位官员因为曾经与李奎报有嫌隙，趁机夺走札子，"不付天曹，佯称忽失"，结果举荐未成，"士林莫不叹之"(《年谱》)。但这件事却充分说明了朝中要员对李奎报的认可，从而拉开了李奎报步入仕途的序幕。

己未年(1199)，崔忠献府里千叶榴花盛开，邀请当时的名流要员到府中赏花，李奎报与李仁老、咸淳、李湛之等以诗客身份得以应邀出席，并赋诗记事。事后，崔忠献向身边的人问起李奎报当年被联名举荐但札子被夺之事，表露出了想要任用李奎报的意向。就在这年六月，李奎报被任命为全州牧司录兼掌书记。然好景不长，九月赴全州，十二月即被免职。原因是得罪了全州的某个通判郎将，遭其构陷。壬戌年(1202)五月，母丧。十二月，东京的叛乱分子与云门山的贼党和士兵相勾结发动叛乱。朝廷派兵讨伐，征召当时已经登第但尚未被任命官职的人充当修制，找了三个人，但三个人都托辞不去。这时李奎报挺身而出，"慨然曰：'予虽懦怯，亦国民也，避国难非夫也。'"(《年谱》)见有人主动应招，"幕府欣然"，于是举荐他为兵马录事兼修制。这场战事直至甲子年(1204)三月方告结束，凯旋班师，论功行赏，很多士兵都得到封奖，独独李奎报什么也没有，心中未免有"我虽爱国，奈何国不爱我"之叹。所以诗中有"猎罢论功谁第一，至今不记指纵人"之语。次年，李奎报上《上崔相国书》以求官。大概是在这之后，"禁省诸儒上书交荐"(《高丽史本传》)，"又左右多有揄扬者"(《年谱》)，崔忠献见众愿难违，于是有了任用李奎报的意思，但苦无机会。恰好有一天，崔忠献刚刚建了一个茅亭，借机让李奎报和李仁老等人一起作记，并让四个"儒官宰相"当场进行评判，李奎报被评为第一。于是在这一年(1207)的年底，李奎报被任命为权补直翰林院。转过年来，除直翰林院。自此，李奎报越来越得崔忠献赏识，"屡召致走笔赋诗。"而崔忠献的嗣子崔瑀对他更是偏爱，不但经常召赴私宴，而且经常在崔忠献面前极力推举他。有了崔氏父子的关照，李奎报此后的仕途基本上一路畅通无阻。今据《年谱》将其为官履历简列如下：

壬申年(1212) 45 岁：除千牛卫录事参军事，兼直翰林院。

癸酉年(1213) 46 岁：除司宰丞。

乙亥年(1215) 48 岁：拜右正言知制诰。

丁丑年(1217) 50 岁：除右司谏知制诰，受赐紫金鱼带。

戊寅年(1218) 51 岁：迁左司谏。

己卯年(1219) 52 岁：春被劾免官，四月任桂阳都护府副使兵马钤辖。(是年九月崔忠献死，崔瑀掌权)

庚辰年(1220) 53 岁：六月除试礼部郎中起居注知制诰，十二月迁试太仆少卿起居注。

辛巳年（1221）54 岁：除宝文阁待制知制诰。

壬午年（1222）55 岁：迁太仆少卿。

癸未年（1223）56 岁：除朝散大夫，试将作监。

甲申年（1224）57 岁：六月除将作监，十二月拜朝议大夫，试国子祭酒翰林侍讲学士。

乙酉年（1225）58 岁：十二月拜左谏议大夫。（是年春二月为司马试座主）

丙戌年（1226）59 岁：拜国子祭酒。

戊子年（1228）61 岁：除中散大夫判卫尉事。（是年以同知贡举阅春场）

庚寅年（1230）63 岁：被流放于猬岛。

壬辰年（1232）65 岁：四月官复原职之外，复拜正议大夫判秘书省事宝文阁学士庆成府右詹事知制诰。九月为留守中军知兵马事。

癸巳年（1233）66 岁：六月拜银青光禄大夫枢密院副使左散骑常侍翰林学士承旨，八月直枢密院，十二月除金紫光禄大夫知门下省事户部尚书集贤殿大学士判礼部事。

甲午年（1234）67 岁：十二月除政堂文学监修国史。（是年五月以知贡举阅春场）

乙未年（1235）68 岁：正月拜太子少傅，十二月拜参知政事修文殿大学士判户部事太子太保。

丙申年（1236）69 岁：十二月拜守太尉。

丁酉年（1237）70 岁：以金紫光禄大夫守太保门下侍郎平章事修文殿大学士监修国史判礼部事翰林院事太子太保致仕。

由上可知，李奎报自 45 岁以后，官职一直在升迁，而且升迁的速度很快，多则两年，少则一年，必升一级，甚至一年之内连升三级。最后做到了门下侍郎平章事。其间虽偶有挫折，但都无关大局，且时间都不长。一次是在李奎报 52 岁那年的春天，事发缘由是前一年的年底，外方的八关会贺表有人没能及时进呈，李奎报身为谏官，理当弹劾，而且李奎报当时也确实要弹劾不及进呈贺表的那个人，但因相国琴仪极力阻止而终未付诸行动。结果到了这年春天，崔忠献开始追究这件事情，并上书弹劾琴仪和李奎报，琴仪因位高权重且得高宗宠爱而免于处罚，李奎报却因此免官。但旋即在四月份又被重新起用。一次是在李奎报 63 岁那年的年底，李奎报被长流猬岛。事件的起因仍与八关会有关，仍是遭池鱼之殃。这件事情《高丽史》中一笔带过，《年谱》中则有较详细的叙述：

> 是年八关会侍宴次事有戾于旧例者。是枢密车公所使也。知御史台事王猷怒斥执事者不从。车公误以王猷诃宰相愬之。时公与宋左丞恂夹座，故疑其助扬之，皆流于远岛。

这里的"车公"盖指车若松。此次流放时间虽然略长，但远流猬岛的时间实际上尚不到一个月。李奎报于是年十二月二十六日入猬岛，次年春正月十五日即量移黄骊。九月份回到京师后，虽然仍在散官，但朝廷上"凡达旦通和书表文牒，皆委之"。可见虽然因故被贬，但仍然极得朝廷看重。所以转过年来四月份不但官复原职，且立即得到升迁。这个时候，恰逢蒙古大军压境，频发文牒，对高丽王朝屡加责难，"奎报久掌两制，制陈情书表，帝感悟撤兵。"[1]不战而使强敌退兵，这让高丽王万分高兴，对李奎报更是由衷感激，于是李奎报的官职也就升得越来越快，越来越高。可能是受传统的"戒盈"思想的影响，李奎报在 69 岁时就开始上表乞退，但是高丽王坚决不许，"留其表于内，遣内侍金永貂敦谕令复起。"崔瑀也极力挽留他，并"以户籍缩岁为辞"，李奎报没有办法，只得起行公事，但深感惶恐，常常作诗明志，且"乞退固切"[2]，然而朝廷始终不准。70 岁时，在奉命做完《东宫妃主谥哀册》之后，李奎报再度上表乞退，言辞极为恳切，朝廷见他去意坚决，最后准他以金紫光禄大夫守太保门下侍郎平章事修文殿大学士监修国史判礼部事翰林院事太子太保致仕。

李奎报退休以后，并没有完全闲下来。据《年谱》载，"公虽解位家居，于

---

① 韩国文献研究所：《高丽史》，卷 102，《列传》15，亚细亚文化社 1990 年版，第 246 页。
② 《年谱》。

国朝有高文大册及异朝往来书表等事，无所不为。"《东国李相国集序》中也说，"虽家居，外国交聘征诰文字，皆委之。以是眷遇不衰，每受俸，多少与现官宰辅相等。"特别是与元朝的国书往来，几乎必出其手。而且虽然年事已高，但依然吟诗成癖，"虽在蚁床，犹不绝讽咏。"不过此时的李奎报历经多年的宦海生涯，朝廷恩宠、世间名利早已看得很淡。早在致仕之前，他就已经在向往并勾勒自己闲适恬淡的晚年生活。他在《有乞退心有作》一诗中写道：

> 我欲乞残身，得解腰间绶。
> 退闲一室中，日用宜何取。
> 时弄伽耶琴，连斟杜康酒。
> 何以祛尘襟，乐天诗在手。
> 何以修净业，楞严经在口。
> 此乐若果成，不落南面后。
> 耆旧余几人，邀为老境友。①

诗虽写于退职之前，但所描绘的却是李奎报晚年真实的生活图景。他在《书白乐天集后》中也说，"予尝以为残年老境消日之乐，莫若读白乐天诗，时或弹加耶琴耳。"又说"白公诗，读不滞口，其辞平淡和易，意若对面谆谆详告者。虽不见当时事，想亲睹之也，是亦一家体也"。并力辩乐天诗绝非浅近之作，应为人人所喜读，至于加耶琴，李奎报则说是"予于老境好弹耳，不可令人人皆同吾嗜也"。另外，李奎报早年即有向佛之心，故喜交僧侣，喜读佛经。所以乐天诗、加耶琴、《楞严经》也就成了李奎报晚年消闲之最爱。

4.1.2 李奎报的矛盾性格

李奎报是一个具有多重性格的人。这一点在他年轻的时候就已经有显著的表现。年轻的李奎报有着非常强烈的功名心，所以他能一而再再而三的参

---

① 李奎报：《东国李相国集》，《后集》卷1，见《标点影印韩国文集丛刊》（2），民族文化促进会1988年12月版，第143页。

加司马试，但同时又表现出似乎并不把功名放在心上的样子，终日流连风月，纵情于酒，以致连考不中。他的《白云居士语录》和《白云居士传》写于25岁时，也就是擢同进士第的第三年，得中功名。对于一个渴望建功立业的年轻人来说，应该说这是一个大展拳脚、实现抱负的绝好机会，所以应该表现一种积极进取、昂扬向上的精神才对。可是这些"应该"用在李奎报身上全不合适。《语录》和《传》里面表现出来的全然不是那么回事。这里面根本看不到安邦定国之志和经世济民之心，也看不到一个奋发作为、激情洋溢的热血青年形象；看到的是潇洒出尘之想和随缘自适之怀，看到的是一个修心养性、清静无为的淡泊隐士形象。他对江左七贤"饮酒赋诗，旁若无人"颇不以为然，但他自己赋诗饮酒，傲视诸公，其旁若无人之态，比之七贤，实是大有过之而无不及。李奎报为人作诗都受李白、苏轼影响甚大，性情中自然有一种豪迈不羁之气，但同时又表现出老成持重之风。他一方面在朝为官，心系万民，为国奔走，慨赴急难，另一方面却又学陶、向佛，渴望田园生活，寻求心灵皈依。凡斯种种，均体现出了他性格复杂性、矛盾性。而就中表现突出，对其创作影响较大的主要有以下两个方面。

第一方面，张狂与内敛。

年轻时的李奎报一向以狂人著称。"尝使酒放旷，因得狂易之名"，"自缙绅至于朋伴，莫不以狂目之"，"一国之人，莫不以仆为狂人"，以致"上亦闻予狂名"[1]。而对此他自己也供认不讳，"予少狂，自以为彼何人予何人，而独未尔"[2]，"狂非虚名，亦诚有之"，"因自号狂客。"[3]有两件事情很能说明李奎报的"狂"。

一件事发生在李奎报19岁的时候，这件事李奎报在他的《七贤说》中有明确的记载：

> 先辈有以文名世者，某某等七人。自以为一时豪俊，遂相与为

---

① 《呈尹郎中威书》。

② 《论走笔事略言》，《东国李相国集》，《前集》卷22，见《标点影印韩国文集丛刊》（1），民族文化促进会1988年12月版，第524页。

③ 《呈尹郎中威书》，《东国李相国集》，《前集》卷26，见《标点影印韩国文集丛刊》（1），民族文化促进会1988年12月版，第560页。

七贤，盖慕晋之七贤也。每相会，饮酒赋诗，旁若无人，世多讥之，然后稍沮。时予年方十九，吴德全许为忘年友。每携诣其会。其后德全游东部，予复诣其会，李清卿目予曰："子之德全东游不返，尔可补也。"予立应曰："七贤岂朝廷官爵而补其阙耶，未闻稽、阮之后有承之者。"阖座皆大笑，又使之赋诗，占春人二字，予立成口号曰："荣参竹下会，快倒瓮中春，未识七贤内，谁为钻核人。"一座颇有恨色。即傲然大醉而出。予少狂如此，世人皆目以为狂客也。[①]

还有一件事发生在李奎报 23 岁的时候，据《年谱》载：

六月，赴礼部试，擢第同进士。公嫌其科劣，欲辞之。以严君切责，且无旧例，不得辞。因大醉，谓贺客等曰："予科第虽下，岂不是三四度陶铸门生者乎？"坐客掩口窃笑。

《七贤说》从叙述口气上就能看出李奎报对所谓七贤的态度。应该说七贤还是很看重李奎报的，但李奎报却没有把七贤放在眼里，先是不肯补足其位，后又讥讽其人。这里的"钻核人"指的是中国魏晋时期"竹林七贤"中的王戎。这个王戎在"竹林七贤"中是以"俗"和"吝"著称的，也是"七贤"之中背弃名节，热衷仕进的典型代表。李奎报在这里单单拈出这个人来，明显有讥刺在座诸人多身在林下，心在仕途的沽名钓誉者。如此直言无忌，揭人疮疤，又不顾他人衔恨，"傲然大醉而出"，这种表现是典型的恃才傲物、目中无人。七贤为人具体如何不得而知，不过李奎报如此行事，似乎反而更接近"弃经典而尚老庄，蔑礼法而崇放达"的魏晋"竹林七贤"的名士风采，表现出一种任性纵情、无惧无畏的狂狷性格。

《年谱》所载嫌科劣而欲辞之之事，更加离谱，足见李奎报不是按部就班，循规蹈矩之人。而"予科第虽下，岂不是三四度陶铸门生者乎"这句酒后狂言，

---

① 李奎报:《东国李相国集》,《前集》卷 21, 见《标点影印韩国文集丛刊》(1), 民族文化促进会 1988 年 12 月版, 第 509 页。

更可看出李奎报虽遇挫折，而心志弥坚、豪情不减的狂放豁达的胸怀和有话就说、不计他人态度观感的个性。这时的李奎报是任性而为、无所顾忌的。这种张狂从先天来讲，是青年人的血气，也是恃才放旷的书生秉性的自然展露。智觉大禅师就曾一针见血地指出"子之狂，年少使然，行必自省"，建议他"多读法华经，为修心之要"①。当然，这里可能也有些才具未展的愤世嫉俗的不平之气。所谓"狂无所泄，遂托于诗，以激昂其气，供一时之快笑耳"。另外，李奎报年少才高，在学堂里的成绩一直极佳，又得老先生们的看重，这种际遇对于一个年轻人来说，很容易产生一种唯我独尊、舍我其谁、目空四海、眼高于顶的个性膨胀和极度狂傲的心理。李奎报当然还没那么无知狂傲，但有一点自我感觉良好的心理总是在所难免的，而这种心理在人前人后总免不了不自觉地表露出来，而当自尊心受到打击时，这种"狂"可能表现得就更激烈些。这可能是李奎报张狂表现的一个内在原因。不过这里要说明的一点是，从李奎报后来的表现来看，李奎报这时的"狂"未必全是无意识的表现。用现在的话来说，这里不无"自我炒作"之嫌。李奎报是一个热衷功名的人，这是一个无可否认的事实，而以李奎报的学识修养，他不可能不知道张狂的个性对其仕途的影响。我们承认，李奎报的"狂"是他的个性使然，李需在《东国李相国集序》中也有"少放旷"，"初不自检束，特谲浪玩世耳"的记载，李奎报在他的《白云居士传》中也说自己"性放旷无检"。但即便如此，他也不可能不知道收敛，不懂得收敛，反而去凸显这一个性，以致弄得举国上下，无人不知。即以"七贤"一事为例，李奎报决不是一个不知尊重长辈之人，可是为什么还会这样做。李奎报与天寿寺大禅师智觉交好，但"每造丈室，辄使酒佯狂"。李奎报的佛学修为也是很好的，与方外好友在一起，为什么还要"佯狂"？所以这里不排除刻意标榜的嫌疑。以此造势，以求广为人知，实际上是另一种终南捷径。

所以，在该收敛的时候，李奎报收敛了。其显著的表现是不再以"狂"标榜，而是为"狂"辩护。为此，李奎报专门写了《狂辨》一文，文中李奎报说"世之人皆言居士之狂，居士非狂也。凡言居士之狂者，此岂狂之尤甚者乎"，

---

① 《法华经颂止观赞》，见《东国李相国集》，《前集》卷19，《标点影印韩国文集丛刊》(1)，民族文化促进会1988年12月版，第491页。

他认为自己并非狂人，而那些"容貌言语人如也，冠带服饰人如也，则一旦临官往公手一也而上下无常，心一也而反侧不同，倒目易聪，质移西东，眩乱相蒙，不知复乎中，卒至丧髻失轨，僵仆颠跪然后己"之流，才是"实狂者"。在《呈尹郎中威书》中，他也为自己辩护。"夫大丈夫有才不奋，有蕴不泄，则气恼恼如水之遇回曲而停蓄吼怒，不得发泄，及中酒，然后气发于胃次到于喉吻，如水之决堤噜岸，崩腾沉溢不能自止。"也就是说，自己以前的一些"狂"的表现，实是因为"有才不奋"情郁于中，不得不发罢了。"此特失意之中凭酒而狂耳。非若中风狂走者。"之后又说："若一旦得意，为官爵功名所能衔勒，则虽以百计劝之为狂，终不肯尔。何则，穷者薄其生，达者啬其身，是亦人之常情也。况士之自狂而反者，可为致远之器。"这已经有点表决心的味道了。后来，在《上闵上侍湜书》中，李奎报力表谦逊之意。先借闵湜之口说"士当以谦恭畏慎为志"，然后又说"况文章者，特一小伎耳，虽有锦肠伟肝奇丽之蕴，除知己外，非人人所敬而畏服者也。若以此自负，凌侮人物，必遭欧击拉折之辱"，也就是才不足恃的意思，最后说"书曰，谦受益，满招损。语曰，恭近于礼，远耻辱也。此皆自甫学时，未尝不习于耳熏于心者。加之阁下之晓喻若此，固当铭之座右，日绳其心而已"，还是在表决心。只不过前面是在就"狂"而言，这里是就"谦"而论。

李奎报步入仕途后，确实一直表现得非常谦虚内敛，想得更多的是"不如速卷藏。无重己之累"[1]。因其内敛，且待人以诚，故人皆信服，衷心拥护，为官期间，"大臣人无间言者。"[2]身居高位而能处事至此，确是一件不但让时人也让后人佩服的事情。

不过，要说明的是，李奎报的张狂也好，内敛也好，固然很大一部分是为了一定目的而采取的手段，属有意为之。但我们也必须承认，李奎报的内在秉性中也原本就有这两重因素在。如在李奎报年轻的时候，虽然以狂著称，但在他的文章中还是可以看到他沉静内敛的一面：

---

① 《头童自嘲》，见《东国李相国全集》，《前集》卷18，《标点影印韩国文集丛刊》(1)，民族文化促进会1988年12月版，第481页。
② 李奎报：《东国李相国集》，见《标点影印韩国文集丛刊》(1)，民族文化促进会1988年12月版，第283页。

白云，吾所慕也。慕而学之，虽不得其实，亦庶几矣。夫云之为物也，溶溶焉，泄泄焉，不滞于山，不系于天。飘飘忽东西，形迹无所拘也；变化于顷刻，端倪莫可涯也。油然而舒，君子之出也；敛然而卷，高人之隐也。作雨而苏旱，仁也；来无所著，去无所恋，通也。色之青黄赤黑，非云之正也；惟白无华，云之常也。德既如彼，色又如此。若慕而学之，出则泽物，入则虚心。守其白，处其常，希希夷夷，入于无何有之乡，不知云为我耶，我为云耶。若是则其不几于古人所得之实耶。①

家屡空，火食不续，居士自怡怡如也。性放旷无检。六合为隘，天地为窄。尝以酒自昏。人有邀之者，欣然则造，径醉而返。岂古陶渊明之徒欤？②

在这两段文字中，李奎报内心深处的潜在意识已经展露无遗。从《白云居士语录》中的描写中我们可以看出，他所以喜欢白云，原因当然有很多方面，但"敛然而卷，高人之隐也"、"出则泽物，入则虚心"无疑是其中非常重要的因素。这里的"隐"和"虚"，就是内敛的表现。而"守其白，处其常，希希夷夷，入于无何有之乡，不知云为我耶，我为云耶"，更是包含了道家的顺应自然、虚静无为、无欲无求、物我同化的类似于庄周化蝶的精神境界。《白云居士传》中的这段话，虽然着意突出的是"性放旷无检"的居士形象，但一句"岂古陶渊明之徒欤"的反问中，还是道出了李奎报的潜在心声。世人眼中的陶渊明，固然有无视礼法、叛逆世俗的任真一面；但更多的还是性喜田园、淡泊遗世的一面。李奎报自比于陶渊明，固然重在前者，但也不能不包含后者。否则为何不自比于刘伶或者阮籍，这两个人的嗜酒放旷，比陶渊明有过之而无不及。可见李奎报的潜意识里还是有沉静内敛的一面。

而李奎报步入仕途以后，虽然愈加沉稳内敛，但也偶尔有表露狂态的时

---

① 《白云居士语录》，《东国李相国集》，《前集》卷20，见《标点影印韩国文集丛刊》（1），民族文化促进会1988年12月版，第503页。
② 《白云居士语录》，《东国李相国集》，《前集》卷20，见《标点影印韩国文集丛刊》（1），民族文化促进会1988年12月版，第505—506页。

候，如"相逢未及问寒温，笑道狂奴旧态存。(予于天寿方丈，常醉狂，师今戏之。)"[1]此诗不知作时，不过从诗中自注来看，醉狂之举，乃当年之"旧态"，后文又说"请看双鬓雪初繁"，则作此诗时，必不年轻。这里虽是戏言，但还是可以想见，老友重逢，故态复萌的情状。由此可知"狂"是李奎报的潜在天性，所谓人为，只是李奎报有时刻意去夸大凸现这种性格罢了。

第二方面，放浪与慎行。

古往今来，"狂"与"放"如同一对孪生兄弟，而才子与风流又常常是如影随形。李奎报既有张狂之性，兼为不世出的才子，有些放浪行为亦属情理中事。不过对于这些事，人们却很少提及。但我们还是可以从一些蛛丝马迹中了解个大概。

对于头三次司马试的失利，李需在《东国李相国集年谱序》中解释为"使酒放旷不自检，唯以风月为事，略不习科举之文"。李奎报本人也多次谈到自己此时好"使酒放旷"。

一个不可否认的事实是，李奎报晚年与李需交好。两个人酬唱往来，十分频繁。李奎报对这个忘年交十分赏识，不但让他为自己的文集作序，还常常引为同调，奉为知己。当自己独抒胸臆，欲诉无人时，每每首先想到的就是这个李需。李需字乐云，初名宗胄。《高丽史》有传。据载，此人虽"以文学知名"，但"善谐诙戏谑"。故虽曾为崔怡所爱，一度不离左右，但却不得为台谏制诰之官。又妻亡之后，丧期未过，便与妻侄之妇私通，妇人因此而欲谋害其夫，事发而遭流放。"秽行如此，人皆丑之。"[2]这样看来，李需应该是一个很有才华，不拘小节，不为世俗所缚，任性而为的一个人。但同时也肯定是一个贪恋女色，行为放浪的人。观其友可知其人。李奎报把这样的一个人引为同调，那么他自己的性情亦由此可见一斑。虽然我们并没有李奎报行为放浪的实证，但李需的《东国李相国集序》和李涵的《年谱》中却对此都有所提及。李需说他"少放旷"、"初不自检束"，虽然后来又解释说，从李奎报后来的表现来看，当初所为只是"谲浪玩世耳"，但也恰好证明了李奎报年轻的时候

---

① 《赠希禅师》，见《东国李相国集》，《后集》卷1，见《标点影印韩国文集丛刊》(2)，民族文化促进会1988年12月版，第134—135页。

② 韩国文献研究所：《高丽史》，卷102，《列传》15，第250页。

确实曾经行为放浪过。李涵的《年谱》里在李奎报三试司马试而不中之后说：

> 公自四五年来，使酒放旷不自检。唯以风月为事。略不习科举
> 之文。故连赴试不中。

子不言父过。"使酒放旷"、"以风月为事"，虽非大错，但也绝非光彩之事。若非凿凿昭昭，世人皆知，李涵身为李奎报之子，当不致扬父之过。更何况以李奎报的身份地位，以世人对他的尊重，当其身后之时，人们对他维护还来不及，又怎会故意揭其短处。李需如此做，当是知道李奎报泉下有知，亦不会以此为病，反会坦然受之。而李奎报在自己的诗词中，对于女色，对于自己的放浪，也从不讳言。这种情形即便到老年也是如此。如下面这两首诗。

饮席示小妓

十五女儿颜稍妍，呼之使前伴不睞。
白首衰翁何所为，不须多作娇羞态。①

放柳枝 以忆旧妓代之

少年携妓梦魂中，已是萧然白首翁。
红颊翠娥何处散，落花飘荡总随风。②

这两首诗作于晚年自不待言。在这里我们不但可以看到老年的李奎报狎妓依然，且放浪情态，俨然可见，还可知李奎报年轻时"携妓"只是当时惯常行为。另外，李奎报晚年似乎常做绮梦，或者梦入仙女台，与仙女嬉

---

① 李奎报：《东国李相国集》,《后集》卷1，见《标点影印韩国文集丛刊》(2)，民族文化促进会1988年12月版，第139页。
② 李奎报：《东国李相国集》,《后集》卷2，见《标点影印韩国文集丛刊》(2)，民族文化促进会1988年12月版，第148页。

戏①。或者梦逢美女，与美女厮磨②。虽然诗的结尾说自己年老心定，欲心早消，又说梦中的香艳情景，不过是考验其心志的幻象而已。不过说到底，总给人一种欲盖弥彰之嫌。其《色魔》诗中还说"多向美人终蛊惑，男儿谁免误于魔"。这也不免给人一种过来人的感觉。综合种种迹象，李奎报的放浪，绝非妄自推测。李奎报有《冠成，置酒朴生园，饯梁平州公老，得黄字》诗，诗中夫子自道曰："同游白莲庄，（每共游天寿寺）共问红楼倡。（有访妓事）"③而李奎报集中与妓相关的诗大概是高丽朝著名文人中最多的一个，兹就所见，稍作罗列：

戏赠美人

晓窗呵镜照凝酥，两朵乌云满把梳。
时世妆成红不晕，千金一笑肯回无。④

美人怨

肠断啼莺春，落花红簇地。
香衾晓枕孤，玉脸双流泪。
郎信薄如云，妾情摇似水。
长日度与谁，皱却愁眉翠。⑤

饮奇尚书水亭，有妓偶来。学士纯祐作诗，予亦奉和。
学士毫端鸾凤舞，将军麾下虎熊趋。

---

① 《续梦中作》，见《东国李相国集》《后集》卷1，见《标点影印韩国文集丛刊》（2），民族文化促进会1988年12月版，第138—139页。
② 《梦与美人戏，觉而题之》。
③ 李奎报：《东国李相国集》，《前集》卷7，见《标点影印韩国文集丛刊》（1），民族文化促进会1988年12月版，第362页。
④ 李奎报：《东国李相国集》，《前集》卷5，见《标点影印韩国文集丛刊》（1），民族文化促进会1988年12月版，第345页。
⑤ 李奎报：《东国李相国集》，《前集》卷10，见《标点影印韩国文集丛刊》（1），民族文化促进会1988年12月版，第399页。

朱门气味今方识，国色追陪不待呼。[①]

寄西京妓真珠

国色诗名世尽知，
无由会面浪相思。
一言堪喜还堪恨，
误把文章当奕棋。[②]

吉秀才德才家筵，有妓献花。予所得一枝，有叶无花。佯不悦
而不插，因以戏之。坐客请为诗，即口占一绝云：

狂言忽发锦筵中，粉面频回笑杜翁。
应恐得花憎你态，佯痴不赠十枝红。[③]

戏赠美人

少年耽色好相看，
花本无情亦媚颜。
老境犹憎美人面，
任渠娇态作千般。

代美人答

寄语郎君莫猒看，有人随分爱吾颜。

---

①　李奎报：《东国李相国集》，《前集》卷11，见《标点影印韩国文集丛刊》(1)，民族文化促进会
1988 年 12 月版，第 407 页。
②　李奎报：《东国李相国集》，《前集》卷11，见《标点影印韩国文集丛刊》(1)，民族文化促进会
1988 年 12 月版，第 409 页。
③　李奎报：《东国李相国集》，《前集》卷12，见《标点影印韩国文集丛刊》(1)，民族文化促进会
1988 年 12 月版，第 422 页。

但嫌妾亦行将老，老壮男儿视一般。①

友人家饮席赠妓

久作孤臣心已灰，忽逢名妓眼方开。
桃花髣髴曾相识，不是刘郎去后栽。②

闺情二首

寂寂空闺里，锦衾披向谁。
相思深夜恨，唯有一灯知。
泪从心底出，岂与眼相谋。
不似寒泉水，无情亦自流。③

赠教坊妓花羞

玉颜娇媚百花羞，第一风流饮量优。
笑待诗人情最密，粗狂如我亦同游。
花羞以饮量之句，颇不悦，复以一绝赠之。
爱酒神仙事。西施醉亦多。
欲添渠态度，欹倒似风花。④

---

① 李奎报：《东国李相国集》，《前集》卷 12，见《标点影印韩国文集丛刊》(1)，民族文化促进会 1988 年 12 月版，第 422 页。
② 李奎报：《东国李相国集》，《前集》卷 16，见《标点影印韩国文集丛刊》(1)，民族文化促进会 1988 年 12 月版，第 453 页。
③ 李奎报：《东国李相国集》，《前集》卷 16，见《标点影印韩国文集丛刊》(1)，民族文化促进会 1988 年 12 月版，第 462 页。
④ 李奎报：《东国李相国集》，《前集》卷 17，见《标点影印韩国文集丛刊》(1)，民族文化促进会 1988 年 12 月版，第 468 页。

病后饮席赠妓

酒能鼓舞狂吟兴，药解飞腾久病身。
谁更将春供老眼，似花含笑玉颜人。

代别美人

不问侬归几日回，谩牵衫袖重徘徊。
千行玉泪休多费，作雨时时入梦来。

老 妓

红颜换作落花枝，谁见娇饶十五时。
歌舞余妍犹似旧，可怜才技未全衰。[①]
（此诗后有《老将》诗，题下有自注云：此与前篇皆自况）

戏赠妓

书生于色真膏盲，每一见之目频役。
今因身老伴不看，非是风情减平昔。
一杯醺醉情复生，无复惭羞呼促席。
汝应憎我老丑颜，我亦知渠匪金石。

妓至又和

书生旧习眼犹寒，未惯繁华烂熳间。
鲜语花来方始笑，不须黄菊鬭名般。[②]

---

① 李奎报：《东国李相国集》,《后集》卷1, 见《标点影印韩国文集丛刊》(2), 民族文化促进会
1988 年 12 月版, 第 137、143 页。
② 李奎报：《东国李相国集》,《后集》卷6, 见《标点影印韩国文集丛刊》(2), 民族文化促进会
1988 年 12 月版, 第 194、195 页。

由此可见，李奎报的性格中确实有着对酒狎妓，不避风月的放浪一面。而且不但年轻时这样，年老时也这样。不过，放浪归放浪，李奎报决不是那种无节制、不分场合、不分时间的放浪。李奎报的放浪多表现在酒宴之间，交游之际，这从上面的诗作中也能看得出来。

在李奎报的性格中还有慎行的一面。"慎行"是传统儒家思想中很重要的一个方面。《诗经》里面就说，"慎尔出话，敬尔威仪"、"尚不愧于屋漏"[①]，孔子也一再强调谨言慎行。如同张狂与放浪始终如影随形一样，内敛和慎行也是一对孪生兄弟。李奎报的慎行意识在前引《上闵上侍湜书》一文中，已经表露出来了。所谓"士当以谦恭畏慎为志"，讲的就是这个。又，"《书》曰，谦受益，满招损。《语》曰：恭近于礼。远耻辱也"，突出的也是这个。谨言慎行也是官场的起码原则，李奎报后来官越做越大，影响越来越广，兼且众人瞩目，想不慎行也不可能。

相比较而言，李奎报的张狂与放浪更多的表现于"行"，而内敛与慎行更多的表现于"言"。前者是外在的，后者是内在的。这两对看似矛盾的性格因素却和谐地统一在了李奎报的身上。

4.2 宴饮寄慨与随意为词：李奎报词的特质

4.2.1 词文学创作评介

在李奎报的观念里，词和长短句是两个概念，这一点我们要首先弄清楚。

有的人把李奎报题目中有长短句字样的古诗也当成了词，如吴肃森在《朝鲜的词学》一文中就说：

> 朝鲜的词学，也是一种音乐文学，直接受到中国词学发展趋势的影响。如白云居士李奎报就用汉文填过一些词，如《示子侄长短句》：
> 可怜此一身，死作白骨朽，子孙岁时虽拜琢，其余死者亦何有。
> 何况百岁之后家庙远，宁有云仍来省一回首。前有黄熊啼，后有营兒

---

① 《诗经》，《大雅·抑》。

吼。古今坟圹空累累，魂在魂亡谁得究。静坐自思量，不若生前一杯
濡我口。为向子侄道，吾老何尝涵汝久。不必击鲜为，但可勤置酒，
纸钱千贯奠筋三，死后宁知受不受。厚葬吾不要，徒作摸金人所取。[①]

如果这一篇也称得上是词的话，那么李奎报的另一首诗《四月十一日，与
客行园中，得蔷薇于丛薄间。久为凡卉所困，生意甚微。予卽薙草封植，埋
以土撑以架。后数日见之，叶既繁茂，花亦晔盛，于是因物有感，作长短句。
以示全履之》也可以是词了。为了便于参照，抄录其诗如下：

> 我懒不理园，旅草生离离。今朝拨丛薄，中有蔷薇数四枝。病
> 根露地已垂损，弱质凌风不自持。长吁复自吊，手锸剪榛楢。地面
> 净如洗，煌煌擢奇姿。膏泥自封植，画架仍撑搘。缃英媚香艳，绀
> 叶添华滋。初虽托天力，半亦偷吾私。如嫌妲姬隐宝障，已见西子
> 出深帷。君不见刘郎玄都空独来，桃花净尽但见燕麦与兔葵。又不
> 见杜牧湖州去较迟，深红落尽已是成阴结子时。着意殷勤犹未见，
> 送春寂寞空含悲。何如草堂李居士，意外逢花对酌酒一卮。寓物詑
> 深意，静坐复深思。若此非独花，凡物亦如之。欲见明月珠，先漉
> 泥沙淄。欲求后妃贤，无使宠嬖随。欲择人材秀，先去谗邪欺。此
> 诗有深味，莫教儿辈知。[②]

这是一个低级错误。从上面所引可以看出，李奎报的所谓"长短句"，实
际上是真正的"句读不葺之诗"，与用以指"词"的长短句根本是两回事。我们
承认，"长短句，是词的形式的特点之一，词句十之八九是长短不齐的。"[③]而
且也确有人把词称为长短句，像秦观的词集叫做《淮海居士长短句》，辛弃疾
的词集叫做《稼轩长短句》，长短句也确实是词的别名之一，但这却不代表凡

---

① 吴肃森：《朝鲜的词学》，《解放军外国语学院学报》，1986 年第 1 期，第 78 页。
② 李奎报：《东国李相国集》，《后集》卷 5，见《标点影印韩国文集丛刊》(1)，民族文化促进会
1988 年 12 月版，第 345 页。
③ 夏承焘：《唐宋词欣赏》，百花文艺出版社 1980 年 7 月版，第 4 页。

是长短句形式的作品都是词，更不代表以长短句字样命名的作品都是词。导致这个错误的原因固然与作者对长短句这一概念的理解有关，但也可能与韦旭升的论断有关，韦旭升在《朝鲜文学史》中有这样的文字：

> 虽然李齐贤以前的林椿、李奎报所作汉文诗中已出现极少数长短句和零零星星的词，但未曾引起诗界的重视，得不到诗话作者的评价，当然也称不上词家。①

吴肃森可能错误地理解了这段话，但也是对词这种文体不够了解，以致连常识性的东西都没有弄清。不过李奎报的这种长短句创作应该说是迈出了向词靠近的可喜的一步，也许他后来所创作的词，真的与这种长短句有一种内在的联系。但不管怎样，这种长短句终归不是词，这是首先要弄清楚的一个问题。

李奎报传下来的词计有12首，这12首作品大部分作于晚年。从题材上看，大致可以分为以下几类。

其一，表现对生活的体认的。这类作品最有代表性的是《临江仙·希禅师方丈观棋》：

> 夜静红灯香落灺(xiè)，蛇头兔势纵横。
> 但闻玉字响纹枰。谁饶谁胜，山月渐西倾。
> 十九条中千万态，世间兴废分明。
> 个中一换几人生。仙柯欲烂，回首忽相惊。

从这篇作品在文集中的排序上来看，此词当作与戊午年(1198)二月至六月间，时在推荐札子被夺之后，补全州牧司录兼掌书记之前。词中所蕴含的人生感慨很深。特别是下片，借棋局的此消彼长，瞬息变化，以及你争我夺，成王败寇，写出了人世间的变化无常，桑田沧海。"仙柯欲烂"用晋时王质的典故：

---

① 韦旭升：《韦旭升文集》(一)，中央编译出版社2000年6月版，第124页。

信安郡石室山，晋时王质伐木至，见童子数人棋而歌，质因听之。童子以一物与质，如枣核，质含之而不觉饥。俄顷，童子谓曰："何不去？"质起视，斧柯尽烂。既归，无复时人。[①]

《列仙全传》中也记载了这个故事，内容大同小异，大略说王质入山伐木，至石室见二老者弈棋，便置斧旁观。老人与之食，似枣核，吮其汁便解饥渴。后老人对王质说："你来已久，该回去了。"质回身取斧，柄已尽烂。遂归家，已历数百年。亲人无复存世，后入山得道。李奎报在这里用这个典故，一方面表示自己沉浸在棋局之中，不知时光之流逝；另一方面也包含了世事难料和时不我待的悲慨，只不过表现得比较含蓄罢了。词中所表达出来的这种情绪应该说与李奎报当时的心境是相吻合的。在这之前，李奎报得众相举荐，本是意外之喜，原以为从此可以步入仕途，干一番事业；不料转眼札子被夺，举荐之事中途流产，又成意外之悲。所以在李奎报，这无常之感，体会得也就分外深刻。

李奎报还有一首《望江南·笼中鸟词》，表现的是另一种人生感受：

笼中鸟，竟日几千回？

纵有一鸣唇舌在，哪堪四触羽毛摧？

馁食益哀哀。

天上路，回首梦悠哉。

再浴凤池犹有意，新栖乌府岂无媒？

且复待时来。

此词作于己卯年(1219)五月至七月间，时李奎报52岁。从《东国李相国集》的作品排列来看，此词在《己卯四月日，得桂阳守，将渡祖江有作》之后，在《庚辰八月，予自桂阳以起居礼部郎中被召，入直西省有作》之前，则此词创作时间必当在前一年五月和次年八月之间。而《庚辰八月》诗前又有《七月二十五日，善法寺堂头设馈见邀，乞诗》一诗，依《年谱》，李奎报是在己卯年

<hr>

① 　任昉：《述异记》。

五月离京，而次年六月即以试礼部郎中起居注知制诰见召，但《七月》一诗乃在桂阳时所作(此诗在《东国李相国集》前集第十五卷，该卷诗均作于桂阳)，从内容上看仍在谪居，则《庚辰八月》当在己卯年七月，而非庚辰年。而此词又在是诗之前，故其作时自是在此之间。

这是一首咏物词。其目的则在借物写人。词中刻画了一个笼中鸟的形象。鸟困笼中，虽然极力呼叫，但无人听得；虽想破笼而出，却落得落羽缤纷；再加上饥肠辘辘，不免哀情切切，但却换不来丝毫的同情和关注。于是这只鸟禁不住又回想起自己当年在天空中自由飞翔的情景，只觉恍然如梦。但追求自由的理念和展翅高翔的理想却使它的信念更加坚定，相信自己总有一天会冲破牢笼，相信自己还有机会到凤池中洗澡，到乌府前筑巢，而且也相信自己一定会等到那一天。这里的"凤池"和"乌府"明显语带双关。"凤池"，是唐朝时中书省所在的地方。而"乌府"则是御使台的代指。在这里李奎报意在借笼中鸟的艰难处境比喻自己被贬远谪的诸多穷愁困苦的经历，而笼中鸟的不甘落寞，再图振起，则暗示出李奎报雄心不死，壮志未消的昂扬斗志，"凤池"、"乌府"之喻和"且复待时来"的表白，则表现出了李奎报的坚定意志和强大信心。这首词虽然不见得如何打动人心，但是意思表达得却十分透彻，自能给读者造成一种昂扬奋进之感，大家手笔，总有高明之处。

李奎报的另一篇作品《浪淘沙·两君见和又作》中有"人寿几多时，有似花枝"、"岂必秋来悲逝景，莫是朝非"等词句，表露出了李奎报人生短暂、时不我与的感慨。

其二，表现抚今追昔之感的。李奎报的词，多作于晚年。而人到老时，总不免怀旧。所以李奎报的词中常常在不经意间流露出对往昔的追恋之情。如下面这两篇作品：

桂枝香慢

丙申年门生及第等设宴，慰宗工朴尚书，予于席上作词一首并序。

五月十七日，丙申年门生及第等，大设华筵，慰座主朴尚书(廷揆)致政。以予其年亦预试席，故并邀参赴。又迎朴枢院(椐)朴学士

（仁著）朴侍郎（晖）同宴。予酒酣，即席作词一首奉呈云，桂枝香慢。

　　光华庆席，正玉笋参罗，迎致嘉客。
　　还有娇花解语，近前堪摘。
　　殷勤好倒千金酒，幸相逢，不妨欢剧。
　　两翁俱老，门生献寿，古今难得。
　　念往日，贪游好乐。恨枯瘦如今，何处浮白。
　　多喜开筵，别占洞天仙宅。
　　莫教舞妓停飘袖，顾看看，红日西侧。
　　笑哉残叟，摇肩兼将手双拍。

桂枝香慢

是日三学士见和复次韵

　　笙歌簇席，更锦绣袭熏，琼弁宾客。
　　门拥桃华李艳，往年亲摘。
　　仙香暗动金杯酒，兴飞扬，饮酣谈剧。
　　红妆慢唱，争前祝寿，不教归得。
　　记昔日，曾经此乐。俱重到欢场，双鬓添白。
　　侵夕将回，更坐忘还家宅。
　　有时豁起遭牵袖，任蹉跎，乌帽欹侧。
　　笑哉残叟，连呼倡儿促檀拍。

　　依《东国李相国集》的排列顺序，这两首词作于辛丑年（1241）的五月，他的5首《桂枝香慢》均作于这一前后。四个月后，李奎报撒手人寰。李钟振以为这两首词"写于丙申年高丽高宗二年（1236）"[①]，实是大错特错。丙申年是"门生及第"之年，而非朴廷揆致仕之年。另外丙申年为高丽高宗二十三

----

① 李钟振：《李奎报词试论》，见《中国语文学志》，第163页。

年，而非二年。李钟振的说法可能是来源于车柱环先生的论述。车先生在《高丽与中国的词学比较研究》一文中有这样的一句话，"丙申年高丽高宗二年（一二三六年）朴廷揆为考试官之一而阅试。"[1]这里的"高宗二年"应为排版校对之误，不想李钟振连这错误也不加辨析的一并拿了过来。这两首词的创作背景序里面已经交代得清清楚楚。高丽故事，以考试官为座主。按照《东国李相国年谱》的记载，丙申年（1236）春场以李奎报为知贡举，则朴廷揆应该是作为李奎报的手下，以参试官的身份参与阅卷。故李奎报此时虽然早已致仕家居，但还是被邀请参加这次宴会。

　　这两首词的上片都着意描写了宴会的盛况：豪华的宴席，罗列珍馐美味，高朋满座，都是一时俊杰；更有动听的音乐，动人的美女，一派喜庆热闹的气氛。而到了词的下片，起首便开始追忆往事，或"念往日"，或"记昔日"，都是由眼前景而忆当年事。虽然笔调比较轻松，但还是表露出了好景依旧而朱颜不在的老来颓唐之感。"莫教舞妓停飘袖，顾看看，红日西侧。笑哉残叟，摇肩兼将手双拍"、"有时豁起遭牵袖，任蹉跎，乌帽欹侧。笑哉残叟，连呼倡儿促檀拍"，这语句看似尽情欢乐，实则别有怀抱。特别是在"恨枯瘦如今，何处浮白"、"俱重到欢场，双鬓添白"之后，如此做法，大有时日无多的无奈之感，让人在老来疏狂的放纵描写中，依稀可见强笑下的泪花。虽然以李奎报的豁达，作词时并不作此想，但在读者，却完全可以品尝出这里面凄凉的况味。这也就是前人所说的"作者之用心未必然，而读者之用心未必不然"[2]，而作品一旦达到这种境界，必是佳作。此外，李奎报还有一首《浪淘沙·重九无聊，有空空上人、卢同年来访，小酌泛菊，因有感，作词一首》也体现了抚今追昔的感慨。

> 黄菊趁前期，已满东篱。无人也与泛金卮。
> 赖有诗朋来见访，小酌开眉。
> 伊昔少年时，醉插芳枝。狂歌乱舞任人欺。

① 车柱环：《高丽与中国的词学比较研究》，《词学》，第9辑，第131页。
② 谭献：《复堂词录序》。

往事追思只自怅，似梦疑非。

其三，表现宴饮之乐的。李奎报的词，除去《临江仙》和两首《望江南》外，都与宴饮有关，从这个意义上讲，李奎报的宴饮词占其全部词作的四分之三。只不过这些词在主题表达上各有侧重，不可一概而论。像前面的两首《桂枝香慢》，我们说它们是宴饮词也未尝不可。不过这方面最有代表性的还是下面这篇作品：

桂枝香慢　又别赠门生

当年试席，在蚁战正酣，谁是门客。
经了千淘万汰，始登采摘。
天墀拜受黄封酒，便飞荣，翼修鸣剧。
奈今开筵，称觞奉寿，此情良得。
老坐主，乘酣快乐，更呼索华笺，濡染冰白。
方信门生，以是良田美宅。
起离妓簇香余袖，要归时，扶我身侧。
笑哉残叟，洪崖肩高醉堪拍。

这首词应作于前两首词之后。从这几首词的序言中，我们可以想象出李奎报当时作词的情况。面对着美酒佳肴，莺歌燕舞，老先生词兴大发，于是即席挥毫；可喜有人奉和，于是再度次韵；不过兴犹未尽，于是又"别赠门生"。词的上片先是回忆一下当年科场的情况。其时群贤毕至，彼此各逞才学，竞争惨烈，有似战场厮杀。那时还不知道谁会成为今日的门客，也就是门生。在场的这些门生们一路过关斩将，"经了千淘万汰"，最后才得金榜题名，今日才能在这里为座主庆祝，"称觞奉寿"。词中的"黄封酒"，指的是国王下赐给及第者之酒。这实际上是在写宴乐之因。下片写宴乐之情。看到学生们如今都已成材，"方信门生，以是良田美宅"，身为座主，当然非常高兴。更难能可贵的是学生们能够吃水不忘挖井人，还记得老师的恩德，感恩图报，设宴于

此。又，在《丙申年门生及第等设宴》一词的"别占洞天仙宅"句下，作者有注
云"借朴枢府宅，花草奇景最胜"，是则有了良辰美景；又，《是日三学士见和
复次韵》一词的"曾经此乐"句下，有注云"戊戌年，予之四度門生等，設如此
筵，慰予致政。此門生亦於其日在焉"，是则又有了赏心乐事。良辰美景加之
赏心乐事，于是老座主逸兴遄飞，索笺呼笔，即席赋词。最后酒足乐浓，尽
欢而散。最后一句用郭璞诗意，郭璞《游仙诗》中说："左揖浮丘袖，右拍洪
崖肩。"这里的"洪崖先生"又称"洪涯先生"、"洪先生"，传说为上古神仙，即
青城真人。梁陶弘景《真诰》云："洪崖先生，今为青城真人，墓在武威。"相
传他本是轩辕黄帝的乐官，名伶伦，后来修道成仙。《吕氏春秋·古乐》说他
为给黄帝作律，从大夏之西走到昆仑山脚下，依凤鸣而作十二律，后铸十二
钟，以和五音，以施英韶。《列仙全传》则称其修道成仙，被尊称为"洪崖先
生"，并称帝尧时已经有三千岁，汉朝时仍在，尝与仙人卫叔卿在终南山巅
下棋遣兴。又一传说称，洪崖先生曾隐居于豫章郡境内的西山，故此山又称
"洪崖山"。 隋文帝开皇九年(589)还因此改豫章郡为洪州。《古今图书集成》
称其丹成之后，从枫树丛中跨驴升天而去。不过李奎报这里并没有用洪崖先
生的故事，也无求仙之意，只是用之代指老叟而已。这首词虽然没有像前两
首那样描写盛筵的情景，但却写出了参与宴会的快乐之情。属于这一类的作
品还有一首《清平乐》：

　　六月一日，朴学士暄设华筵会客，并邀予参赴。酒酣，作词一
首赠之。

　　虚台豁榭，自足清风，未知朱夏。
　　(广厦虚豁，足容百人，华侈不可胜言。)
　　不分豪门亦呼我，宴席绮包罗裹。
　　可怜两个红妆，皓齿笑劝玉觞。
　　感极敢辞芳酒，唯愁归路扶将。

　　这首词是就宴饮而写宴饮，极力突出酒宴之奢华，参与之荣幸，别无他

意。

其四，表现朋友交游之情的。这方面的代表作是李奎报次韵李需的两首词。

桂枝香慢（二首）
次韵李侍郎需和桂枝香词见寄二首

门人宴席，有贵介满堂，多是亲客。

惭我衰鬓浑皓，倩人方摘。金钟电醽流霞酒，顾如侬，饮诚云剧。但无夫子，相酬属寿，靡由邀得。

竟日暮，吟诗共乐。叹曹在无刘，元在无白。

无问谁家，第一养花豪宅。千葩烂映倡儿袖，奈无言，解语同侧。可怜衰叟，还图觥船与君拍。

诗筵酒席，自往昔纵游，因号狂客。

天上星辰虽远，笔头皆摘。残年遇子同倾酒，与题诗，渐成繁剧。君犹年少，予登老寿，尚皆相得。

已退缩，谁将与乐？恨辜负春风，桃李红白。

将予殷勤，不惜往来琼宅。纵欣掷玉堆盈袖，欲亲攀，歌咏陪侧。许容迂叟，词源相夸浪相拍。

李奎报与李需的关系，前文已有交待。这两首词更能看出李奎报对李需的看重，也能看出两个人的交谊非同一般。第一首词，上片写在门人的宴席上，虽然贵介满堂，亲客无数，气氛也非常热烈；尽管自己年事虽高，酒量尚好，喝得依然豪爽，但是因为没有你李需在，不能在这么难得的场合里互相祝酒，实在是一大缺憾。下片写大家一整日吟诗作赋，同欢共乐，只可惜我在无你，未免大为扫兴。结句说，可怜我这个老头子，还一直希望能够与你觥筹交错，饮酒交心呢。词的下片用了两个典故，即"曹在无刘，元在无白"。关于"曹刘"，用法不一，说法也不一。有的用来指曹操和刘备，如"天下英雄谁敌手，曹刘"①，有的用来指曹植和刘桢，如南朝梁钟嵘《诗品·序》："昔曹刘殆文章之圣。"另外，元好问《论诗绝句》云："曹刘坐啸虎生风，四海无人角两雄。"这里的"曹刘"，有的人说是指曹植和刘桢，有的人说指的是曹操和刘琨。又苏轼有《定风波》词，其结句云："宾主谈锋谁得似？看取曹刘今对两苏张。"这里的"曹刘"指的则是曹子方和刘景文两人。从李奎报的词意上来看，曹操刘备之说和曹操刘琨之说显然不合适，所以只能是另外两说之一。车柱环论及这一情况时说：

> "叹曹在无刘"之曹刘，原自苏轼之六客宴会词"曹刘今对两苏张"，曹指曹子方，刘指刘景文，或指《文心雕龙比兴篇》"至于扬班之伦，曹刘以下，图状山川，影写云物"所指之曹刘，但其词系以宴会为中心，故指前者之可能性比较大，如系后者，即指魏之曹植及刘桢。②

这里的"六客宴会词"指的就是《定风波》，苏轼的词前有一段序文：

> 余昔与张子野、刘孝叔、李公择、陈令举、杨元素会于吴兴。时子野作《六客词》，其卒章云："见说贤人聚吴分，试问，也应旁有老人星。"凡十五年，再过吴兴，而五人者皆已亡矣。时张仲谋与曹子方、刘景文、苏伯固、张秉道为坐客，仲谋请作《后六客词》。

哲宗元祐六年 (1091) 三月六日，苏轼由杭州知州升迁吏部尚书翰林学士，进京途中奉旨视察湖州、苏州水灾，与曹子方、刘景文等文人在湖州欢聚，作此词。曹子方，本名辅，字子方，号静常先生，登嘉祐八年进士乙科。元祐三年九月任福建运判，绍圣为广西宪使。《王直方诗话》中说他"尝为省郎，交游间多以为有智数者"③，与苏轼、黄庭坚、晁补之、毛滂、秦观等均有诗文往来。

---

① 辛弃疾：《南乡子京口北固亭怀古》。
② 车柱环：《高丽与中国的词学比较研究》，《词学》，第9辑，第133页。
③ 《王直方诗话》，卷6，261条。

刘景文，本名季孙，字景文，祥符（今河南开封）人。仁宗嘉祐间，以左班殿直监饶州酒务，摄州学事（《石林诗话》卷下）。哲宗元祐中以左藏库副使为两浙兵马都监。因苏轼荐知隰州，仕至文思副使。其人博通史传，性好异书、古文、石刻，与当时苏轼、张耒、王安石等人亦有往来。这两个人都与苏轼关系很好，苏轼的作品中也不止一次提到这两个人。以李奎报对苏轼以及苏轼集子的熟悉程度，知道这两个人，并把这两个人的故事用到作品中来，确实是很顺理成章的事情。不过，如果仔细分析，这里的"曹刘"还是指曹植、刘桢的可能性更大些。首先，这里的"曹刘"是与后面的"元白"相对应的，元稹和白居易的故事众所周知，两个人的感情几乎到了心神相通的地步，而且几十年不变。那么这里的"曹刘"也应该感情非常深厚才对，而曹子方和刘景文虽然都与苏轼交好，但他们两个人之间好像还没有特别交好的记载。曹植和刘桢之间虽然也并没有达到元、白的那种感情程度，但两个人的交情还是很深的。其次，元白的交谊深厚，一方面固然因为他们是同榜进士，经常往来；另一方面还因为这两个人均才华出众，惺惺相惜。在这一点上，曹植和刘桢也比曹子方和刘景文更切合词意。再次，非常关键的一点是，曹子方和刘景文并非著名之人，两个人之间似乎并没有什么著名的故事可以作为典故来用，仅凭苏轼的一句词，好像还不足以让这两个人广为人知。也就说这两个人还不具备作为典故被使用的条件，所以这里的"曹刘"还是指曹植和刘桢比较合适。

李奎报在这里搬出这两个典故，非同小可。第一，这说明在李奎报的心里，两个人的感情已达到当年曹刘、元白的程度，同时也说明李奎报非常认可李需的人品文采，致有惺惺相惜之意。第二，曹刘、元白均是平辈论交，这说明李奎报已经不把李需当做后生晚辈来看，而是把他当做可以与自己平起平坐的重量级的人物。这实际上已经超出了奖掖后生的范畴，只能说明李奎报打心里对李需另眼相看。能得李奎报赞许如此，青睐如此，极为难得！

第二首词，起笔两句很有"忆往昔峥嵘岁月稠"的味道，写自己当年纵横酒宴诗席之间，以其才情禀性，得号"狂客"之名。其时笔下生花，自可摘星采月。接下来的两句说，到了垂暮之年，始遇李需，两个人虽然年龄相差悬殊，但却相交忘年，彼此相得。这里面又有一层潜在的蕴涵，就是昔日纵横诗场全无敌手、今朝始遇知音可以谈文论道的相识恨晚之意。下片说，自己晚年家居，无与为乐，常常辜负良辰美景，大好时光。幸得李需不弃，经常来访，可以吟诗作赋，相与酬唱。这里面又暗含了对李需殷勤陪伴的感激之情。结尾一句，隐隐表露出"老夫聊发少年狂"的意味。这两首词写得情辞恳切，披肝沥胆，更见意气风发，笔势纵横，可以说把李奎报不羁的性格，洋溢的才华都充分地展示出来了。

在上面的四类题材之外，李奎报还有《望江南·衿州客舍次孙舍人留题词韵》和《渔家傲·登家园遥听乐声即作词》两首词。前者与《笼中鸟》词大略同时，作于贬官桂阳之时，后者作于晚年。《望江南》一首似乎受了白居易词的影响，其词意在描绘衿州的景物风光，民风世态。其词如下：

> 衿州好，春景一何奇！
> 芍药娇多工妩媚，海棠眠重正欹垂。
> 把酒惜芳时。
> 皋壤沃，膏润赖潭池。
> 俗习虽同齐土缓，居民多似老台熙。
> 饥饱卜安危。

《渔家傲》一首似是信笔而成，即兴而作，偶感于心，聊抒怀抱，无甚深意。

4.3 主题的世俗化转变与特质彰显

李奎报的词有着自己鲜明的特色。

李奎报之前的词，就其题材主流而言，无外乎两块：一是宫廷流传的作品，以歌功颂德为主，如《瑞鹧鸪慢》(海东今日太平天)词、《瑞鹧鸪慢罐子》(北暴东顽)词；一是初入文人之手的作品，以模山范水为主，如金克己的词、慧谌的词。前者是宫廷惯习，后者是文人雅趣，虽然宗旨不同，但都和普通人的现实生活离得较远。但是词到了李奎报的手里，从题材选择上看，不再歌功颂德，也不再描山模水，而是转向诸如饮酒赋诗、朋友酬酢、观花赏月等细小的、眼前的日常生活。此其一。

其二，李奎报词的日常生活内容具体落实到作品当中的时候，大多与宴饮有关。我们前面已经说过，李奎报的十二首词中与宴饮有关之作占到了四分之三。这不但在高丽朝，即便在整个韩国词史上也是不多见的。

其三，李奎报词中女性形象出现的频率非常之高。诸如"缅想倡儿揎露腕，娇颜捧酒流微盼"、"一曲俚歌犹未听，何况娥眉"、"莫教舞妓停飘袖，顾看看，红日西侧"、"红妆慢唱，争前祝寿，不教归得"、"笑哉残叟，连呼倡儿促檀拍"、"起离妓簇香余袖，要归时，扶我身侧"、"千葩烂映倡儿袖，奈无言，解语同侧"、"可怜两个红妆，皓齿笑劝玉觞"，李奎报的这些词都不是以女性为描写对象的，但却处处不离女性，这在高丽朝词人当中也是绝无仅有。

李奎报词的这三个特点意义非常重大。它说明词到了李奎报的手里，主题性质发生了根本性的变化。他把词从宫廷拉到市井，从自然拉回社会，使之与生活拉近，拓展了词的表现空间，甚至可以说开创了词的另一个表现空间。正是因为李奎报的创作，让词不再是只可仰观的空中楼阁，而是融入生活的普通的艺术形式。在这一点上，李奎报在韩国词史上的作用，可与柳永在中国词史上的作用大体相当。虽然李奎报还没有柳永作用那么深远广泛，但确已起到了韩国词"至李奎报而一变"的作用。这种变化的突出表现归结起来就是主题的世俗化取向。日常生活也好，宴饮享乐也好，红妆陪酒也好，都是一种普通而且市俗的生活方式，它不需要人们高呼天下太平、万寿无疆，也不必托意山林，不食人间烟火。这无疑使词更具有生命活力，更有发展前景。

李奎报词的这种转变，还有一个非常重要的意义，就是使词开始真实地展示文人的内心世界，就李奎报个人而言，则是充分展示了李奎报的个性特征。李奎报之前的词，无论是歌功颂德还是模山范水，都缺乏一种真性情。这是词之大忌。而李奎报的词则体现出了性情的自然流露。他的作品，真实体现了他的矛盾性格，其张狂与内敛，放浪与慎行均有所体现，但更突出的是张狂与放浪。我们甚至可以说，李奎报在诗歌当中，对于自己的张狂和放浪，多少还是有些收敛；而在词中，则完全放开。在这里，我们看到了一个脱去官场束缚、脱去道德束缚、脱去自我束缚的真实自在的李奎报，一个可以尽情挥洒、放浪形骸、无所顾忌的李奎报，一个感情丰富、重情重义、血肉丰满、有悲有喜的李奎报。即以《渔家傲》为例，这首小词虽无深意，但却很耐玩味，很能体现李奎报的真实心态：

> 鳞错万家遥可按，玉楼高处褰罗幔。
>
> 应是筵开红锦烂。方望断，唯闻风送金丝慢。
>
> 缅想倡儿揎露腕，娇颜捧酒流微盼。
>
> 日脚垂敧人不散。遮老汉，灰心煽起那堪乱。

词的上片只是个引子，值得注意的是这首词的下片。"缅想倡儿揎露腕，娇颜捧酒流微盼"，这里的"缅想"应该包含了两个方面的意思：一是就现实而言，遥想"玉楼高处"所发生的情景；二是就历史而言，追忆当年的生活往事。由此可见李奎报对偎红倚翠的生活虽没有像柳永那样沉迷其中，但也非常的享受和留恋。结尾一句"灰心煽起那堪乱"，更是直接道出了李奎报沉埋已久、可能连自己都出乎意外的一种心意，有一种死灰复燃的感觉。即一番"缅想"，重新唤醒了李奎报对玉楼高处的那种罗幔飘拂，锦筵奢华，金丝并奏，美女翩跹的生活的情不自禁的向往。由此可见李奎报曾有过的风花雪月、歌舞留连，曾有过的放浪之心和放浪之行。在这里，李奎报再也不是庙堂之上的那个威严典重的国之重臣，而是一个醉心于美酒与美女之中的浪荡不羁的才子，甚至还是一个老才子。其他如"殷勤好倒千金酒，幸相逢，不妨欢剧"、"笑哉残叟，摇肩兼将手双拍"、"有时齑起遭牵袖，任蹉跎，乌帽敧侧。笑哉残叟，连呼倡儿促檀拍"、"伊昔少年时，醉插芳枝"、"老坐主，乘酣快乐，更呼索华笺，濡染冰白"、"起离妓簇香余袖，要归时，扶我身侧。笑哉残叟，洪崖肩高醉堪拍"、"诗筵酒席，自往昔纵游，因号狂客"、"许容迂叟，词源相夸浪相拍"，把少年时的疏狂，老来时的放浪，都非常生动形象地表现了出来。可以说，在诗文中，李奎报毕竟是穿着官袍的李奎报；而在词里，李奎报则是穿着便服的李奎报，后者比前者更自然，更随意，也更真实。

从李奎报词的这些特点里，我们还可以看出李奎报的词学理念。李奎报所处的时代，在中国恰是宋金蒙三方势力彼此征伐、纷争不断之际，其时与中国的文化交流正处于两个高峰间的低谷。李奎报所接触到的中国文化，当以北宋以前所输入的东西为主，其词学理念也是这样。北宋以前的词学观，最具代表性、最有影响力的主要有三家：一是花间派的词学观，集中体现在欧阳炯的《花间词序》里面；二是苏轼的词学观，体现在苏轼的一些书、跋、序、文中；三是李清照的词学观，集中体现在她的《词论》里面。李清照提出词"别是一家"，较多关注的是如何作词的问题，对词的风格、形式方面的论述多于对词的内容、地位的评价，较少发表对词体的看法，而风格、形式方面的东西恰恰是高丽词人的薄弱环节，他们也很少在这方面给予更多关注和研究。另外，李清照《词论》的影响多限于国内，而较少波及国外。所以她对李奎报的词学理念的影响几近于零，我们可以暂置不论。而其他两家，对李奎报的词学理念都明显有一定的影响。

　　李奎报没有论词的文章，也没有相关的词话。李奎报的词学理念只能从他的创作中去探究。首先，与诗相比，李奎报的词，给人的感觉是兴到笔随，一挥而就，随意性要更强一些。其次，他的词作多产生于酒边樽前，所表现的也是一时兴感，这种创作方式、创作态度和花间词非常接近。因为李奎报时期《花间集》传入韩国的可能性非常大，这一点前文已有论述，所以李奎报看到《花间集》的可能性也非常大。而花间词人词学理念有两点非常突出：一是对诗和词的看法和要求完全不同。如为《花间集》作序的欧阳炯。《宋史·蜀世家》称，西蜀卿相竞相奢侈，而欧阳炯犹存俭素，并且在作诗上踵武元白的现实主义精神，以求反映民瘼、裨补时阙，"尝拟白居易讽谕诗五十篇以献。"不过同是一个欧阳炯，虽然作诗以白氏讽谏为宗，论词却以齐梁宫体为本。"当时持这种态度的，不止欧阳炯一人。花间词人毛希济尝作《文章论》，认为'浮艳之文，焉能臻于道理'，对'忘于教化之道，以妖艳相胜'之作，排诋甚烈。《花间集》录其词十一首，却于'妖艳相胜'之词，无所避忌。《文章论》同他的词似乎迥出二人之手。"①考之李奎报，其表现几乎如出一辙。李奎报作诗多写重大题材，如《东明王篇》、《望南家吟》等。李奎报论诗对主题内容也非常重视，追踪风雅，反对那种重形式而不重内容的诗风，他说：

---

① 　吴熊和：《唐宋词通论》，第284页。

> 而来作者辈，不思风雅义。
>
> 外饰假丹青，求中一时嗜。
>
> 意本得于天，难可率尔致。
>
> 自揣得之难，因之事绮靡。
>
> 以此眩诸人，欲掩意所匮。
>
> 此俗寖已成，斯文垂堕地。

　　但是李奎报在作词的时候，明显大相径庭。李奎报的词虽然尚不至于"忘于教化之道，以妖艳相胜"，但却与他一向所崇尚的作诗以风雅为宗的创作观相悖，颇有"为人先须谨重，为文且须放荡"之意。

　　其二是总把词与女性和酒宴联系在一起。这一点在《花间集序》中已经表现得非常清楚：

> 　　则有绮筵公子，绣幌佳人，递叶叶之花笺，文抽丽锦；举纤纤之玉指，拍按香檀。不无清绝之辞，用助娇娆之态。自南朝之宫体，扇北里之倡风。何止言之不文，所谓秀而不实。有唐已降，率土之滨，家家之香径春风，宁寻越艳；处处之红楼夜月，自锁姮娥。在明皇朝，则有李太白应制《清平乐》词四首，近代温飞卿，复有《金筌集》。尔来作者，无愧前人。今卫尉少卿赵崇祚，以拾翠洲边，自得羽毛之异；织绡泉底，独殊机杼之功。广会众宾，时延佳论。因集近来诗客曲子词五百首，分为十卷。以炯粗预知音，辱请命题，仍为序引，乃命曰《花间集》。将使西园英哲，用资羽盖之欢；南国婵娟，休唱莲舟之引。[1]

　　这里告诉我们，词这种文学作品不但往往由才子作于"绮筵"之上，并由佳人唱于"绮筵"之旁，而且其内容多是"自南朝之宫体，扇北里之倡风"，而当时的社会大环境则是"家家之香径春风，宁寻越艳；处处之红楼夜月，自锁

---

　　① 华钟彦：《花间集注》，中州书画社1983年5月版，第1—2页。

姮娥"。所有这一切，都与女子相关。而"香径春风"、"红楼夜月"之中，自然不能无酒，这一点花间作品中已体现得明明白白，无须赘言。所谓"将使西园英哲，用资羽盖之欢；南国婵娟，休唱莲舟之引"，其实说的也是这一点。虽然李奎报没有相关言论，但李奎报词作中的"女人"和"酒"所出现的频率，已经足以说明问题。

李奎报所受苏轼的影响更是显而易见的。李奎报不但曾为苏轼的文集作序，其诗文之中也明显可以看到苏轼的影子，词创作方面也是这样。韩国学者柳基荣对此曾有论及。他说李奎报的词中，明显地承袭了苏轼词的词题、词序形式，并举了几个例子，现摘引如下：

例一

五月十七日，丙申年门生及第等，大设华筵，慰座主朴尚书延撰致政。以予其年亦预试席，故并邀参赴。又迎朴枢院据、朴学士仁著、朴侍郎晖同宴。予酒酣，即席作词一首奉呈云。

——李奎报《桂枝香慢》词序

余昔与张子野、刘孝叔、李公择、陈令举、杨元素会于吴兴。时子野作《六客词》，其卒章云……凡十五年，再过吴兴，而五人者皆已亡矣。时张仲谋与曹子方、刘景文、苏伯固、张秉道为坐客，仲谋请作《后六客词》。

——苏轼《定风波》词序

例二

李奎报《桂枝香慢·是日三学士见和复次韵》
苏轼《西江月·坐客见和复次韵》

例三

  李奎报《清平乐·六月一日，朴学士暄设华筵会客，并邀予参加，酒酣，作词一首赠之》

  苏轼《浣溪沙·十二月二日，雨后微雪，太守徐君酞携酒见过，坐上作院溪沙三首》

  对于例一，柳基荣说，两篇词序的具体内容虽然不同，但都是对作词动机的详细说明，以及作词时间和地点的交代，乃至对宴坐人物姓名的排列及叙述的结构上，均有相似之处。而例二的两个短句词题里面，有五个字完全相同。例三长词题里面，所含作词月日、动机和经过三个要素，其结构亦完全相同。因此柳基荣认为，这绝不是偶然发生的事，它说明李奎报对苏轼的词题、词序很感兴趣，故自然而然地用于自己的创作。"这可以被认为是直接的仿效。"①

  柳基荣看得很细，也很准。不过，李奎报所受苏轼的影响不仅只是在词题词序上，还在"以诗为词"和豪放风格上，更重要的是，他还在一定层面上接受了苏轼的词学理念。苏轼的词学理念应该说在本质上与花间词是一脉相承的，就是以词为小道。尽管有人认为苏轼"以诗为词"是推尊词体，是把词与诗等价齐观，并为此而奔走呼号，大肆鼓吹，但这改变不了苏轼不以词为重的事实。持此种观点的人忘记了这样一个起码原则，就是看一个人对一种事物或现象的重视与否，关键要看这个人对这一事物或现象的态度如何，"以诗为词"严格意义上来说只是一种方法，而不是态度。我们说苏轼不重视词，从苏轼对词的称呼上就能看得出来，他一直习惯称词为"小词"，如其《答陈季常书》云："又惠新词，句句警拔，诗人之雄，非小词也。但豪放太过，恐造物者不容人如此快活。"又其《与鲜于子骏书》云："近却颇作小词，虽无柳七郎（永）风味，亦自是一家。呵呵！数日前猎于郊外，所获颇多，作是一阕，令东州壮士抵掌顿足而歌之，吹笛击鼓以为节，颇壮观也。"这一个"小"字就能

---

  ① 柳基荣：《苏轼与韩国词文学的关系》，《复旦学报》，1997年第6期，第94页。

看出苏轼对词的态度。还有就是苏轼作词随意性很强，有很多游戏笔墨的作品，赠妓之作更多是当宴挥毫，应兴而作。虽然苏轼才高，随便写也能写出好作品来，游戏笔墨也能游戏出机智情趣来，但这种不用心也说明了他对词的不重视。从李奎报的现存词作来看，李奎报明显受到了苏轼这方面的影响。所以读李奎报的词作，总觉得李奎报写词的随意性很强。

不过，李奎报虽然受花间词人和苏轼的影响，但却又与花间词作和苏轼的作品并不雷同，彰显出了自己的特色。首先就词中的女性形象而言，李奎报词中虽然多有涉及，但并没有做展开描绘，常常是点到即止，并没有像花间词人那样热衷于女性情态、容貌、服饰、心理等的描写刻画；花间词中，常常是女主人公的抒情形象，而李奎报的词中，多是自我的抒情主人公形象；花间词更注重"娱宾"的作用，而李奎报的词更注重"遣兴"的作用。其次就"以诗为词"而言，苏轼的"以诗为词"主要体现在两个方面：一是用写诗的题材写词，一是用写诗的方法写词。李奎报的"以诗为词"更多接受的是后者，但不同的是，李奎报有李奎报的作诗之法，他是用自己的作诗之法来写词，所以味道自然与苏轼的"以诗为词"不一样。再次就豪放风格而言，苏轼的豪放更多表现出来的是磅礴的气势和涌动的激情，而李奎报的豪放更多表现出来的则是洒脱的风神和酣畅的情怀。苏轼更接近于"豪"，而李奎报更接近于"放"。最后对词的态度上看，同样表现出随意性，但李奎报的随意多表现为随心而为、率性而为，更接近生活原貌，还原自我本真，但花间和苏轼的随意多表现为漫不经心，任性而为，更接近于不够严肃认真，有时应景应场，敷衍了事。在这一点上，李奎报要高尚得多。因为以上这些因素，所以李奎报的词作也好，词学理念也好，均具有自己独特的面貌，显示出李奎报的特质。不但与中国词人相比是这样，与韩国的其他词人相比也是这样。这也正是李奎报词价值之所在。

4.4　词学开山与风尚初立：李奎报词的地位和影响

即便就现存词作而言，李奎报也不是韩国的第一个词人。李奎报之前，不但有身为君主的宣宗王运，还有身为文人的金克己。但这并不能妨碍李奎报作为韩国真正意义上的开山词人的身份。柳基荣说，李奎报"是高丽最早的词人之一，他的词作状况，在研究韩国词文学之起点及方向上有重要意义"①。这话说到了点子上。李奎报虽然不是第一个词人，却是"最早的词人之一"，更重要的是他"在研究韩国词文学之起点及方向上有重要意义"。"开山"的意义，决不是用一个"第一"就能涵盖得了的。枚乘是汉大赋的开山作家，决不只是因为他写了第一篇汉大赋，更重要的是他确立了汉大赋的规范，成为后世效仿的楷模，对当时和后世产生了极为深远的影响。而李奎报的开山意义也正在于此。

当然，影响很大、但在时间上非常靠后，如李齐贤，我们也不能说他是开山词人。但李奎报还在开山的时间线上。韩国词史上，李奎报之前有词作流传下来的有姓名可考的词人只有两个人，就是宣宗王运和金克己。宣宗王运和他的《添声杨柳枝》有如暗夜中的昙花一现，刹那芳华之后，便再无影响。他的存在，只能在韩国词的时空中排在前面的散断开的一点，而不能代表韩国词史这个时间线上的起点。实际上金克己与李奎报大略同时，李奎报较早的一首词作于1198年，当时金克己尚在人世，金克己的词作于此前还是此后很难判断。另外，金克己也好，和李奎报同时的慧谌、李承休也好，在高丽初期的词坛上都是散点式的人物，互不连属，而李奎报则是这几个散星中间最亮的一颗，他的光芒不但掩盖了其他几个人，同时也使韩国词坛自他而始，开始了有序地发展。所以我们说，李奎报还在韩国词坛开山的时间线上，这样，他就具备了韩国词文学开山的起码条件。

我们说李奎报是真正意义上的开山词人，还因为李奎报是当时词坛的核心。李奎报不但自己写词，还带动了周边的一群人写词。通过李奎报的词题、词序我们能够了解到，李奎报每每作词之后，总有友人依韵唱和，虽然仅李奎报的词流传下来，而其他人的作品淹没无存，但李奎报掀起了一股写词的热风却是毋庸置疑的。我们现在所知道的高丽朝写过词但没有流传下来的词人共有14人，其中和李奎报唱和的就有7人，占一半。这很好地说明了李奎报在当时词坛的影响。

① 柳基荣：《苏轼与韩国词文学的关系》，《复旦学报》，1997年第6期，第94页。

　　我们说李奎报是真正意义上的开山词人，关键还在于李奎报无意中打造出了一条韩国词文学创作的新道路，就是将外来传统与自身个性相结合，从而形成自身的特质。这对后世词人，特别是那些成就比较大的词人的潜在影响非常大。如李齐贤、金时习、许筠、李衡祥、赵冕镐等人，虽然风格不一，爱好不同，但在这一点上，都潜移默化地接受了李奎报的影响。

第五章
韩国词坛的巨擘：李齐贤

5.1 中国情缘：李齐贤在中国的经历、交游

李齐贤(1287—1367)，初名之公，字仲思，号益斋，自号栎翁。庆州人。据《庆州李氏世谱》，李齐贤的始祖叫谒平，曾为阿餐，掌军务。阿餐在新罗十七等官制中，排在第六等，亦属显宦。祖父名翢，官至门下评理，赠尚书左仆射。父名瑱，身历广州司录、大司成、政堂文学、检校政丞等职，封临海君，谥文定。李瑱还是一个著名的学者。其伯父、叔父及其堂兄、堂弟众多人物当中，也颇多身历显宦并精通文学者。所以，李齐贤是名副其实的出生于一个官宦世家兼书香门第的家庭。对于这样的家世，李齐贤自己也颇以为荣，文字中常常不自觉地流露出自豪感。如《眉州》诗序中说：

> 吾大人三昆季，俱以文笔显于东方。伯父、季父相次仙去，唯公无恙，今年七十有奇。若使北来，得与中原贤士大夫，进退词林间，虽不敢自比于苏家父子，亦可以名动一时。顾水陆千里，干戈十年，所处而安，无慕乎外。故天下莫有知之者。

《栎翁稗说》后集中则有这样一段话：

先君三昆季，祖母金氏性严，亲授以书史。伯父、季父不幸早逝，先君独年俯八旬，教养子侄，无坠世业。伯父之子，内书舍人，曰樽，成均、礼闱具占魁。其弟德原牧使，曰樛。季父之子，今签议评理，曰蒨。吾家兄怡庵公及予，亦皆以成均魁中第。故闵默轩贺先君诗云："华萼三家五魁榜，人言皆是谪仙才。知公积善真无敌，独见年年庆席开。"

受这样家世的熏陶，李齐贤在很小的时候就表现不凡。"自幼岿然如成人，为文已有作者气。"（《高丽史本传》）15 岁时即中成均魁首，时为忠烈王二十七年(1301)。此后，李齐贤在仕途上一路升迁。忠烈王二十九年(1303)，除为奉先库判官，延庆宫录事，忠烈王三十四年(1308)，入艺文春秋馆，迁齐安府直讲。此后至入华之前，历任司宪纠正、选部散郎、典校寺丞、三司判官、西海道按廉使、成均乐正，最后做到了从四品的内府副令，也就在这个职位上，他被忠宣王招到了大都，而李齐贤与中国的不解情缘，也就由此拉开了序幕。

5.1.1 七入中华

李齐贤的中国情缘与忠宣王有着密不可分的关系，他不但因忠宣王而首次来华，更因忠宣王而屡次来华。而忠宣王本人与中国的关系也极其复杂。忠宣王是高丽第二十八代国王，是高丽二十七代国王忠烈王王昛与忽必烈之女齐国公主忽都鲁揭里迷失的长子，初名源，后改名璋，字仲昂，陵号德陵。蒙古名益智礼普化。他生于忠烈王元年(1275)，忠烈王三年(1277)正月册为世子，忠烈王十八年(1292)七月至元，忠烈王二十四年(1298)正月自元回国，即王位。结果在位仅八个月就被赶下台，复入元。忠烈王三十四年(1308)，忠烈王死，忠宣王再度回国即位。但来回仅三个月，便将国事交给别人，自己重返大都。5 年后，因受不住高丽大臣的一请再请和元朝皇帝的敦促，干脆将王位传给了儿子王焘，回国参加完禅让大典后，再返大都。此后基本上一直住在中国，直到 51 岁时病逝。他在中国居留的时间非常长，受中国的影响非常大，"与元武宗的友谊、元大都的奢华生活，更使他产生了自己是个蒙古宫廷贵族的感觉"，以致后来不愿回归本国，甚至连高丽国王也懒得去当。

忠宣王是个雅好文艺的人。就在卸下国王重任的第二年，也就是元延祐元年，高丽忠肃王元年(1314)，他在大都建立万卷堂，并招揽了当时在大都的不少中国文士。其中颇多才学渊深的博雅之士，如姚燧、阎复、赵孟頫、元明善、张养浩等。相比之下，忠宣王觉得自己的从臣未免黯然失色，一时有感于心，尝言："京师文学之士，皆天下之选。吾府中未有其人，是吾羞也。"于是把时年28岁的李齐贤招来大都，以示海东并非无人。李齐贤因此得以踏足中土，并与中国当时一流的文坛老将交游往来。在这个过程中，李齐贤不但学业益进，令人称叹，且才博思敏，颇多精彩表现。如徐居正的《东人诗话》中记述了这样一个故事：

> 凡诗用事，当有来处。苟出己意，语虽工，未免砭者之讥。高丽忠宣王入元朝，开万卷堂，学士阎复、姚燧、赵子昂皆游王门。一日，王占一联云："鸡声恰似门前柳"，诸学士问用事来处，王默然。益斋李文忠公从旁，即解曰："吾东人诗有'屋头初日金鸡唱，恰似垂杨袅袅长。'以鸡声之软比柳条之轻纤。我殿下之句，用是意也。且韩退之琴诗曰'浮云柳絮无根蒂'，则古人之于声音，亦有以柳絮比之者矣。"满座称叹。忠宣王诗，苟无益老之救，则几窘于砭者之锋矣。

这则故事充分展现了李齐贤的应变的才能和渊博的学识。也正因为这样，所以忠宣王对他分外赏爱，每有宴游，总是尽可能的让李齐贤跟在身边。而李齐贤对忠宣王也特别感激，所以凡与忠宣王有关的事，无论国事还是私事，他都积极为之奔走，诸如远祠峨嵋、降香普陀、上书拜住、奔赴临洮等。对李齐贤，忠宣王充分表现出了对臣下的知遇之恩；对忠宣王，李齐贤则充分表现出了人臣之节。这两个人的故事可为高丽史上君臣遇合的一段佳话。

中国学者通常认为，李齐贤自延祐元年入华以后，便一直留在中国，在中国居住了26年，直到54岁时才回到高丽。如韦旭升《朝鲜文学史》，金柄珉等《朝鲜文学的发展与中国文学》[①]，王忠和的《韩国王廷史》[②]，朴忠禄的《朝鲜文学论稿》[③]，王汝良《李齐贤笔下的中国形象》[④]。有的甚至认为李齐贤在中国居留的时间更久，达 28 年，如孟昭毅《东方文学交流史》[⑤]。近年来始有学者提出异议，如徐健顺的《李齐贤在中国行迹考》根据李齐贤文集编排的顺序以及集中的诗词所提供的线索，指明"李齐贤在元朝居留的时间，能够确定的只能从延祐元年(1314)算到至治三年(1323)，总共 10 年左右"。并且，"李齐贤在居留元朝期间，也曾多次短期回国，只不过他活动的中心是在元朝、在大都而已；同样，此后李齐贤也曾多次短期入元，只不过他活动的中心是在高丽、在开城而已。"留元期间，李齐贤"可以确定有两次回国；此后居住在高丽期间，可以确定有两次入元"[⑥]。所论大致无错，但对李齐贤入元的次数和原因、具体居留时间阐述得还是不够精准。其实，李齐贤何时入元，几次入元，完全可以不必如此大费周章的去做繁琐的考证，这在李齐贤年谱中已经说得很清楚，只是很多学者未得目见而已。兹依年谱略列如下：

> 延祐元年甲寅(忠肃王元年)
>
> 先生二十八岁。……初，忠宣王佐仁宗，定内难，迎立武宗，故于两朝，宠遇无对。遂请传国子忠肃，以太尉留京师邸，构万卷堂，考究以自娱。因曰："京师文学之士，皆天下之选，吾府中未有其人，是吾羞也。"招先生至都。
>
> 延祐三年丙辰
>
> 先生三十岁。判典校寺事。四月，迁进贤馆提学。奉使西蜀，所至题咏，脍炙人口。
>
> 延祐四年丁巳
>
> 先生三十一岁。拜选部典书。九月，奉命如元，贺上王诞日。

---

① 金柄珉等：《朝鲜文学的发展与中国文学》，延边大学出版社 2003 年版，第 139 页。
② 王忠和：《韩国王廷史》，团结出版社 2006 年 9 月版，第 172 页。
③ 朴忠禄：《朝鲜文学论稿》，北京大学出版社 1994 年 11 月版，第 245—246 页。
④ 王汝良：《李齐贤笔下的中国形象》，《延边大学学报》，2007 年第 1 期，第 36 页。
⑤ 孟昭毅：《东方文学交流史》，天津人民出版社 2001 年 8 月版，第 51 页。
⑥ 《延边大学学报》，2005 年第 6 期，第 57、59 页。

延祐七年庚申

先生三十四岁。……冬，如元，至黄土店，闻上王见谗，不能自明，不胜忧愤，作诗三篇，又作《明夷行》一篇。

至治三年癸亥

先生三十七岁。元议置征东省于我东北内地。先生如元，上书都堂，以中庸九经章"绥远人"之义辨之，请国其国，人其人，其议遂寝。

后至元五年己卯

先生五十八岁。……先生愤不顾曰："吾知吾君之子而已。"从之如京师，代舌以笔，事得辨析。

至正八年戊子

先生六十二岁。三月，拜提调经史都监。十二月，忠穆王薨。先生奉表如元，请立忠定王。①

从年谱的记载我们可以看出，李齐贤虽然没有像有些学者所说的那样在中国长期居住达二十几年，但其入华次数之多，游历中国之久，即便不能说"居朝鲜历代文人之冠"②，但确可为高丽文人之冠。在这期间，李齐贤结识了中国的很多文人，相互酬酢之间，李齐贤得以学业大进。

5.1.2　交游诸公

李齐贤在中国的交游，大致有两个圈子：一个是忠宣王府里的文人圈，一个是奉使西蜀、江浙一带时结识的文人学士。

对李齐贤影响比较大的当然还是前者。在这里，李齐贤认识了一些当时文坛上和学术上甚至在艺术上都非常杰出的人物。但这些人物都包括哪些人，不少学者并没有弄清楚。甚至连研究李齐贤的专家徐镜谱先生也在这个问题上犯了错误，错误的表现是把阎复和姚燧二人也列入到李齐贤的交游范围之

---

① 《李齐贤年谱》，《词学》，第 10 辑，第 221—229 页。
② 王汝良：《李齐贤笔下的中国形象》，《延边大学学报》，2007 年第 1 期，第 36 页。

内，而致错的原因则多源于李穑的《墓志铭》。李穑《鸡林府院君谥文忠李公墓志铭》云：

> 忠宣王佐仁宗定内难，迎立武宗，故于两朝，宠遇无对。遂请传国于忠肃，以太尉留京师邸，构万卷堂，考究以自娱。因曰："京师文学之士，皆天下之选，吾府中未有其人，是吾羞也。"召至都。实延佑甲寅正月也。姚牧庵，阎子静，元复初，赵子昂咸游王门。公周旋其间，学益进。诸公称叹不置。

其后《高丽史·李齐贤传》与此略同，后人不察，多有沿误。李穑此说盖源于《益斋乱稿》：

> 大德十一年，王与丞相达罕等定策，奉仁宗扫内难，以迎武宗，功为第一。封沈阳王，推忠揆义协谋佐运功臣驸马都尉，勋上柱国，阶开府仪同三司。宠眷无出右者。仁宗为皇太子，王为太子太师，一时名士姚燧，萧㪺，阎复，洪革，赵孟俯，元明善，张养浩辈多所推毂。以备官官。(《有元赠敦信明义，保节贞亮，济美翊顺功臣太师，开府仪同三司，尚书右丞相，上柱国忠宪王世家》)[1]
>
> 又：忠宣聪明好古。中原博雅之士如王构，阎复，姚燧，萧㪺，赵孟俯，虞集。皆游其门。盖尝与之尚论也。[2]

然李穑及《高丽史》作者均在时间上犯了错误。《高丽史节要》一并沿袭此误。李齐贤说的诸贤游于王门，是在元武宗时期，当时仁宗尚为太子，而忠宣王为太子太师。万卷堂之成，已是此后五六年的事情了。而且李齐贤说的是忠宣王的事情，并非自己的事情。盖李穑以为李齐贤入元后，凡游于忠宣王府之文士，李齐贤皆有机会与之交游，却对这些人的年龄生死有所忽略，

---

① 《史赞·太祖》：《益斋乱稿》(上)，卷9，亚细亚文化社1973年7月版，第315页。
② 《史赞·太祖》：《益斋乱稿》(下)，卷9，亚细亚文化社1973年7月版，第356页。

又姚燧、阎复、元明善、赵孟頫等人都是当时元廷红极一时的文臣，史书往往并称，李穑一时不察，遂致此误。

事实上，李齐贤到大都时，姚、阎二人已亡。阎复卒于皇庆元年(1312)，次年姚燧亦卒。至今也没有发现其他能够证明1314年二人仍然在世的证据，李齐贤自己也从未提到过与他们的交往。对此，柳己洙博士、何永波博士均已辨明[①]，此不赘言。

不过，根据现有资料，李齐贤与赵孟頫、元明善、张养浩等人确有交往，并建立了深厚的友谊，是为中韩文坛上的一段佳话。

赵孟頫(1254—1322)，字子昂，号松雪道人，是宋宗室秦王赵德芳的后代。宋亡入元，在元任翰林侍讲学士、迁集贤侍讲学士、资德大夫等职。著有《松雪斋集》。

李齐贤到大都时，赵孟頫已是61岁高龄，也许是惺惺相惜的原因，他与年近28岁的李齐贤非常投缘，结为忘年交。李齐贤奉命出使西蜀时，赵孟頫为他赋诗一首，以表达关爱与离别之情，其诗如下：

> 三韩望巴蜀，相去万里余。
> 栈阁如登天，剑门不可踰。
> 谁令触炎热，鞍马事驰驱。
> 王事有期程，吾敢求安居。
> 道路何缅邈，山川亦盘纡。
> 赖彼多古迹，庶可慰踌躇。
> 勿云锦城乐，早归乃良图。
> 秋高天气清，矫首西南隅。[②]

诗中设身处地的为李齐贤着想，一方面担心蜀道的艰险难行，害怕李齐贤应付不了；一方面又强作劝慰，说四川那里好在还有一些古迹可看，尚不至

---

① 柳己洙：《李齐贤及其词之研究》，香港大学1991年版。
何永波：《李齐贤汉诗研究》，中央民族大学2005年版。
② 《赵学士诗》，见《益斋乱稿》，卷1，亚细亚文化社1973年7月版，第32页。

于非常孤单寂寞。"谁令触炎热，鞍马事驰驱。王事有期程，吾敢求安居"四句，隐隐有"王事靡盬"①之怨，似乎是在说，人在官场，身不由己，西蜀远行，迫不得已；而"勿云锦城乐，早归乃良图"则包含了殷殷盼归之意，关切之情，流溢于字里行间。为此，李齐贤亦有《二陵早发》寄呈赵孟頫：

> 梦破邮亭耿晓灯，欲乘鞍马觉凌兢。
>
> 云迷柱史烧丹灶，雪压文王避雨陵。
>
> 触事谁知胸魄磊，吟诗只得发鬅髻。
>
> 尘巾折角裘穿缝，羞向龙门见李膺。

这里的"二陵"，在今河南省境内，即二崤。《左传·僖公三十二年》："晋人御师必於殽，殽有二陵焉。其南陵，夏后皋之墓也；其北陵，文王之所辟风雨也。"杨伯峻注云："二陵者，东崤山与西崤山也。"唐刘长卿《送王端公入奏上都》诗"途经百战后，客过二陵稀"可为辅证。李齐贤的这首诗前有一段序文："予之将如成都也，内翰松雪赵公子昂以古调一篇相送，有'勿云锦城乐，早归乃图良'之句。十月北归，雪后二陵道中，忽忆其诗，作此寄呈。"则此诗结句颇有以李膺喻赵孟頫之意。李膺，字元礼。为人个性孤傲，鲜与人交。又学问高深，为人正直，名气很大，故很多人都以能与他交往为荣。"龙门"，在今山西省河津县西北和陕西韩城县东北，黄河直流到此，两岸峭壁对峙，形同阙门，水流湍急。一般的鱼类都登不上去，登上去的鱼，据说就能成龙，故有"鲤鱼跳龙门"的传说。那时候的东汉人，把攀登李膺的家门，比之为"登龙门"。一般士人一旦为李膺所接待，就身价十倍。李齐贤如此作比，则赵孟頫在他心目中的德望之高，赵孟頫对李齐贤的引进之情，以及两个人的情谊深浅，都已包含其中了。

李齐贤另有《和呈赵学士子昂》二首：

> 珥笔飘缨紫殿春，诗成夺得锦袍新。

---

① 《唐风·鸨羽》，见《诗经·国风》。

> 侍臣洗眼观风采，曾是南朝第一人。
>
> 风流空想永和春，翰墨遗踪百变新。
> 千载幸逢真面目，况闻家有卫夫人。

第二首结句，自注云："学士夫人管氏，亦工书。"

李齐贤这两首诗作于西蜀之行归来之后，离开元朝返回高丽之前。在这里，李齐贤先赞赵孟頫的诗才，再夸其书法，并连其擅长书法的夫人管道升也赞扬一番，还奉赵孟頫为"南朝第一人"，足见推重。延祐四年，李齐贤再入大都之后，直到延祐六年(1319)陪忠宣王江南降香之前，李齐贤应该一直在大都。这期间李齐贤与赵孟頫必有进一步的交往，可惜诗文缺载。也正是在延祐六年，赵孟頫辞官南归，离开大都时，作《留别沈王》赠忠宣王。从此，赵孟頫居吴兴，至至治二年(1322)六月逝世，追封魏国公，谥文敏。这期间两个人有否酬唱，便不得而知了。

李齐贤 1316 年奉使西蜀时，元明善(1269—1322)也赠诗一首：

> 峨眉山色梦中青，人自鸡林使锦城。
> 九域图经归一姓，四川风物契三生。
> 扪参历井真虚语，咏月吟风足此行。
> 细问孔明当日事，辽东却对幼安评。

为此，李齐贤作次韵诗一首《奉和元复初学士赠别》：

> 昔从倾盖眼能青，载酒同游遍洛城。
> 直欲执鞭如鲁叟，岂惟结袜比王生。
> 感公灯火三更话，慰我关山万里行。
> 更得新诗入囊褚，剑南人识汝南评。

和赵孟頫不同，元明善把李齐贤的巴蜀之旅看得很轻松，似乎在对李齐贤说，巴蜀风光秀丽，历史悠久，文物丰富，大可饱览一回，至于蜀道之难，那是"虚语"，大可不必放在心上。而从李齐贤的回赠诗来看，当年他和元明善好像一见如故，曾结伴同游，相得甚欢。李齐贤出发之前，两个人还曾秉烛夜谈。从"直欲执鞭如鲁叟，岂惟结袜比王生"可以看得出来，李齐贤对元明善的敬重之情，好像并没有像对赵孟頫那样仰之弥高。和赵孟頫相比，李齐贤与元明善之间，关系似乎更轻松随意些。这可能与两个人之间的年龄差距不像赵孟頫那么大有关。元明善(1269—1322)，字复初，大名清河人。博闻强记，尤精《春秋》。弱冠游吴中，即与张养浩及曹元用号为"三俊"。[①]后荐为安丰、建康两学正，累辟掾台省，坐诬免。于是侨寓淮南。仁宗居东宫，首擢太子文学，及即位，改翰林待制，升直学士、知制诰、同修国史，迁侍读学士。延祐二年，改礼部尚书，擢参议中书省事，复入翰林。也就是说，李齐贤初入中华之时，正是元明善风头正劲之际。此时两个人能倾盖相交，殊为不易。其后，元明善复拜湖广行省参知政事，召为集贤侍读学士，进翰林学士。至治二年(1322)辞世，时54岁，赠资善大夫、河南行省左丞，追封清河郡公，谥文敏。有《清河集》。

据《益斋集》所附，张养浩(1270—1329)也曾为李齐贤赠诗一首：

> 三韩文物盛当年，刮目青云又此贤。
> 壮志玉虹缠古剑，至诚石虎裂惊絃。
> 一鞭岚翠游山骑，满纸珠玑咏月篇。
> 此去浣花春正好，白鸥应为子来前。

这首诗从内容上看，也是为李齐贤巴蜀之行赠别而作。但这首诗却是附在《张希孟侍郎示江湖长短句一编，以诗奉谢》一诗之后。其诗如下：

> 天靳文章数百年，一时输与济南贤。
> 纵横宝气丰城剑，要妙古音清庙弦。

---

① 宋濂：《元史》，卷172，《列传》59，《曹元用传》，第2547页。

便觉有功名教事，谁言费力短长篇。

兴来三复高声读，万里江山只眼前。

　　从用韵上就可以看出，这两首诗是依韵唱和之作。但和前面赵孟頫、元明善不同的是，李齐贤的这首诗却不是回应张养浩的作品的。关于这两首诗的关系，柳己洙的推断是，李齐贤之诗在前，而张养浩之诗在后。李齐贤诗中所提及的《江湖长短句》是张养浩的一部词集。据元刘敏中《中庵集》卷就《江湖长短句引》，"礼部侍郎济南张养浩希孟，使江南，往返仅半岁，得乐府百有余首，辑为一编，目之为《江湖长短句》。"按照柳己洙的看法，李齐贤二人大都之时，恰是张养浩这部词集编成之际，于是张养浩将这部新集子给李齐贤看，李齐贤览罢有感，于是作诗奉谢，而此时李齐贤又将远赴巴蜀，于是张养浩依韵奉和，以为送别。其说甚是。三个人当中，李齐贤与张养浩的年龄最为接近。所以张养浩在给李齐贤的赠诗中，表现出来的情感态度又不一样。诗的开篇两句就直夸李齐贤的杰出不凡，然后又想象巴蜀之行的意气风发。结句在点名目的地的同时，还顺便称赞了一下李齐贤的品德高洁。

　　从这三个人的赠诗中我们发现，当时朝中的这几位文坛上的重量级人物，对李齐贤都非常看重，也都非常欣赏李齐贤的才华。和他们交往，李齐贤学业益进，自不待言。

　　第二个圈子里比较著名的有朱德润、吴寿山、汤炳龙等。

　　朱德润（1294—1365），字泽民，睢阳（今属河南）人。后居苏州。25岁抵大都，得赵孟頫推荐，结识了当时任驸马太尉沈王的忠宣王，时在延祐末年。李齐贤盖于此时与朱德润相识，并结下了深厚的友谊。朱德润后得仁宗亲召于玉德殿，授翰林文学，同知制诰兼国史院编修。身历征东行中书省儒学提举、江浙行中书省照磨官。朱德润工书法，擅山水。书法师承赵孟頫、王羲之，笔致遒健；山水师承许道宁、郭熙，笔墨秀劲清雅。所画多作溪山清远、峰岳耸秀、林木挺健，山石用卷云皴，树作蟹爪枝，颇具真实感。李齐贤对朱德润的书画均极称赏。朱德润曾画《燕山晓雪图》赠李齐贤，后来李齐贤还在他的古诗《雪》中言及此事。其诗云：

朔风卷地暗河津。塞云作雪愁行人。

两仪洪荒荡元气。万物陆离含古春。

初疑倒泻银河空。转恐压折青山峰。

天女霓衣戏鸾凤。海仙具阙翻鱼龙。

马蹄凌兢鞭不动。身上毡裘百斤重。

令人却忆孟襄阳。驴背吟诗忍饥冻。

逆旅主人真可人。为我一发浮蛆瓮。

谁能兴尽到门回。席暖且与狸奴共。

君不见吴中朱生画称绝。短幅曾扫燕山雪。

河桥老柳不栖鸦。小店闭门烟火灭。

客子驱车欲安适。应被名缰牵鼻裂。

岂知瓦油衣下黑。甜乡一天岁月无炎凉。

画中之境今自蹈。画中之意不可忘。

白头更有相逢日。握手披图感叹长。

　　诗中"君不见吴中朱生画称绝。短幅曾扫燕山雪"之后有自注云："姑苏朱泽民，善画山水，尝为我作《燕山晓雪图》。"可见赠图之事，李齐贤一直念念不忘，牢记在心，由此也可以看出两个人感情的深浅。延祐七年(1320)春，李齐贤从浙江北返后归国，朱德润又作五言长律《别后怀权赞善、李仲思二宰》诗以赠。诗中有"相思不得寐，起舞影蹒跚"之语。至治元年(1321)，忠宣王第二次江南降香时，朱德润陪同忠宣王，征东行中书省儒学提举之职亦授于此时。至元三年(1323)，李齐贤将赴临洮，朱德润又作《送李益斋之临洮》。诗中极写远行荒凉之景，并多劝慰之言，结句说"却话人情翻掌难，曾浥征袍泪如洗"，似乎感慨良多。此后不久，朱德润一度弃官。泰定二年(1325)作《祭太尉沈王文》，至正十二年(1352)，出任江浙行中书省照磨官，至正十五年(1355)六月病逝。有《存复斋集》。

　　李齐贤所交往的中国人物中，交往事迹最清楚、对李齐贤赠诗最多的，就是这个朱德润。李齐贤还在其《栎翁稗说》中记录过朱德润论画的一些观点，这种情况在李齐贤所交往的中国人物中也是不多见的。李齐贤甚至在晚年还常常怀念这位朋友，写过"昔与姑苏朱德润。每观屏障燕市东"[①]这样的诗句。

　　与吴寿山和汤炳龙的交往，缘于江南降香。李齐贤有诗专记其事，诗前有一段长序："延祐己未，予从于忠宣王，降香江南之宝陀窟，王召古杭吴寿山（一本作陈鉴如，误也），令写陋容，而北村汤先生为之赞。北归，为人借观，因失其所在。其后三十二年，余奉国表如京师，复得之，惊老壮之异貌，感离合之有时，题四十字为识。"其诗云：

> 昔我留形影，青青两鬓春。
> 流传几岁月，邂逅尚精神。
> 此物非他物，前身定后身。
> 儿孙浑不识，相问是何人。

　　一张极具纪念意义的画像，在异国他乡，三十二年后失而复得，李齐贤心情之复杂可想而知。"惊老壮之异貌，感离合之有时"这十二字中，实在是包含了很多东西。世事无常而有常，沧海桑田又沧海，人生的偶然与必然，离离合合，聚聚散散，诸多感慨，齐蕴其中。当然，人生感慨之外，这里面也包含了对吴寿山和汤炳龙两人的怀念。这件事在李齐贤的一生中是一件难以忘怀的经历，而在中韩文化交流史上，则是一段难得的佳话。其像与赞至今犹存。今多种版本的《益斋集》中，像多置于卷首，赞亦附于其中。

　　此外，从李齐贤的诗词文中我们知道，李齐贤曾交往的中原人物可能还有许谦、陈樵、李衎和不知名的李将军（李齐贤有《木兰花慢题李将军家壁》）、李员外（李齐贤有《简李员外》诗）等。

　　李齐贤与许谦交往应该发生在江南降香的时候。许谦（1270—1337），江浙行省婺州路金华（今浙江金华）人，字益之，号白云山人。从金履祥学，与何基、王柏、金履祥等一起被称为"金华四先生"。得朱熹道学之传，延祐初，居东阳八华山，讲授朱熹理学，"讨论讲贯，终日不倦"，"四方之士，以不及

门为耻，缙绅先生之过其乡邦者，必师其家存问焉。"①对于这样一个朱子学大师级的人物，以李齐贤对朱子学说的兴趣和造诣，除非他没有机会，否则一定会去拜访的。忠肃王六年(1319年)，李齐贤陪同忠宣王降香江南的时候，恰好经过婺州路。这个期间，忠宣王在3月份从大都出发，夏季到达杭州。8月份前后参拜庆元路定海县宝陁山的十二面观音，9月初到达西天目山的幻住庵。许谦所居住的婺州路是处于杭州路和庆元路不远的西南方。可能就在这个时候，李齐贤去拜会了许谦。许谦的《许白云先生文集》卷3有《李齐贤真赞》②，内容如下：

> 目秀眉扬，神舒气缓，妙手描摹，毫发无间。行色天性，所贵践行，人见其貌，莫知其心。我知若人，交养内外，和顺积中，睟面盎背。朝瞻夕视，如对大宾。力行所举，无负其身。

从此赞的内容和写作时间来看，很有可能是李齐贤去拜访许谦的时候，向许谦出示了吴寿山给他所作的画像和汤炳龙所作的赞，许谦看罢有感，于是作赞以赠之。这篇赞文可以断定，李齐贤和许谦二人必然有过交往。

李齐贤与陈樵关系不好断定。陈樵(1278—1365)，字居采，自号鹿皮子，有作品《鹿皮子集》，其中载《答李齐贤言别》和《分题送李齐贤》，但仅凭这两首诗还不足以说明两个人有过交往。因为诗中的李齐贤是否是这个高丽的李齐贤无法明确地分辨出来。兹举《答李齐贤言别》诗如下：

> 古来青云士，论德不论年。
> 及时扬意气，车服耀且鲜。
> 譬彼桃李花，逢春各争妍。
> 胡能学兰菊，迟暮秋风钱。
> 羡子富年华，文思如涌泉。

---

① 宋濂：《元史》，卷189，《列传》：卷76，《儒学一·许谦》。
② 许谦：《许白云先生文集4》，《杂著》。

> 词场早腾誉，海内推英贤。
>
> 而我竟何为，著鞭苦不先。
>
> 赋命有迟速，行止任自然。
>
> 吾观鸿鹄飞，低回未须怜。
>
> 会当振六翮，高举摩青天。

从诗中的内容来看，既然陈樵说"古来青云士，论德不论年"，又说"羡子富年华，文思如涌泉"，颇有老人家对后生晚辈说话的味道，那么这个李齐贤应该比陈樵年龄小很多才对，但实际上李齐贤仅比陈樵小九岁。柳己洙认为李齐贤拜访陈樵的唯一一次机会就是降香江南之时，因宋濂《元隐君子东阳陈公先生鹿皮子墓志铭》云：

> 君子足迹未尝出里门，而名闻远达朝著。知名之士，若虞文靖公集、黄文献公潜、欧阳文公玄，皆慕之以为不可及，移书谘访，如恐失之。①

也就是说李齐贤想与陈樵见面，只能前去拜访他，而李齐贤去拜访陈樵只能是在江南降香的时候。而当时李齐贤33岁，陈樵42岁，且李齐贤是外国友人，似乎不应该用这种口气说话。另外，诗中对李齐贤的身份只字未提，这也不像初次见面临别赠诗的做法。诗中还说"词场早腾誉，海内推英贤"，"海内"两个字，似乎也没有把李齐贤作为外国人看。所以凭这首诗还不能断定李齐贤与陈樵有交往，当然也不能断定两个人就没有交往，只能存疑。

之所以认为李齐贤与李衎有交往，是因为李齐贤有这样一句诗"独爱息斋与松雪，丹青习俗一洗空"②，这里的"息斋"就是李衎的号。李衎(1245—1320)，自仲宾，蓟丘人。出身太常小吏，皇庆元年(1312)，除吏部尚书，次年，迁集贤殿大学士、荣禄大夫。卒后追封"蓟国公"，谥"文简"，享盛名于当

---

① 《鹿皮子集》，附录。
② 《和郑愚谷题张彦甫云山图》，《益斋乱稿》，卷4，亚细亚文化社1973年7月版，第145页。

时。李衎善画枯木竹石，深得赵孟頫推重。他在《题李仲宾野竹图》序中说："吾友李仲宾为此君写真，冥搜极讨，盖欲尽得竹之情状。二百年来，以画竹称者，皆未必能用意精深如仲宾也。"李齐贤可能通过赵孟頫与李衎有过交往，但仅凭这两句诗，也只能说是可能，定不得准。

至于李将军、李员外，其人姓名、经历已不可考。

5.1.3　晚年生活

后至元六年(1341)，即忠惠王元年4月，李齐贤从中国东归。临行之际作《庚辰四月将东归题齐化门酒楼》，其诗云：

> 离歌昔未解伤神。老泪今何易满巾。
> 三十年前倦游客。四千里外独归身。
> 山河虽隔扶桑域。星野元同析木津。
> 他日重来岂无念。却愁华发污缁尘。

诗中两地穿梭之苦，老来感伤之情，旅居他国之感，遥想他日之叹，表现得淋漓尽致，真挚感人。此时，李齐贤已54岁了。"年高德劭"四个字正是李齐贤这时的真切写照，归国后原本应该大有作为，但因朝廷中的群小猜疑忌妒，于是只能屏迹不出，埋头书斋，因自号栎翁，作《栎翁稗说》。其序有云：

> 夫栎之从乐声也。然以不材远害，在木为可乐，所以从乐也。
> 予尝从大夫之后，自免以养拙，因号栎翁，庶几不材而能寿也。

这段话很能表明李齐贤当时的心态。以李齐贤的聪明才智，加之多年的官场经历，李齐贤当然明白自己什么时候该出，什么时候该避。特别是自他登科以来，仕途上可以说一帆风顺，难免遭人忌恨，更何况他多年在外，此时朝中情况复杂，忠惠王又是一个荒淫无度、误国害民、听信谗言、忠奸不分的昏君，李齐贤一则感到失望，二则也深知此时英雄无用武之地，不如韬光养晦，以待将来。未几，忠惠王的失政，引致元廷震怒，至正三年(1343)11月，元朝派人再次拘捕忠惠王。至元五年(1339) 11 月，忠惠王曾被拘捕，带至大都，当时李齐贤挺身而出，说"吾知吾君之子而已"，言外之意，不管对错，忠惠王毕竟是我国君主之后，无论如何我都要营救他，于是奉表如元，多方努力下，终于让忠惠王回国复位。"事得辨析，功在第一。"① 不过这次忠惠王被拘，李齐贤却表现得很不积极，这也是忠惠王大伤民心之报。至正四年(1344)，忠惠王死于流放揭阳的途中，同年，只有八岁的忠穆王即位。是年，李齐贤 58 岁。忠穆王"拜先生判三司事，进府院君，领考思观事。置书筵，以先生为师"。② 李齐贤趁机向忠穆王提出了一些政治改革的主张，但大部分没被接纳。于是李齐贤意欲辞官，未准。次年，复上书乞免书筵讲说。是年，李齐贤编写忠烈、忠宣、忠肃三朝实录及其他史书，如撰《孝行录》、《六十二孝赞》等。

忠穆王薨，忠定王即位，李齐贤拒不出仕。至正十一年(1351)，恭愍王即位，其时恭愍王在元，"未至国，命齐贤摄政丞，权断东征省事。"③ 李齐贤立即上书请辞，王不允。后李齐贤多次上书固辞，恭愍王不但不允，反而一再加官进爵。此时赵日新当权，忌恨李齐贤位在其上，李齐贤本不愿卷入这种权力斗争中，后三次上表乞免职，遂致仕。后赵日新伏诛，李齐贤复拜右政丞。至正十六年(1356)封为金海侯，迁门下侍中。不久又请辞，不准。至正十七年(1357)，李齐贤 71 岁。5 月，"乞以本职致仕，从之。"④ 不过，对此《本传》中还有这样一段补充说明："国制封君致仕，颁禄有差，既老而犹受厚禄，于义未安，故有是请。朝议以为本职致仕，非所以敬大臣也。复封鸡林府院君。"从此李齐贤释位闲居，"对客置酒，商榷古今，亹亹不倦，国有大政，王必使人咨决。或时引见，诵论经史，访问治道。先生引喻敷陈，责难恳恳。王益敬重焉。"⑤"公自少。侪辈不敢斥名。必称益斋。及为宰相。人无贵贱。皆称益斋。其见重于世如此。"⑥ 至正二十七年(1367)，李齐贤 81 岁。

---

① 《高丽史·李齐贤传》，亚细亚文化社 1990 年版，第 409—418 页。
② 《李齐贤年谱》，见《益斋乱稿》，亚细亚文化社 1973 年 7 月版，第 577 页。
③ 《高丽史·李齐贤传》，亚细亚文化社 1990 年版，第 409—418 页。
④ 《高丽史·李齐贤传》，亚细亚文化社 1990 年版，第 409—418 页。
⑤ 《高丽史·李齐贤传》，亚细亚文化社 1990 年版，第 409—418 页。
⑥ 李穑：《鸡林府院君谥文忠李公墓志铭》，见《益斋乱稿》，亚细亚文化社 1973 年 7 月版，第 585 页。

这一年秋，"七月，病卒于第。太常谥文忠公。冬，十一月，有司具仪卫葬于牛峰县桃李村先茔。洪武九年丙辰，配享恭愍王庙庭。"①

李齐贤的一生，行正直之事，得忠义之名，为国为民，奔走呼号，审时度势，处置得宜，上不愧天，下不愧地，中不愧己，又仕途通达，人皆敬重，才华满腹，人皆钦仰，做人做到他这种程度，可以无憾矣。

5.2　山水行吟：李齐贤词主题的主流取向

李齐贤词的题材还是很丰富的。柳己洙在考察李齐贤词的内容时，指出他的词作主要有三个方面的内容：一是咏史怀古词，二是羁旅行役词，三是写景词。②陶然在谈到这一问题时说："李齐贤的词总体上可分为四类：登临揽胜之作、抚迹怀古之作、羁旅抒慨之作以及题画之作。"③除了题画一说之外，两个人的看法基本相同。另外，在对李齐贤词进行分类的同时，两个人都说了一句很有意味的话。柳己洙说："李词的内容与他的游历有密切的关系。"④陶然说："这四类内容都与他在中国长期的游历生活有关，因此实际上往往也互有重叠。"⑤这说明这两个人在李齐贤词的主题内容的认识上达到了根本性的一致。两个人不约而同地认为李齐贤的词与其游历有着密不可分的关系。而游历又与山水有着密不可分的关系。实际上李齐贤词在主题内容上"互有重叠"之处往往都是与山水有关的题材。所以，山水是李齐贤词最常吟咏的主题，也是李词最重要的主题。无论是西行巴蜀，还是江南降香，还是八景组词，几乎无不与山水有关，而李齐贤现存的 53 首词，更是绝大多数词题都与地名有关。这里，我们把李齐贤的词分成三个部分，分别考察一下。

5.2.1　奉使西蜀

关于西蜀之行，李齐贤在其《栎翁稗说》中曾有叙及：

①　《李齐贤年谱》，见《益斋乱稿》，亚细亚文化社 1973 年 7 月版，第 583 页。
②　柳己洙：《李齐贤及其词之研究》，香港大学 1991 年版，第 89 页。
③　陶然：《金元词通论》，上海古籍出版社 2001 年 7 月版，第 178 页。
④　柳己洙：《李齐贤及其词之研究》，香港大学 1991 年版，第 89 页。
⑤　陶然：《金元词通论》，上海古籍出版社 2001 年 7 月版，第 178 页。

延祐丙辰，予奉使祠峨眉山。道赵魏周秦之地，抵岐山之南，逾大散关，过褒城驿，登栈道，入剑门，以至成都。又舟行七日，方到所谓峨眉山者。

结合这段话，考诸李齐贤一路所作诗词，我们大致可以为李齐贤的这次行程勾画出一个路线图。这个工作徐镜普先生已经做过。[①]按照徐镜普先生的意见，李齐贤西蜀之行作词计有18首，即《沁园春·将之成都》、《江神子·七夕冒雨到九店》、《鹧鸪天·过新乐县》、《太常引·暮行》、《浣溪沙·早行》、《浣溪沙·黄帝铸鼎原》、《大江东去·过华阴》、《蝶恋花·汉武帝茂陵》、《人月圆·马嵬效吴彦高》、《水调歌头·过大散关》、《水调歌头·望华山》、《玉漏迟·蜀中中秋值雨》、《菩萨蛮·舟中夜宿》、《菩萨蛮·舟次青神》、《洞仙歌·杜子美草堂》、《满江红·相如驷马桥》、《木兰花慢·长安怀古》、《木兰花慢·书李将军家壁》，这18首词的顺序也就是李齐贤西蜀一行行进的次序。徐镜普先生虽然在一些细节上有错误，如说杜子美草堂在陕西省长安县东南十余里，少陵西。但这个意见大致不差。徐健顺也对李齐贤的词作时间顺序进行过一番考察，结论与徐镜普先生不太一样。他认为《鹧鸪天》中的《九月八日忆松京故旧》和《饮麦酒》两首也是作于西蜀之时，而《人月圆马嵬效吴彦高》一首"时间不明"[②]。徐健顺能根据词的内容，结合季节变化、各地的景物特征来判断词的创作时间和顺序，其出发点是非常科学的，但有时未免自乱阵脚。即以《人月圆·马嵬效吴彦高》这篇作品来说，徐健顺既然已经肯定，"从《益斋乱稿》的实际情况来看，李齐贤是本着创作时间和文体并重的原则来编排顺序的，即在文体分类之下，再按照创作时间顺序来排序"[③]，而这首词又在《蝶恋花·汉武帝茂陵》之后，两首词的创作地点又同在陕西兴平县内，那么对这首词的创作时间系在《蝶恋花·汉武帝茂陵》之后这一点就没必要再怀疑了，也没必要再去辨析考证，自取烦恼。倒是《九月八日忆松京故旧》和《饮麦酒》两首不是很好判断，不过，

---

① 徐镜普：《益斋词小考》，见金起东等编：《国文学研究丛书7——汉文学研究》，正音文化社1985年版，第27—50页。
② 徐健顺：《李齐贤词作的意义、成因与考辨》，《文学前沿》，2002年第1期，第303页。
③ 徐健顺：《李齐贤词作的意义、成因与考辨》，《文学前沿》，2002年第1期，第299页。

徐健顺认为这两首词作于西蜀的理由并不充分。从"客里良辰屡已孤"这句话来看，李齐贤好像在外已度过不止一个重阳节，那么这首词作于江南的可能性更大些。因为李齐贤延祐元年来华，延祐二年身在高丽，延祐三年是第二次来华，奉使峨嵋，此次蜀中度重阳，不过是旅居在外的第二次而已，不宜说"屡"；而江南降香时，他在中国已经五度重阳，已经完全可以说"屡"了。以此下推，下面的三首词也应都作于江南时期。这样看来，还是徐镜普先生的意见更合理些。

西蜀之行是李齐贤诗词创作的一个高峰期，特别是这一时期所作的词，不但数量多、质量高，而且也最能代表李齐贤词的总体风貌。这些词的题材也非常丰富，柳己洙所说的三大类题材在这里都可以找到。不过究其重中之重，盖有两大宗：一则写景，一则咏史。

写景的代表作有《太常引·暮行》、《浣溪沙·早行》、《大江东去·过华阴》、《水调歌头·过大散关》、《水调歌头·望华山》等。其中最具代表性的，应该是《水调歌头·过大散关》：

> 行尽碧溪曲，渐到乱山中。山中白日无色，虎啸谷生风。
>
> 万仞崩崖叠嶂，千岁枯藤怪树，岚翠自蒙蒙。
>
> 我马汗如雨，修径转层空。
>
> 登绝顶，览元化，意难穷。群峰半落天外，灭没度秋鸿。
>
> 男子平生大志，造物当年真巧，相对孰为雄。
>
> 老去卧丘壑，说此诧儿童。

《太常引·暮行》写得也很好：

> 栖鸦去尽远山青，看暝色、入林坰，灯火小于萤。
>
> 人不见、苔扉半局。
>
> 照鞍凉月，满衣白露，系马睡寒厅。今夜候明星。
>
> 又何处，长亭短亭。

咏史的代表作有《浣溪沙·黄帝铸鼎原》、《蝶恋花·汉武帝茂陵》、《洞仙歌·杜子美草堂》、《满江红·相如驷马桥》、《木兰花慢·长安怀古》等。李齐贤的咏史怀古词写得丝毫不比其写景词逊色。这几首词各具特色，都是佳作。如《洞仙歌·杜子美草堂》：

> 百花潭上，但荒烟秋草。犹想君家屋乌好。
> 记当年，远道华发归来，妻子冷，短褐天吴颠倒。
> 卜居少尘事，留得囊钱，买酒寻花被春恼。
> 造物亦何心，枉了贤才，长羁旅、浪生虚老。
> 却不解消磨尽诗名，百代下，令人暗伤怀抱。

再如《满江红·相如驷马桥》：

> 汉代文章，谁独步、上林词客。
> 游曾倦、家徒四壁，气吞七泽。
> 华表留言朝禁闼，使星动彩归乡国。
> 笑向来、父老到如今，知豪杰。
> 人世事，真难测。君亦尔，将谁责。
> 顾金多禄厚，顿忘畴昔。
> 琴上早期心共赤，镜中忍使头先白。
> 能不改、只有蜀江边，青山色。

写景咏史之外，这时的两首咏怀之作也是李齐贤的佳作：

沁园春　将之成都

> 堪笑书生，谬算狂谋，所就几何。
> 谓一朝遭遇，云龙风虎，五湖归去，月艇烟蓑。
> 人事多乖，君恩难报，争奈光阴随逝波。

缘何事，背乡关万里，又向岷峨。

幸今天下如家，顾去日无多来日多。

好轻裘快马，穷探壮观，驰山走海，总入清哦。

安用平生，突黔席暖，空使毛群欺卧驼。

休肠断，听阳关第四，倒卷金荷。

玉漏迟　蜀中中秋值雨

一年唯一日。游人共惜，今宵明月。

露洗霜磨，无限金波洋溢。瑶琴玉笛，更是处，江楼清绝。

邀俊逸，登楼一醉，将酬佳节。

岂料数阵顽云，忽掩却天涯，广寒宫阙。

失意初筵，唯听秋虫鸣咽。莫恨姮娥薄相，且吸尽杯中之物。

圆又缺，空使早生华发。

5.2.2　降香普陀

李齐贤随忠宣王到普陀山降香，走的是京杭大运河。他们沿着运河(淮阴到扬州)及江南河(镇江到杭州)，一路南下，借机游览了江浙一带的很多名胜古迹，诸如漂母墓(在淮安)、平山堂(在扬州)、金山寺、多景楼、焦山(均在镇江)、虎丘寺(在苏州)、姑苏台(在吴县)、道场山(在湖州)、冷泉亭(在杭州)、海会寺(在临安)、普陀山等。不过此次行程中李齐贤所作诗词比西蜀之行要少得多。这次所作的词只有4首，用的都是《鹧鸪天》这个词牌。具体如下：

九月八日忆松京故旧

客里良辰屡已孤。菊花明日共谁娱。

闭门暮色迷红草，欹枕秋声度碧梧。

三尺喙，数茎须。独吟诗句当歌呼。

故园依旧龙山会，剩肯樽前说我无？

饮麦酒

　　其法不篘不压，插竹筒瓮中，座中以次就而吸之，傍置杯水，量所饮多少，挹注其中，酒若不尽，其味不喻。

未用真珠滴夜风。碧筩醇酎气相通。
舌头金液凝初满，眼底黄云陷欲空。
香不断，味难穷。更添春露吸长虹。
饮中妙诀人如问，会得吹笙便可工。

扬州平山堂今为巴哈师所居

乐府曾知有此堂。路人犹解说欧阳。
堂前杨柳经摇落，壁上龙蛇逸杳茫。
云澹泞，月荒凉。感今怀古欲沾裳。
胡僧可是无情物，毳衲蒙头入睡乡。

鹤林寺

夹道修篁接断山。小桥流水走平田。
云间无处寻黄鹤，雪里何人闻杜鹃。
夸富贵，慕神仙。到头还是梦悠然。
僧窗半日闲中味，只有诗人得秘传。
（皆山中故事。）

　　李齐贤的江南之行，虽然仅存词4首，但却具备了4种面目。《九月八日忆松京故旧》是思乡怀人之作，《饮麦酒》一首则涉及到了地方风俗，《扬州平山堂今为巴哈师所居》有追怀古人之意，《鹤林寺》则是一首记游词。读来也各有风味。

5.2.3 八景系列

关于李齐贤的八景系列词，学界存在着一些不同的看法。其中争议比较大的是关于《潇湘八景》的性质和创作时间问题。关于这组词的性质又有两种看法。一种看法认为，李齐贤所作的《潇湘八景》是题画词。持此看法的人非常多。如柳己洙，他说"李齐贤的《巫山一段云·潇湘八景》16首，是依'潇湘八景图'而作的'题画词'，故'词中有画'也属理所当然"①。陶然说：

> 李齐贤词中有《巫山一段云》三十二首(现存三十一首)，分咏潇湘八景和松都八景，每景两词，当是题画之作。沈括《梦溪笔谈》"书画"条载："度支员外郎宋迪工画，尤善为平远山水，其得意者有平沙雁落、远浦帆归、山市晴岚、江天暮雪、洞庭秋月、潇湘夜雨、烟寺晚钟、渔村落照，谓之八景。好事者多传之。"②

事实上，凡认为李齐贤的《潇湘八景》是题画词的，多根据沈括的这段记载。但也有持不同意见的。如衣若芬，她说："笔者归结李齐贤《巫山一段云》的写作体式和《和朴石斋尹樗轩用银台集潇湘八景韵》，倾向认为二者皆非题画之作，而是从文学及文化上学习模仿来的想象山水诗词。这种想象山水在其《松都八景》诗词中有了游目骋怀的实质土地。"③徐健顺在谈到这个问题时，则有这样一段话：

> 把词中的信息总结一下，可以看出，李齐贤是在某年的秋冬之际来到湖南的，而且是孤身一人，思乡情切。他的经济状况比较宽裕，经常"拥貂裘"、"上酒楼"。他巴望着快些离开，"待鸾骖"之语，来自韩愈《送桂州严大夫》诗："远胜登仙去，飞鸾不暇骖。"后范成大在出知广西静江府途中撰写纪行之作，亦命名为《骖鸾录》。李齐贤引用此典，乃反其意，是期待君王召回之意。也可以推知他来到

---

① 柳己洙：《李齐贤及其词之研究》，香港大学1991年版，第104页。
② 陶然：《金元词通论》，第180页。
③ 衣若芬：《李齐贤八景诗词与韩国地方八景之开创》，《中国诗学》，第9辑，第150页。

这里是奉了王命公干的。词中除了写景和思归之外，也没有流露出其他的想法，比较收敛，看来不似早年神采飞扬之作。按其内容，似乎李齐贤慕"潇湘八景"之名久矣，及至其地，依次填词，为练笔之作。后来渐入真情，又写一组。[①]

尽管衣若芬和徐健顺在具体看法上有分歧，但在否认李齐贤的《巫山一段云·潇湘八景》是题画词这一点上，二人是一致的。分析起来，衣若芬的看法更接近真实。一则李齐贤的这组词确实不似题画之作。宋迪的《潇湘八景图》确实传入韩国不假，"'潇湘'山水画以'潇湘八景图'为大宗，于12世纪末东传至高丽和日本，韩日两国之画家与诗人皆有'潇湘八景图'及相关题画诗之作品，创作风气至十九世纪而不衰。"[②]其说甚是，高丽朝的陈澕就有《宋迪八景图》诗。诗后有按语曰：

> 按明宗尝命群臣制潇湘八景图诗，盖此诗作于是时。李大谏一代宗匠也，公以童丱，与之方驾，俱为绝唱，虽以长吉之高轩过，莱公之华山诗，无以过之。公之于诗，真天才也。[③]

可知明宗朝，因八景图而作诗不止一人。这是《潇湘八景图》传入高丽的明证。而且李齐贤在中国时间甚久，以他对书画的热爱，看到《潇湘八景图》可以说毫不奇怪，因此作诗也大有可能，作词的可能性当然也非常大。事实上，李齐贤所作的《和朴石斋尹樗轩用银台集潇湘八景韵》本来就是步李仁老当年所作的八景图诗之韵的，对此，《梅湖遗稿》还因《东人诗话》作按语说：

> 东人诗话曰，李大谏仁老潇湘八景绝句，清新富丽，工于摸写；陈右谏澕七言古诗，豪健峭壮，得之诡奇，皆古今绝唱。后之作者，

① 徐健顺：《李齐贤词作的意义、成因与考辨》，《文学前沿》，2002年第1期，第305页。
② 衣若芬：《李齐贤八景诗词与韩国地方八景之开创》，第147页。
③ 陈澕：《梅湖遗稿》，见《标点影印韩国文集丛刊》(2)，民族文化促进会1988年12月版，第284页。

未易伯仲。惟益斋李文忠公绝句乐府等篇，精深典雅，舒闲容与，得与二老颉颃上下于数百载之间矣。[①]

但这些都不能证明李齐贤的《巫山一段云·潇湘八景》就是题画词。这是因为李齐贤的《潇湘八景》词中所描绘的景象与世传的《潇湘八景图》所画的景象不符，即以陈澕的诗为例：

宋迪八景图
平沙落雁

秋容漠漠湖波绿，雨后平沙展青玉。
数行翩翩何处雁，隔江哑轧鸣相逐。
青山影冷钓矶空，浙沥斜风响疏木。
惊寒不作蓦天飞，意在芦花深处宿。

远浦归帆

万顷湖波秋更阔，微风不动琉璃滑。
江上高楼迥入云，凭栏清如泼。
俄闻轻橹凫雁声，顷刻孤帆天一末。
飞禽没处水吞空，独带清光攒一发。

渔村落照

断岸湖痕余宿莽，鹭头插翅闲爬痒。
铜盘倒影波底明，水浸碧天迷俯仰。

---

① 陈澕：《梅湖遗稿》，见《标点影印韩国文集丛刊》(2)，民族文化促进会 1988 年 12 月版，第 284 页。

归来蒻笠不惊鸥，一叶扁舟截红浪。
鱼儿满篮酒满瓶，独背晚风收绿网。

山市晴岚

青山宛转如佳人，云作香鬟霞作唇。
更教横岚学眉黛，春风故作西施嚬。
朝随日脚卷还空，暮傍疏林色更新。
游人隔岸看不足，两眼不博东华尘。

洞庭秋月

满眼秋光濯炎热，草头露颗珠玑缀。
江娥浴出水精寒，色战银河更清绝。
波心冷影不可掬，天际斜晖那忍没。
飘飘清气袭人肌，欲控青鸾访银阙。

潇湘夜雨

江村入夜秋阴重，小店渔灯光欲冻。
森森雨脚跨平湖，万点波涛欲飞送。
竹枝萧瑟漉明珠，荷叶翩翩走圆渌。
孤舟彻晓掩篷窗，紧风吹断天涯梦。

烟寺暮钟

烟昏万木栖昏鸦，遥岑不见金莲花。
数声晚锺知有寺，缥缈楼台隔暮霞。
清音袅袅江村外，水精霜寒来更赊。

行人一听一回首，香霭蒙蒙片月斜。

江天暮雪

江上浓云翻水墨，随风雪点娇无力。
凭栏不见昏鸦影，万枝繁华春顷刻。
渔翁蒻笠戴寒声，贾客兰桡滞行色。
除却骑驴孟浩然，个中诗思无人识。

陈澔是依画作诗的，这一点毫无疑问，所以即便有所想象生发，也应离画境不远。但李齐贤词中所写，与陈澔相差却很大。姑举两例：

远浦归帆

南浦寒潮急，西岑落日催。
云帆片片趁风开。远映碧山来。
出没轻鸥舞，奔腾阵马回。
船头浪吐雪花堆。昼鼓殷春雷

洞庭秋月

衡岳宽临北，君山小近南。
中开北百里湖潭。吴楚入包含。
银汉秋相接，金波夜正涵。
举杯长啸待鸾骖。且对影成三。

两相对比，不同之处已经非常明显。其中还有很关键的一点，就是在李齐贤的词里，往往有诗人的形象在里面，这种情况非题画之作所应有。并且李齐贤的《潇湘八景》词中，描写同一景的两首词，常常迥然不同，明显不是针对同一幅画所写。如果真的是题画词的话，根本不应该出现这种情况，二则李齐贤到过潇湘的可能性几乎为零。遍查李齐贤的诗文，没有任何关于他到过潇湘的纪录，《高丽史》、《年谱》、《墓志铭》中也没有任何相关记载。以李齐贤的习惯做法，到潇湘仅作词而不作诗以记其事是不可能的事情。况且，李齐贤如果到过潇湘的话，这绝对是他一生中的重大事情之一，其重要性当不在奉使巴蜀和降香江南之下，不可能各种记录中一字不存。这样看来，衣若芬的看法自然更科学些。

关于创作时间问题，主要也有两说：一说是创作于早年来华之前，一说创作于晚年归国之后。比较而言，还是后者更可信些。一则从排序上看，这一系列作品排在最后；二则从风格上看，这些作品与巴蜀词相比，少了几分锋芒，多了几分平和，艺术技巧也更臻成熟。所以即便不是作于归国之后，其时间也必定晚于巴蜀词和江南词。《松都八景》自然更在《潇湘八景》之后。当然还有一些其他的不同看法，如前引徐健顺的文章就认为是李齐贤一度前往潇湘时所写，但是这种可能性几乎为零，前已辨明。另外池荣在以为是李齐贤来华之后，巴蜀之行以前这一段时间所写，他认为初来中国的李齐贤对词这种文学样式还不是很熟悉，"此时，他以句法比较简单的'巫山一段云'作为尝试，其中共作了《潇湘八景》和《松都八景》等三十二首(一首佚)，由此可见其雄心。"[1]不过，池荣在先生只看到了词调的简单易为，却没看到词作的纯熟老练。这种推理还是有漏洞的。

八景系列无疑是李齐贤写景词的代表作，也是韩国写景词的巅峰之作。关于李齐贤的词，况周颐在《蕙风词话》中有两段著名的议论：

　　　　益斋词《太常引·暮行》云："灯火小於萤。人不见、苔扉半扃。"《人月圆·马嵬效吴彦高》云："小鞾中有，渔阳胡马，惊破霓裳。"《菩萨蛮·舟次青神》云："夜深篷底宿。暗浪鸣琴筑。"《巫山一段云·山市晴岚云》："隔溪何处鹧鸪鸣。云日翳还明。"前调《黄桥晚照》云："夕阳行路却回头。红树五陵秋。"此等句，置之两宋名家词

---

① 池荣在：《益斋李齐贤其人其词》，《词学》，第9辑，第143页。

中，亦庶几无愧色。

益斋词写景极工。《巫山一段云·远浦归帆》云："云帆片片趁风开。远映碧山来。"笔姿灵活，得帆随湘转之妙。《北山烟雨》云："岩树浓凝翠。溪花乱泛红。断虹残照有无中。一鸟没长空。""浓凝""乱泛"，叠韵对双声，与史邦卿"因风飞絮，照花斜阳"句同，益斋乃无心巧合耳。[①]

这两段话中，况周颐对李齐贤评价非常高，而所评价的词句，除《人月圆·马嵬效吴彦高》中的"小鼍中有，渔阳胡马，惊破霓裳"一句之外，都是关于写景的。则其写景词成就之高，不言而喻。并且这里况周颐所引的词共有7首，而八景词则占4首，则八景词在李齐贤写景词中的地位，亦不言而喻。我们这里挑出几首，略窥一斑：

远浦归帆

南浦寒潮急，西岑落日催。
云帆片片趁风开。远映碧山来。
出没轻鸥舞，奔腾阵马回。
船头浪吐雪花堆。昼鼓殷春雷

潇湘夜雨

潮落兼葭浦，烟沉橘柚洲。
黄陵祠下雨声秋。无限古今愁。
漠漠迷渔火，萧萧滞客舟。
个中谁与共清幽。唯有一沙鸥。

---

① 况周颐：《蕙风词话》，见《蕙风词话人间词话》，人民文学出版社 1982 年 11 月版，第 80 页。

洞庭秋月

万里天浮水，三秋露洗空。
冰轮辗上海门东。弄影碧波中。
荡荡开银阙，亭亭插玉虹。
云帆便欲挂西风。直到广寒宫。

北山烟雨

万壑烟光动，千林雨气通。
五冠西畔九龙东。水墨古屏风。
岩树浓凝翠，溪花乱泛红。
断虹残照有无中。一鸟没长空。

黄桥晚照

隐见溪流转，纵横野垅分。
隔林人语远堪闻。村径绿如裙。
鸢集蜈山树，鸦投鹄岭云。
来牛去马更纷纷。城郭日初曛。

长湍石壁

插水云根耸，横空黛壁开。
鱼龙吹浪转隅隈。百里绿徘徊。
日浸玻璃色，花分锦绣堆。
画船载酒管弦催。一日绕千回。

朴渊瀑布

绝壁开嵌窦，长川挂半天。

跳珠喷玉几千年。爽气白如烟。

岂学燃犀客，谁期驻鹤仙。

淋衣暑汗似流泉。到此欲装绵。

　　前三首选自《潇湘八景》，后四首选自《松都八景》。这里面更突出的当然是况周颐提到的几首作品。如《远浦归帆》，这首词不仅"云帆"两句写得好，其实整首词都写得非常生动灵活，而且境界阔大，有气象，有声势，有韵味，刚柔并济；笔法多变，有总写，有特写，有工笔，远近结合。从意境到笔法都显示出不俗的功力。再如《北山烟雨》一首，上片写出了云烟笼罩，细雨漫天，一派山林蓊然，犹如水墨浸润的景象，这是雨中景；下片写花红叶绿，溪清岩净，彩虹横天，夕阳残照，孤鸟远逝，一派既清明澄澈，又绚烂多姿的景象，这是雨后景。所表现出来的境界，所用手法与前一首颇多相近，但更胜一筹。李齐贤的《巫山一段云》八景词流传下来的计有 31 首，就单篇言，已是个个不俗，就整体上看，更是气象万千。总体说来，李齐贤的八景词有几个特点非常突出：一是与早期的写景词相比，显得更内敛。虽然缺少了点昂扬宏大的气势，但让人觉得更有内涵，更有张力。如"万里天浮水，三秋露洗空。冰轮辗上海门东。弄影碧波中"、"万壑烟光动，千林雨气通"、"绝壁开嵌窦，长川挂半天。跳珠喷玉几千年。爽气白如烟"这样的词句，气象不可谓不大，但却不露锋芒，显得博大中有深沉，其中的积淀明显比早期词更丰厚。二是笔法多变。有的如况周颐所说，"笔姿灵活"，刻画细微；有的则但写其意而不画其形，如"岩树浓凝翠，溪花乱泛红"、"日浸玻璃色，花分锦绣堆"；有的宏伟壮观，有的苍茫迷离；有的景中有情，有的情中有景，极尽变化之能事。三是善用对句。《巫山一段云》这个词牌要求换头用对句，这一点不容易做好。李齐贤在词中却把对句运用的驾轻就熟，而且常常在对句中嵌入叠字，如"漠漠迷渔火，萧萧滞客舟"、"荡荡开银阙，亭亭插玉虹"，还有"隐隐楼台远，蒙蒙草树微"（《山市晴岚》）、"绿岸双双鹭，青山点点鸦"（《渔村落照》）、"澹澹青空远，亭亭碧巘重"(《北山烟雨》)，还有双声叠韵词，如前况周颐所举。四是开始注意环境的渲染和氛围的烘托，并使这种渲染和烘托与所要表达的感情完美的融合在一起。也就是说已经开始注意意境的创造。典型的如上面所举的《潇湘夜雨》。再如《西江风雪》(过海风凄紧)也是如此。韩国学者池荣在谈到李齐贤词的意境时说，李齐贤的词中，"富有创造性、真率性、普遍性、丰富性且又意境很高的作品实在不少。"①其说甚是。

5.3 转益多师：李齐贤词的多重渊源

关于李齐贤词的渊源，夏承焘在《域外词选》中有一段经典的评论：

> 两宋之际，苏学北行，金人词多学苏。元好问(遗山)在金末，上承苏轼，其成就尤为突出。益斋翘企苏轼，其词虽动荡开阖，尚有不足，然《念奴娇》之《过华阴》，《水调歌头》之《过大散关》、《望华山》，小令如《鹧鸪天》之《饮麦酒》，《蝶恋花》之《汉武帝茂陵》，《巫山一段云》之《北山烟雨》、《长湍石壁》等，皆有遗山风格，在韩国词人中应推巨擘矣。②

此后论者，多承此说，如韦旭升《韩国文学史》，黄拔荆《试论中国豪放词风对朝鲜词人李齐贤的影响》，刘泽宇《元高丽词人李齐贤的两首华山词》等，特别是黄氏一文，简直就是在为夏翁之说做注。

夏翁之说，固为灼见，但有可商榷者，有可补充者。说益斋学苏，没有丝毫可以非议之处，然而说他承遗山余绪，虽于词风中可约略见之，却无实证可寻。此其一。益斋居中国甚久，神交古人，酬酢时贤，所仰慕学习者，非一二人，所受影响，亦非止一二人。此其二。

综观益斋其人其词，影响其词风形成的要素，至少有四：太白精神，东

---

① 池荣在：《益斋李齐贤其人其词》，《词学》，第9辑，第146页。
② 夏承焘选校，张珍怀、胡树森注释：《域外词选·前言》，书目文献出版社1983年版，第4页。

坡风范，松雪情怀，故园传统。

5.3.1　太白精神

判断一个人的文学创作是否受另一个人的影响，当然可以从其创作风格的相似与否来进行推论，但仅凭风格来推断则未免有臆断之嫌。这里面的依据起码还应具备以下两点。其一，后者的文字中多次提到前者，并明显地表露出崇拜仰慕之意。其二，后者的作品中除风格外，在手法、句法、取材等多方面有模仿前者的地方。这两点在元好问和李齐贤之间，看得不很清楚，但在李白和李齐贤之间却看得非常明白。

第一，《栎翁稗说》中不止一次提到李白，如："延祐丙辰，予奉使祠峨眉山，……因记李谪仙《蜀道难》'西当太白有鸟道，可以横绝峨嵋巅'之句。"[1]又如："薛司成文遇言'李太白《清平词》一枝仙艳露凝香，云雨巫山枉断肠。借问汉宫谁得似，可怜飞燕倚红妆。倚者，赖也。谓赵后专宠后宫，只赖脂粉耳。可怜者，嘲之之辞也'。"[2]当然，翻检《栎翁稗说》，其中论及李白的地方并非很多，但起码还论到一些，而对元好问，整本《栎翁稗说》中却无一语提及。

第二，李齐贤的诗歌中也明显可以看到李白影响的痕迹。如《中庵居士赠诗八首，务引之入道，次韵呈似》一诗中有"玉川腹里五千卷，李白手中三百杯"[3]的句子。另外，《益斋集》卷四还有《门生栗亭尹政堂，得蒙主上为之写真，仍题栗亭二大字其上。千载一遇，耳目所罕，作诗以贺》一诗，内容如下：

> 君不见韩张良汉皇字之称子房，君不见白乐天唐帝画之留集贤。不名而字固偶耳，命工而画奚足美。贤哉我友尹政堂，稀代恩荣蒙我王。金窗赭案绝点尘，玉手染翰为写真。水深山高清且灵，妙用直恐非丹青。更题栗亭二大字，铁点银钩照天地。粉身何报万分一，

① 邝健行等：《韩国诗话中论中国诗资料选粹》，中华书局 2002 年 7 月版，第 12 页。
② 邝健行等：《韩国诗话中论中国诗资料选粹》，中华书局 2002 年 7 月版，第 14 页。
③ 《益斋乱稿》，卷 3，亚细亚文化社 1973 年 7 月版，第 107 页。

传家谁贵金千镒。凌烟休夸欧与虞，诚斋空羡范石湖。拱手叹赏倾朝官，六官指目亦改观。栎翁惊喜出真意。眼见门生奇特事。

这首诗从句式到用典，到语言风格、行文气势，都可以看出李齐贤对李白模仿的痕迹。

第三，在李齐贤的词里也多处化用过李白的诗句。如"举杯长啸待鸾骖，且对影成三"（《巫山一段云·洞庭秋月》）用李白的"举杯邀明月，对影成三人"（《月下独酌》），"白练飞千尺"（《巫山一段云·朴渊瀑布》）用李白的"飞流直下三千尺，疑似银河落九天"（《望庐山瀑布》），"羡杀岭云闲"（《巫山一段云·白岳晴云》）用李白的"众鸟高飞尽，孤云独去闲"（《独坐敬亭山》）等。更重要的是，在李齐贤的词中，不但能够看到这些字面上的影响，还可以看到李白精神的渗透。这主要表现在以下两个方面：

5.3.1.1 飘逸的风神

李白其人其诗均给人一种飘逸之感，如九天神龙，如白云舒卷，或夭矫、或变灭，风神如一，这也是李白令后人敬仰艳羡的地方。而这种风神，在李齐贤的词中也有真切地体现。如：

《大江东去·过华阴》

三峰奇绝，尽披露、一掬天悭风物。
闻说翰林，曾过此，长啸苍松翠壁。
八表游神，三杯通道，驴背须如雪。尘埃俗眼，岂知天上人杰。
犹想居士胸中，倚天千丈气，星虹闲发。
缥缈仙踪，何处问，箭筈天光明灭。
安得联翩，云裾霞佩，共散麒麟发。花间玉井，一樽麦醉秋月。

在这里，作者运用了许多与李白有关或能够体现李白风神的典故，并将之与华山的耸出云霄、傲然世外的形象有机结合起来，从而刻画出了一个潇洒出尘、神游八表而又豪气冲天、傲世独行的诗仙形象。李白横放杰出、飘逸不群的绝世风姿，如在目前，作者的崇敬仰慕之意也于字里行间流露无遗。而这种崇敬和仰慕实际上也体现了作者思想倾向和精神境界趋同于李白，这种趋同性不只体现在这首词里，在李齐贤的一些诗里也有所体现。如：

> 男儿第一赏心快事，挟泰山超北海，乘长风破万里浪，酒一斗诗百篇。草芥功名不足道，何必为此去颠连？结庐异山大河边，与友昼夜作乐忘睡眠。

> 屋前小河流成白酒清溪，年逾八十且以松涛白云消遣。去天庭帝傍投壶多玉女，我作座上宾逍遥自在赛神仙。

蔑视功名之心，诗酒遨游之想，高蹈遗世之情，潇洒出尘之意，与李白如出一辙，至于点化白诗以明己志，更可见其追随李白之意。

5.3.1.2 瑰奇的山水境界

中国文学史上，以善写山水著名的诗人很多，诸如谢灵运、谢朓、王维、孟浩然、韦应物、柳宗元等等，但能将山水写得横放杰出，瑰奇雄丽，惊心动魄的，却只有李白一个。就山水诗人而言，李白不但空前，而且绝后。不过，李白的山水境界却在后世的一些词人的作品中再现，苏轼的《念奴娇·赤壁怀古》固然是非常好的一个例子，李齐贤的一些词作则更为典型，如下面这两首作品：

水调歌头·过大散关

行尽碧溪曲，渐到乱山中。山中白日无色，虎啸谷生风。
万仞崩崖叠嶂，千岁枯藤怪树，岚翠自蒙蒙。
我马汗如雨，修径转层空。
登绝顶，览元化，意难穷。群峰半落天外，灭没度秋鸿。

男子平生大志，造物当年真巧，相对孰为雄。
老去卧丘壑，说此诧儿童。

水调歌头·望华山

天地赋奇特，千古壮西州。三峰屹起相对，长剑凛清秋。
铁锁高垂翠壁，玉井冷涵银汉，知在五云头。
造物可无物，掌迹宛然留。
记重瞳，崇祀秩，答神休。真诚若契真境，青鸟引丹楼。
我欲乘风归去，只恐烟霞深处，幽绝使人愁。
一啸蹇驴背，潘阆亦风流。

事实上，李齐贤对李白不止仰慕，简直是喜爱至极。他不但注释过李白的《清平乐》，潜心研究过李白的作品，而且所作诗歌，很多体裁都与李白相类，甚至径用其题，如《蜀道难》、《古朗月行》等，至于用其句、用其意之处，不胜枚举。诗如此，词也深受其影响。以上两首作品连同前面的《过华阴》就是很好的例子。这里面不但有《蜀道难》的影子在里面，也有李白写华山的两首诗的影子在里面。如：

西岳云台歌送丹丘子

西岳峥嵘何壮哉，黄河如丝天际来。
……
巨灵咆哮擘两山，洪波喷流射东海。
三峰却立如欲摧，翠崖丹谷高掌开。
白帝金精运元气，石作莲花云作台。
……

西上莲花山

西上莲花山，迢迢见明星。
素手把芙蓉，虚步蹑太清。
霓裳曳广带，飘拂升天行。
……

取前者写景之实，用后者登山之虚。其中不但掺杂化用了三首诗的词藻，甚至连手法、意境、风格也都可看出学习的痕迹，特别是意境创造上。李白山水诗的突出特点就是，善于运用极度夸张、反复渲染的手法，以大开大阖、汪洋恣肆之笔墨，描绘那种自由奔放、奇态横生、壮丽瑰伟、超出常境的阔大画卷。写山水而能如此笔酣墨饱、淋漓尽致，一变清丽幽美之低唱而为雄奇壮美之高歌者，本自李白始。人言益斋词"写景极工，笔姿灵活"、"凡闳博绝特之观，皆已包括在词内"，这样的成就，固决定于李齐贤本身的性情、才气和胸襟，但也不能否认其得益于李白者甚多。

5.3.2　东坡风范

苏东坡在高丽朝乃至其后的整个韩国汉文学史上，一直影响深远。在中国，金元时期的文学创作，特别是在词方面，受苏轼的影响也特别大。金元之际，"苏学盛于北"已成共识。所以李齐贤无论是在高丽还是在中国，一直都在苏轼影响范围的笼罩之下。而李齐贤本人对苏轼也一直景仰有加，《益斋乱稿》中有一篇《苏东坡真赞》：

金门非荣，瘴海何惧。野服黄冠，长啸千古。

这篇赞的题下有注云："黄冠横策，坐啸石上。"应该是对李齐贤所见到的苏东坡的画像的大致描述。这篇赞文虽然仅有四句，但前两句勾勒出了苏轼的人生经历，后两句描绘出了苏轼的精神风貌，既写出了苏轼的宦海浮沉，也写出了苏轼的潇洒风姿，如此恰中肯綮、深刻传神，恐非深知苏轼者所能办，同时这里也流露出了对苏轼的钦慕和喜爱。这诸多因素加到一起，就令李齐贤的词所受苏轼的影响不但广而且深。这一点中韩学者已成共识，前辈学者如夏承焘等人自不必说，今人如黄拔荆也说："李齐贤填词的路子走的是苏东坡、元遗山一派，极力效法其清新洒脱、雄浑豪放的风格，并且用力甚深。"①韩国学者柳基荣也说，李齐贤的词，"其中不难看出苏轼对他的影响。"②归结起来，苏轼对李齐贤的影响，主要表现在以下几个方面：

5.3.2.1 模其句

模其句，就是模仿苏东坡的句式。如"犹想居士胸中，倚天千丈气，星虹闲发"③，仿"遥想公瑾当年，小乔出嫁了，雄姿英发"④；"我欲乘风归去，只恐烟霞深处，幽绝使人愁"⑤，仿"我欲乘风归去，又恐琼楼玉宇，高处不胜寒。"⑥；"人世几时能少壮，宦游何处计东西。起来聊欲舞荒鸡"⑦，仿"谁道人生无再少，门前流水尚能西，休将白发唱黄鸡。"⑧苏轼的《念奴娇·赤壁怀古》和《水调歌头》（明月几时有）自问世之后，其中名句时人及后世多有模仿，李齐贤模仿这样的句子不足为奇。但对《浣溪沙》一首的模仿就看出李齐贤对苏轼的喜爱非同一般了。《浣溪沙》这首词的知名度和传播的程度不但与《念奴娇·赤壁怀古》、《水调歌头》（明月几时有）这样的传世名篇无法相比，即便与《水龙吟》（似花还似非花）、《卜算子》（缺月挂疏桐）、《定风波》（莫听穿林打叶声）、《蝶恋花》（花褪残红青杏小）这些作品相比也远有不及。对于这样一首并没有引起广泛关注的词李齐贤都能着意模仿，说明李齐贤对苏轼词的了解和喜爱已经到了入细入微的程度，那么他所受苏轼词的影响必然也到了入细入微的程度。值得注意的是，李齐贤对苏轼的模仿并非机械的模仿，这些句子

---

① 黄拔荆：《试论中国豪放派词风对朝鲜词词人李齐贤的影响》，《国外文学》，1990年第2期，第198页。
② 柳基荣：《苏轼与韩国词文学的关系》，《复旦学报》，1997年第6期，第94页。
③ 《大江东去·过华阴》。
④ 《念奴娇·赤壁怀古》。
⑤ 《水调歌头·望华山》。
⑥ 《水调歌头·丙辰中秋，欢饮达旦，大醉，作此篇，兼怀子由》。
⑦ 《浣溪沙·早行》。
⑧ 《浣溪沙·游蕲水清泉寺，寺临兰溪，溪水西流》。

放在他的词里浑然一体，不知道模仿出处的人根本看不出来。并且这些句子不仅得苏轼词句之形，而且得其神韵。如"犹想"句写李白的豪迈潇洒，即与"要想"句写周瑜的意气风发有通神之处。其他两个例子也是这样，"我欲"两句同得孤凉况味，"人世"几句虽然透露出几分人生短暂、宦海浮沉的无奈与悲凉的情绪，但"舞荒鸡"三字用祖逖、刘琨闻鸡起舞事，则表现出了一种不甘寂寞、昂扬向上的精神，这与苏轼词中所包含的那种不肯向命运低头、乐观自信的精神是一脉相承的。由此可以看出李齐贤对苏轼词的领会之深和运用之灵活。

5.3.2.2　步其韵

步其韵，就是依苏轼原韵作词。代表作是《大江东去·过华阴》。这首词是完全依苏轼的《念奴娇·赤壁怀古》的韵脚而作的。这首词几乎成了苏轼词的一个代表，一直备受称赞。如宋代的胡仔就说："东坡《大江东去》赤壁词，语意高妙，真古今绝唱。"[1]清代的李佳也说："东坡词如《水龙吟》咏杨花，《水调歌头》丙辰中秋作，皆极清新。最爱其《念奴娇·赤壁怀古》云：（略）淋漓悲壮，击碎唾壶，洵为千古绝唱。"[2]不但如此，从宋至元，和词不断。据《左庵词话》载："金粟香笔记，辑录前后用东坡《念奴娇·赤壁怀古》元韵，不下数十阕，间有佳作。"[3]又据今人王兆鹏先生的统计，宋金元人和东坡此词的作品多达31首，李齐贤的这首词排在第30。[4]前人对这首词的热爱程度由此可见一斑。在这些和作之中，李齐贤的这篇《大江东去》应该是"间有佳作"之一。这首词是李齐贤从燕京奉使峨嵋，道经华阴时，见华山风景奇绝，想当年风流人物，于是有感于怀，挥洒而作。我们可以把这两首词的用韵情况做一个比较，这样会看得更清楚一些。按《钦定词谱》所载，《念奴娇》这一词调有仄韵、平韵两种情况，每种情况又各有数体，而且别名很多：

《碧鸡漫志》云：大石调，又转入道调宫，又转入高宫大石调。

---

① 《苕溪渔隐丛话》：《前集》，卷59。
② 李佳：《左庵词话》，卷上。
③ 李佳：《左庵词话》，卷下。
④ 王兆鹏：《唐宋词史论》，人民文学出版社2000年1月版，第117页。

姜夔词注：双调；元高拭词注：大石调，又大吕调。苏轼"赤壁怀古"词，有"大江东去，一樽还酹江月"句，因名《大江东去》，又名《酹江月》，又名《赤壁词》，又名《酹月》；曾觌词，名《壶中天慢》；戴复古词，有"大江西上"句，名《大江西上曲》；姚述尧词，有"太平无事，欢娱时节"句，名《太平欢》；韩淲词，有"年年眉寿，坐对南枝"句，名《寿南枝》，又名《古梅曲》；姜夔词，名《湘月》，自注即《念奴娇》鬲指声；张辑词，有"柳花淮甸春冷"句，名《淮甸春》；米友仁词，名《白雪词》；张翥词，名《百字令》，又名《百字谣》；丘长春词，名《无俗念》；游文仲词，名《千秋岁》；《翰墨全书》词，名《庆长春》，又名《杏花天》。此调有平韵、仄韵二体，凡句读参差、大同小异者，谱内各以类列。①

其中仄韵一体中又分八体，苏轼的这首《赤壁怀古》是其中的变体之一。苏轼还创作了一首被奉为仄韵正体典范的《念奴娇》：

凭空眺远，见长空万里，云无留迹。
⊙○◎● ●⊙○◎● ◎⊙○●

桂魄飞来光射处，冷浸一天秋碧。
◎●◎○○● ◎●○○●

玉宇琼楼，乘鸾来去，人在清凉国。
◎●○○ ⊙○○● ⊙●○○●

江山如画，望中烟树历历。
⊙○○● ●○○●◎●

我醉拍手狂歌，举杯邀月，对影成三客。
◎●◎●○○ ○⊙●● ◎◎○○●

起舞徘徊风露下，今夕不知何夕。
◎●⊙○○●● ⊙●◎○○●

① 《钦定词谱》，卷28上，中国书店1983年3月版，第1918页。

便欲乘风，翻然归去，何用骑鹏翼。

◎●○○　⊙○⊙●　⊙●○●○●

水晶宫里，一声吹断横笛韵。

◎○○●　◎○○●●●

词下还有奉此词为正体的正名文字：

此调仄韵词，以此词为正体，若苏词别首"大江东去"词、姜夔"五湖旧约"词，句读参差；姜夔"闹红一舸"词、张炎"行行且止"词，多押一韵；张炎"长流万里"词，多押两韵；及张辑、赵长卿词之添字，皆变体也。[1]

另外，依《词谱》，《赤壁怀古》一词的用韵情况如下：

大江东去，浪淘尽、千古风流人物。

●○○●　●○●　○●○○○●

故垒西边，人道是、三国周郎赤壁。

●●○○　○●●　○●○○●●

乱石穿空，惊涛拍岸，卷起千堆雪。

●●○○　○○●●　●●○○●

江山如画，一时多少豪杰。

○○○●　●○○●○●

遥想公瑾当年，小乔初嫁了，雄姿英发。

○●○○●○　●○○●●　○○○●

羽扇纶巾，谈笑处，樯橹灰飞烟灭。

●●○○　○●●　○●○○○●

---

① 《钦定词谱》，卷28上，中国书店1983年3月版，第1918页。

故国神游，多情应笑我，早生华发。

●●○○　○○●●●　●○○●

人间如寄，一尊还酹江月。

○○○●　●○○●○●

《词谱》中所著录的这首词与通行本在个别字句上有所不同，如"谈笑处"通行本一般作"谈笑间"，"人间如寄"通行本一般作"人间如梦"，但这对平仄变化影响不大，"寄"、"梦"同为仄声字，而"谈笑间"的"间"亦可作"间隙"解，所以也可与"处"同视为仄声字。李齐贤的《大江东去》的用韵情况，依平水韵标注如下：

三峰奇绝，尽披露、一掬天悭风物。

○○○●　●●●　●○○○○●

闻说翰林，曾过此，长啸苍松翠壁。

○●●○○　○●●　○○○●●●

八表游神，三杯通道，驴背须如雪。

●●○○　○○○●　○●○○●

尘埃俗眼，岂知天上人杰。

○○●●　●○○●○●

犹想居士胸中，倚天千丈气，星虹闲发。

○●●●○○○　●○○●●　○○○●

缥缈仙踪，何处问，箭筈天光明灭。

●●○○　○●●　●●○○○●

安得联翩，云裾霞佩，共散麒麟发。

○●○○　○○○●　●○○○●

花间玉井，一樽轰醉秋月。

○○●●　●○○●○●

比较之后，我们不难发现，李齐贤的这篇作品不但韵脚与苏轼的作品完全相同，而且通篇所用字词的平仄情况，除个别字如"三、揪、闻、翰、驴、安、霞"平仄互异之外，其余的也完全相同。不过，即便是这几个不同的，如果按照前面所引的苏轼所作的《念奴娇》的正体的平仄要求来看，都是可平可仄的。次韵之作在通篇的平仄使用上能做到如此地步，对于中国的词人来说可能不足为奇，但对于李齐贤这样的高丽词人来说，就极其难能可贵了。

另外，这首词不只在用韵上，甚至从措辞到句式、笔法、篇章结构，都受《念奴娇·赤壁怀古》的影响。句式已不用说，笔法如开篇写景、中间转换，都如出一辙。结构上从眼前景到过去事，复到眼前人的安排，包括以樽酒明月作结，完全一样。还有，就词中所写来看，"苏轼是在江上怀念周瑜，李齐贤则在山前怀念李白，不但次韵，亦且借境，从仿效中又别开生面，可谓善学善化。"①

5.3.2.3 化其意
就是化用苏轼诗词的句意。这样的例子非常多，如：

"空使毛群欺卧驼"（《沁园春·将之成都》）化用苏轼"扰扰毛群欺卧驼"（《百步洪》其二）。

"碧筩醇酎气相通"（《鹧鸪天·饮麦酒》）化用苏轼"碧桶时作象鼻弯，白酒微带荷心苦"（《泛舟城南，会者五人，分韵赋诗，得"人皆苦炎"字四首》之三）。

"堂前杨柳经摇落，壁上龙蛇逸杳茫"（《鹧鸪天·扬州平山堂今为巴哈师所居》）化用苏轼"壁上龙蛇飞动"、"仍歌杨柳春风"（《西江月·平山堂》）。

"小辇中有，渔阳胡马，惊破霓裳"（《人月圆·马嵬效吴彦高》）化用苏轼"游人指点小辇处，中有渔阳胡马嘶"（《眉子石砚歌赠胡阆》）。

"圆又缺，空使早生华发"（《玉漏迟》）化用苏轼"多情应笑我，

---

① 柳基荣：《苏轼与韩国词文学的关系》，《复旦学报》，1997 年第 6 期，第 95 页。

早生华发"(《念奴娇·赤壁怀古》)。

"白鱼兼白酒，径到无何有"(《菩萨蛮·舟中夜宿》)化用苏轼
"此间道路熟，径到无何有"(《午窗坐睡》)。

"断虹残照有无中，一鸟没长空"(《巫山一段云·北山烟雨》)
化用苏轼"欹枕江南烟雨，杳杳没孤鸿。认得醉翁语，山色有无中"
(《水调歌头·黄州快哉亭赠张偓佺》)。

"临风白马紫金鞿，欲去惜芳菲"(《巫山一段云·青郊送客》)化
用苏轼"门前骢马紫金鞿"(《作书寄王晋卿忽忆前年寒食北城之游走
笔为此诗》)。

"堪笑书生、谬算狂谋"(《沁园春·将之成都》)化用苏轼"狂谋谬
算百不遂，惟有霜鬓来如期"(《送安敦秀才失解西归》)。

从上面所举的例子可以看出，李齐贤化用苏轼的诗句、词句的范围非常广
泛，数量也很多，而且大多都能做到信手拈来，意到笔随，融合无间，并无
生搬硬套，机械板滞之感。在方式上，李齐贤对苏轼诗词的化用，则不拘一
格。有的用其整句，有的用其词语，有的浓缩其意，有的别有生发，极见灵
活。其实，李齐贤最了不起的地方就是充分吸收中国文化的同时，能够别有
开创，既能入乎其内，又能出乎其外。对苏轼诗词的接收也是这样，不仅能
够吃通吃透，吸其精华，还能根据自己的理解，根据自身的情况，因地制宜，
另做改造。如"临风白马紫金鞿，欲去惜芳菲"一句，变"骢马"为"白马"，看
似微不足道，但这里面未尝没有"好白"的民族心理积淀在起作用，而且也不
排除李齐贤从本民族的审美心理取向出发特意作此改动的可能。另外这一改
动体现在词中，色彩对比更鲜明，情景更华美。"堪笑书生、谬算狂谋"一句变
通，也很见技巧。这种灵活变通的能力，活学活用的能力，或者如柳基荣所
说"善学善化"的能力，是李齐贤远超常人的地方。

5.3.2.4 学其风

益斋词的豪放词风是有目可见的，而苏轼是豪放词的开创者。夏承焘说
李齐贤"翘企苏轼"、"有遗山风格"，主要就是就此而言的。苏轼的豪放词其实

不多，真正能体现其豪放风格的其实也就《江城子·密州出猎》、《念奴娇·赤壁怀古》两首。但这两首词却影响极大，特别是《赤壁怀古》这首词，在词坛上掀起轩然大波。王兆鹏在对这首词的历代入选次数、历代品评次数、后人追和词书作过详细统计之后，得出这样的结论：

> 宋金元人最喜爱的东坡词，是《念奴娇》赤壁词。……也是知名度最高，最受词人青睐的典范之作！……《念奴娇》赤壁词也是最受词选家和词评家喜爱、关注的作品。看来，苏轼《念奴娇》赤壁词是唐宋词中当之无愧的"第一"名篇。[①]

这首词在宋代的影响自不必说，金元两朝，影响同样深远。我们甚至可以说，金元之际，"苏学北行"的典范标志之一应该就是苏轼这首词的深受喜爱。金代词人最具代表性的人物除吴激外，蔡松年、赵秉文、元好问都写过这首词的和词，蔡松年还写了两首。元代的白朴、张之翰、李孝光也都有和作。其实我们说李齐贤受苏轼风格的影响，主要是受这首《念奴娇·赤壁怀古》的影响。前面夏承焘所举的《过华阴》、《过大散关》、《望华山》等词，说是遗山风格，不如说是《念奴娇·赤壁怀古》风格更确切些。严格意义上来说，苏轼词对金元词风的影响，主要也是《念奴娇·赤壁怀古》的风格。

其实，苏轼对后世文人的影响，更多的是精神方面的，也就是说主要是苏轼本人的影响，更多的是他的豁达的胸襟、潇洒的性格、不羁的情怀在影响后人。在这方面李齐贤所受苏轼的影响也更大些，更深入些，这一点在他写的《苏东坡真赞》中已经透露出来了。他的《沁园春·将之成都》所表现出来的豪迈不羁的书生意气，也能看得出苏轼这方面的影响。作品的风格，其实就是人的风格的文字体现。益斋学苏轼之风，不只是学其词的风格，也是学其人的风格。

5.3.3　松雪情怀

毋庸置疑，在万卷堂的这个文人圈子里，李齐贤与之过从最密、所受影

---

① 王兆鹏：《唐宋词史论》，人民文学出版社 2000 年 1 月版，第 119 页。

响最大的应该首推赵孟頫。除了前面提过的三首诗以外,《益斋乱稿》中还多有与赵孟頫相关的诗句,如"吴江清胜天下稀,我初闻之赵松雪"(《吴江又陪一斋用东坡韵作》),"独爱息斋与松雪,丹青习俗一洗空"(《和郑愚谷题张彦甫云山图》)等。李齐贤之所以对赵孟頫由衷钦羡,赵孟頫之所以对李齐贤护爱有加,固然有忠宣王的原因,但更主要的还是两个人之间的惺惺相惜。众所周知,赵孟頫最著名的是他的书画,但实际上,赵孟頫的多才多艺远超众人想象,精书工画之外,他还能诗善文,懂经济,擅金石,通律吕,解鉴赏。而李齐贤恰恰也是一个多才多艺之人,其文学、史学、经学、理学、书法、绘画均有一定造诣。这样的两个人,难免一见如故。赵孟頫与李齐贤还有心理上的相通之处。赵孟頫原是宋朝皇室赵德芳的后代,托身异朝,虽有不得已的苦衷,但终觉有愧先人,有损节操,而且一直得不到家人的谅解,朝中也有不少大臣对他指指点点。所以尽管身居高位,内心深处却总有无限孤独之感。李齐贤远赴异国他乡,置身陌生环境,尽管有忠宣王的关照提携,中国又是泱泱大国,有他诸多神往之处,但毕竟孤身漂泊,所以尽管风光无限,内心深处却未免有辗转浮萍之感。这应该也是两个人相交契合的潜在的深层原因之一。不过,如论影响,赵孟頫对李齐贤的影响主要还是在文艺方面,书画诗词均有影响。而李齐贤的八景词,虽然并非题画之作,但从本质上讲,却与书画诗均有关联。再从深层次上看,书画诗词原本一理,颇多相通之处。所以,李齐贤八景词所受赵孟頫的影响,就不仅是内容题材、表现手法那么简单了。当然,这些也是最起码的东西。就词而言,赵孟頫对李齐贤的影响,主要表现在八景词的创作上,具体有以下两个方面:

5.3.3.1 选题选材上的相同

在中国,以组词写景,肇端于欧阳修。欧阳修晚年退休后,居于颖州,写了十首《采桑子》词歌咏颖州西湖风光。其后则有周密的《木兰花慢·西湖十景》,李齐贤的《巫山一段云》无疑是对这类联章写景词的继承和发展,但实质关联不大。与之关联最大,对其影响最深的还是赵孟頫。赵孟頫不但有联章写景词,而且他的组词也以《巫山一段云》为题,而且写的是山水风光,而非园湖之胜。

当然，以《巫山一段云》为题作词并非始于赵孟頫。从现存文献来看，《巫山一段云》最早见录于唐崔令钦的《教坊记》，现存词作中，当以晚唐昭宗李晔的作品为最早，其词如下：

巫山一段云 上幸蜀宫人留题宝鸡驿壁

缥缈云间质，盈盈波上身。
袖罗斜举动埃尘。明艳不胜春。
翠鬟晚妆烟重。寂寂阳台一梦。
冰眸莲脸见长新。巫峡更何人。

蝶舞梨园雪，莺啼柳带烟。
小池残日艳阳天。苎萝山又山。
青鸟不来愁绝。忍看鸳鸯双结。
春风一等少年心。闲情恨不禁。

这两首词见诸《尊前集》。不过，此词的体式明显与李齐贤所选用的不同。其后欧阳炯、毛文锡、李珣均各有《巫山一段云》词传世。

欧阳炯词：

绛阙登真子，飘飘御彩鸾。
碧虚风雨佩光寒。敛袂下云端。
月帐朝霞薄，星冠玉蕊攒。
远游蓬岛降人间。特地拜龙颜。

春去秋来也，愁心似醉醺。
去时邀约早回轮。及去又何曾。
歌扇花光黦，衣珠滴泪新。
恨身翻不作车尘。万里得随君。

毛文锡词：

雨霁巫山上，云轻映碧天。

远风吹散又相连。十二晚峰前。

暗湿啼猿树，高笼过客船。

朝朝暮暮楚江边。几度降神仙。

貌掩巫山色，才过濯锦波。

阿谁提笔上银河。月里写嫦娥。

薄薄施铅粉，盈盈挂绮罗。

菖蒲花役魂梦多。年代属元和。

李珣词：

有客经巫峡，停桡向水湄。

楚王曾此梦瑶姬。一梦杳无期。

尘暗珠帘卷，香销翠幄垂。

西风回首不胜悲。暮雨洒空祠。

古庙依青嶂，行宫枕碧流。

水声山色锁妆楼。往事思悠悠。

云雨朝还暮，烟花春复秋。

啼猿何必近孤舟。行客自多愁。

这三个人的词体与赵孟頫和李齐贤相同，四十四字，前后片各四句，三平韵。他们也是较早的用这种体式的《巫山一段云》作词的人。内容都是以巫山神女与楚襄王的香艳故事为依托。欧阳炯的词纯写神女相思，毛、李二人的词中参入了行役之感和怀古之思，虽然都未离神女事，但已经可以看出题材上的演进痕迹。这种演进痕迹到赵孟頫这里表现得就更为突出了。赵孟頫的词虽然还是与巫山有关，但其关注点已经不是在人，而是在景。他的《巫山一段云》共十二首，分咏巫山的十二峰。其词如下：

净坛峰

叠嶂千重碧，长江一带清。
瑶坛霞冷月胧明。欹枕若为情。
云过船窗晓，星移宿雾晴。
古今离恨拨难平。惆怅峡猿声。

登龙峰

片月生危岫，残霞拂翠桐。
登龙峰下楚王宫。千古感遗踪。
柳色眉边绿，花明脸上红。
欲寻灵迹阻江风。离思杳无穷。

松鹤峰

枫鹤堆岚霭，阳台枕水湄。
风清月冷好花时。惆怅阻佳期。
别梦游蝴蝶，离歌怨竹枝。
悠悠往事不胜悲。春恨入双眉。

上升峰

云里高唐观，江边楚客舟。
上升峰月照妆楼。离思两悠悠。
云雨千重阻，长江一片秋。
歌声频唱引离愁。光景恨如流。

朝云峰

绝顶朝云散，寒江暮雨频。
楚王宫殿已成尘。过客转伤神。
月是巫娥伴，花为宋玉邻。
一听歌调一含颦。幽怨竹枝春。

集仙峰

雨过苹汀远，云深水国遥。
渡头齐举木兰桡。纤细楚宫腰。
映水匀红脸，偎花整翠翘。
行人倚棹正无聊。一望一魂销。

望霞峰

碧水鸳鸯浴，平沙豆蔻红。
云霞峰翠一重重。帆卸落花风。
淡薄云笼月，霏微雨洒篷。
孤舟晚泊浪声中。无处问音容。

栖凤峰

芍药虚投赠，丁香漫结愁。
凤栖鸾去两悠悠。新恨怯逢秋。
山色惊心碧，江声入梦流。
何时弦管簇归舟。兰棹泊沙头。

翠屏峰

碧水澄青黛，危峰耸翠屏。
竹枝歌怨月三更。别是断肠声。
烟外黄牛峡，云中白帝城。
扁舟清夜泊苹汀。倚棹不胜情。

聚鹤峰

鹤信三山远，罗裙片水深。
高唐春梦杳难寻。惆怅到如今。
十二峰前月，三千里外心。
红笺锦字信沉沉。肠断旧香衾。

望泉峰

晓色飘红叶，平沙枕碧流。
泉声云影弄新秋。触处是离愁。
脸泪横波漫，眉攒片月收。
佳人欲笑卒难休。半整玉搔头。

起云峰

袅娜江边柳，飘摇岭上云。
卸帆回棹楚江滨。归信夜来闻。
欲拂珊瑚枕，先董翡翠裙。
江头含笑去迎君。鸾凤尽成群。

应该说赵孟頫的这些词依然还存在巫山神女的痕迹，如《松鹤峰》、《上升峰》、《集仙峰》、《聚鹤峰》等，多写相思含怨，美女魂销，即便不是直写巫山神女，也带着巫山神女的风采韵味。但一则这种情怀与欧阳炯等人的词相比已经淡了很多，二则这里写景的比例加大了很多，而且首首不离写景。中国的词原本纯写景的作品很少，赵孟頫在这里标举十二峰，可以说是典型的写景词了。以李齐贤和赵孟頫的交往以及他对赵孟頫的敬仰，这组词他当然不可能见不到，加之他在中国的山水游历，见到后产生创作冲动，于是有了《潇湘八景》和《松都八景》也是顺理成章的事情。如此说，还有这样几点理由：其一，从选题上看，如前所述，以组词写景的传统在宋代就已经有了，欧阳修、周密两个人的名气都很大，特别是欧阳修，在高丽朝的影响也很深远，可是李齐贤却没有使用《采桑子》或者《木兰花慢》作为词牌来写景，而是用《巫山一段云》，这已经足以说明问题。更何况李齐贤对欧阳修原本就很熟悉，他的《朝中措》已经很好地说明了这一点，而《木兰花慢》这个词牌李齐贤更不陌生，他的词作中已经使用过这个词牌，在这种情况下他仍然选用《巫山一段云》来写，从李齐贤所接触的范围来看，只能说是受赵孟頫的影响了。其二，从笔法上看，如前所述，赵孟頫对李齐贤的书画艺术以及创作理念都有很深的影响，这一点陈明华在他的《从万卷堂看赵孟頫对高丽文人书画的影响》一文中已经说得非常透彻。[①]李齐贤的八景词虽非题画之作，但描绘出来的却是典型的一幅幅画面，包蕴着画理，特别是其中浓浓的水墨山水的味道，给人以鲜明的水墨浸润之感，而赵孟頫的山水画恰是师法董源、李成，以笔墨圆润苍秀见长，讲究的就是水墨浸润，李齐贤的写景笔意源自于此应该是没有疑问的。其三，从题材上看，这已经不用多说了，两个人在题材上的相通是一目了然的事。所以衣若芬说："赵孟頫《巫山一段云》词由于以'巫山十二峰'的十二个山峰为对象，已较前人增加了写景的比例；而到了李齐贤笔下，'巫山'的题材被'潇湘八景'和'松都八景'取代，成为描写自然风景的作品。"[②]

---

① 陈明华：《美育》，第88卷，第45—54页。
② 衣若芬：《李齐贤八景诗词与韩国地方八景之开创》，《中国诗学》，第9辑，第150页。

5.3.3.2 托意山水的情怀

赵孟頫在元朝看似尊崇荣光，惹人欣羡，其实自家事情自家知，他活得很累。从本质上来讲，赵孟頫是一个有思想有抱负的人，他想有所作为，想出仕，但又背负着沉重的历史包袱，难于出仕。他虽然是宋朝的皇室后裔，但其母系旁室，他本人是庶出，地位不高，家境也不宽裕，所以他实际上也需要出仕，但却要顾及名节，无法出仕。问题是，出不出仕，实际上根本不由他作主。作为前朝遗民，他的命运根本就不能掌控在他的手里。所以他一直是处在出仕也难，不出仕也难的尴尬境地。特别是被迫出仕后所遭到的一片谴责和白眼，让他的心灵饱受煎熬，原本的"往事已非那可说，且将忠直报皇元"信念不断动摇，于是在能不出仕的情况下，赵孟頫尽量避免出仕，多次辞官。但又屡被征召。仁宗即位后，他更是青云直上，极受眷宠。然其内心也是痛苦益甚。这在他的诗歌中多有反映。如著名的《罪出》诗就很能反映出他的真实心境。又如《自警》："齿豁童头六十三，一生行事总堪惭。惟余笔砚情犹在，留与人间作笑谈。"很有惭愧不已，任人评说的味道。这些使他的内心不但痛苦，而且孤独，没有归属感，如其《浪淘沙》中所言："无主桃花开又落，空使人愁。"这诸多烦忧搅在一起，充溢于胸，无处宣泄的时候，难免会寄情山水。所以读赵孟頫的《巫山一段云》词，总觉得里面有一种无奈和忧伤。李齐贤所接触的赵孟頫恰恰是晚年的赵孟頫。在中国时，李齐贤未必明白赵孟頫的心境，但1341年归国之后，所遭遇到的群小的攻击，忠惠王的失政，忠定王的即位等一系列事件，让这位有远见卓识的朝廷重臣伤怀不已，所以才有了全身远害的想法。这时自然而然的要向山水靠近，同时也就更能体会当年赵孟頫山水中所寄托的情怀。此时的李齐贤虽不至于像赵孟頫那样忧苦无端，但却知道托意山水是一种很好的消遣心情的方式，其实这也是中国传统文人常用的一种方式，只是李齐贤与赵孟頫交往较多，受其影响更大、更直接罢了。李齐贤的八景词所以显得沉静、老练，不仅是艺术上的成熟，其实也是心态上的成熟的表现。

5.3.4　故园传统

很多李齐贤的研究者，在研究李齐贤的时候，习惯于看到中国对李齐贤的影响，却看不到本国对李齐贤的影响；或者习惯于看到李齐贤对后世的影响，却看不到前人对李齐贤的影响。李齐贤毕竟是韩国历史长河中的人物，在他身上不可避免的要打上韩国历史文化的烙印，这种民族所赋予个人的文化命运，是任何一个没有脱离本民族的人都避免不了的。李齐贤当然不能例外。他的词文学创作，无论是在形式上还是在内容上，都有本土根基。这至少表现在两个方面：

5.3.4.1 八景的固有渊源

在韩国，八景词的作者李齐贤是第一人，但八景诗的传统却由来已久。李齐贤之前，就已经有很多人写过此类组诗。除了前面提到过的陈澕、李仁老之外，还有金克己写过《江陵八景》：《绿筠楼》、《寒松亭》、《镜浦台》、《崛山钟》、《安神溪》、《佛华楼》、《文珠（殊）堂》、《坚造岛》。李奎报更是写了《次韵惠文长·水多寺八咏》、《奇尚书退食斋八咏并引》[①]、《次韵李平章仁植虔州八景诗并序》（两组 16 首）、《次韵李相国复和虔州八景诗来赠》（两组 16 首）、《次韵复和李相国八景诗各一首》、《次韵英上人见和》[②]，总计共 64 首诗，其中关于潇湘八景的就占 48 首。不仅如此，李奎报的这些创作还反映出了当时八景诗创作的一些信息。其《次韵李平章仁植虔州八景诗》之前有这样一段序：

> 伏蒙相国阁下和晋阳公门客所赋虔州八景诗示予曰：子尝着此八景诗耶？予曰：古今诗人，赋者多矣，未尝不撑雷裂月，争相为警策者。予惧不及，故不敢尔。公固督予赋之。即次韵各成二首奉寄。但未觇诸贤所赋，焉知不有犯韵者耶？此独所恐耳。

这段序文表明，当时不但李仁植写过八景诗，"晋阳公门客"也写过，而且这一题材形式由来已久，"赋者多矣"，其中不乏佳作，以致李奎报这样的

---

① 《东国李相国集》，《前集》卷 2，见《标点影印韩国文集丛刊》（1），民族文化促进会 1988 年 12 月版。

② 《东国李相国集》，《后集》卷 6，见《标点影印韩国文集丛刊》（2），民族文化促进会 1988 年 12 月版。

"雄文大手"也不敢轻易措笔。此其一。其二，从李奎报的题目中我们也可知道，当时写过八景诗的人至少还有惠文长老、奇尚书、英上人等。当时八景诗创作风气之浓，可见一斑。

此外，和李齐贤大略同时而稍早的安轴写过《三陟西楼八咏》[①]、《白文宝按部上谣八首》[②]，李齐贤自己也写过《忆松都八咏》和《和林石斋尹樗轩用银台集潇湘八景韵》[③]。种种情况表明，八景系列形式的诗歌在韩国诗歌史上有很深的历史渊源，李齐贤八景系列诗词不仅吸取了中国诗词创作的营养，同时也是植根于本国的历史文化土壤之中的。

5.3.4.2　前人词作的影响

李齐贤之前，高丽文学史上已经有词作品问世，而且不乏写景抒怀制作，诸如金克己、慧谌等。我们无法探知李齐贤是否读过这些作品，而且从现有资料显示来看，没读过的可能更大一些，但在一个国家，一个民族，很多东西未必靠口耳相传，更多的时候是一种精神传承。前面我们已经讨论过金克己和慧谌的词作。金克己的词也主要是以写景为主的，如《忆江南》写锦城山，《采桑子》写多景楼，其经典笔法就是时而健笔凌云，时而精雕细刻，而且转换自然，如在"灵岳莫高焉"之后接"幽谷虎曾跑石去，古湫龙亦抱珠眠"，在"一握去青天"之后接"松寺晚钟传绝壑，柳村寒杵隔孤烟"，在"长风忽起吹高浪，翻涌银山"之后接"晓气凄微送嫩寒"。而李齐贤的很多笔法与此相似。如在"南浦寒潮急，西岑落日催"之后接"云帆片片趁风开。远映碧山来"，在"森森万树立无声"之后接"空翠袭人清"，在"雨霁长江碧，云归远岫青"之后接"一边残照在林坰"，在"万壑烟光动，千林雨气通。五冠西畔九龙东"之后接"水墨古屏风"，在"澹澹青空远，亭亭碧巘重。忽惊雷雨送飞龙"之后接"欲洗玉芙蓉"等，其理相通。

另外，在金克己和慧谌的创作中不仅都存在着一个写景的传统，而且还

---

① 安轴：《谨斋集》，卷1，见《标点影印韩国文集丛刊》（2），民族文化促进会1988年12月版，第452页。

② 安轴：《谨斋集》，卷2，见《标点影印韩国文集丛刊》（2），民族文化促进会1988年12月版，第471—472页。

③ 《益斋乱稿》，卷3，亚细亚文化社1973年7月版，第83、94页。

有一个喜用豪纵之笔来写景的传统，金克己的不必说，慧谌的《渔家傲·渔父词》中的"落落晴天荡空寂，茫茫烟水漾虚碧。天水浑然成一色。望何极，更兼芦花秋月白"之语，意境苍茫阔大，也表现出了这一点。这与李齐贤的以健笔写豪情颇有相通之处。这一点虽然在李齐贤的作品中还看不到直接影响，但这种对山水的关注和以壮语写清景的传统对李齐贤的潜在影响肯定是有的。实际上不光是在这两个人的词中，在李齐贤以前的高丽文坛中，一直有这样的一种传统。退一步讲，上述两人虽未必能对李齐贤产生影响，但这种传统则必不可少的要对李齐贤的词文学创作产生影响。

5.4 词坛宗主：李齐贤词的深远影响

在韩国历史上，李齐贤无疑是一个出类拔萃的人物，他无论在政治作为、学识修养，还是文学创作上，都有令后人瞩目的巨大成就。所以，柳西涯在《重刊益斋文集跋文》中说："高丽五百年间名世者多矣！求其本末兼备，始终一致，巍然高出，无可议焉者，惟先生有焉。"[1]金泽荣则称他"为韩国三千年之第一大家"[2]。足见后人对他的推崇。特别是在词文学创作上，李齐贤地位极尊，贡献极大，影响极深。可以这样说，古代韩国因为有了李齐贤，才有了真正意义上的词文学创作，才有了后来词文学创作的延续和发展。虽然韩国的词文学早在高丽宣宗六年（甚至更早以前）就已经有了创作，后来的高丽睿宗，再后来的金克己、李奎报也有作品流传了下来，但都未能像李齐贤那样有着左右韩国词坛走向的巨大而深远的影响。尽管李奎报在词文学方面的影响也不可谓不大，但同李齐贤相比，就要逊色得多了。李齐贤对后世词文学的影响非常广泛，涉及到了词文学创作的方方面面，就大的方面而言，如创作题材、创作风格、创作手法等；就小的方面而言，则包括词调的选择、句法句式、用韵习惯等等。其中最主要的，有两大"开创"和一大"树立"。

---

① 李齐贤：《益斋乱稿》，见《标点影印韩国文集丛刊》（2），民族文化促进会1970年7月版，第498页。
② 金泽荣：《金泽荣全集》，转引自朴忠禄：《沧江金泽荣的文学评论》，见《朝鲜文学论稿》，北京大学出版社1994年11月版，第86页。

5.4.1　开创了以词写景的文学范式

首先要说明的是，李齐贤的诗歌成就很高，也很能反映人民的愿望和实际生活情况。如他早期的诗《少年行》、《七夕》，就反映出了 14 世纪初高丽人民对和平、安定生活的向往。另外还写了一些反映农民的贫困和疾苦的作品。如《促织》。另如《小乐府》更是韩国诗坛的精品。但韩国诗歌成就不下于李齐贤的人有很多，诸如在他之前有崔致远、李奎报，在他之后有丁若镛等。但在词文学创作上，李齐贤的成就几乎是空前绝后，没有可与之比肩者。尤其是他的写景词，无论就数量还是质量而言，都非常杰出。李齐贤流传下来的词作共 53 首，其中除了《沁园春·将之成都》、《江神子·七夕冒雨到九店》、《鹧鸪天·九月八日寄松京故旧》、《玉漏迟》等或写思乡怀人，或写人生感慨；《鹧鸪天·饮麦酒》叙饮酒事；《浣溪沙·黄帝铸鼎原》、《蝶恋花·汉武帝茂陵》、《人月圆·马嵬效吴彦高》、《满江红·相如驷马桥》、《鹧鸪天·扬州平山堂今为巴哈师所居》、《洞仙歌·杜子美草堂》、《木兰花慢·长安怀古》等咏史怀古；《木兰花慢·书李将军家壁》写朋友交游之情外，其他四十首作品都是写景之作，或者以写景为主，占其全部作品的 80% 左右。特别是他的《巫山一段云》系列写景词，堪称是韩国古代写景词的巅峰之作，成为后世词人竞相仿效的典范。据笔者所见，李齐贤之后，朝鲜词坛很多较有名的词人都有以《巫山一段云》为题的写景词，而且特别喜欢以"八景"为题。著名的如郑誧和李谷的《蔚州八咏》，郑道传、权遇和崔演的《新都八景》，另外崔演还有《题集胜亭十咏》和《定州迎春堂八咏》，也可列入到这一范围中来，还有李养吾的《谨次益斋李先生潇湘八景》、姜希孟的《潇湘八景》等均是依韵奉和，更属此列。姜希孟甚至还在词的序言里直接说："先君戴敏公雅好书画，……其中奇爱者，益斋文忠公所作潇湘八景巫山一段云八首。乃其手翰也。……希孟虽在童卯，未尝不欲慕其文章翰墨之妙。"[①] 仰慕之情，溢于言表。此外，安鲁生、李承召、鱼世谦、申光汉、黄俊良、朴成任、申楫、金烋、黄胤锡等人也都有类似的作品。按照柳己洙的统计，终高丽、朝鲜两朝，用《巫山一段云》这个词牌进行创作的词人计有

---

① 　姜希孟：《私淑斋集》，见《标点影印韩国文集丛刊》（12），民族文化促进会 1988 年 12 月，版，第 67 页。

29 人，词作 253 首。虽然这个统计还不完全，其中也并非百分之百的全是写景词，但写景词绝对在 90% 以上，由此可以看出李齐贤影响之一斑。当然，八景以外的写景词还有很多。但归根结底，源头都在李齐贤这里。因为有了他的创作，朝鲜的写景词才开始蓬勃发展，代有传承，蔚为大观；也因为有了他的创作，写景词在朝鲜词坛的主流地位才由此而定，写景词的范式，包括题材选择、表现手法、整体风格、选调用韵、题目形式、构建方式等等也由此而定。关于这方面，有几点是非常明显的：首先是后世词人大多喜欢用李齐贤曾经用以写景的词牌来写景，《巫山一段云》自不必说，另如《水调歌头》、《沁园春》、《念奴娇》等也是如此；其次是多喜欢以组词的形式联章写景，题目制定上多喜欢用整齐的四言；再次是写景词大多写得摇曳生姿、元气淋漓、纵横奔放。而这些模式可以说都是李齐贤给规定下来的。换句话说，李齐贤不仅开创了以词写景的风气，还规划了写景词的范式，这种范式一直延续到朝鲜朝末期，其泽被后人，非只一代，对于朝鲜词坛的贡献，可以说居功至伟。李齐贤之前，虽然也有写景词，如金克己的作品，但一则作品数量少，二则影响面不大，所以不成气候。更为重要的是，由于这种范式的开创和影响，造就了朝鲜词坛与中国词坛迥然不同的风貌。特别是从高丽朝末期到朝鲜朝前期这一段时间，差别明显。而这种差别，又绝不是用简单的好坏高下所能概括得了的。在一定程度上，它体现出了思维习惯、民族心理、地域影响上的差异，或者说文化上的差异。从而使朝鲜词虽然在形式上仍不可避免的受中国词和词人的影响，但在气质上和内容特色、艺术表现上则有了自己的东西。李齐贤在这方面的贡献，不用"伟大"和"深远"，实不足以形容之。

5.4.2 开创了以健笔写豪情的词风传统

李齐贤的词，写景也好，抒情也罢，都能写得磅礴激荡，健笔凌云。其中最具代表性的作品是《大江东去·过华阴》、《水调歌头·过大散关》和《水调歌头·望华山》，不可否认，李齐贤的这种创作风格明显受到了李白和苏轼的影响。李白擅写山水诗，其突出特点就是，变清幽为雄伟，变秀美为壮丽。李白的山水诗开创了二谢山水诗中所从未有过的瑰奇境界，气势奔放，笔意纵横，善用夸张，借助想象，用一种大气魄、大胸襟、大才力来勾勒描绘，笔下之绚烂多姿，前无古人，后无来者。这明显影响到了李齐贤词的内容特点；至于苏轼的影响就更具体到了句式、用韵、笔法甚至篇章结构等方面。这些前文已经讨论过。况且在中国词之豪放传统本由苏轼奠定，这又明显影响到了李齐贤词的形式特色。但我们必须看到而且必须承认的是，李齐贤的词毕竟不同于李白的诗，亦不同于苏轼的词。同样是笔墨纵横，但李齐贤的词写得刚健俊朗，沉雄瑰伟，既有别于李白的飘逸奔放，又有异于苏轼的随意酣畅。或者我们可以这样说，从内在本质上讲，同样是雄健混成的境界，但李齐贤偏重于儒家特质，偏在情；李白偏重于道家境界，偏在意；苏轼偏重于佛家因子，偏在心。故有刚健、飘逸、任心之别。我们说李齐贤的杰出之处，在于既能够吸取别人的精华，又能跳出其藩篱之外而有所树立，即在于此。虽然李齐贤的总体成就未必有李白、苏轼那样大，但就其对韩国词坛的影响而言，其开创之功，则不在李白、苏轼之下。特别是当李齐贤把他所吸收来的东西和自身的学识修养、本国的固有道统结合起来的时候，意义更见重大。所以读李齐贤的词，虽然有李白和苏轼的影子，但我们最终看得到的还是李齐贤，是李齐贤的品性胸襟、李齐贤的怀抱风神、李齐贤的思想境界。这主要是因为他能将李白、苏轼乃至于赵孟頫等人的东西交汇融合然后熔铸于自身，故能个性鲜明而又别具神采。所以徐居正在其《东人诗话》中说他"北学中原，师友渊源，必有所得者"①，其实只说对了一半，李齐贤不只是有所得，还另有所创。可能是受个人的学识性格的影响，李齐贤的词总是豪放中有沉稳，慷慨中有凝重。尽管李齐贤之前，并非没有婉约柔媚的作品，但受他的词的影响，同时可能也是受他的人的影响，朝鲜词坛在相当长的历史时期内，基本上看不到中国词坛从一开始就非常流行的香艳词风，也看不到男女相思、伤春悲秋、羁旅漂泊等充斥着中国词作中的典型意绪，从而开创了朝鲜词坛特有的风尚传统，而且统治朝鲜词坛词风的主流无数年，直到后来许筠的出现才有所改变。

---

①　徐居正：《东人诗话》，见赵钟业编：《增补修正韩国诗话丛编》(1)，太学社 1996 年 5 月版，第 441 页。

5.4.3　树立了朝鲜特有的词学理念

李齐贤虽然没有相关的词学理论，但通过他的诗学主张和词文学创作实践完全可以看出他的词学理念。在诗学理论上，李齐贤主张"写景逼真，自成一家"、"目前写景，意在言外"，又说"诗贵气象"①，这三句话基本上可以看作是李齐贤诗歌理论的核心主张，在其《栎翁稗说》中有很多相关的论说和阐释。现在看来，实际上这三者在本质指向上是相同的。所论说的根本在"写景"，其最终要求是"自成一家"，实现的具体方法是"逼真"、"意在言外"，其表现特质是"气象"。在李齐贤看来，好的写景作品必须能体现出描写对象的外在特点和内在神韵，从而真正揭示出景物的独特气象，使生动刻画和情绪传达完美结合，景中有情，情寓于景，情景交融而又以景为主，这样才能自成一家。可见李齐贤非常重视写景，且比较偏爱写景作品，并对写景作品别有心得，所以其理论也偏重在此。这种创作观念对李齐贤的词创作明显起到了同样的指导作用，完全可以看做是他的词学主张。李齐贤的词恰恰以写景为主，而且也做到了"逼真"、"意在言外"，并且做到了别具"气象"，这是其理论的最佳体现。前面所举的《大江东去·过华阴》就是一个很好的例子，他的《巫山一段云》组词更是这种理论付诸实践的代表。如：

烟寺晚钟

楚甸秋霖卷，湘岑暮霭浓。

一春容罢一春容。何许日沉钟。

摇月传空谷，随风渡远峰。

溪桥有客倚寒筇。一径入云松。

这首词与前面所举的几个例子在风格上略有不同，豪放淋漓之气少了不少，但在写景逼真、意在言外、重气象等原则上却一以贯之。词的起首两句写

---

①　李齐贤：《栎翁稗说》，见赵钟业编：《增补修正韩国诗话丛编》（1），太学社 1996 年 5 月版，第 129 页。

一阵秋雨过后，江南的大小山峦都笼罩在浓浓的暮霭沉岚之中，虽然只是泛泛写来，但湿凉之气可感，弥漫之状可见。所谓"逼真"、"气象"，已可见出；至"摇月传空谷，随风渡远峰"写月出空山，光影摇荡，风扫远峰，随意飘流，其刻画之精、描绘之细，将所谓"逼真"、"气象"表现得更为具体深刻。而词的结句，意味隽永，含蓄不尽，引人遐想，可谓深得"意在言外"之致。况周颐说"益斋词写景极工"，夏承焘在评析他的词作时也说"其词写景极工，笔姿灵活。山河之壮，风俗之异，古圣贤之遗迹，凡闳博绝特之观，皆已包括在词内"[1]。这些都是针对他的写景词来说的。不过况周颐更注重李齐贤的写景精妙，而夏承焘更注重李齐贤的气势磅礴，须把二者的评价结合起来看，才是对李齐贤写景词的整体评价。另外，从他的创作实践上看，李齐贤的词有这样几个明显的特点：一是把词作为言志文学，而非心绪文学。之所以这样说，是因为李齐贤的词作中很少有表现微婉心曲的作品，而较多的是抒发壮志，展示怀抱的作品。虽然也有像《江神子·七夕冒雨到九店》、《鹧鸪天·九月八日寄松京故旧》这样思乡怀人之作，但其情感抒发的程度、层次和表现手段还是更接近诗歌的方式，而非词的方式。二是词作中不可有男女之情的描写。词在产生之初，原本用于酒席宴前娱宾遣兴，丝竹弹唱之间，总免不了花前月下、男女相思之类的内容，这在中国词坛已经形成了固有的传统，而且这种传统一直占据了词坛的主流。但李齐贤的词虽学于中国，却彻底打破了这种格局，将男女之情的描写完全摈弃于词文学之外。他流传下来的53首词中竟无一首涉及到这方面的内容，这在中国词人当中简直是不可想象的。能够做得这样彻底，可见是有意为之，而非偶然现象，这说明作者原本认为词作中就不应该有这类描写。三是词虽然和诗形式有别，但其理相通。李齐贤当然没有直接这样说，但他的实际做法已经表明了这一点。"词之为体，要眇宜修"、"诗贵直，词贵曲"这些通行法则，在他这里通通行不通。李齐贤的这种做法明显吸收了元人"诗词只是一理"[2]的理论，但走得更极端。他的这些词学理念，不但与中国传统的婉约词不同，也与苏轼所开创的豪放词不尽相同，体

---

①　夏承焘选校，张珍怀、胡树森注释：《域外词选》，书目文献出版社1983年3月版，第93页。
②　王若虚：《滹南诗话》，见《六一诗话·白石诗说·滹南诗话》，人民文学出版社1962年5月版，第71页。

现了李齐贤对词文学的独特理解。李齐贤之后，诸如高丽末期的郑誧、李谷，朝鲜朝前期的权近、权遇、安鲁生、李原、姜希孟、鱼世谦、崔演，朝鲜朝后期的孙倎、李衡祥、黄胤锡等人，甚至包括丁若镛的一些词作大多有意或无意地继承了这种词学理念。其中固然有利也有弊，但不管怎样，所有这些，都对朝鲜后世词文学的创作产生了深远的影响。

　　当然，李齐贤对朝鲜词文学创作的影响还有很多，以上只是就其要者言之。另外需要说明的是，李齐贤的影响主要是积极的，但也有消极的一面，诸如限制了词的表现空间，使词之用不外两途，一以写景，二则叙事；抹杀了词作为心绪文学这一根本属性；虽然创作成就很高，但对词文学竟无一言评论，直接导致了后世词文学的发展缺乏理论支撑，终没能使词像诗一样在韩国发扬光大等等，但这些与其在朝鲜词史上的丰功伟绩相比，不过白璧微瑕而已。作为朝鲜词坛上的"巨擘"，李齐贤自是当之无愧的。

第六章

高丽词文学与中国词文学的比较

6.1 主题上的缺失和侧重点的转移

6.1.1 中国词文学的主题演变及分类

主题探讨，对于研治文学的人来说，是一个陈旧的话题，但对于中韩词文学的比较而言，却是一个较新的话题。

中国词文学的主题，随着词的发展，是有一个变化过程的。词文学最初产生于民间，中国现存最早的民间词是敦煌曲子词。敦煌曲子词的内容还是很丰富的："有边客游子之呻吟，忠臣义士之壮语，隐君子之怡情悦志；少年学子之热望与失望，以及佛子之赞颂，医生之歌诀，莫不入调。"在这里，王重民特意强调了一下："其言闺情与花柳者，尚不及半。"① 又，"任二北曾将敦煌曲子词的内容分为二十类，包括疾苦、怨思、别离、旅客、感慨、隐逸、爱情、伎情、闲情、志愿、豪侠、勇武、颂扬、医、道、佛、人生、劝学、劝孝、杂俎等。"② 这个分类虽然详而且多，不过有的类别作品很少，有的分类可以合并，然即便如此，也已经足以说明敦煌词内容的丰富程度。但是，词到了文人之手之后，取径渐狭。特别是到了温庭筠和花间派的手里，其题材内容几乎无外乎"闺情

---

① 王重民：《敦煌曲子词集·叙录》，见《敦煌遗书论文集》，中华书局1984年版，第57页。
② 张福庆：《唐宋词审美谈》，世界知识出版社2008年版，第9页。

与花柳"。历晚唐而到五代直到北宋前期，在苏轼出现之前，几乎是温氏格局的一统天下，虽然其中出现了像李煜这样的个别词人和像《渔家傲》(塞下秋来风景异)之类的个别词作，多了点另样的点缀，但也仅仅是点缀而已。李煜是个很特别的个案。他个人的成就自是非同小可，"变伶工之词而为士大夫之词"，"俨然有释迦基督担荷人类罪恶之意。"范仲淹的《渔家傲》也是一个特例，在晏欧词流行之际，能出现这样气象迥异的大气、苍凉而又深情的作品，应该说是一个异数。可惜他们都没有能够形成气候，更没能在当时产生广泛影响。一如过眼流星。到了柳永这儿，虽然改变了词风，也扩大了词的表现视野，所谓"词至柳永而一变"，"承平气象，形容曲尽"，"尤工于羁旅行役"，然其拓展有限，仍多不出于男女相思离愁别恨，所谓的"变"，表现在词风和体制方面的东西多于题材方面的东西。但不管怎样，柳永还是迈出了从深闺走向民间，从亭台走向江山的可喜的一步。词在题材方面走出花间，真正打破温氏格局的是苏轼。所谓"词至苏轼而又一变"，固然包括词风方面的重大变革，"及眉山苏氏，一洗绮罗香泽之态，摆脱绸缪宛转之度，使人登高望远，举首高歌，而逸怀浩气，超然乎尘垢之外。于是花间为皂隶，而柳氏为舆台矣。"①但更多的则表现在题材的开拓上，词到了苏氏的手里，凡诗中所能表现的题材，词也几乎都能表现，举凡感旧怀古、抒情议论、记游咏物、乡村风光、山水景色、朋友赠答、悼亡伤逝等诸多题材，靡不涉及，达到了"无意不可入，无事不可言"的境界。②然苏轼之后，承其余绪者甚寡。苏门四学士也好，苏门六君子也罢，在词的创作方面，没有一个是学苏的。倒是苏门之外的贺铸，在一定程度上秉承了苏轼的传统，创作题材体现出了多样化的特点。但较之苏轼，自然相差很多。故终北宋之世，虽有苏轼的异军突起，但继响者鲜，这种情况到了南北宋之交才有改变。

靖康之变，在那些有良知的爱国知识分子的心头上敲了重重的一锤，面对着山河沦陷、国破家亡的惨痛现实，词人们终于从男女相思、风花雪月的温柔乡里面走了出来。不但男子如陈与义等人如此，女子如李清照亦复如此。

---

① 胡寅:《酒边词序》。
② 刘熙:《艺概》，上海古籍出版社1982年9月版，第108页。

英雄豪情与家国之悲成一时主题。并以此为契机，在南宋词坛出现了在词的题材开拓方面值得大书特书的爱国词派。这里面最杰出的代表当然毫无疑义的首推辛弃疾。以他为中心，前辈词人则有张元干、李纲、岳飞等，相前后或者同时的词人则有张孝祥、陆游、陈亮、刘过等。他们心系家国，慷慨陈词，抒写忧愤，表述情怀，大声鞺鞳，成一代雄音。同时又能写幽景，叙深情，狎昵温柔，魂销意尽。和辛弃疾大略同时的重要词人还有姜夔。但姜夔对词坛的贡献主要在审美风格的重塑而非题材的拓展。辛、姜之后，南宋词坛先后出现了两代词人，"一是在南宋灭前已谢世的江湖词人群，著名的有孙惟信、刘克庄、吴文英、陈人杰等；二是历经亡国、入元后继续创作的遗民词人群，其中成就较高的有刘辰翁、陈允平、周密、文天祥、王沂孙、蒋捷和张炎。从创作倾向上看，这两代词人又形成了两大创作阵营：孙维信、刘克庄、陈人杰和刘辰翁、文天祥等，属于辛派后劲，他们以稼轩为宗，崇尚抒情言志的痛快淋漓，而不斤斤计较字工句稳，政治批判的锋芒有时比辛弃疾更尖锐，但不免粗豪叫嚣之失。吴文英和陈允平、周密、王沂孙、张炎等则是姜夔的追随者，他们以姜夔的'雅词'为典范，注重炼字琢句，审音守律，追求高雅脱俗的艺术情趣；词的题材以咏物为主，讲究寄托，但有些词的意蕴隐晦难解。"[①]这两代词人群在词的题材上开拓有限，大体"以咏物为主"，虽有寄托，但咏物之外，似乎别无所长，某种程度上甚至将苏、辛已经开创的大好局面反倒葬送了不少。南宋以后，金元时期，词实际上就已经开始走下坡路了。所谓"词至于元而词衰，词至于明而词亡"。清代词学，号曰中兴，然就题材而言，仍未出唐宋之外。所以一般来讲，凡治词者，都以唐宋为主，而唐宋词，也确是词文学发展的黄金时期。前人论及词的题材，也多以唐宋为例。

如胡云翼先生谈到词的分类时，就以宋词为例，根据描写的对象把宋词分为以下几类：

一、艳情词——描写两性爱的情绪和动作的。如黄鲁直的《千秋岁》、《归田乐引》、《好事近》，郑云娘的《西江月》、《鞋儿曲》，南唐后主的《一斛珠》。

二、闺情词——描写闺人的情绪，相思。如郑文妻孙氏的《忆秦娥》，蜀妓

---

① 袁行霈:《中国文学史》，高等教育出版社 2002 年 9 月版，第 175 页。

的《鹊桥仙》，欧阳修的《归国谣》，李后主的《相见欢》，李易安的《一剪梅》。

三、乡思词——描写思乡的情绪和感怀。如柳永的《八声甘州》、《安公子》，蒋兴祖女的《减字木兰花》。

四、愁别词——描写离别时或离别后的情绪。如毛滂的《惜分飞》，柳永的《雨霖铃》，蜀妓的《市桥柳》，周邦彦的《兰陵王》。

五、悼亡词——描写丧亡的哀感。如苏轼的《西江月》(悼朝云)，《卜算子》(悼温超)，李后主的《虞美人》。

六、叹逝词——描写时光的流驶，良辰美景的飞逝，芳年的难淹留。如贺方回的《青玉案》，秦少游的《江城子》、《满庭芳》，王彦龄妻舒氏的《点绛唇》。

七、写景词——因为词过片时须到自叙，往往写景里面夹着抒情。如张志和的《渔歌子》，欧阳修的《采桑子》，晏同叔的《踏莎行》、《清平乐》，黄山谷的《浣溪沙》，吴城小龙女的《江亭怨》。

八、咏物词——咏物词也夹着抒情。如苏东坡《水龙吟》的《咏杨花》，史邦卿《双双燕》的《咏燕》，姜白石的《暗香》、《疏影》的《咏梅》。

九、祝颂词——康与之的《满庭芳》，晏叔原的《鹧鸪天》，柳永的《倾杯乐》、《醉蓬莱》。

十、咏怀词——岳飞的《满江红》，辛弃疾的《水调歌头》、《贺新郎》，无名氏题吴江的《水调歌头》。

十一、怀古词——苏轼的《念奴娇》，辛弃疾的《永遇乐》、《水龙吟》(《过南涧双溪桥》)。①

胡云翼的分类其实并不是很全面。诸如都市风光，乡村风情，还有道家之吟唱，歌姬之悲鸣，这里都没有点明。另外像咏怀词、怀古词这样的分类太过于泛泛，起码这两类词中就都包括了抒发怀抱、思念亲友、忧时伤世等具体题材。不过，就其主流而言，胡云翼将唐宋词甚至中国古代词文学的主要题材基本上概括出来了。

此外，苗菁在《唐宋词体通论》中关于唐宋词的题材专列一节。他把唐宋词分为以下几类：

---

① 胡云翼：《宋词研究》，见《胡云翼说词》，华东师范大学出版社2004年9月版，第62页。

一、咏佛老思想的。如张继先的《沁园春》(急急修行),苏轼的《如梦令》二首。

二、专为祝寿的。如张楫的《东风第一枝代寿李夫人》,辛弃疾的《水龙吟为韩南涧尚书寿》。

三、专写山水和咏物的。如张泌的《河渎神》(古树噪寒鸦),辛弃疾的《贺新郎咏琵琶》。

四、专写农村田园风光的。如苏轼的《浣溪沙》(簌簌衣巾落枣花),辛弃疾的《鹧鸪天代人赋》。

五、专写城市繁华和形胜风物的。如柳永的《望海潮》(东南形胜),潘阆的《酒泉子》(长忆钱塘)。

六、用之怀古的。如辛弃疾的《永遇乐京口北固亭怀古》。

七、用之抒发志向、感时伤事的。这类词又可以分为两类,一是写乱离情怀和亡国哀思的,如朱敦儒的《朝中措》(登临何处自销忧),刘辰翁的《兰陵王丙子送春》。一是写志不能伸的忧愤和感慨的。如张孝祥的《六州歌头》(长淮望断),陆游的《诉衷情》(当年万里觅封侯)。

八、写男欢女爱、离愁别恨的。这是写得最多的一类词。

这里面也提到了一些胡云翼没有提到的题材,典型的是农村田园风光方面的内容。这类作品虽然量不是很大,但也是重要题材之一。

从以上两个人的分类来看,唐宋词的题材还是非常丰富的。这还是就主流而言。同时我们还应看到,在漫长的中国词文学发展过程中,有几个一以贯之的永恒主题。诸如伤春悲秋、离愁别恨、怀人念远、迟暮之悲、老大之叹、不遇之慨等等。尽管朝代变迁,尽管风尚转移,尽管每个人的经历遭际不同、性别不同、身份不同、地位不同,但表现在词里的这些主题却是相同的,不但对作词者是这样,对读词者也是这样。

6.1.2 高丽词文学在主题选择上的差异

中国词文学中所表现出来的主题,在高丽词中大多可以看到。就胡云翼的分类来看,这十一类在高丽词中都可以找到,我们可以依其次序大致罗列一下：

一、艳情词——描写两性爱的情绪和动作的。如金九容的《画堂春代人》，郑誧的《浣溪沙》。

二、闺情词——描写闺人的情绪，相思。如金九容的《卜算子》、《长相思》。

三、乡思词——描写思乡的情绪和感怀。如李齐贤的《江神子七夕冒雨到九店》，元天锡的《蝶恋花处》。

四、愁别词——描写离别时或离别后的情绪。如郑誧的《临江仙代人作》，金九容的《巫山一段云送李直门下出按西海》，金克己的《锦堂春》。

五、悼亡词——描写丧亡的哀感。如元天锡的《鹧鸪天南溪柳下追凉忆契内张赵二公》。

六、叹逝词——描写时光的流驶，良辰美景的飞逝，芳年的难淹留。如慧谌的《更漏子》可算此类。

七、写景词——因为词过片时须到自叙，往往写景里面夹着抒情。如金克己的《忆江南》、《采桑子》，李齐贤的《巫山一段云潇湘八景》、《巫山一段云松都八景》，李谷的《巫山一段云次郑仲孚蔚州八咏》，郑誧的《巫山一段云》，还有安鲁生和陈义贵的《巫山一段云》等。

八、咏物词——咏物词也夹着抒情。如李奎报的《忆江南·笼中鸟》，李詹的《临江仙·松月亭》、《南柯子·竹径烟》、《虞美人·惊塞雁》，元天锡的《鹧鸪天·促织词》、《鹧鸪天·白鸥词》。

九、祝颂词——如宣宗王运的《添声杨柳枝》，无名氏的《瑞鹧鸪》。

十、咏怀词——如李齐贤的《沁园春·将之成都》、《玉漏迟·蜀中中秋值雨》，金九容的《朝中措·骊江》。

十一、怀古词——主要集中在李齐贤这里，诸如《浣溪沙·黄帝铸鼎原》、《蝶恋花·汉武帝茂陵》、《洞仙歌·杜子美草堂》、《满江红·相如驷马桥》、《木兰花慢·长安怀古》等。

在苗菁的分类中，除了咏佛老思想的、专写农村田园风光的、专写城市繁华和形胜风物的以外，也都可以在高丽词中找到。而慧谌的词虽非专门咏佛，但身为高僧，其中还是流露出一定的佛教思想的。

虽然从总体上看，高丽词在题材分类上比较全面。但如果细审高丽词作，从中我们也能清楚地看到，中国词文学中恒有的几个主题，特别是伤春悲秋、离愁别恨之类在高丽词中表现得非常淡漠，甚至没有。并且，与其相关的，充斥中国词史各个时期，俯拾皆是的闺情、乡思、愁别这三类题材，在高丽词坛所见不多，上面所举，已经涵盖了高丽词坛这方面的绝大部分词作。而且即便是这些词作，与中国的同类题材相比，有些作品的味道也已经有所不同了。相反，在中国词文学中并不占主流地位的几种题材，在高丽词文学中却得到了空前的壮大和发扬，诸如写景、咏物、怀古。特别是写景。当然，中国的词也非常重视写景，而且也根本离不开写景，但绝大多数情况下，写景是为抒情服务的，专门吟咏山水风光的词作并不多见，即便如欧阳修的《采桑子》、周密的《木兰花慢》、赵孟𫖯的《巫山一段云》也是这样，最多也就是写景的比例占得多一些而已。而即便如这样写景所占比例较多的词作在中国词坛上所占的比重也是很小的。而高丽词坛上最多最好的词作几乎都是写景词，诸如李齐贤的《潇湘八景》、《松都八景》，郑誧和李谷的《蔚州八咏》，安鲁生的《十二咏》，陈义贵的《八咏》，还有金克己的四首词、慧谌的三首词都是写景词，计有 84 首，占高丽词总数的 67% 以上。这个比例是很惊人的。中国词中的咏物词和怀古词当然也不少，特别是苏轼之后，这两类词作者渐多，到了南宋，不少词人都是以咏物词名家，诸如史达祖、王沂孙、张炎等，包括姜夔和吴文英，而辛弃疾等人的怀古词也颇多名篇。但与闺情、乡思、愁别相比，其创作数量和质量影响毕竟要弱很多，在中国词坛上终究还是细枝末流。但在高丽词坛上这两类词却有和写景词鼎足而三的架势。从上面的分类描述上我们能够看出来，高丽词坛的咏物词分布较广，描写对象也比较多样，而怀古词多为名篇，而且是高丽词坛上影响比较大并对后世也影响比较大的名篇。这些充分表明了高丽词文学在主题选择上与中国词文学的差异。

6.1.3　侧重点转移的原因

分析起来，造成这种主体选择上的差异的原因主要有以下几点：

其一，词与诗的合流走势。徐健顺在分析李齐贤所以在词的创作方面异军突起，不但在高丽词坛一枝独秀，甚至在元代少数民族词坛中也一枝独秀的原因时，有这样一段话：

> 就在这个时候，词史上发生了一件大事：词变得不能歌了。在元好问的时代，尽管俚曲已经兴起，词在南北方还均是可歌的，这在《续夷坚志》的记载中可以见到。到了此时，则只有虞集、张翥几个人在做最后的努力，曲代替词已无可挽回，以致张炎在《词源》中发出"古音之寥寥"的慨叹。词人填词，已经只按格律，不顾曲谱，词变成像律诗一样的徒诗了。李齐贤也不懂词乐。他有一首诗《张希孟侍郎示江湖长短句一编，以诗奉谢》，诗中有"要妙古音清庙弦"之句，示其古雅，说明张养浩给他看得不是曲，而是词，也说明李齐贤也是把词看成是"古音"，而且他也只能"以诗奉谢"，并且在诗的末联云："兴来三复高声读，万里江山只眼前。"只能"读"而不能歌"歌"，说明他不懂词曰。他在词《鹧鸪天九月八日寄松京故旧》中也说"独吟诗句当歌哭"，因为不能"歌"，所以才这么说。①

这段话提炼一下，主要说明了两个问题，一是李齐贤写词的时代，词已经不可歌，二是李齐贤基本上把写词当成写诗来看。且不管这与李齐贤词一枝独秀有多大关系，单就这两点而论，徐健顺看的还是很准的。这两点其实是一而二，二而一的事情。因为不可歌，所以作词如作诗。考之词之发展，也确实是这样。词到了南宋后期，就已经有人不按照曲谱填词，词的音乐性大大减弱，金元时期，这种情况日益严重，再加上新的可以歌唱的文体形式——曲的出现，唱词更是不为人所重，于是也就渐渐失去了可歌性。这样，当李齐贤在学习作词的时候，与可歌性相关的一些词的因素，就必然为李齐贤所忽略。其中就包括伤春悲秋、离愁别恨、怀人念远等主题。因为这些主题的产生，一方面固然有着中国传统文化和文学积淀的根，另一方面也与词的演唱有着密不可分的关系。众所周知，词在产生之初，是用于娱宾遣兴的，是由文人写出来然后由歌妓来演唱的，词作一般都是以女子的口吻来写的，

---

① 徐健顺：《李齐贤词作的意义、成因与考辨》，《文学前沿》，2002年第1期，第295页。

也就是所谓的"男子而作闺音"。这就要求词的内容要符合女性情感和生活特征，于是自然而然的便有了见落花而自伤凋零，看落叶而心感落寞，处空闺而情系游子，送远人而愁情满怀。由此引发，便有美人迟暮之感，英雄老大之悲，怀才不遇之慨等等。词也因此被誉为"心绪"文学。这些情结在中国文人的心里因为已经根深蒂固，所以并不会因为词乐的消失而消失，也就是说，对于中国文人来讲，不会因为词不可歌而不去写这些主题。但对李齐贤这样的外国人来说，就是另一番情况了。他完全可以无视词的过去存在，把与词乐相关的东西直接剔除，根据自己对当时词体特征的情况的把握和感受去接受词这种文学样式。换句话说，李齐贤在当时完全可以把词当做句式长短不齐的诗歌来看待，事实上李齐贤也只能这样看。没了词乐，再没了"心绪"文学的特质，那么词除了句式长短不齐这一点外，和诗也就没什么区别。不过，李齐贤还好一些，基本上能恪守词律，后来有许多词人，根本就连词律也不放在心上了。由于这种诗词的合流的趋势，自然也就造成了把诗的主题直接移入到词中的做法，所以高丽朝词的主题，更多体现的是诗的主题，而不是词的主题。李齐贤之后是这样，李齐贤之前也是这样。

其二，人为的方向引导。高丽朝的词人，多是为人谨重、一丝不苟的大儒，这里除了李奎报个性稍有不同之外，从李齐贤到李谷，到郑誧，再到元天锡、成石璘，无不如此。就中尤以李齐贤为典型代表。李齐贤的保守固执，恪守纲常，循规中矩，反对异端，从他的《则天陵》诗序中就能看出来：

> 欧阳永叔列武后唐纪之中，盖袭迁、固之误而益失之。吕氏虽制天下，犹名婴儿，以示有汉。若武后则抑李崇武，革唐称周，立宗社而定年号，凶逆甚矣！当举正之，以诚无穷。而反尊之乎？谓之唐纪而书周年可乎？或曰：记事者，必首年以系事，所以使条纲不紊也。如子之说，中宗既废之后，将阙其年而不书。天下之事，当何所系之哉？曰：鲁昭公为季氏逐，居于侯，春秋未尝不书昭公之年。房陵之废，与此奚异？作史而不法春秋，吾不知其可也。

武则天的是是非非前人所论多矣，对于这样一个有功有过，充满传奇和质疑色彩的女皇，公说婆说、见仁见智是再正常不过的事情。这里我们不是要看李齐贤议论的对错，而是看他的态度倾向。他反对欧阳修把武则天放在《本纪》里面记载，就是不承认武则天的帝王地位，认为"武后则抑李崇武，革唐称周，立宗社而定年号，凶逆甚矣！当举正之，以诫无穷"。这是一个典型的卫道者的话。从这里我们看到的分明是一个守制遵礼、正襟危坐、一丝不苟、满脸严肃的理学大师形象。这样的人，你想让他在词里谈情说爱、言愁言恨是根本不可能的事情。

其诗后还有这样一段附记：

> 后阅晦庵感遇诗，拊卷自叹。孰谓后生陋学，其议论有不谬于朱子耶？又得范氏唐鉴读之，亦有此论，不觉一笑，悔其少作也。仲思志。[1]

这里的感遇诗指的是朱熹的《斋居感兴》第七首：

> 晋阳启唐祚，王明绍巢封。垂统已如此，继体宜昏风。麀聚渎天伦，牝晨司祸凶。乾纲一以坠，天枢遂崇崇。淫毒（一作毐）秽宸极，虐焰燔苍穹。向非狄张徒，谁办取日功。云何欧阳子，秉笔迷至公。唐经乱周纪，凡例孰此容。侃侃范太史，受说伊川翁。《春秋》二三策，万古开群蒙。

这首诗的议论比之李齐贤实际上要深入一些，他探究到了武则天所作所为的产生的根源。不过我们不必计较其对错，仍看其态度倾向。而这根本不必说，朱熹是理学大师，理学思想早已经渗透到他的骨子里面去了。另外，岳珂谈到这首诗的时候有这样几句话：

> 朱晦翁既以道学倡天下，涵造义理，言无虚文。少喜作诗，晚

---

[1] 《益斋乱稿》，卷3。

年居建安，乃作《斋居感兴》二十篇，以反其习，自序其意，断断乎
皆有益于学，而非风云月露之词也。

既然是"以道学倡天下，涵造义理，言无虚文"，自然要正襟危坐，非礼
勿视、非礼勿言，不近女色，不及人情。要"存天理、灭人欲"。这是不消说的。
岳珂的《桯史》著录了朱熹的《斋居感兴》，共二十首，其前有序：

予读陈子昂《感遇诗》，爱其词旨幽邃，音节豪宕，非当世词人
所及，如丹砂空青，金膏水碧，虽近乏世用，而实物外难得自然之
奇宝。欲效其体，作十数篇，顾以思致平凡，笔力萎弱，竟不能就。
然亦恨其不精于理，而自托于仙佛之间，以为高也。斋居无事，偶
书所见，得二十篇，虽不能探索微眇，追迹前言，然皆切于日用之
实，故言亦近而易知，既以自警，且以贻诸同志云。（见宋岳柯《桯
史》卷十三 晦庵感兴诗条）

由此可知，朱熹写这组诗的目的，是本着"词旨幽邃"、"切于日用之实"、
"精于理"、"以自警"为根本原则和创作目的的。所以我们这是回过头来看李齐
贤的这段后记，分明看似自惭，实则自傲。同时也可看出李齐贤受朱熹影响
之深，并以能与朱熹观点暗合而为荣。李齐贤原本就是高丽朝程朱理学传播
的代表人物之一，受朱熹影响大也就不足为奇了。而传统的儒家思想和程朱
理学思想都有很浓的道学气，视女人为洪水猛兽。就以朱熹而言，朱熹的词
作其实也还算可以，能写出《观书有感》和《春日》这样诗歌的人，还是有才华
的。但朱熹的词作中却也基本上看不到女人的形象，那么与女人有关的主题
自然也就很少入词了。李齐贤在这方面可能也受了程朱理学家们的影响，甚
至比他们走得更远。朱熹毕竟还有《念奴娇·临风一笑》这样比较女性化的词
作，李齐贤连这样的作品也看不到，不仅是词中，李齐贤的诗中也看不到女
人的形象。以李齐贤在高丽词坛的影响，这种观念自然也就潜移默化地渗透
到其他词人的理念当中。

除此以外，还有非常重要的一点就是时人对词体的看法。如前面所引的

林椿的《与皇甫若水书》，"论者或谓淫辞艳语。非壮士雅人所为。"结合上下文不难看出，这虽然不是林椿的观点，却是当时普遍流行的对词的一种看法。这种看法的产生有可能与时人所接触到的词作有关，当时《花间集》、《乐章集》可能已经传入韩国，作为新燕乐而传入韩国的香艳之作甚至是艳俗之作，也为数不少，这从现存的唐乐作品中完全看得出来，前文所引的《忆吹箫慢》、《风中柳令》、《解佩令》以及柳永的一些作品已经足以说明问题，再如下面这两篇作品：

荔子丹

斗巧宫妆扫翠眉，相唤折花枝。
晓来深入芳菲里，红香散，露浥在罗衣。
盈盈巧咏新词，舞态尽娇姿。
袅娜文回迎宴处，簇神仙，会赴瑶池。

百宝妆

一抹弦器，初宴画堂，琵琶人抱当头。
髻云腰素，仍占绝风流。轻拢慢捻生情态，翠眉颦，无愁谩似愁。
变新声，自成漢索，还共听，一奏梁州。
弹到遍急频敲，分明似语，争知指面纤柔。
坐中无语，惟断续金虬。曲终暗合王孙意，转步辇，徐徐卸凤钩。
捧瑶觞，为喜知音，劝佳人，沉醉迟留。

面对这些词作，甚至在五百多年以后，仍有人痛心疾首，如李瀷：

高丽睿宗九年，宋徽(宗)赐新乐及大晟乐；十一年荐于太庙。
说者谓：《瑞鹧鸪》、《水龙吟》之类，即其词曲也。今《献仙桃》、《抛球乐》等乐，皆自胜国流传如此也。《高丽乐志》载《水龙吟》一篇，而其词多说风情、绮罗、红粉、翠黛之语，断非雅乐之意。宋天子亦岂以此特赐外邦？借曰有之，未必为历代遵用之制也。《乐志》所载许多，如《醉蓬莱》等篇，即柳耆卿所作。《醉蓬莱》则宋仁宗时虽进献，而罢不用者也。其说见《弇州集》。意者此类皆俗乐，而其词曲则取前古名世之作，以意补入也。其《献仙桃》、《抛球乐》，不过声妓淫丑之态，岂宜奏之广庭以蛊君心之荒乱哉？至我朝，犹循以不改，窃为圣明世耻之。丽代昏溺不足说，如今三百年治平，寥寥乎无一人言及此，何哉？[1]

水龙吟慢

　　玉皇金阙长春，民仰高天欣载（《钦定词谱》作"戴"）。年年一度定佳期，风情多感慨。绮罗竞交会，争折花枝两相对，舞袖翩翩歌声妙，掩面粉，斜窥翠黛。

　　锦额门开，彩架球儿，裳先秀（《钦定词谱》作诱），神仙队。融香拂席舞（"舞"字缺，据《钦定词谱》补）霓裳，动铿锵环佩，宝座巍巍五云密，欢呼争拜退，管弦众作欲归去，愿吾皇，万年恩爱。

　　李瀷的这段话其实涉及到了关于唐乐的一些重大问题，因与这里的主题无关，我们暂置不论。这里只讨论他对词体的看法。在李瀷的眼里，"多说风情、绮罗、红粉、翠黛之语"的词作，"断非雅乐之意"，自是不应允许它为祸流传。而由美歌妓唱柔曲，在他眼里更是"声妓淫丑之态"，是万万不能任其"奏之广庭以蛊君心之荒乱"的。虽然这是距林椿时代五百年之后的看法，但同样也能说明韩国古代文人对词体的态度，这种态度，通常都是一脉相承的。

　　在这种舆论倾向的引导下，再加上高丽文人所受的道学影响，自然就将词引向偏离女性主题的另一种方向。

----

[1]　李瀷：《星湖僿说》，卷13，《人事门·大晟乐》条。

其三，文化的固有传统。高丽文人原本就有偏重写景的传统。这在前文讨论李齐贤的八景词的渊源时已有涉及。

6.2 韵律上的疏漏和新形式的开创

6.2.1 音律的欠缺与创新

韩国文人对词这种文体严格的音律要求，一直感到难以适应，总认为自己在这方面先天不足。这从他们的议论中就可以看出来：

李宗准《遗山乐府跋》："吾东方既与中国语音殊异，于其所谓乐府者，不知引声唱曲，只分字之平侧，句之长短，以协之以韵，皆所谓以诗写词者。捧心以颦，其里祇见其丑陋矣。是以文章巨公，皆不敢强作，非才之不逮也。亦如使中国人若作《郑瓜亭》、《小唐鸡》之解，则必且使人抚掌绝缨矣。"

徐居正《东人诗话》卷上："乐府，句句字字皆协音律，古之能诗者，尚难之。陈后山、杨诚斋皆以谓：苏子瞻乐词虽工，要非本色语，况不及东坡者乎？吾东方语音与中国不同，李相国、李大谏、猊山、牧隐皆以雄文大手未尝措手，……"

李晬光《芝峰类说》卷一四文章部七"歌词"："《墨客挥犀》曰：'苏子瞻自言平生有三不如人：谓着棋、吃酒、唱曲也。故词虽工而多不入腔正而不能唱曲耳。'余谓：'观乎此言，则我国人不解音律，虽作小词其不能和曲，固也。'……"

许筠《鹤山樵谈》："歌词之作必分字之清浊，律之高下，我国音律不同中原，故无作歌词者。……才如苏长公者，亦强不中律，况其下者乎？"

洪万宗《旬五志》卷下：我东方不解音律，自古不能作乐府歌词。

　　虽然这些话并非高丽文人所讲，而且高丽文人也颇有精通音律者，如尹谱、李藏用，这都是见诸文献记载的。李齐贤从他的词作上来看，虽不懂音谱，但在格律要求上做的还是可以的。但这毕竟还是个别的现象，绝大多数词作者对音律这种东西还是比较陌生的。林椿在《与皇甫若水书》中有这样一段话："仆观近古已来本朝制作之体，与皇宋相为甲乙，而未闻有以善为乐章名于世者。以为六律之不可辨，而疾舒长短清浊曲折之未能谐也。"这说明，在高丽朝很多文人所以对词这种文学体裁望而却步，其根本原因就在于"以为六律之不可辨，而疾舒长短清浊曲折之未能谐也"。而且当高丽朝词盛之时，正是中国词音谱已失之际。即以当年宋乐初传之时，当睿宗作词让臣下和进时，众人尚且上表请辞，何况词乐渐失之后。

　　由此而导致的结果就是不少高丽词人作词不依词谱，或者说不完全依照词谱。这种做法有时是无意识的，有时则是有意识的。如林椿的《与皇甫若水书》中在上面的引文之后还有这样一段话："嗟乎！此亦当世秉笔为文者之一惑也。苟曰能晓音乐之节奏，然后乃得为此，则其必待师旷之瞽然后为耶？盖虞夏之歌，殷周之颂，皆被管弦流金石，以动天地感鬼神者也。至后世作歌词调引，以合之律吕者皆是也。若李白之乐府，白居易之讽谕之类，非复有辨　浊审疾徐度长短曲折之异也，皆可以歌之，则何独疑于此乎。"这段话的意思简单地说，并非必须先精通音律然后才可以作词，因为很多可歌之作也并非是按照音律的要求写出来的。其潜在话语就是可以不按照音律要求来作词，不懂音律也可以作词。落实到具体行动上，就表现在不按谱填词。这种情况较多体现在格律上，但有时也表现在句式上。典型的如李奎报的作品《桂枝香慢》和《清平乐》。

　　关于《桂枝香慢》的格律形式问题，车柱环先生有这样一段比述：

　　桂枝香慢以《钦定词谱》或《词律》并无"慢"字，但《高丽史·乐志》之唐乐则有，以长调有一百零一字、一百字、九十九字、九十八字等体。李奎报的作品六首均为双调一百字前后段各十句而成。其韵法稍为特殊，押韵之字六首中前段有席、客、摘、酒、剧、寿、得；后段有乐、白、宅、袖、侧、叟、拍等。虽为仄声韵，但莫韵字及宥韵字交错使用，钦定词谱及词律则无此种体裁。双调一百字而成者虽有周密之"岩飞逗绿"词，但句法及韵法迥然不同。作细密之比较和检讨的结果，李词分明是从双调一百零一字前后段各十字五仄韵之体，把后段四字二句作为七字一句。

车柱环先生所以有这样一段阐释，是因为李奎报的这首词从格律形式上看，与《钦定词谱》中所列的几种情况无一相合。依《词谱》，《桂枝香》这一词调共有六体，转录如下：

桂枝香　双调一百一字，前后段各十句，五仄韵　王安石

登临送目，正故国晚秋，天气初肃。
⊙○○● 　●⊙◎○○ 　⊙◎○●

千里澄江似练，翠峰如簇。
⊙●○○●● 　●◎○●

归帆去棹残阳里，背西风、酒旗斜矗。
⊙○●◎○○● 　●○○ 　◎○○●

彩舟云淡，星河鹭起，画图难足。
●○○● 　⊙⊙○● 　◎○○●

念自昔，繁华竞逐。叹门外楼头，悲恨相续。
●●◎ 　○○●● 　●○●○○ 　⊙○○●

千古凭高，对此漫嗟荣辱。
⊙●○○ 　◎●○○●

六朝旧事如流水，但寒烟衰草凝绿。
◎○○●○○● 　●○○○○●

至今商女，时时犹唱，后庭遗曲。
◎○⊙● 　⊙●○● 　●○○●

又一体　双调一百一字，前后段各十句，五仄韵　陈　亮

天高气肃，正月色分明，秋容新沐。
○○●●　●●●○○　○○○●

桂子初收，三十六宫都足。
●●○○　○●●○○●

不辞散落人间去，怕群花读自嫌凡俗。
●○●●○○●　●○○　○○○●

向他秋晚，唤回春意，几曾幽独。
●○○●　●○○●　●○○●

是天公，余膏剩馥，怪一树香风，十里相续。
●○○　○●●●　●●○○○　●●○●

坐对花旁，但见色浮金粟。
●●○○　●●●○○●

芙蓉只解添秋思，况东篱读凄凉黄菊。
○○●●○○●　●○○　○○○●

入时太浅，背时太远，爱寻高躅。
●○●●　●○○●　●○○●

又一体　双调一百一字，前后段各十句，六仄韵　张　辑

梧桐雨细，渐滴作秋声，被风惊碎。
○○●●　●●●○○　●●○●

润逼衣篝，线袅蕙炉沈水。
●●○○　●●●○○●

悠悠岁月天涯醉，一分秋、一分憔悴。
○○●●○○●　●○○　○○●●

紫箫吹断，素笺恨切，夜寒鸿起。
●○○●　●○○●　●○○●

249

又何苦，凄凉客里，负草堂春绿，竹溪空翠。

●○● 　○○●● 　●●○○ 　●○○○

落叶西风，吹老几番尘世。

●●○○ 　○●●●○●

从前谙尽江湖味，听商歌、兴归千里。

○○○●○○● 　●●○ 　●○○●

露侵宿酒，疏帘淡月，照人无寐。

●○●● 　○○●● 　●○○●

又一体　双调一百一字，前段九句五仄韵，后段十句五仄韵　张　炎

琴书半室，向桂边，偶然一见秋色。

○○●● 　●●○ 　●○●●○●

老树香迟，清露缀花凝滴。

●●○○ 　○●●○○●

山翁翻笑如泥醉，笑平生、无此狂逸。

○○○●○○● 　●○○ 　○●○●

晋人游处，幽情付与，酒尊吟笔。

●○○● 　○○●● 　●○○●

任萧散、披襟岸帻。叹千古犹今，休问何夕。

●○● 　○○●● 　●●○○○ 　○●○●

发短霜浓，知恐浩歌消得。

●●○○ 　○●●○○●

明年野客重来此，探枝头、几分消息。

○○●●●○● 　●○○ 　●○○●

望西楼远，西湖更远，也寻梅驿。

●○○● 　○○●● 　●○○●

又一体　双调一百字，前后段各十句，五仄韵　周　密

岩飞逗绿。又凉入小山，千树幽馥。
○○●●　●○●●○　○●●●

仙影悬霜，粲夜楚宫六六。
○●○○　●●●○●●

明霞洞窅珊瑚冷，对清商、吟思堪掬。
○○●●○○●　●○○　○●●●

麝痕微沁，蜂黄浅约，数枝秋足。
●○○●　○○●●　●●○●

别有雕阑翠屋，任薄帽珠尘，挨听香玉。
●●○○●●　●●●○○　●○○●

瘦倚西风，惟见露侵肌粟。
●●○○　○●●○○●

好秋能几花前笑，绕凉云读重唤银烛。
●○○●○○●　●○○　○●●●

宝屏空晓，珍丛怨月，梦回金谷。
●○○●　○○●●　●○○●

又一体　双调一百一字，前段十一句五仄韵，后段九句五仄韵　　黄　裳

插云翠壁，为送目、入遥空、见山色。
●○●●　●●●　●○○　●○●

金鼎丹成去也，晋朝高客。
○●○○●●　●○○●

百花岩下遗孙在，赋何人、离尘风骨。
●○○●○○●　●○○　○○○●

翠微缘近，希夷志远，洞天踪迹。
●○○●　○○●●　●○○●

251

近却有、为龙信息。怪潭上灵光，雷电相击。

●●● ○○●● ●●○○ ○●●●

尤好风波乍霁，鹭汀斜日。

○●●○ ●○● ●○●●

倚阑白尽行人发，但沈沈、群岫凝碧。

●○●●○○● ●○○ ○●●●

利名休事龙头，飞舠送君南北。

●○○●○○ ○●●●

我们再来看一下李奎报的《桂枝香慢》的情况：

光华庆席，正玉笋参罗，迎致嘉客。

○●●● ●●●○○ ○●●●

还有娇花解语，近前堪摘。

○●○○●● ●○○●

殷勤好倒千金酒，幸相逢，不妨欢剧。

○○●●○○● ●○○ ●●○●

两翁俱老，门生献寿，古今难得。

●○○● ○○●● ●○●●

念往日，贪游好乐。恨枯瘦如今，何处浮白。

●●● ○○●● ●○○○ ○●○●

多喜开筵，别占洞天仙宅。

○●○○ ●●●○●

莫教舞妓停飘袖，顾看看红日西侧。

●○●●○○● ●○○◎●●

笑哉残叟，摇肩兼将手双拍。

●○○● ○○○●●●○●[1]

_____

① 这里的平仄标注依白祯喜。见其博士论文《李奎报词研究——以韩中词比较研究的方法为中心》，第185—186页。

《词谱》所列，只有黄裳一首是一百字体，但李奎报的这首词确实如车柱环先生所说，在句式、格律上都与之差异甚大。李奎报这首词的韵律情况，如果结句不计算在内的话，确实与《词谱》所引王安石正体格律的要求最为接近，只有"顾看看"中的"看看"两字，与谱不合。从这一点上来看，车先生的看法也极具慧眼。但王安石的词是一百零一字，首先是字数上不合，这直接导致了结句句式上的不同；两首词在用韵上也不一样，王安石的词是"前后段各十句，五仄韵"，而李奎报的词按照车先生的看法，则是前段十句，后段九句，各七仄韵。车先生说"李词分明是从双调一百零一字前后段各十字五仄韵之体，把后段四字二句作为七字一句"。这种可能性不是不存在，但即便存在，也只能说李奎报擅自篡改，不按谱填词。

其《清平乐》词如下：

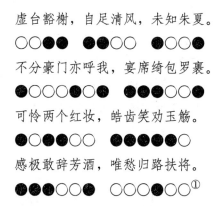

李奎报的这首词，与《词谱》正体的《清平乐》的格律要求相比，如果不计前三句，有三处不合。正体的《清平乐》，依《词谱》，情况如下：

---

① 这里的平仄标注依白祯喜。见其博士论文《李奎报词研究——以韩中词比较研究的方法为中心》，第 201 页。

清平乐　双调四十六字，前段四句四仄韵，后段四句三平韵　李　白

禁闱清夜，月探金窗罅。

◎⊙⊙●　◎●○○●

玉帐鸳鸯喷兰麝，时落银灯香灺。

◎●○○⊙●　⊙○⊙●○●

女伴莫话孤眠平，六宫罗绮三千。

◎●⊙●○○　◎⊙⊙●⊙○

一笑皆生百媚，宸游教在谁边。

◎●⊙◎●　⊙○○●○○

《清平乐》另有两体，但只是在平仄用韵上有所不同，在句式上则与正体无异。李奎报的词同样与《词谱》无一相合。

不过对这一问题的评价要从不同的角度来看。如果从严格按照"倚声填词"的角度来说，如此作词固然是一种疏漏，而且这种疏漏在中国是绝对要受到非议的。但高丽人作词毕竟与中国人不同，他们有权利对输入的新的文学样式进行改造，所以，若从打破常规的角度来看，这种做法未尝不是一种新形式的开创。

6.2.3　打破韵律的利与弊

李奎报的这种做法直接影响到了朝鲜朝词的创作，特别是到了李朝后期，有些词人踵武其后并发扬光大之。李奎报这样做的时候，可能只是无意为之，偶尔为之，而到了此时，人们则开始有意为之，大量为之。在这方面首开风气的是李衡祥，他不但在格律方面不依成规，甚至在句式上、字数上也不按照词谱的规定来写。他还公然宣称：

客曰："乐府非人人可能，况东方自古无雅乐，子之为乐府，不亦滥乎？"余曰："凡所谓乐府，必得中气然后可也。东坡生长于蜀，所偏只腭音，欲谐而未谐者，气颓然也。吾东声音已偏于齿，何能普也？只依方音之平调、羽调、界面调，不失五音，则何不可！"客曰："诺。"①

这话的具体含义理解起来虽然有点困难，但大致意思却非常清楚，就是不用管这管那，只需根据自己的情况来写就行了。根据罗忼烈的考察，他的词问题很多，如：《踏莎行》"霜竹"：

> 月上筛金，风来戛玉。淡影瘦阴此亦足。
> 况当杀节群芳摧，结露何曾涧此绿。
> 无挫自肥，不俗何玉。惟有箨龙能自牧。
> 宜热宜寒剩伴我，拔除堪笑都门爆。

这首词的第三、四、五、七、八、九句都失粘，换言之，即十句中有六句不合平仄。又如《鹧鸪天》"饮麦酒"：

> 顽然坐我北窗风，何处浮香一脉通。
> 吹蚁不嫌筹夜饮，唤醒方觉蔼春空。
> 酌无算，兴不穷。况又晴缸摄短虹。
> 豪气从来骚逸响，老夫赢得诧诗工。

这首词乍看似乎只是两个三字句失粘，其实七个七字句都不合律，因为应该仄起的句子他都平起，应该平起的句子他都仄起，完全反其道而行。慢词如《水调歌头》"望采药山、次望华山"：

> 采药山当户，雄浑说永州。云霞山谷高低，宜春复宜秋。
> 上接紫霄丹阙，旁临白石清沙，戴觉六鳌头。

---

① 《沁园春》，词序。

髻擢恼神工，何年截发留。

我日望，费吟哦，笔不休。鸥鹭拖到烟岚，苍苍入高楼。

朝侨相看不厌，且将一道飞泉，涤此万斛愁。

夜邀江月落，冠巾翠欲流。

　　字的下面画横线的表示失粘。《水调歌头》词律较宽，但是这首词平仄不合的字居然还是多至 23 个。罗先生最后指明："这种'欲谐而未谐'的现象，不一定由于'只依方音'，多半是不拘格律造成的。"

　　另一个代表人物是徐寅命，他在这方面走得更远，根本视词谱如无物，随意篡改，除了词牌没有改变以外，简直想怎么写就怎么写。如：

忆秦娥

走癸酉福州映湖楼，大醉觅毫，半阕咏怀，明春再往，足成阙。

山也青青水也流。数蝉平楚唤新秋。

唤新秋，千里孤客，万叠深愁。

流水青山是前身，旧蝉安在芳草新。

新。蚁穴招魂，蜗角驱轮。

渔父家风

闽水使船游诗，目击也。序而曰：闽百福忽弃官，两湖有见之作，肆述渔父家风，庶搅热尘群梦。

卧牛山前白鹭飞，多少楼家闭午晖。

收钓载船尾，卧吹长笛一声，顺流归。

顺流归。江边浣纱诸女子，一时争指闽水使。

青箬笠外无限愁，是非京洛不回头。

日日乘清游。来到四忠祠下，听杜鹃。

听了鹃(疑为杜鹃之误)，天际隐见何山顶，细雨斜风缓回舩。

《渔父家风》即《诉衷情》。这两首词如果不是徐寅命标明词牌，任谁也看不出这两首词是《忆秦娥》和《诉衷情》。

不过，虽然像徐寅命那样过分的行为，使得他的词作品已经失去了词的意义，未免过于极端，但他们的这种做法却体现了不受约束的自由个性和敢于打破传统的革新精神，展示出了他们既不趋附于本国传统，更不拘束于外来规范的独立意识，不管最后的结果怎样，这种敢破敢立的意识无疑是好的。

6.3 审美上的背离和新风格的崇尚

6.3.1 柔与刚

中国的词，传统上有婉约与豪放之分，此说最早始自明人张綖。他在《诗余图谱》中说："少游多婉约，子瞻多豪放，当以婉约为主。"明代的徐师曾在《文体明辨序说·诗余》中据此做进一步的概括："有婉约者，有豪放者。婉约者欲其辞情蕴藉，豪放者欲其气象恢弘。盖虽各因其质，而词贵感人，要当以婉约为正。"清人王士禛《花草蒙拾》说："张南湖论词派有二：一曰婉约，一曰豪放。"清人王又华在《古今词论》中说："张世文(即张綖)曰：词体大略有二：一婉约，一豪放。盖词情蕴藉、气象恢弘之谓耳。……如少游多婉约，东坡多豪放，东坡称少游为今之词手，大抵以婉约为正也。"

但"婉约"一词，很早就有。起码在先秦古籍《国语·吴语》伍子胥谏吴王夫差的一段话中就已经出现："大夫种勇而善谋，将还玩吴国於股掌之上，妫得其志。夫固知君王之盖威以好胜也，故婉约其辞，以从逸王志，使淫乐於诸夏之国，以自伤也。……"，不过这里的婉约是卑顺的意思。又晋陆机《文赋》："或清虚以婉约，每除烦而去滥。"从词义来讲，"婉""约"两字都有"美""曲"之意。"婉"为柔美、婉曲。"约"的本义为缠束，引申为隐约、微妙。故陆机将"婉约"与"烦滥"相对而言。徐陵的《玉台新咏》序中也提到了这个词：“阅诗敦礼，岂东邻之自媒；婉约风流，异西施之被教。”花间词中还经常用这个词来形容女子体态，如孙光宪《浣溪沙》：“半踏长裙宛约行，晚帘疏处见分明，此时堪恨昧平生。”又毛熙震《浣溪沙》：“佯不觑人空婉约，笑和娇语太猖狂。忍教牵恨暗形相。”《临江仙》：“纤腰婉约步金莲。”到了宋代，用“婉约”一词来评诗评词已经比较常见，《许彦周诗话》中便多处出现这一词语，如下面几则：

> 近时僧洪觉范颇能诗，……又善作小词，情思婉约，似少游。至如仲殊、参寥，虽名世，皆不能及。

> 李义山诗，字字锻炼，用事婉约。

> 长安慈恩寺有数女仙夜游，题诗云：“皇子陂头好月明，强踏华筵到晓行。烟波山色翠黛横，折得落花还恨生。”化为白鹤飞去。明日又题一首云：“湖水团团夜如镜，碧树红花相掩映，北斗阑干移晓柄，有似佳期常不定。”长安南山下一书生，作小圃莳花，才一日，有辇车丽女来饮于庭，邀书生同席，既去，作诗云：“相思无路莫相思，风里杨花只片时。惆怅深闺独归处，晓莺啼断绿杨枝。”皆鬼仙诗，婉约可爱。

以“豪放”一词评词，盖始于苏轼，其《答陈季常书》云：

> 又惠新词，句句警拔，诗人之雄，非小词也。但豪放太过，恐造物者不容人如此快活。

由此可见，习惯上的对词的婉约豪放的分法，实际上偏重的是审美风格。婉约重在“柔”，而豪放重在“刚”。中国词史上，尽管有苏轼、辛弃疾等一批豪放词人，但词坛主流还是婉约派，所以词风主要以“柔”为主。而考察高丽朝的词，则恰好与此相反。出现这种情况的原因主要有两点。

其一，整个高丽文坛，都受李白和苏轼的影响非常大。特别是苏轼。如：

徐居正《东人诗话》卷上："高丽文士专尚东坡，每及第榜出，则人曰'三十三东坡出矣！'高元间，学士权适赠诗曰'苏子文章可使为灰烬，千古芳名不可焚。'宋使钦服，其尚东坡可知也矣。"

崔滋《補闲集》卷中："近世尚东坡，盖爱其气韵豪迈，意深言富，用事恢博。"

李奎报《东国李相国集》卷二十一《全州牧心雕东坡文跋尾》："夫文集执行乎世，亦各一时所尚而已，然今古以来，末若东坡之盛行，尤为人所嗜者也。"

李奎报《东国李相国集》卷二十六《答全履之论文书》："东坡，近世以来，富瞻豪迈，诗之雄者也。"

而李白和苏轼都是以豪放著称的，或者说都是以豪放之名而影响后世的。李白诗的总体风格就是豪放飘逸，而苏轼影响最大的作品还是豪放类的作品。这造成了高丽文坛在总体上倾向豪放的一种风尚。

其二，李齐贤的影响。李齐贤在元代所接受的是北宗派的影响，北宗派的远主是苏轼，其后经元好问进一步发扬光大，李齐贤就是沿着这个路子下来的，这在前文已经谈到了一些。如前所述，高丽后期词坛基本上在李齐贤的笼罩之下，那么自然而然的也就都笼罩在豪放词风影响之下。

6.3.2 雅与俗

就抒发文人怀抱的词作而言，中国词人较多趋向于文人雅趣，用语也较典雅。高丽词人则较多趋向于世俗生活，用语也略俗。关于这一点，苏轼和李奎报很有代表性。如果把苏轼的那些游戏笔墨、即席赠妓一类的作品刬除在外的话，这两个人的词都是比较典型的"士大夫之词"。苏轼的词如：

水调歌头

丙辰中秋，欢饮达旦，大醉，作此篇兼怀子由。
明月几时有？把酒问青天。不知天上宫阙，今夕是何年。
我欲乘风归去，又恐琼楼玉宇，高处不胜寒。
起舞弄清影，何似在人间。
转朱阁，低绮户，照无眠。不应有恨，何事长向别时圆？
人有悲欢离合，月有阴晴圆缺，此事古难全。
但愿人长久，千里共婵娟。

定风波

三月七日，沙湖道中遇雨，雨具先去，同行皆狼狈。余独不觉，已而遂晴，故作此词。
莫听穿林打叶声，何妨吟啸且徐行。
竹杖芒鞋轻胜马，谁怕，一蓑烟雨任平生。
料峭春风吹酒醒，微冷，山头斜照却相迎。
回首向来潇洒处，归去，也无风雨也无晴。

李奎报的词如：

渔家傲
登家园遥听乐声即作词

鳞错万家遥可按，玉楼高处褰罗幔。应是筵开红锦烂。
方望断，唯闻风送金丝慢。
缅想倡儿揎露腕，娇颜捧酒流微盼。日脚垂欹人不散。

遮老汉，灰心燼起那堪乱。

桂枝香慢

诗筵酒席，自往昔纵游，因号狂客。

天上星辰虽远，笔头皆摘。残年遇子同倾酒，与题诗，渐成繁
剧。

君犹年少，予登老寿，尚皆相得。

已退缩，谁将与乐？恨辜负春风，桃李红白。

将予殷勤，不惜往来琼宅。纵欣掷玉堆盈袖，欲亲攀，歌咏陪
侧。

许容迂叟，词源相夸浪相拍。

当然，这里面包含了苏轼和李奎报的个人因素，但同时也确实代表了宋
词和高丽词审美意趣上的一种取向。宋词到了南宋后，越来越趋于雅，实际
上就是这种文人雅趣的进一步发展。这种趋势发展到最后的结果，就是使词
最终成为案头之作，而高丽词这种俗的倾向，却使词更加贴近人们的生活，
韩国词发展到朝鲜朝时期，还能有安命夏这样的词人，能把日常生活中的琐
事写到词中来，并使之充满情趣，如《浣溪沙·鱼跃》、《长相思·埘鸡》、《女冠
子·白发》等，这里面不能说没有李奎报的功劳。

跟雅与俗相关联，中国的"士大夫之词"更倾向于抒情，而高丽词则更倾
向于言志。因为抒情，作品往往更有韵致，因为言志，作品往往偏于理性。
这也是中国词与高丽词的区别之一。

第七章
高丽词文学创作低迷原因透析

　　神田喜一郎在他的《日本填词史话》的《绪言》中说："不管怎样，我国文人的填词，若以纯粹的中国文学的方式来看，是无论怎样偏袒也不能给予很高的评价的。不仅如此，更遗憾的是还有许多根本不能称之为填词的作品。"这话同样可以移用到对韩国词文学的评价上。尽管韩国词史上出现的词人人数、出现的词作数量要远远超出日本，尽管在韩国词史上出现了像李齐贤、赵冕镐这样即便置之中国词人队伍中也并不逊色的优秀词人，但从总体上看，如果用衡量中国词人的标准来看韩国词的话，还是不能给予很高的评价。就高丽词而言，首先是词人词作还是太少，从第一首词作问世到高丽朝结束，前后历时近四百年时间，流传下来的词作不过百余首，而中国自唐至五代三百年稍多一点的时间里，流传下来的词作就有两千余首，相当于高丽朝的十几倍。而与高丽朝大致同时的宋、辽、金、元时期，中国流传下来的词作合计达 24500 余首，其相差则在 200 倍左右。其次是词的质量还是有一定的距离。即以代表韩国词文学最高成就的李齐贤而论，其词也免不了题材狭窄、不谐韵律、风格单一等毛病，与中国当时的词人如赵孟頫相比还可以说各占胜场，与同是元朝的张翥、许有壬、邵亨贞等人相比就要逊色一些了，而元词在中国词史上属于词创作的萧条时期，所谓"词至于元而词衰"，即便如上述元朝的一流词人张翥等，在中国词史上也只能算是二线词人。若再与中国词文学鼎盛期的柳永、苏轼、周邦彦、辛弃疾等人相比，那就要差得更远了。三是词的特质表现得不够好。词是心绪文学，其根本魅力在一个"情"字，特别是男女之情、节序之感、羁旅之悲、生命之叹等人类内心深处的幽微细腻之情，而高丽词在这方面做得还远远不够。如李齐贤，流传下来的 53 首词作中，没有一首是写男女之情的。高丽词人中，只有金九容略好一些，较多涉及到"心绪"的内容，但也是浅尝辄止。不过，用衡量中国词文学的标准来衡量域外词文学，就好像拿中国人的汉语水平来衡量外国人的汉语水平一样，这本身就是一种偏执。中国词的发展史也表明，我们甚至不能用衡量唐宋词的标准来衡量所有阶段的词作，就像不能用衡量唐诗的标准来衡量宋诗和元诗一样，一则不同的时段有不同的风范和品格，二则我们不能用最高水准所能达到的高度来要求一切同类作品。但即便如此，当我们审视高丽词时，其创作的低迷状况还是显而易见的。还有一个非常明显的事实是，高丽朝词的创作与同时期的诗文创作相比，无论在数量上还是质量上都是根本不成比例的。高丽朝与宋朝的交流如此频繁，词文学传入韩国又如此之早，为何会出现这种巨大反差呢？

神田喜一郎在分析日本词文学创作不景气的原因时有这样一段话，颇可借鉴：

我国搞填词的人除了平安朝的嵯峨天皇和兼明亲王以外，从江户时代直到近代的明治、大正时代只有寥寥不到一百人，而且也不过是少数的一些寂寞的好事之徒；而且这些人也大多数只不过是由于一时的好奇，游戏般的尝试一下。他们是否真的可以理解填词中特别的妙处，便不得而知。形成这种填词方面的缺陷的原因是什么呢？填词是特别重视声调与音律美的文学。而我国文人鉴赏汉本土文学时，专门注意以文字为表现形式的表意，而把另一方面的表音几乎全忽视了。总之，对我国文人来说，填词从一开始就是难以接近的文学。而且填词中特有的感情，是以近代汉族人民从实际生活中提炼出的情感为基础的，所以这与普通诗文根据数千年以前的古典文学形成的观念是不同的。这里我不打算再提过时的泰纳(Taine)学说。但是在这个问题上，对于民族、环境和时代完全不同的我国文人来说，要想理解它也一定是很困难的。

这段话用来议论韩国词文学也同样适合。还是以高丽朝为例。在高丽朝的这些词人当中，未尝没有"由于一时的好奇，游戏般的尝试一下"之人。而且韩国文人寡于填词的一个重要原因与日本也是一样的，就是对词的严格韵律要求的畏惧和对词文学特质的不了解。这一点在林大椿、徐居正、李衡祥等人的议论中早已露出端倪。神田喜一郎在这里所说的"近代汉族人民从实际生活中提炼出的情感"指的应该是唐宋以来人们在诗词等抒情文学中经常表达的伤春悲秋、离愁别恨、男女相思之类的情感，而"数千年以前的古典文学形成的观念"当指先秦时期"诗者，志之所之也。在心为志，发言为诗"的"诗言志"的理念。虽然说的并不是很准确，但确实道出了"诗以言志"、"词以言情"的诗词之别。而这一点对饱受儒家诗教熏陶的韩日古代文人来讲，确实很难理解，或者说，能够理解的人确实为数不多。虽然中韩日在相当长的一段时间里"书同文"，但民族心理、社会环境、时代观念毕竟还是有极大的差距。同样的文化标记符号、同样的文化渊源，不代表有同样的民族心理积淀，社会环境和时代观念就更不用说了。在这一点上，神田喜一郎看得很准，也很深刻。不过，高丽词文学创作低迷的原因还不止这些。柳己洙认为，韩国词坛"词人不多，词作亦少"的原因，大致应有三点：一是韩国词人大都不解音律，二是韩国的语音与中国的语音殊异，三是词自古以来难登大雅之堂。[①]这种见解较之神田喜一郎的看法无疑要具体深细得多，但仅仅把眼光停留在词体本身，未免狭隘。韩国词文学萧条局面的形成，是多种因素综合作用的结果，有内部因素，也有外部因素。我们也可以把它概括为三点，就是滋生土壤的缺失、传播途径的不足和文学功用的替代。

7.1 滋生土壤的缺失

任何一种文学样式的诞生，都必须有与其相适应的诸多条件，必须有培

---

① 柳己洙：《李齐贤及其词之研究》，香港大学 1991 年版，第 143—147 页。

育它生长的温床。而一旦其滋生土壤丧失，所培养出来的文学样式也就走向衰亡。就中国而言，四言诗之后有五言诗，五言诗之后有七言诗，古诗之后有近体格律诗；诗之后有词，词之后有曲；六朝小说之后有唐宋传奇，传奇之后有话本，话本之后有章回小说，便是如此。并且在大多数情况下，一个时代的文学在另一个时代是不可复制、不可移植的。故而王国维才有"一代有一代之文学"之说。对于这一点，前人已有发现。如顾炎武在他的《日知录》中就说："《三百篇》之不能不降而《楚辞》，《楚辞》之不能不降而汉魏，汉魏之不能不降而六朝，六朝之不能不降而唐也，势也。诗文之所以代变，有不得不变者！"这里面固然强调了文学样式自身盛衰变化的客观规律，同时也说明了随着时代环境的变迁，文学也不得不随之而变。所以胡云翼说："无论哪一种文学，它的形式与实质，都是永远跟着时代在转变。每一种文体自有它'自然底风行'的时候，等到这个'自然底风行'时期过去了，这种文体的时代性便消失了。就是用任何权威，也不能再挽回这种文体的颓势回来的。"①这里就强调了凭借人们的主观努力，无论如何也是阻止不了一种文学样式变化的客观发展规律。而其主要原因之一，就是时代变了，环境变了，风气变了，人们的关注点、兴奋点也变了。也就是文学样式赖以生存发展的土壤变了，于是文学也就不得不变。所以刘勰有"文变染乎世情，兴废系乎时序"②之论。当然，这里主要是就一些具有划时代意义的文学样式而言的。不但一个国家的不同时代之间是这样，不同国家之间最能代表其本国特色的文学样式也是这样，像韩国的时调、日本的俳句拿到中国来，就未必有那么好的发展前景。中国的词也是一样。它的繁荣的前提条件是中国这块特定的土壤。这块土壤中的很多因子是韩国古代所不具备的。因为词和诗不同，词虽然在本质上是诗的一种，但它是一种特殊的诗，有很多特殊要求。

---

① 胡云翼：《词学概论》，见刘永翔、李露蕾编：《胡云翼说词》，华东师范大学出版社 2004 年 9 月版，第 176 页。
② 刘勰：《文心雕龙·时序》，见范文澜：《文心雕龙注》，人民文学出版社 1962 年 4 月版，第 175 页。

7.1.1　音乐

音乐性是词的第一个特殊性。"词的特点就在于它与音乐紧密的结合，远过于以前所有的乐府。"[1] 中国的词文学在产生之初，就与音乐有着密不可分的关系，"有乐始有曲，有曲始有词。"[2] 而词是伴随着一种新兴的音乐，即隋唐燕乐诞生的，这种音乐本身也具有一定的特殊性。正是这种音乐性和音乐的特殊性，造就了词的特有品格，但也同时造成了词在域外传播的阻碍。

中国历来就有诗乐结合的传统。这种传统可以追溯到上古时期，追溯到文学诞生之始。众所周知，中国最初的文学样式是诗歌，而这些诗歌又是诗乐舞三位一体的。只是后来随着社会生活的日益繁复，随着人类大脑的日益发达，随着各种艺术表现的日益进步，诗乐舞才各自独立的。但在各自发展的道路上，仍然有不同程度的结合。一般认为，在中国文学史上，诗与乐的结合有三次重大表现：第一次是《诗经》时代，第二次是汉魏六朝乐府时代，第三次便是词的时代。而与这三个时代相结合的音乐也分别代表了中国历史上三个不同的音乐时代。与《诗经》相结合的音乐是"雅乐"，与汉魏六朝乐府相结合的是"清乐"，与词结合的则是"燕乐"，又称"宴乐"。关于这三种音乐，沈括在《梦溪笔谈》卷五《乐律一》中说：

> 自唐天宝十三载(754)，始诏法曲与胡部和奏，自此乐奏全失古法，以先王之乐为雅乐，前世新声为清乐，合胡部者为宴乐。

从沈括的记述中我们可以发现两个与燕乐相关的问题：一是燕乐与少数民族音乐有关，二是燕乐开创了雅乐、清乐之后的又一个全新的音乐时代。那么"燕乐"到底是怎样的一种音乐呢？它是如何发展而来的？

中国古代文献中，多见"燕乐"之名：

杜佑《通典》卷一四六：

---

[1]　林庚：《中国文学简史》，北京大学出版社 2003 年 7 月版，第 299 页。
[2]　吴熊和：《唐宋词通论》，浙江古籍出版社 1998 年 8 月版，第 1 页。

　　唐武德初，燕乐因隋旧制，奏九部乐：一燕乐，二清商，三西凉，四扶南，五高丽，六龟兹，七安国，八疏勒，九康国。至太宗朝平高昌，加入高昌一部，为十部。

《宋史乐志》：

　　一曰燕乐，二曰清商，三曰西凉，四曰天竺，五曰高丽，六曰龟兹，七曰安国，八曰疏勒，九曰高昌，十曰康国。而总谓之燕乐。

郭茂倩《乐府诗集》中《近代曲辞序》：

　　唐武德初因隋旧制，用九部乐。太宗增高昌乐，又造燕乐去礼毕曲，其着令部者十部。一曰燕乐，二曰清商，三曰西凉，四曰扶南，五曰高丽，六曰龟兹，七曰安国，八曰疏勒，九曰高昌，十曰康国。而总谓之燕乐，声辞繁杂，不可胜纪。

　　从这些记载中我们可以看出，"燕乐"的含义有狭义和广义之分。狭义的"燕乐"指的是唐代的"九部乐"或"十部乐"中的一种；而广义的"燕乐"则泛指隋唐之际流行一时的所有音乐，它是相对于当时适用于庙堂祭祀或重大典礼上所用的正统的"雅乐"而言的。不过这种"燕乐"虽然定名于隋唐之际，其形成渊源却可追溯到两晋南北朝时期。两晋南北朝时期是中国历史上的大战乱、大动荡时期，但同时也是中国历史上民族大融合、文化大发展的时期。特别是在北方，"这一时期因匈奴、鲜卑、羯、氐等北方少数民族入主中原而引发的胡汉文化的大规模冲突，更使魏晋南北朝的文化呈现出多样性、丰富性。在文化的多重碰撞与融合中，中国文化得到多向度的发展和深化，强健而清新的文化精神大放异彩。"[①]此外，谈到这一时的文化时，冯友兰也有类似的见解，他说："这是一个在政治、社会方面的黑暗世纪，悲观主义极为流行。有些方面

---

　　①　张岱年、方克立主编：《中国文化概论》，北京师范大学出版社1994年5月版，第96页。

它很像欧洲的中世纪，时间也有一段是同时。……可是，若是说，这是文化低落的世纪，那就完全错了，——有些人就是这样说的。恰恰相反，如果我们取文化一词的狭义，那就可以说，在这个世纪，在几个方面，我们达到了中国文化的一个高峰。绘画，书法，诗歌和哲学在这个时期都是极好的。"①不过，在这里，冯友兰的关注点倾向于南朝，而南朝的文化重点在"绘画，书法，诗歌和哲学"；张岱年虽然把关注点放在了北朝，却只是宏观阐述，而没有落实到具体的文化或者说艺术形式上。因而都没有谈到音乐问题。事实上在这个文化冲突碰撞异常激烈的历史时期，音乐的冲突碰撞乃至融合是该时期文化融合的一个突出表现。正是这一时期，北方少数民族的音乐通过各种途径输入中原，并与中原原有的音乐互融互补，导致了"中国古典乐舞的一大变革"，最后才有了"燕乐"的产生。对于这一变革过程，《中国史纲要》中有一段比较详尽的论述：

> 十六国北朝时期，所谓"胡乐"，包括西域乐和外国乐，陆续东来，开始形成中国古典乐舞的一大变革。前凉时天竺乐传入凉州。前秦末年，吕光灭龟兹，得龟兹乐，龟兹乐后来散入中原，进入北魏乐府。吕光、沮渠蒙逊等又在凉州以旧乐杂入龟兹乐，成为西凉乐（又称秦汉乐），太武帝灭凉获之。在此前后，北魏灭北燕，得高丽乐；通西域，又得疏勒乐、安国乐。西魏、北周时，高昌乐、康国乐也传入内地。周武帝时，龟兹人苏祇婆传入七调的乐律。北齐胡乐更盛"吹笛、弹琵琶五弦及歌舞之伎，自文襄以来皆所爱好。至河清以后，传习尤盛。后主唯赏胡戎乐，耽爱无已"。曹妙达、安未弱、安马驹等胡人，都以擅长音乐而封王开府。北朝的太常雅乐，大量参用"胡声"，胡乐的乐章、乐器、乐舞，在民间也颇流行。②

上面这一段文字，较为全面地描述了"胡乐"传入中原的总体情况。其实

---

① 冯友兰：《中国哲学简史》，天津社会科学院出版社 2007 年 5 月版，第 355 页。
② 翦伯赞主编：《中国史纲要》（第二册），人民出版社 1982 年 5 月版，第 138 页。

所谓的"胡乐"当时传入的途径不只是战争和交通，还有因通商、通婚、宗教等因素传入的，这在《旧唐书音乐志》中均有记载：

> 后魏有曹婆罗门受龟兹琵琶于商人，世传其业。至孙妙达，尤为北齐高洋所重，常自击胡鼓和之。

> 周武帝聘虏女为后，西域诸国来媵，于是龟兹、疏勒、安国、康国之乐大聚长安。胡儿令羯人白智通教习，颇杂以新声。

> 张重华时，天竺重译贡乐伎。后期国王子为沙门来游，又传其方音。

当时的各方音乐通过各种途径传入中原以后，与中原的音乐相结合，并形成了一种全新的音乐。这种新兴的音乐因多来自西、北少数民族，为中原所少见，所以极具新奇感，充满了异域风情和别样况味，因而也就极具感召力；又因为少数民族所特有的自由放纵的天性，故这种音乐往往表现出一种尽情尽兴、酣畅淋漓的艺术感染力，极能够打动人心，能让人放开怀抱，沉醉其中，忘却自我。至于这种音乐究竟如何让人沉溺忘返，如痴如狂，我们可以看一下下面这两段记载：

> 自宣武（北齐）以后，始爱胡声。洎于迁都屈茨，琵琶、五弦、箜篌、胡篳、胡鼓、铜钹、打沙罗、胡舞，铿锵镗鞳，洪心骇耳，抚筝新靡绝丽。歌声全似吟哭，听之者无不凄怆。琵琶及当路琴瑟殆绝音，皆初声颇复闲缓，度曲转急躁。按此音所出，源出西域诸天诸佛韵调，娄罗胡语，直置难解。况复被之土木，是以感其声音者，莫不奢淫躁竞，举止轻飙，或踊或跃，乍动乍息，踽脚弹指，撼头弄目，情发于中，不能自止。①

---

① 《文献通考·乐二》。

> 后主(北齐)亦能自度曲，亲执乐器，悦玩无倦，遂倚弦而歌。
> 别采新声为《无愁曲》，音韵窈窕，极于哀思。是胡儿阉宦之辈，齐
> 声和之，曲终乐阕，莫不殒涕。①

正是因为这种音乐具有惊心动魄、使人魂荡神摇的感染力，所以其影响迅速蔓延开来，不止盛行于宫廷，且广泛流布于民间。《隋书音乐志》载：

> 及大业中，炀帝乃定清乐、西凉、龟兹、天竺、康国、疏勒、安国、
> 高丽、礼毕，以为九部乐。……开皇中，……时有曹妙达、王长通、李
> 士衡、郭金乐、安进贵等，皆妙绝弦管，新声奇变，朝改暮易，持其
> 音技，估炫王公之间，举时争相慕尚。高祖病之，谓群臣曰："闻公
> 等皆好新变，所奏无复正声，此不祥之大也。……公等对亲宾宴饮，
> 宜奏正声。……"帝虽有此敕，而竟不能救焉。

又《通典》说：

> 开皇中，胡乐大盛于间阎。

连皇帝敕令都不起作用，可见当时这种音乐的风行势头。因为这种音乐深受喜爱，广泛流行，遂成为当时的强势音乐、主流音乐，于是人们争相趋奉。到了隋唐之际，这种音乐便蔚为大观，于是有了唐代的"声诗"，有了"旗亭画壁"的故事。唐代的"声诗"，就是用当时的音乐来演唱当时的近体律绝。不过，因为"外族音乐的声音多繁变，而律绝的字句极整齐。这两种来源和性质都不同的东西，骤然配合在一处，自然要发生龃龉"②。在这种情况下，对整齐的律绝便要进行一下加工处理，杂以"散声"，使之变成长短不齐的句式，以配合"繁变"的音乐。典型的如王维的《送元二使安西》之为《阳关三叠》。再

---

① 魏征等：《隋书》，卷13，《志·音乐》(上) 8，第207页。
② 冯沅君、陆侃如：《中国诗史》，山东大学出版社2009年4月版，第450页。

如唐玄宗李隆基的《好时光》，《尊前集》所载其词如下：

> 宝髻偏宜宫样，莲脸嫩体红香。眉黛不须张敞画，天教入鬓长。莫倚倾国貌，嫁娶个有情郎。彼此当年少，莫负好时光。①

但依刘毓盘的《词史》之说，原作应是：

> 宝髻宜宫样，脸嫩体红香。眉黛不须画，天教入鬓长。莫倚倾国貌，嫁娶有情郎。彼此当年少，莫负好时光。

乐工为了演唱的需要，在原作上加以"散声"，也就是"偏"、"莲"、"张敞"、"个"等字，便变成了长短句。这其实已经很接近词了。不过此时的"声诗"还是"选词以配乐，非由乐以定词"②的性质，但是，"也就在这同时（或稍后），民间的艺人们又尝试用参差不齐的长短句直接来配合这种'繁声淫奏'，节奏多变的音乐，这样，音乐和诗的第三次'合作'而产生的新产品——词，就应运而诞生了。"③而这种词则属于"由乐以定词，非选词以配乐"④的性质。正因为如此，所以词的全称叫做"曲子词"，又叫做"倚声"——取其"倚声填词"之意。词这种文学样式虽然最初产生于民间，但其独有的艺术魅力和强大的生命活力渐渐地引起了文人的注意，也因此逐渐步入文坛，并在文人手里日益发扬光大，形成一时之盛。

正因为词有着这样的一个产生过程，与燕乐有着这样一个密切的联系，于是造就了词的很多特性。因为这些特性源于中国特有的文化土壤，所以对于受之浸润熏陶久而深的中国文人来说，理解、接受和把握起来自是驾轻就熟，如鱼得水。不过对于韩国古代文人来说，理解、接受和把握起来就存在很多难题了。

---

① 无名氏：《尊前集》:《花间集尊前集》，华夏出版社 1998 年 1 月版，第 227 页。
② 元稹：《古乐府题序》，《元氏长庆集》卷 23。
③ 杨海明：《唐宋词史》，第 42 页。
④ 元稹：《古乐府题序》，《元氏长庆集》卷 23。

首先是在音乐的学习上就存在着非常大的难度。因为音乐与词的密切关系，虽然词在传入高丽朝之初，是与音乐一起传过去的，确切地说，应该是伴随着音乐传过去的。当时词的音谱自然也在。高丽王廷对宋朝的音乐非常感兴趣，既蒙赐乐，又要求抄写曲谱，所以"大晟乐"、"新乐"引入甚多。但是无论是"新乐"也好，还是"大晟乐"也好，对于高丽文人来说，都非常陌生。况且这种音乐的繁复程度原非一般人所能想象。据载，当时高丽王廷为了习演这种音乐，曾多次请求宋朝派乐师前往高丽教习，也曾派专门的乐工到宋朝来学习。据徐兢《宣和奉使高丽图经》卷四十载："熙宁中，王徽（高丽文宗）尝奏请乐工，诏往其国，数年乃还。"但即便是专门的乐人，学习起来也需要花费很长的时间，而且还要心无旁骛，全力投入。专业人士尚且如此，普通文人学习起来更是难上加难。但由于词与音乐的特殊关系，造成了"按谱填词"的特殊做法。而这里的"谱"主要指的是音谱（就词的音乐性而言的曲谱），而非后世填词所用的词谱（就词的平仄格律而言的格律谱）。所以学词必先学乐。作词与作诗的最大不同，就是作词一般要先按律制谱，然后配以歌词。所谓"按谱填词"也就是刘禹锡所说的"依曲拍为句"，也就是要"依照音谱所定的乐段乐句和音节声调，制词相从"[1]。故是否懂得曲谱直接影响到能否作词。大晟府所制的征、角二调曲谱，到南宋便基本无人填写，关键原因是"不得其本均，大率皆假之以见"[2]。虽然南宋以后，由于很多词人并非知音识曲者，加之北宋曲谱多已失传，所以作词已多不依曲谱，但在北宋，特别是在柳永、周邦彦的时代，作词者几乎无不谙熟音律，所以《四库全书总目》说"其时士大夫多娴音律，往往自制新声，渐增旧谱"[3]。人们也把作词依谱，合音协律看做是理所当然的金科玉律，所以如苏轼稍有出格，便有"句读不葺之诗"[4]之讥。而宋乐之入高丽恰在此时，那么势必把当时的作词理念、法则、范式一并传了过去。所以词在传入高丽之初，基本上仅限于宫廷流传，原因就在于懂乐者多不会因乐作词，而能写词者又多不晓乐谱，既晓乐谱复能作词

① 吴熊和：《唐宋词通论》，第 35 页。
② 脱脱等：《宋史》，卷 129,《志》82,《乐四》，第 1899 页。
③ 《词曲类》二,《碧鸡漫志》条。
④ 李清照：《词论》。

者少之又少。当然，这里的音乐指的是从中国传过去的与词相关的音乐，而非韩国的本土音乐。所以，敢写词并能写词的也就仅限于几位帝王和在音乐上有相当造诣的人，如宣宗、睿宗和尹誧等。

其次是音乐的理解和把握上存在着很大的难度。燕乐与以往的音乐相比有两大特色：一是俗，一是艳。众所周知，雅乐是先秦时的古乐。乐器多用钟鼓琴瑟等，其乐沉缓悠扬、中正和平。清乐是汉魏六朝的音乐，所用乐器多是丝竹之属，如筝瑟箫竽之类，其乐从容雅缓、音稀而淡。雅乐主要用于庙堂祭祀，清乐则被隋文帝誉为"华夏正声"，均是雅正之音，保持着"乐而不淫，哀而不伤"的中和之美。相比之下，燕乐的乐器则主要以琵琶为主，同时吹、拉、弹、击各种乐器均有，其乐繁声促节、音情激荡，"上则益浊，下则益清，慢者过节，急者流荡"①，情感抒发重在淋漓尽致，体现的是一种哀乐极情的极致之美。所以雅乐、清乐给人以庄重平和之感，而燕乐则给人以放纵震荡之感。前者偏于静，后者偏于动；前者重在雅，后者重在俗；前者更有官方色彩，后者更有民间色彩。从前面述及的燕乐流行的情况我们也可以看出，"隋唐燕乐，不复限于朝廷，它已经扩大应用到一般公私宴集和娱乐场所，成了雅乐之外俗乐的总称了"②，而事实上，早在《旧唐书礼乐志》里面就已经把当时的燕乐二十八调称为"俗乐"了。另外从"旗亭画壁"等故事来看，当时的燕乐确实是风行于酒肆歌楼之间。而这种俗对于中国文人来讲很容易理解，但对于不知道燕乐发展渊源的高丽文人来说，根本无从知道。特别是这种俗，影响到词，已经绝非文字上的雅俗之别，它是要求这种文学样式要适应世俗要求，符合大众口味，以便娱宾遣兴。也就是说这种俗体现的是一种总体上的审美取向，这对于高丽文人而言，更难把握。艳和俗是紧密关联的。因为燕乐是俗乐，多用于酒边樽前、青楼歌舞，演唱者多为歌妓舞姬，所以其曲自然就偏向香艳一路，强调的是和谐婉转、甜美动听，伴以红巾翠袖、皓齿朱唇，更要与曼妙的舞姿、流转的眼波相互配合，就不只是悦耳，还要娱目才行。而这些对于不了解中国当时的社会生活和文化氛围的高丽文人来说，也是根本无从

---

① 《旧唐书礼乐志》。
② 吴熊和：《唐宋词通论》，第6页。

知道的。如此一来，他们就不能深入透彻地把握燕乐的根本特点，因此也就无法把握词的特质，就会觉得词是一种高深莫测的东西，于是望而却步，不敢操笔。所以当年睿宗作词，令大臣奉和的时候，众皆畏缩，甚至"上表请辞"，原因即在于此。

正因为这诸多难题无法解决，所以作为对词这种文学样式既有"辅佐之功"又有"哺育之劳"的燕乐虽然传入了高丽，却根本无法推广开来，更谈不上广泛流行。如此一来，失去了辅佐和哺育的词在高丽便很难像在中国那样遍地开花。

7.1.2 韵律

事实上，高丽朝的词人开始作词之时，除了最初的几位帝王和尹誧之外，恐怕已经没有人能按照音谱来填词了。像金克己、李奎报的时代，已是在南宋末年，当时在南宋本土音谱已经不多见，也很少有人按音谱填词了。张炎的《词源·杂论》中就说："今词人才说音律，便以为难。"沈义府《乐府指迷》也说"腔律岂必人人皆能按箫填谱"，又说"近世作词者不晓音律"。在高丽就更不用说了。金元时这种现象更为普遍。而高丽朝文人作词的时期主要是金元对高丽绝对控制的时期，其时文人作词，特别是李齐贤以后，基本上是在元朝词人的影响下进行创作，那么对曲调的依从性应该很小或不复存在。虽然当时的高丽朝大晟乐谱可能依然存在，但从高丽朝词人所流传下来的作品来看，他们显然没有按照大晟乐来制词，所用词牌多为《高丽史乐志》《唐乐》中所有，那么他们只能是按照调谱来填词，其规则简而言之就是所谓"调有定句，句有定字，字有定声"。

这里的"调"指的是词调。按照吴熊和的说法，词调来源于曲调。"词调须以相应的文句、字声，与曲调的曲度、音声相配合，从而形成一定的体段律调而定型下来。""按谱填词的方法，就是便于词调与曲调得到协调和统一。词调的长短、分段、韵位、句法以及字声，主要取决于曲调。这是词调对曲调的依从性。但词调一经成体，它就可以脱离曲调，作为一种新的格律诗体而出现。这是词调对曲调的独立性。唐宋词人，在依曲定体的基础上，借鉴前代诗歌主要是唐代近体诗的声律，精心结撰，创制了千百个词调，使这种独具风度声响，有着完备格律的词体得到充分发展。"①南宋以后，由于曲调多已失传，词调已经不再依赖曲调，其独立性的特征日益凸现出来。"自宋词音谱失传之后，按谱填词的含义也随之改变，按音谱填词这层重要含义就不复存在，只剩下按词调填词这后一层含义了。"②不依音谱而按调谱来填词，这对于高丽文人来说，作词似乎应该容易一些。其实大不尽然。清万树在谈到按词谱填词时说：

> 周、柳、万俟等之制腔造谱，皆按宫调，故协于歌喉，播诸弦管。以迄白石、梦窗、草窗辈，各有所创，未有不悉音理而可造格律者。今虽音理失传，而词格具在，学者但宜依仿旧作，字字恪遵，庶不失其矩矱。③

万树的话明显在告诉我们，虽然音理已失，但规矩尚在，所以人们更应该"依仿旧作，字字恪遵"。而这八个字里面，作者还强调了一个话外音，就是越是音理不在，越应该严加要求，严格按词谱填词。另外，吴照衡的《莲子居词话》中也说：

> 西林先生言："词之兴也，先有文字，从而宛转其声，以腔就辞者也。洎乎传播通久，音律确然，继起诸词人不得不以辞就腔，于是必遵前词字脚之多寡、字面之平仄，号曰填词。或变易前词仄字而平，或变易前词平字而仄，要与音律无碍。或前词字少而今多之，则融洽其多字于腔中，或前词字多而今少之，则引伸其少字于腔外，亦仍与音律无碍。盖当时作者、述者皆善歌，故制辞度腔而字之多寡、平仄参焉。今则歌法已失其传，音律之故不明，变易、融洽、引伸之技，何由而施。操觚家按腔运辞，竞竞尺寸，不易之道也。"

---

① 吴熊和：《唐宋词通论》，第51—52页。
② 吴熊和：《唐宋词通论》，第48页。
③ 《词律·发凡》。

这里"以腔就辞"、"以辞就腔"正确与否我们姑且置之不论。但他所说的懂音律者作词可以灵活运用"变易、融洽、引伸之技",而不懂音律者只能死搬硬套,恪守前规,无法灵活变通的道理却是人人都看得懂的,也是人人都能认同的。这样看来,按音谱填词比按词谱填词反倒更灵动些,更自由些;而按词谱填词反倒更死板些,更艰难些。所以今人刘永济在谈到这个问题时说:"古人词句平仄,亦非绝对不可移易,但移易亦必有法。大抵古人精于音律,故能随律定声,法由自造。后人不通音理,则不可任意更换,致失本调耳。"① 懂音律就可以"随律定声,法由自造",不懂音律就要小心翼翼,严守规矩。而这个规矩又定得特别细,特别严。那么究竟严细到何种程度呢?仅就平仄四声而言,前人就已经有很多说法。

如李清照《词论》:

> 盖诗文分平、侧,而歌词分五音,又分五声,又分六律,又分清、浊、轻、重。

如张炎《词源》:

> 先人晓畅音律,……每作一词,必使歌者按之。稍有不协,随即改正。……又作《惜花春起早》云:"琐窗深",深字意不协,改为幽字,又不协,再改为明字歌之始协。此三字皆平声,胡为如是?盖五音有唇、齿、喉、舌、鼻,所以有轻、清、重、浊之分。故平声字可为上、入者,此也。②

又如仇远《玉田词题辞》:

> 世谓词者诗之余,然词尤难于诗。词失腔,犹诗落韵。诗不过

---

① 刘永济:《词论》,上海古籍出版社1981年3月版,第36页。
② 刘永济:《词论》,上海古籍出版社1981年3月版,第38页。

四、五、七言而止，词乃有四声、五音、均拍、轻、重、清、浊之别。若言顺律舛，律协言谬，俱非本色。①

　　李清照、张炎、仇远都是宋人，他们的看法代表了宋人的一般看法。从这三个人的言论中我们可以看出，宋代作词，不但要讲平仄，还要讲五音、五声、轻清重浊、均拍，平上去入也区分得特别细。李清照所说的"五音"，王仲闻以为是宫、商、角、徵、羽，吴熊和以为是唇、齿、喉、舌、鼻，从张炎的说法来看，吴说为是。"五声"指的是宫、商、角、徵、羽。"六律"指的是古代乐律的十二律吕，阳六为"律"，阴六为"吕"。"均拍"是当时的音乐术语。唐宋曲调大都分段，每段音乐，又分为若干小段，称为"均"。"一均就是乐曲中一个相对完整的音乐单位，乐曲于此为'顿'、'住'，词调则于此断句、押韵。"一均又分若干小节，称为"拍"。"均拍"的轻重缓急，决定了一首词词句的长短，字数的多寡。"清、浊、轻、重"指的是阴阳声。虞集《中原音韵序》："以声之清、浊，定为阴、阳。如高声从阳，低声从阴。"一般轻清者同属一类，重浊者同属一类。在平上去入方面，不但要区分阴阳，而其何处用平，何处用上去，何处用入，都有讲究，特别是入声字的用法，讲究尤多。当然，宋人论词，大多与音乐相关联，李清照和张炎更是晓畅音律之人，所以所论未必与后世词谱尽合。后世词谱虽无音谱，但在四声阴阳、五音相协等方面的要求并无二致，甚至更加严格。如万树《词律》就有这样一段话：

　　平仄固有定律矣。然平止一途，仄兼上、去、入三种，不可遇仄而以三种概填。概一调之中，可概者十之六七，不可概者十之三四，须斟酌而后下字，方得无疵。此其故，当于口中熟吟，自得其理。夫一调有一调之风度声响，若上、去互易，则调不振起，便成落腔，尾句尤为吃紧。如《永遇乐》之"尚能饭否"、《瑞鹤仙》之"又成瘦损"，尚、又必仄，能、成必平，饭、瘦必去，否、损必上，如此然后发调。末二字若用平、上，或平、去，上、上，上、去，皆为不合。元人周德

_____

① 张炎：《山中白云词》，吴则虞校辑，中华书局 1983 年 10 月版，第 164 页。

清论曲有煞句定格；梦窗论词，亦云某调用何音煞。虽其言未详，而其理可悟。……盖上声舒徐和软，其腔低，去声激厉劲远，其腔高，相配用之，方能抑扬有致。[①]

这里不但严分平上去入，还要严讲四声搭配，真正细讲到了"字有定声"的程度。可见按词谱填词，绝非易事。还有更难的就是，宋金元之际，尚无专门的词谱著作流传下来。今所见词谱最早的是明代张綖的《诗余图谱》。《四库全书总目提要》卷 199 集部词曲类《钦定词谱》条说："唐宋两代皆无词谱。"虽然有的学者对此说存疑，认为宋代杨缵的《圈法周美成词》已经具有词谱的性质，但一则其书已经失传，无由得见，二则即便其具有了词谱的性质，也终非后世那种"裒合众体，勒为一编"[②]的"详次调体，剖析异同，中分句读，旁列平仄，一字一韵，务正传讹"[③]的专门词谱。宋代有无词谱不能据此以定。金元两朝是否有词谱问世，尚不见著录，似乎没有的可能性更大一些。那么在音谱既无、调谱未创的情况下，宋元人究竟如何作词呢？按照吴熊和的考证，在宋代音谱失传的情况下，很多词人都"以词代谱"进行创作，"柳永、周邦彦、姜夔等名家词集，在宋时实际上都起着代词谱的作用"，"而且愈到后来愈如此。"[④]以此类推，金元时情况当类似。那么这就要求作词者对所依之词的"平仄四声，一一严守不失"[⑤]。如南宋末年，方千里有《和清真词》，今存 93 首，杨泽民也有《和清真词》，今存 92 首，这些作品"全部是依周邦彦词原韵而作，平仄四声，也一一以之为准绳，不敢改易"[⑥]。当然，方、杨二人是周邦彦的崇拜者，故全依原韵作词，其他人大可不必如此。但这已经说明了当时作词的一种典型方式。另如宋金元之际，追和苏轼《念奴娇》的词作多达 31 首，这固然体现了时人和后人对苏轼的热爱，但也说明了模拟名家名作确

---

① 刘永济：《词论》，第 37 页。

② 《四库全书总目提要》：卷 199，《集部·词曲类》，《钦定词谱》条。

③ 《御制词谱序》：据清康熙五十四年，内府刻本影印：《钦定词谱》，中国书店 1983 年 3 月版，第 1916—1917 页。

④ 吴熊和：《唐宋词通论》：第 48 页。

⑤ 吴熊和：《唐宋词通论》：第 48 页。

⑥ 王兆鹏：《唐宋词史论》，人民文学出版社 2000 年 1 月版，第 120 页。

实是当时的作词之法。那么高丽词人在这种风气影响之下，其作词之法亦当作如是观。而问题就在于，这种以词代谱的作词法实际上要比依照后世的调谱作词还要难。它要求作者要先辨明原词的每一个字所属的四声阴阳，然后才能下字。其实对于高丽文人来讲，每个字都严分平仄已是难事，所以词入文人手里之初，就已经存在着不能严依平仄作词的现象。现在看来，其中虽然可能有作者主观上打破格律束缚的因素，不过更可能有客观上力有不及的因素。严分不平仄已经无法办到，欲其明辨四声无疑难上加难。所以韩国古代文人多把依谱填词视为畏途。这在他们的一些议论中我们可以看得很清楚：

　　　徐居正《东人诗话》卷上："乐府，句句字字皆协音律，古之能诗者，尚难之。"

　　　许筠《鹤山樵谈》："我国音律不同中原，故无作歌词者。"

　　　李晬光《芝峰类说》卷一："我国人不解音律，虽作小词其不能和曲，固也。"

　　　洪万宗《旬五志》卷下："我东方不解音律，自古不能作乐府歌词。"

　　韩国古代文人一再强调"不解音律"，这里的"音律"应该是既包括音乐，也包括韵律。朝鲜朝之所以有人视词谱如无物，也存在着依谱填词太过困难的因素。

7.1.3 文化

词文学在中国的产生，有着特定的文化背景要求。

首先，词是市俗文化——特别是歌舞娱乐生活的产物。前文已经说过，词所赖以产生的燕乐本身就是俗乐，风行于闾里之间。词伴随着燕乐而生，那么世俗文化也就成了它生根发芽、开枝散叶的土壤，同时也是它赖以生存发展的生命源泉。如果没有了这个源泉的滋养，词文学这个艺苑奇葩便难免要凋谢飘零。而且即便这个源泉在，但是如果词这种文体本身不再适应这种世俗文化的需要，那么它也必将失去应有的维护而日趋衰亡。中国词文学的发展历程已经充分地证明了这一点。词发展于晚唐五代，大盛于两宋，主要是因为它在这一历史时段内与市俗文化联结甚密；南宋后期以致元明，词文学日趋衰落，其主要原因之一就是渐与市俗文化脱离。

词最初产生于民间，原本便是一种通俗的民间文艺形式。后来渐入文人之手，初期的社会职能主要是娱宾遣兴、佐酒佑欢，服务的还是市俗生活。而且词正是在这种市俗生活的刺激下，才逐渐发展壮大起来的。词的发展繁荣，始于晚唐五代。而这一段恰是世俗文化极度活跃的时期。关于这一点，欧阳炯在《花间集序》中作了生动的描述：

> 镂玉雕琼，拟化工而迥巧。裁花剪叶，夺春艳以争鲜。是以唱云谣则金母词清，挹霞醴则穆王心醉。名高白雪，声声而自合鸾歌。响遏行云，字字而偏谐凤律。杨柳大堤之句，乐府相传。芙蓉曲渚之篇，豪家自制。莫不争高门下，三千玳瑁之簪。竞富尊前，数十珊瑚之树。则有绮筵公子，绣幌佳人，递叶叶之花笺，文抽丽锦。举纤纤之玉指，拍按香檀。不无清绝之词，用助娇娆之态。自南朝之宫体，扇北里之娼风。何止言之不文，所谓秀而不实。有唐以降，率土之滨，家家之香径春风，宁寻越艳。处处之红楼夜月，自锁嫦娥。①

欧阳炯的描述虽不免有文学的成分，但基本上体现了晚唐五代词文学产生的社会现实。就晚唐言，文士生活日趋风流享乐，出入秦楼楚馆等市井娱乐场所已是寻常事。狎妓饮酒、听词唱曲，不但见诸史载，且见诸吟咏。虽然五代战乱频仍，但西蜀和南唐两地相对稳定，再加上当时统治者的奢侈享乐，宴饮娱乐之风大行。正是应这种市俗娱乐之风的要求，才有了大量的词的创作，而这些词的创作，毋庸置疑地又反过来促进了娱乐生活的繁荣。北宋时期，更是如此。其时情景，孟元老的《东京梦华录》多有记载：

① 华钟彦：《花间集注》，中州书画社1983年版，第1—2页。

太平日久，人物繁阜，垂髫之童，但习鼓舞，斑白之老，不识干戈，时节相次，各有观赏。灯宵月夕，雪际花时，乞巧登高，教池游苑。举目则青楼画阁，绣户珠帘，雕车竞驻于天街，宝马争驰于御路，金翠耀目，罗绮飘香。新声巧笑于柳陌花衢，按管调弦于茶坊酒肆。

坊（居住区）市（商业区）融合，夜市开放，北宋城市的商业和娱乐业的发展更胜从前，出现了多个人口超过十万的大都市，都城汴京更是居其首位。孟元老所记的繁华景象就是当时汴京的真实图景。"这种绮丽繁华的都市风情推动了市民阶层对音乐歌唱艺术消费需求的增长，也促成了广大文人阶层冶游狎邪风气的盛行及其对城市文化娱乐生活的熟悉。这就是宋代词人创作的大背景，也是宋词繁荣的大温床。"[1]南宋前期，在大量音谱失传的情况下，词仍能得以繁荣发展，也与它和市俗生活的紧密联系有关。当时的很多大城市仍然一片歌舞繁华，特别是都城临安，这在周密的《武林旧事》中同样多有描述。

但事实上，词在这个时期已经开始在走下坡路。究其要者，原因有二：第一便是抒情言志功能的大量介入，使词在很大程度上丧失了休闲娱乐的功能；第二便是词作愈来愈趋醇雅，可读性超过了可唱性，虽然更符合文人口味却不合大众口味。这两点使词已经开始逐渐地与市俗文化相脱离。到了南宋后期，词越来越变成文人的案头读物，因而也就失去了市俗文化的支持，也就失去了赖以生存的土壤，也就失去了生命的源泉，于是也就渐趋零落。

当然，韩国古代也有所谓的市俗文化，高丽朝同样有歌舞宴饮。在这一点上，两国并没有什么不同。问题是，同是市俗文化，但中韩两国大不相同。中国的词这种文学样式始终无法与高丽朝的市俗文化相融合。中国的市俗文化有中国的相应文化产物，韩国的市俗文化也有韩国相应的文化产物。虽然因为高丽朝对市俗文化的轻视而导致了高丽市俗文化产物的大量遗失，后人虽欲整理而不得其门径，以致我们现在已经很难窥得当时全貌，但从一些相

---

[1]　刘尊明：《唐宋词综论》，中国社会科学出版社 2004 年 12 月版，第 241 页。

关记载中，我们还是可以考察到当时市俗文化的兴盛情况。所以大晟乐传入高丽以后，一方面固然由于习演困难，一般只限于朝廷和一些重大场合，根本无法普及，这从《高丽史》的相关记载中可以看得出来；另一方面也是因为没有了市俗土壤的滋养，故而无法在高丽繁荣发展。没了生命活水，词在中国本土尚难繁荣，在域外就更不用说了。

其次，词与诗在中国文人心里的角色定位不同。而这种角色定位却无法完全照搬到高丽文人心里面去。这种定位不同，源于诗词表现功能有异。王国维说："词之为体，要眇宜修。能言诗之所不能言，而不能尽言诗之所能言。诗之境阔，词之言长。"①主要是就诗词所承担的表现内容不同而言。词的产生背景使词有了不同于诗的特质，也有了不同于诗的表现功能。前人多说诗词有别，这个"别"固然表现在形式方面，但更多地体现在表现功能方面。一般说来，我们可以这样概括，诗主外而词主内，诗主重大之事而词主私小之事，诗以载道而词以言情。

所谓的"诗主外而词主内"，是指一般而言，诗多用于表现外部世界，而词多用于表现内部世界。外部世界多与社会现实相关，内部世界多与心灵感应相关。所以诗多被界定为外向型的"致用文学"，强调的是"可以兴、可以观、可以群、可以怨。迩之事父，远之事君，多识于鸟兽草木之名"②，是"经夫妇，成孝敬，厚人伦，美教化，移风俗"③，是"救济人病，裨补时阙"④；而词多被界定为内倾型的"心绪文学"，强调的是"不无清绝之词，用助娇娆之态"⑤，是"曲尽人情"⑥，是"眼中泪，心中事，意中人"⑦，是"宛转绵丽，浅至儇俏，挟春月烟花于闺幨内奏之，一语之艳，令人魂绝，一字之工，令人色飞"⑧。很多时候，诗是给别人欣赏的，而词是给自己品味的。关于诗词的这种内外之别，吴谷人和沈祥龙的议论会给我们更多的启示。

---

① 《人间词话删稿》：见《蕙风词话人间词话》，人民文学出版社 1982 年 11 月版，第 226 页。
② 《论语阳货》，见李泽厚：《论语今读》，安徽文艺出版社 1998 年 10 月版，第 406 页。
③ 《毛诗序》。
④ 白居易：《与元九书》。
⑤ 《花间集序》。
⑥ 王炎：《双溪诗余自序》。
⑦ 张先：《行香子》。
⑧ 王世贞：《艺苑卮言》。

吴谷人在《红豆词序》中有这样一段话：

> 驻枫烟而听雁，舣葭水而寻渔；短径遥通，高楼近接；琴横春荐，杂花乱飞；酒在秋山，秋月相候，此其境与词宜。金迷纸醉之娱，管语丝哇之奏；浦遗余佩，钗挂臣冠；满地蘼芜，夕阳如画；隔堤杨柳，红窗有人，此其情于词宜。①

晚清的沈祥龙在《论词随笔》中有这样一段话：

> 题有不宜于词者：如陈腐也，庄重也，事繁而词不能叙也，意奥而词不能达也。几见论学问、述功德而可施诸词乎？几见如少陵之赋《北征》，昌黎之咏石鼓而可以词行之乎？

这两段话可以作王国维之论的注脚。前者回答了"能言诗之所不能言"所指；后者则是对"不能尽言诗之所能言"之说的进一步解释。从吴谷人的话中我们可以看出，"所说与词相宜之境，当以审美心灵去拥抱，并'镌诸'文字；而与词相宜之情，当'超其象外，得其环中'，表现为心灵之审美"②，而审美的心灵是"对事功、政教、伦理的离异和超越"；心灵的审美则是"真正体现心绪文学，缘情本位"的审美。③说到底，其实还是说词这种文学样式，专致于表达心绪，特别是在诗中所不宜表达的柔情媚景，"幽香蜜味"。④后者说明了"不能尽言诗之所能言"者为何。也就是诗中所能表现的那些陈腐的、庄重的、繁琐的、深奥的、关于学问功德的东西，不适合照搬到词里来表现。而这些东西，恰恰多在心绪体验之外。词的这种关注心灵波动，关注私人空间，关注情感体验的个性特征，对于一直接受中国正统儒家思想影响的高丽文人来说，在理解和接受上肯定是有些困难的。

---

① 江顺诒：《词学集成》，卷7。
② 邓乔彬：《唐宋词美学》，齐鲁书社2006年3月版，第16页。
③ 邓乔彬：《唐宋词美学》，齐鲁书社2006年3月版，第17页。
④ 谢章铤：《眠琴小筑词序》。

所谓的诗主重大之事而词主私小之事，是说在主题选择上，诗一般用来表现重大的主题，诸如建功立业、济国安民、议论时政、关心民瘼，以及君臣遇合、有志难骋，或者遗世之想、节操之叹等等；而词多用来表现细小的主题，诸如思乡念远、离愁别恨、怨妇怀人之情、征夫漂泊之感、节序变迁之悲等等。相应的诗的表现空间一般比较阔大，而词的表现空间一般比较狭小；前者以广远见长，后者以幽深见长；前者多见江山与塞漠，后者多见亭台与闺阁。这也就是王国维所说的"诗之境阔，词之言长"。由此也就造成了诗词在意象选择上的不同：诗的意象多是阔大阳刚的意象；而词的意象多是细小阴柔的意象。如同样是写山、写水，诗中的山水与词中的山水便有很大不同。对于这种小大之分我们可以看下面这两篇作品：

早 雁 （杜牧）

金河秋半虏弦开，云外惊飞四散哀。
仙掌月明孤影过，长门灯暗数声来。
须知胡骑纷纷在，岂逐春风一一回。
莫厌潇湘少人处，水多菰米岸莓苔。

解连环 （张炎）

楚江空晚。怅离群万里，恍然惊散。
自顾影、欲下寒塘，正沙净草枯，水平天远。
写不成书，只寄得、相思一点。
料因循误了，残毡拥雪，故人心眼。

谁怜旅愁荏苒。谩长门夜悄，锦筝弹怨。
想伴侣、犹宿芦花，也曾念春前，去程应转。
暮雨相呼，怕蓦地、玉关重见。
未羞他、双燕归来，画帘半卷。

从内容上看，这两篇作品都是写孤雁的，但表现的主题却有很大的差别。前者体现的是忧时伤世之情，着眼点在于社会民众；后者体现的则是飘零沦落之苦，着眼点在于自家身世。再从空间上看，杜诗看似小而实大，张词看似大而实小。虽然杜牧笔下描绘的景象落在"仙掌月明"、"长门灯暗"上，但其着意突出的却是这背后的苍茫夜色；而张炎笔下所描绘的景象尽管落在"楚江空晚"、"水平天远"上，但其着意突出的却是这大背景下的一点孤雁。再从整体上看，杜诗的空间还连接着塞外大漠和江南水乡，而张词的空间却始终围绕着孤雁打转。还有就是这两篇作品都写到了长门宫，杜诗落笔在宫外之境，张词却落笔在宫内之景，大小之别自是不言而喻。至于所用意象上的差别显而易见，无庸赘言。

上述外内大小之间，其实已经道出了"诗以载道"、"词以言情"之别。而唐宋时期的很多词人其实已经认识到了这种区别，并着意落实到诗词创作实践中去。如欧阳炯《花间集序》、陈世修《阳春集序》已不消说。再如欧阳修。欧阳修是北宋诗文革新运动的领袖，其诗文理念秉承了韩、柳的传统，强调"道胜"①、"穷而愈工"②，强调"文学创作必须从狭隘的个人圈子中走出来，而与整个社会的荣衰、国家的兴亡联系起来"③。但他在词的创作上，态度完全是另外一回事，其《西湖念语》云：

　　昔者王子猷之爱竹，造门不问于主人，陶渊明之卧舆，遇酒便留于道士。况西湖之胜概，擅东颖之佳名。虽美景良辰，固多于高会。而清风明月，幸属于闲人。并游或结于良朋，乘兴有时而独往。鸣蛙暂听，安问属官而属私。曲水临流，自可一觞而一咏。至欢然而会意，亦傍若于无人。乃知偶来常胜于特来，前言可信。所有虽非于己有，其得已多。因翻旧阕之辞，写以新声之调，敢陈薄伎，聊佐清欢。

---

① 欧阳修：《答吴充秀才书》，见李逸安点校：《欧阳修全集》（第二册），中华书局2001年版，第663页。
② 欧阳修：《梅圣俞诗集序》，见李逸安点校：《欧阳修全集》（第二册），中华书局2001年版，第612页。
③ 张少康、刘三富：《中国文学理论批评发展史》（下），北京大学出版社1996年9月版，第7页。

写诗的欧阳修是一个肩负重大使命的国之重臣，写词的欧阳修则一变而为乘兴出游、流连光景的"闲人"，诗在欧阳修眼里必须载道言志，而词在欧阳修的眼里则只需"聊佐卿欢"。不止欧阳修是这样，苏轼也是这样。有人认为苏轼推尊词体，其实不然，苏轼一向视词为"小道"，而且宋代的很多文人都是这样，特别是北宋前期文人，这实际上是传承了五代的词学观念。所以吴熊和论及这一点时说："宋人论诗、文，务在言志载道；论词则以缘情绮靡为尚，有着两种标准、两种尺度，这也可以说由花间词人始肇其端的。"诗是"正事"，而词为"余事"，这种"余事"只适合于消遣时光、儿女情长，而不适于"经国之大业"、庄重之事项。这种角色定位差不多贯穿了整个词史，只不过有时因为有别的声音在而显得不那么突出而已。

这种诗词的角色定位从根本上讲源于中国文人文化性格的一种分裂，但同时也是文化心理的互补。从"诗言志"开始，到"文章者，经国之大业，不朽之盛事"，再到"文章合为事而著，歌诗合为时而作"，中国文人手中的那支细笔一直重若千钧，中国文人的心灵深处也一直背负着沉重的负担，为国为民、弘扬正道的艰巨使命使他们不敢放纵诗笔，固有的观念、既定的传统和历史的教训，又让他们没有勇气去拿掉这附着在诗笔上同时也是压在他们心头上的正义的盘石。自然的人性因此受到了压抑，正常的人情因此得不到宣泄。其结果必然导致人性的失衡。某种意义上讲，宫体诗与香奁诗就是这种压抑下爆发的产物。而它们的饱受批判则是人们不敢面对真实人性的一种表现，尽管这些作品中确有一些扭曲、病态的东西。在这种情况下应运而生的词无疑为文人们的心灵寄托和情感宣泄提供了一个绝妙的方式。其实词与宫体和香奁体的渊源是显而易见的，但文人们虽然同样可以指责它的浮艳绮靡，却并不妨碍他们去创作，其中一个重大原因就是它是词而不是诗。在诗中，文人们要正襟危坐才行；而在词中，不妨"且须放荡"一回。而文人性格因此一分为二，这实际上是中国传统文化强制作用的结果。

7.2 传播途径的不足

词能得以大盛于两宋，与这一时期词得以广泛传播有着莫大的关系。两宋很多词人是因为其作品喜爱者众，传播者广，而得以名著于世的。如柳永，其词不但传入禁中，更是传到了域外，据叶梦得的《避暑录话》卷三载："一西夏归朝官云：'凡有井水饮处，即能歌柳词。'"又，罗大经的《鹤林玉露》载："孙何帅钱塘，柳耆卿作《望海潮》词赠之云：'东南形胜'云云。此词流播，金主亮闻歌，欣然有慕于'三秋桂子，十里荷花'遂起投鞭渡江之志。"最后竟至于"教坊乐工，每得新腔，必求永为词，始行于世"①。又如周邦彦，据张义端的《贵耳集》和周密的《浩然斋雅谈》记载，他的词因当时名妓李师师的演唱而多次上达天听。虽所记事件互有抵牾，且"核其岁月，时复乖舛，郑文焯、王国维二氏已力辟其非"②，但张义端和周密都是南宋时的人，去周邦彦不远，所以所记周词在当时众妓喜唱而且流行宫中这一事实应该是不会错的。又据前人笔记序跋记载，时至南宋，周词仍流传不衰。如毛开《樵隐笔录》："绍兴初，都下盛行周清真咏柳《兰陵王慢》，西楼南瓦皆歌之，谓之《渭城三叠》。"又陈郁《藏一话腴》："（周邦彦）二百年来，以乐府独步，贵人学士市儇妓女，皆知美成词为可爱。"又吴文英《惜黄花慢》词序云："次吴江小泊，夜饮僧窗惜别，邦人赵簿携小妓侑尊，连歌数阙，皆清真词。"张炎《国香》词序云："沈梅娇，杭妓也，忽于京都见之，把酒相劳苦，犹能歌清真《意难忘》、《台城路》二曲，因嘱余记其事。词成，以罗帕书之。"可见直到宋末元初，歌词乐谱多已失传的情况下，美成词仍在传唱，这已经非常了不起。龙榆生论清真词时也说："其流播歌者之口，亦较其他作家为最久长。"③再如苏轼，也是一有"新词"，"京师便传"④。黄庭坚也是"名重天下，诗词一出，人争传之"⑤。而秦观词在当时也有甚多的喜唱者，如琴操⑥，如某贵人家侍儿⑦。其作品"元丰间，盛行于淮、楚"⑧。必须传播广泛，偌多的词作才有市场；有了市场，才能反过来刺激词人的创作。所以众口传唱是词作获得长久生命力的第

---

① 叶梦得：《避暑录话》，卷3。
② 龙榆生：《清真词叙论》，《词学季刊》第二卷第四号，上海书店出版1985年12月版，第5页。
③ 龙榆生：《清真词叙论》，《词学季刊》第二卷第四号，上海书店出版1985年12月版，第12页。
④ 王明清：《挥麈后录》，卷7，《挥麈录》，中华书局1961年10月版，第168页。
⑤ 惠洪：《冷斋夜话》，卷10。
⑥ 吴曾：《能改斋漫录》。
⑦ 蔡绦：《铁围山丛谈》，卷4。
⑧ 叶梦得：《避暑录话》，卷3。

一保障，也是促进词坛繁荣的重要条件。而高丽词在这方面明显存在着重大欠缺。其突出表现是很多词人词作鲜为人知，不但在市井间鲜为人知，词人与词人之间也互不相知，特别是后人与前人之间。我们现在翻检古籍，知道高丽朝的词人总计在 30 人左右，未发现的可能还有。但直到朝鲜朝，很多人提起前辈词人，仍然仅知李齐贤而已。如《东人诗话》中说："乐府句句字字皆协音律。古之能诗者，难之。吾东方语音与国不同。李相国、猊山、牧隐、李大谏皆以雄文大手，未尝措手，惟益斋备述众体，法度森严。"《小华诗评》中也说："我东人不解音律，我东方语音，与中国不同，李相国、李大谏、猊山、牧隐，皆以雄文大手，未尝措手。"不但金克己、闵思平、金九容不为人所知，像李奎报、李谷这样的知名大儒也一样无人提及。这只能说明一个问题，就是当时词作品传播不广，不受关注。而造成这一现象的根本原因之一就是传播途径不足。

7.2.1 传唱乏人

传唱乏人是韩国词难以广泛传播的致命因素。

词的传播途径主要有两种：一是书面传播；一是口头传播。词和诗不同，诗多依靠书面传播，而词则口头传播更为重要。因为词是写给人唱的，必须有人唱、唱得动听，才能得以广泛流传，才能为人所知，才能经久不衰。宋词创作空前绝后很大程度上决定于传唱氛围、传唱队伍的空前绝后。

五代两宋间，词之口头传播形成一时之盛，特别是在宋朝。这是因为宋朝采取重文轻武的政策，对文人诸多优待，并积极鼓励文人宴饮享乐。《续资治通鉴长编》卷64载，真宗景德三年(1006)九月，"诏以稼穑屡登，机务多暇，自今群臣不妨职事，并听游宴，御使勿得纠察。上巳、二社、端午、重阳并旬时休务一日，祁寒、盛暑、大雨雪议放朝，着于令。"这已经不只是鼓励，简直就是明令娱乐。又，范镇《东斋记事》卷 11 载，真宗还对臣属"或劝以声妓自娱，或责限为相公买妾"。有这样的皇帝，那么下面的臣属可想而知。而事实上两宋文人自喜宴乐，根本无须鼓励。甚至有的人以十载寒窗博一朝富贵，为的也不过就是这种宴乐生活而已。如下面这两则故事就很能说明问题。

钱世昭《钱氏私志》载：

宋庠居政府，上元夜至书院内读《周易》，闻其弟学士祁点华灯、拥歌妓醉饮达旦。翌日谕所亲令诮让云："相公寄语学士：闻昨夜烧灯夜宴，穷极奢侈，不知记得某年上元同在某州州学内吃斋煮饭时否？"学士笑曰："却须寄语相公：不知某年同在某处州学吃斋饭时为甚底？"

江少虞《宋朝事实类苑》卷 7 载：

及为馆职，时天下无事，许臣僚择胜宴饮，当时侍从文馆士大夫，各为宴集，以至市楼酒肆，往往皆供帐为游息之地。公是时贫甚，不能出，独家居，与昆弟讲习。一日选东宫官，忽自中批除晏殊，执政莫谕所因。次日进复，上谕之曰："近闻馆阁臣僚，无不嬉游宴赏，弥日继夕。惟殊杜门与兄弟读书，如此谨厚，正可为东宫官。"公既受命得对，上面谕除授之意，公语言质野，则曰："臣非不乐宴游者，直以贫，无可为之具，臣若有钱，亦须往，但无钱，不能出耳。"

这两则故事一讲宋祁，一说晏殊。这两个人既是当时显贵，也是著名词人。可以说宋祁的反问道出了宋代很多文士的共同心声。当年的艰苦奋斗为的是什么，不就是今日的出人头地，享乐生活么？所以宋祁在词里也直言不讳，慨叹"浮生长恨欢娱少"（《玉楼春》）。晏殊的老实回答也非常有代表性，够坦诚，也够无顾忌。足见当时嬉游宴乐人人所愿，不为者，非不愿也，直以不能尔。所以有了条件以后，晏殊过的是"未尝一日不燕饮"[1]的生活，是"酒筵歌席莫辞频"（《浣溪沙》）的生活。不止是宋祁和晏殊，宋代诸多文人包括欧阳修、柳永、苏轼、黄庭坚、周邦彦、辛弃疾、姜夔、杨万里、范成大、吴文英等等莫不如此，只不过在程度上有轻重之别而已。这里拈出宋祁和晏殊，不过是举一端以概其余。另外从《宋朝事实类苑》的"当时侍从文馆士大夫，各为宴

---

[1] 叶梦得：《避暑录话》，卷 2。

集，以至市楼酒肆，往往皆供帐为游息之地"，"馆阁臣僚，无不嬉游宴赏，弥日继夕"记载中，我们亦可窥见当时社会上的宴乐风气之盛。

宋朝的惯例是每有宴集，必招歌妓；每招歌妓，必然唱词。所以宋朝的宴乐生活之盛，不但为大批的歌妓创造了相对稳定的谋生的条件，同时也因此培养出了较之以往更为庞大的歌妓队伍。而这批庞大的歌妓队伍的存在，又大大促进了词的广泛传播。

宋代的歌妓有官妓、私妓之分，而且，官妓、私妓的数量都非常惊人。

关于官妓，王兆鹏先生曾经作过一番统算：

> 就州级政府而言，在籍官妓大约有数十人甚至上百人。黄庭坚《次韵周德夫经行不相见之诗》有句说："高会无吏讥，琵琶二十四。"所谓"琵琶二十四"，是指当时吉州官妓中弹琵琶的就有二十四人。如果加上其它弹琴、弹筝、吹笛的歌妓，那么吉州的官妓总数当有近百人。与此相印证的是杭州官妓的人数。靖康元年(1126)，杭州知州毛友一到任就宣布："杭州会府，官妓岂可不满百人？"并"肆行纠率良人之妇"入妓籍。毛友是比照其它州府的惯例来确定杭州官妓的人数，看来一般州府的官妓不少于一百人。宋代州郡每遇圣节(皇帝生日)宴会，常常让歌妓表演大型舞蹈，排列成"天下太平"字样。要用歌妓排列成"天下太平"四字，没有几十上百人是难以做到的。北宋元丰年间共有二百九十三个州府军，一千二百三十五个县。如果每州都有几十上百位歌妓，每县又有若干位歌妓，那么宋代的官妓至少有好几万人！ ①

这里虽然只是一个笼统的推算，但已经可以想见宋代官妓的大致情况。而宋代私妓蓄养之盛，虽不敢说有过于官妓，但超迈前代是毫无疑问的。对此，王兆鹏先生也有描述：

---

① 王兆鹏：《宋词的口头传播方式初探——以歌妓唱词为中心》，《文学遗产》，2004 年第 6 期。

宋人私家蓄养歌妓，不满足于一二人，有时多达十几人、几十人，甚至数百人。如北宋仁宗朝宰相韩琦家有"女乐二十余辈"；神宗朝宰相韩绛有"家妓十余人"；徽宗朝宰相王黼有"家姬数十人，皆绝色"；蔡京、童贯的家妓至少也有二十多人；南宋高宗朝宰相吕颐浩家有侍妾"十数"人。绍兴间江东副总管张渊，有歌妓二十人。南宋中叶贵族词人张家的歌女多达"数百十人"。就连终身布衣的南宋名士方应龙，也曾"买姬妾数十人，吹笙鼓琴歌舞以娱宾客"。①

可见宋代私人蓄养家妓，上至达官显贵，下至布衣平民，有条件者，无不为之。受这种风气影响，即便刚直清简、忠国体民、"先天下之忧而忧，后天下之乐而乐"如范仲淹者，同样未能免俗。据吴曾的《能改斋漫录》卷11载：

> 在鄱阳做官时看中了一位雏妓，因年幼不便买回，改官离去后始终不能忘怀，于是写信给朋友魏介。后来魏介出钱把这位歌妓买下来送给了他，才算释然。

而宋代有名的文人词客亦几乎无不蓄养私妓，如寇准、晏殊、宋祁、欧阳修、苏轼、杨万里、范成大、姜夔、辛弃疾等等均是如此。就连民族英雄文天祥在宋室灭亡之前也曾是"性豪华，平生自奉甚厚，声伎满前"②之人。这也就是说，宋代蓄养私妓，不但不分身份尊卑，而且与人之品行好坏也无干系。奸佞者如蔡京、童贯可以养妓，刚正者如范仲淹、文天祥也可养妓。正因为蓄养家妓之风盛行，"以至于少数人不蓄家妓就成了一种美德。宋人写墓志铭，如果墓主家无声妓，就一定要强调一笔，说他不蓄声妓或'无声妓之好'。家无歌妓，竟成为值得大书特书的优点，这从反面透露出宋人蓄养家妓的风气是何等盛行。"③这些私妓虽然无法统计准确数字，但我们也可算一个大概。假令每一州郡有十家蓄养私妓，每家有妓5人算，按北宋元丰年间共有293个

---

① 王兆鹏：《宋词的口头传播方式初探——以歌妓唱词为中心》，《文学遗产》，2004年第6期。
② 脱脱等：《宋史》，卷418，《列传》177，《文天祥传》，第8712页。
③ 王兆鹏：《宋词的口头传播方式初探——以歌妓唱词为中心》，《文学遗产》，2004年第6期。

州府军来统计，其人数已经在 1 万以上。而这只是一个非常保守的算法。这里面还没有算那些生活在秦楼楚馆中的专业歌妓。

歌妓的大量存在，促进了词的广泛传播。依据有三。其一，宋人独重女音。也就是重视女性歌妓的演唱。而女性演唱的突出优势又推动了词的普及和发展。据王灼《碧鸡漫志》卷 1 载：

> 今人独重女音，不复问能否。而士大夫所作歌词，亦尚婉媚，古意尽矣。政和间，李方叔在阳翟，有携善讴老翁过之者，方叔戏作《品令》云："唱歌须是玉人，檀口皓齿冰肤。意传心事，语娇声颤，字如贯珠。老翁虽是解歌，无奈雪鬓霜须。大家且道，是伊模样，怎如念奴？"

又王炎《双溪诗余自序》也说：

> 长短句宜歌不宜诵，非朱唇皓齿，无以发其要妙之声。

王灼和王炎虽然都是南宋人，代表的是南宋的观念，但王灼所记为北宋时事，同时也反映出了北宋的情况。可见重女音为两宋之通例。宋代以前，人们可能也重女音，但并没有像宋代那样排斥男音。如唐代，名震一时、万众追捧的歌手不仅有张好好，还有李龟年。宋代独重女音，一方面与宋人的审美取向有关，另一方面也与词本身特质有关。词原本就更适合女性歌妓来演唱。也就是王炎所说的"非朱唇皓齿，无以发其要妙之声"。事实上，唱词而重女音，自晚唐已始。所以欧阳炯的《花间词序》提到五代时的演唱景象时说："则有绮筵公子、绣幌佳人，递叶叶之花笺，文抽丽锦；举纤纤之玉指，拍按香檀。不无清绝之辞，用助娇娆之态。"又说："有唐以降，率土之滨，家家之香径春风，宁寻越艳；处处之红楼夜月，自锁姮娥。"这也就是说词之为体，很早就已经与"香"、"艳"联结在一起，同时也就与女性联结在一起。所以雷大使之舞，虽"极天下之工"，但终归"要非本色"；而苏轼虽屡命男歌，却终归只限于自得其乐而已。也正因为词与女性的这种深厚渊源，所以词由女性歌妓来演唱，不但可以满足男性的欣赏心理，还能更好地传达出词的韵味精神。委婉之词与美艳之妓两相结合所取得的艺术效果，更是绝非男歌手所能办到。王兆鹏说："词的娱乐性强，普及面广，除了词文本自身的因素外，传播方式也起到了重要作用。"①这里也间接地肯定了宋词独有的传播方式对词的普及与推广所起到的重大作用。所谓"传播方式也起到了重要作用"说的就是女性演唱起到了重大的作用。因为词由女性来演唱，"其美色艳容、娇姿媚态本具有视觉形象的'悦目'功能，而其清脆娇软的歌喉加之音乐的伴奏，又具有听觉上的'悦耳'功能，词本身又有语言意义作用于情感心灵的'赏心'功能"，如此一来，词不但有视觉冲击力，还有听觉冲击力和心灵冲击力，成了一种"具有表演（肖像）的、声音乐曲的、语言意义的赏心悦目娱耳的综合娱乐效应的视听艺术"②。词这种文学样式自然大行其道，想不被欢迎也难。其二，宋代文人与歌妓交往密切。宋代文人与歌妓的密切交往多见于记载。这里随意举两个例子。如柳永，陈师道《后山诗话》载："柳三变游东都南北二巷，做新乐府，䚷（左骨右皮）从俗。"叶梦得《石林避暑录话》卷三载："柳永字耆卿，为举子时，多游狎邪，善为歌辞。"如晏几道，其《小山词序》夫子自道云："始时，沈十二廉叔，陈十君龙家有莲、鸿、苹、云，品清讴娱客。每得一解，即以草授诸儿。"另查《本事词》，宋代著名词人如晏殊、张先、宋祁、欧阳修、苏轼、秦观、黄庭坚、张耒、晁补之、王观、贺铸、周邦彦、向子諲、张孝祥、张苑干、辛弃疾、刘过、高观国、范成大、姜夔、吴文英等不但均与歌妓交往，且均与歌妓间发生过故事。其中尤以苏轼、周邦彦二人为多。虽然，叶申芗的《本事词》只是"采撷而成"③，对前人所记不加甄别，难免有不确之处，但即便如此，也足以见出两宋时文人与歌妓之间的交游盛况。另外，宋代文人词集中有大量的赠妓之作，由此亦可见两宋文人与歌妓交往之一斑。这里也随意举两个例子。如晁补之，伊龙榆生辑《晁氏琴趣外篇》共有词168首，其中便有《绿头鸭》（韩师朴相公会上观佳妓轻盈弹琵琶）、《江城子》（赠次膺叔家娉娉）、《青玉案》（伤娉

---

① 王兆鹏：《唐宋词史论》，第123页。
② 王兆鹏：《唐宋词史论》，第123页。
③ 叶申芗：《本事词》自序，见《本事诗·续本事诗·本事词》，上海古籍出版社1991年4月版，第404页。

娉)、《胜胜慢》(家妓荣奴既出有感)、《点绛唇》(家妓荣奴既出有感)、《永遇乐》(赠雍宅璨奴)、《行香子》(赠轻盈)、《菩萨蛮》(代歌者怨)、《紫玉箫》(过尧民金部四叔位见韩相家姬轻盈所留题)、《斗百花》(汶妓阎丽)、《斗百花》(汶妓褚延娘)、《下水船》(廖明略妓田氏)等12首赠妓之作。①这里虽然包括了侍妾、家妓,但却是仅就题目中出现明显字样者言。再如苏轼,《本事词》中有这样一段话:

> 东坡喜于吟咏,词集中亦多歌席酬赠之作。其赠楚守田待制小鬟,则有《浣溪纱》两阕,……又赠黄守徐君猷三侍姬,则有《减兰》三阕。……又赠君猷家姬懿懿《减兰》云:……又赠楚守周豫舞鬟,则有《南歌子》两阕,……又赠陈宫密侍姬素娘能歌紫玉箫者,则有《鹧鸪天》云:……又赠田叔通舞鬟,则有《南乡子》云:……又赠王都尉晋卿侍姬,则有《殢人娇》云:……②

不过叶申芗在这里所列还只是一小部分,且多是侍姬家妓。其实苏轼的赠妓之作还有很多,诸如《水龙吟》(赠赵晦之吹笛侍儿)、《减字木兰花》(自钱塘被召,林子中作郡守,有会。坐中营妓出牒,……)、《菩萨蛮》(歌妓)、《菩萨蛮》(杭妓往苏)、《菩萨蛮》(代妓送陈述古)、《南柯子》(东坡守钱塘,无日不在西湖。尝携妓谒大通禅师,大通愠形于色。东坡作长短句,令妓歌之。)、《南柯子》(舞妓)、《意难忘》(妓馆)、《贺新郎》(余倅杭日,府僚湖中高会,群妓毕集,……)等,均是赠妓之作。

再如柳永,"一部《乐章集》,赠妓、咏妓、狎妓之词俯拾即是,……柳词中提到的名妓即有师师、秀香、瑶卿、安安、虫虫、香香、英英、冬冬、楚楚、宝宝、心娘、甲娘、酥娘等多至十八个。"③印诸记载也好,证之词集也罢,都足以显明宋代文人与歌妓密切交往的真实情况。而这真实的情况也表明了"两宋时

---

① 龙榆生点校:《晁氏琴趣外篇》(附柯山词),中华书局1957年8月版。
② 叶申芗:《本事词》,见《本事诗·续本事诗·本事词》,上海古籍出版社1991年4月版,第419—420页。
③ 薛瑞生:《乐章集校注前言》,见《乐章集校注》,中华书局2002年10月版,第14页。

代文人与歌伎的交往是以词为中心的，常常是文人即兴填词，歌伎则即席演唱"①。正是在这密切交往中，在一作一唱的往还中，词客与歌妓的价值都得到了认同、得到了体现，同时二者之间也互相推动，刺激了词文学的繁荣发展。其三，宋代歌妓不但能唱词，而且多能作词者。"宋代民间词要算妓女词为最盛"②，这一则是因为宋代作词之风如唐代作诗一样普及，整个社会从上到下几乎无人不能作词，二则是因为当时妓女与文人的密切关系，受文人创作的熏陶，三则是自唐以来，妓女中多有颇具才情者。姑举几例：

> 蜀娼类能文，盖薛涛之遗风也。陆放翁客自蜀挟一妓归，蓄之别室，率数日一往。偶以病稍疏，妓颇疑之，客作词自解，妓即韵答之云："说盟说誓，说情说意，动便春情满纸。多应念得脱空经，是那个先生教底。不茶不饭，不言不语，一味供他憔悴。相思已是不曾闲，又那得工夫咒你。"③

> 名妓聂胜琼资性慧黠。李之问诣京师，见而悦之，遂与结好。及将行，胜琼饯别于莲花楼。别旬日，复作《鹧鸪天》词寄之："玉愁花惨出凤城，莲花楼下柳青青。青樽一曲阳关调，别调人人第五程。寻好梦，梦难成。有谁知我此时情？枕前泪共檐前雨，隔着窗儿滴到明。"李藏箧间，抵家为其妻所得，问之，具以实告，妻爱其语句清俊，遂出妆奁资夫娶归。④

> 广汉营妓，小名僧儿，秀外慧中，善填词。有姓戴者，两作汉守，宠之。既而得请玉局之祠以归。僧儿作《满庭芳》见意云："团菊苞金，丛兰减翠，画成秋暮风烟。使君归去，千里倍潸然。两度朱幡雁水，全胜得陶侃当年。如何见，一时盛事，都在送行篇。愁

---

① 陶然：《金元词通论》。
② 王书奴：《中国娼妓史》，上海三联书店1988年2月版，第132页。
③ 周密：《齐东野语》。
④ 《青楼记》。

烦梳洗懒，寻思陪宴，把月湖边，有多少风流往事萦牵。闻道霓旌
羽驾，看看是玉局神仙。应相许，冲云破雾，一到洞中天。"①

余如琴操改韵，严蕊脱籍等等，这样的例子还有很多，宋以来的词话、笔
记中多有记载。而这类故事无论是在当时还是在后世最容易广为传播，人们
感叹欣羡之余，不但会因此对词多一分了解，还会因此增加作词的兴趣，因
为这样不但可以显示才华，而且身为男子者，还可以博得美人芳心；身为女子
者，也可以赢得才人青睐。由此，词也就得到了很好的推广。

总而言之，宴乐的盛行为词的传唱创造了良好的氛围，而大量歌妓的存
在又使词作的需求量大增，加之文人与歌妓的密切交往，文人作词与歌妓唱
词相生相长，相辅相成，遂将宋词推向极盛。但当我们回过头来检视高丽词
时，发现虽然词这种文学样式传到了高丽朝，词的这种传播方式却没有传过
去，或者即便传过去却没能得到普及，只是偶尔的在小范围内表演一下。以
致造成了总体而言虽有词作却传唱乏人的可悲局面。其证有三。首先，验诸
正史可知。众所周知，词是随着音乐传入到高丽朝的，词的演唱是同音乐表
演结合在一起的。而这在高丽朝是一件大事，史书不能不载，可是当我们翻
检《高丽史》时却发现相关的记载却很少。查《高丽史》之《世家》和《乐志》，与
词之演唱相关的，主要有以下几条：

睿宗九年，六月甲辰，朔，安稷崇还自宋，帝赐王乐器。
冬十月，乙酉宴于乾德殿始举乐。
冬十月，丁卯亲祫于大庙兼用宋新乐赦。
十一月，壬申朔宴诸王宰枢于舍元殿阅宋新乐。
睿宗十一年，夏四月甲子朔至西京置酒大同江船上。扈驾诸王
宰枢侍臣西京留守分司三品以上侍宴。风日清和，王悦怿，与侍臣
唱和。
六月乙丑，王字之，文公美，赍诏还自宋，王受诏于乾德

① 胡仔：《苕溪渔隐丛话》(后集)，卷40，人民文学出版社1984年5月版，第337页。

殿，……又诏赐大晟乐。

六月，庚寅御会庆殿召宰枢侍臣观大晟新乐。

冬十月，戊辰阅大晟乐于乾德殿。

十月，癸酉新裸大庙荐大晟乐，西都所得瑞王祭器并秦新制九室登歌。

十五年九月，癸丑宴群臣与长乐殿，亲制寿星明词，使乐工歌之。

（以上见《高丽史睿宗世家》）

睿宗十一年六月庚寅王御会庆殿召宰枢侍臣观大晟新乐

十月戊辰亲阅大晟乐于乾德殿，癸酉亲裸大庙荐大晟乐。仁宗十二年正月乙亥祭籍田始用大晟乐。

帝命太常乐工赴京习业。二十一年三月甲寅，遣洪师范移咨中书省曰："近因兵后雅乐散失，朝廷赐乐器只用于宗庙，其余社稷耕籍文庙所用雅乐内钟磬并阙，今贵价赴京收买。"九月丙子，习太庙乐于球庭。戊寅习太庙乐于球庭。十月庚辰朔，习太庙乐于球庭。

恭让王元年三月乙酉，礼曹请朝会用乐，从之。

文宗二十七年二月乙亥，教坊奏女弟子真卿等十三人所传《踏沙行》歌舞请，用于燃灯会。制：从之。十一月辛亥，设八关会御神凤楼观乐，教坊女弟子楚英奏新传《抛球乐》、《九张机》。别伎《抛球乐》弟子十三人，《九张机》弟子十人。三十一年二月乙未，燃灯御重光殿观乐。教坊弟子楚英奏王母队歌舞一对五十五人，舞成四字，或君王万岁，或天下太平。

恭愍王十四年十月庚戌初，王命有司习正陵祭乐。及是日，亲之壬子，命宰枢祭正陵，奏所习之乐。十五年十二月甲寅，宰枢享河南王使郭永锡奏乡唐乐，以请观我乐也。十六年正月丙午，告锡命于徽懿公主魂殿。初戏奏《太平年》之曲，并戏奏《水龙吟》之曲，终戏奏《忆吹箫》之曲。二十一年正月乙卯，王幸仁熙殿行祭奏乡唐乐。（以上见《高丽史乐志》）

并且从这些记载中我们发现几个问题：其一，演唱一般只限于宫廷；其二，演唱的作品多是"唐乐"；其三，词之演唱较少用于宴饮场合。事实上，即便是唐乐，也是"除了宫廷仪礼太庙圆丘社稷文庙等外，一年中演奏的机会有限，很少有人能常听得到，也很少有人能听得懂"[①]。当然，像《高丽史》这样的正史中不可能着意记载民间的宴饮歌舞的情况，局限于宫廷理所必然。所以我们不能据此就认为民间唱词的情况不存在。不过，以高丽朝廷对汉文化的重视程度，以及高丽历代君王对中国音乐的重视程度，尚且如此，则民间可想而知。其次，验诸诗话可知。韩国诗话发端于高丽朝，但高丽诗话中无一例外的没有词论，更没有关于词的轶事的记载，这一点比之朝鲜朝大有不如。这里面并不排除高丽诗话在体制上、内容上受欧阳修的《六一诗话》影响，因而不及于词的可能，但这种可能在李仁老、崔滋的身上可能有，在李奎报的身上也可能有，但在李齐贤的身上不应该有。以李齐贤的学识阅历，所见中国诗话不可能局限于一部《六一诗话》。再次，验诸词作可知。各家词作中均没有提到歌妓唱词之事，赠妓之词也是少之又少，而且即便有，也并非即席演唱的词。其实高丽词中并非没有歌妓，特别是在李奎报的词中，歌妓出现的频率还是挺高的，甚至端重如李谷这样的大儒也有赠妓词，像李齐贤那样词作甚多却完全不涉及女性的词人即便在韩国词坛也并不是很多。至于诗作中提到歌妓的，可能还要多些。可见文人们并非不与歌妓交往，只是与词无关而已，或者说并没有像中国的歌妓那样能对词的发展起到至关重要的推动作用而已。

7.2.2　原因探析

高丽朝歌妓应该很多，歌妓佐酒的情况也应该很普遍。即以睿宗朝为例，《睿宗世家》中不止一次写到妓乐阗街的景象，如：

　　睿宗十一年三月，癸卯，王如天寿寺设斋，以落之彩棚伎乐连亘道路者三日。

---

　　① 　宫宏宇：《赵佶的音乐外交与宋代音乐之东传——介绍英国学者普兰特对宋代中国与高丽间音乐交往的有关研究》，《黄钟：武汉音乐学院学报》，2001 年第 2 期，第 26 页。

十一年四月，时留守百官备仪仗乐部迎驾于马川亭，大乐管弦。两部争务奇侈，以至使妇女驰马击球。①

另外前文已经说过，李奎报的诗词中也不止一次提到歌妓。足证当时从上到下均有以妓佐酒之风。那么为何词文学在当时不得传唱，难以推广呢？推究起来，原因主要有二：一是传唱困难；二是听者稀寡。

在高丽朝唱词，有几个难关要过。第一要过音乐关。前文已经论及在高丽朝学习宴乐的诸多难处。不过那主要是就作词者而言。作词与唱词还有不同，作词者不懂音乐，还有词的调谱在，万不得已的情况下还可以跳过音乐这一关，依调谱而作词，但传唱者则不然，不懂词乐，根本无法唱出来。而燕乐这东西不但习演起来很难，推广起来更加困难，特别是在民间推广。因为高丽民间自有高丽民间所热衷的音乐在，有基于高丽民间的文化土壤而滋生出来的更适合高丽民间传唱的音乐在。第二要过语言关。虽然高丽朝大力推广汉文化，但那主要是在文人士大夫之间，市井平民懂汉字汉语的毕竟很少。那么歌妓如果想要唱词的话，首先要学习汉语才行，而这显然更非易事。第三要过理解关。这里的理解并非单纯指对字面意思的理解，而是指词的内在蕴含。对于高丽歌妓而言，词的字面意思把握已经有很大难度，内在蕴含的深入理解就更难。而无法把握这一点，也就无法传达出词的神韵和魅力，这势必影响词的推广力度。所以，普兰特在谈及宋乐在韩国的传播时有这样的看法：

虽然宋徽宗1114年所赐的音乐中有与现实生活相近的词乐，包括情歌小曲等，但由于欣赏这些音乐的节奏和歌词都需要有一定的中文基础，所以中乐传播的范围仅限于对中国文化有实际接触的宫廷和士大夫圈内，无法真正渗入到民间。②

① 郑麟趾：《高丽史世家》卷14，《睿宗三》，第281页。
② 宫宏宇：《赵佶的音乐外交与宋代音乐之东传——介绍英国学者普兰特对宋代中国与高丽间音乐交往的有关研究》，《黄钟：武汉音乐学院学报》，2001年第2期，第26页。

这里实际上已经谈到了宋词在韩国传播的困难。其实不只宋词是这样，韩国文人创作的本土词也是这样。同样因为音乐、语言和理解的关系，古代韩国听词的人也很少。这也就意味着词在韩国缺乏推销市场。

7.3 文学功用的替代

王书奴在谈到宋词的时候有这样一段话："词之为物，由唐宋直到现在，有千余年历史。但在这个时代当中，不全是有可称道的价值。有全部称道价值的，只有宋代。前乎宋的词，是宋的先驱；后乎宋的词，是宋的尾声。故宋可称为词的时代，可称为词的黄金时代。所以宋代文人墨客当然能词，上至帝王将相公卿臣僚，下至贩夫走卒，以及小家碧玉，坊曲妓女，名门闺秀，女尼女冠，几无一不能作词。"[①]这段话不但道出了"词之为物"的"一代之胜"[②]，同时也点明了"词之为物"在宋代的普及之广。一种文学，能让全社会的人都来参与，如此盛况，只有它之前的唐诗和之后的元曲堪与比肩，就连同样称雄一代的楚骚汉赋、明清小说也不得不瞠目其后。所以历来以唐诗、宋词、元曲并称者为多。但词与诗、曲又有不同，这不只是因为词之为体，上不类诗，下不类曲，更因为三者在文学功用上各有所本。即诗以言志，词以缘情，曲以抒怀。再如在社会功能上，同样是唱以佐酒，诗偏于雅，曲偏于俗，处于雅俗之间并兼得雅俗之优势者，惟词而已。所以词能取得上上下下各色人等的一致认可和喜欢。从词的产生渊源和词"骫骳从俗"的个性上来看，其功用主要有二：一是娱乐，一是言情。所谓娱乐，就是"用资羽盖之欢"，就是"所以娱宾而遣兴也"，就是"敢陈薄技，聊佐清欢"，前文述之已详。所谓的言情，则与一般意义上的言情有所区别。这里的情偏于艳情，是一种缠绵悱恻、委婉细腻之情。词的这两种功能本来极利于词的普及和推广，但在高丽朝，这反倒成了词难以推广的原因之一。因为高丽朝本土原有功能相应的文学样式，即高丽歌谣。它们基本上相当于高丽式的词文学，而从中国舶来的词很难与之相抗，特别是在民间。具体说来，高丽歌谣包括以下几种。

① 王书奴：《中国娼妓史》，上海三联书店 1988 年 2 月版，第 132 页。
② 焦循：《易余龠录》，卷 15。

7.3.1 长歌

长歌是高丽朝在民间以口头方式流传的一种歌谣。这里的定名依赵润济之说。"之所以叫长歌，是因为它缀有后敛句，后边可以接续许多诗节。"[1]传至今天的长歌有《动动》、《双花店》、《西京别曲》、《青山别曲》、《处容歌》、《蛮殿春》、《履霜曲》、《郑石歌》、《思母曲》、《嗄西里》、《井邑词》以及《郑瓜亭曲》等。这些作品多见载于《乐章歌词》。事实上当时流传的歌谣远不止这些，只是当时韩国语尚未创制，后世又不予重视，未加精心整理，故绝大多数均已失传。即便如此，见诸《高丽史》记载的仍有二十余首，只是仅存其目，不知其词。只有那么几首还可以从李齐贤等人的汉译诗中稍窥其貌。但亦仅得稍窥其貌而已，译作再好，终非原滋原味，原作风神，已不复可睹。仅以《西京别曲》为例，其中有这样一节：

> 颗颗珍珠阿，
> 珠粒落在石头上！
> 吁，嘟欧弄匈，大弄的里。
>
> 珠线呀，
> 珠线哪能断脱啊？
> 吁，嘟欧弄匈，大弄的里。
>
> 千年呀，
> 纵然别离一千年——
> 吁，嘟欧弄匈，大弄的里。
>
> 情义啊，
> 情义绵绵怎能断绝啊？
> 吁，嘟欧弄匈，大弄的里。[2]

---

① 赵润济：《韩国文学史》，社会科学文献出版社1998年5月版，第82页。
② 韦旭升：《朝鲜文学史》，见《韦旭升文集》，卷1，第305页。

李齐贤的汉译诗是这样的:

> 纵然岩石落珠玑,
> 缨缕固应无断时。
> 与郎千载相离别,
> 一点丹心何改移?

无论从哪个角度看,我们都必须承认,李齐贤的译诗绝对高明。不但忠于原诗之意,且措辞文雅、音律和谐,更兼明白晓畅,有民歌风味。大家风范确实不同凡响。但是当我们拿李齐贤的译诗与原诗作比对时,总是感觉在情感抒发力度和感人程度上差了点。原作的那种回环往复、一唱三叹的韵致,那种婉转绸缪之度、回肠荡气之情,那份缠绵、那种氛围在译作中已经无法看到。我们可以再看几篇作品:

嘎西里

> 郎君果真离去,
> 把我丢弃家中?
> 吁,赠尔歌,太平盛代。

> 郎君弃我走他乡,
> 令我如何度时光?
> 吁,赠尔歌,太平盛代。

> 与君聚短分别长,
> 别时抓住君衣裳。
> 吁,赠尔歌,太平盛代。

> 挥泪送郎君,

祈君早返乡。

吁，赠尔歌，太平盛代。

井邑词

月亮哟，请高高升起，

把大地照得更远更亮。

啊戈呀，呵岗道里，

哦，多龙的里。

我的夫君万里行商，

照他走路勿陷泥塘。

啊戈呀，呵岗道里，

哦，多龙的里。

请把每一条路照亮，

夫君需要找一个休息的地方。

啊戈呀，呵岗道里，

哦，多龙的里。

满殿春（1、2节）

冰上会郎君，

冻死也甘心。

夜短难酬情深。

孤枕不得眠，

启窗桃李艳。

桃花无忧笑春天。

青山别曲（2、3节）

啼声凄厉的鸟，
终日啼哭不停。
我比你有更深的忧愁，
血泪洗面无梦无醒。
呀里呀里呀郎幸，呀拉里呀里。

鸟儿振翅飞去，
飞入茫茫雾中。
我持锄头伫立良久，
茫然若失悲生心中。
呀里呀里呀郎幸，呀拉里呀里。[1]

这些作品大都写得委婉情深、细腻感人，让人觉得字里行间好像洋溢着丝丝缕缕穿透人心的意绪，吟诵久了，这意绪仿佛从纸面上荡漾开来，漂浮缭绕于耳际脑海，更有款款深情在心湖回荡。而这些，恰恰是长歌的魅力所在。而这种魅力，恰恰也是词文学的魅力，也就是前人所说的"情有文不能道，诗不能达，而独可于长短句中委婉形容之"。还有一点，就是长歌在内容上也与词相似，多为"男女相悦之词"，遭遇也相似，词在中国常被斥为"艳科"，多用"侧艳"、"香艳"、"软媚"等字眼冠之，并常为以道德自居者所指责，以为"郑卫之音"、"淫冶之讴"，而长歌在韩国古代也被一些人认为是"有背人伦道德，有伤风化，故极力排斥之"。[2]如此不难看出，由于性质相近，长歌在某些层面上已不可避免地取代了词的功用。

7.3.2 景几体歌

景几体歌是高丽中期高宗朝出现的一种新的诗体。之所以称其为"景几体

---

① 赵润济：《韩国文学史》，社会科学文献出版社1998年5月版，第80—82页。
② 赵润济：《韩国文学史》，社会科学文献出版社1998年5月版，第82页。

歌"，是因为这种诗歌的结尾总缀以"景几何如"这样的句子。这种诗歌有着固定的形式，一般每章分为前后两节，均以3字句、4字句互相搭配为主，节奏感很强。代表作品有《翰林别曲》、《关东别曲》和《竹溪别曲》。《翰林别曲》是这种诗体的发轫之作，《高丽史乐志》有载，说是"高宗时翰林诸儒所作"。后两篇则是安轴(1282—1348)的作品。现举个别章节如下：

> 元淳文，仁老诗，公老四六。李正言，陈翰林，双韵走笔。冲基对策，光钧经义，良镜诗赋。伟！试场景几何如？叶，琴学士，玉笋门生。(副歌)伟！鄙人忝，合为景几何如？

如果从内容上来看，景几体歌并无特别之处，《翰林别曲》不过是游戏笔墨之作，明显带有文人逞才的味道。《关东别曲》和《竹溪别曲》则是摹山范水之作，读起来也无甚出奇之处。不过特别值得注意的是，有的韩国学者在谈到这种诗歌样式的时候，已经把它与词联系在一起。如赵润济就说，因为创作这种景几体歌的作者都是"汉文学者"，"他们的生活同中国的词客颇多类似。因此，这种'334'句式也可能是模仿中国的词或四六句亦未可知。"并举温庭筠的《更漏子》为例，说明其相似之处。又说：

> 景几体歌以古调和汉文诗歌的音调为基础，各章分为前后两节，每章后面都有一段重复。这种以前后节分段的方式取自于乡歌，缀有反复段落的形式取自于高丽长歌。这样看来，景几体歌是把中国的词或四六句同韩国传统的诗歌形式巧妙结合起来。[①]

这里，赵润济在强调景几体歌的固有传统的同时，也充分肯定了它与词的渊源。赵润济的看法无疑极有见地。从发展渊源上来看，高丽的长歌相当于中国的民间词，但是高丽的民间词的运道没有中国民间词那么好，不但不为文士所看重，甚至鄙视之，以至于《高丽史》的编撰者在整理这些文化遗产

---

① 赵润济：《韩国文学史》，社会科学文献出版社1998年5月版，第88页。

时竟因为"《动动》及《西京》以下二十四篇皆用俚语"而不载其词。但高丽长歌的普遍流行又势不可挡，这从高丽王廷在宴饮奏乐时常常杂奏乡乐这一点上就可以看得出来。而文人们虽然为了显示自己的高贵，为了标榜自己的文雅，常常对长歌这种俗乐表现得不屑一顾，但骨子里未尝不为其缠绵之情和美妙之音所动。在这种情况下，加之某一契机的引发，于是他们便开始模仿这种"民间词"。而这一契机的出现便在高宗朝。众所周知，高宗朝武臣弄权，专横跋扈，文人雅士大受排挤，于是才有了"耆老会"、"竹林高会"之类的组织和活动，"一味的清游宴乐，逃避现实。"在宴饮游乐之时，不可避免地要听歌唱曲，所唱歌曲中当然有文人们的诗赋，但也要有当时流行的俗乐，因为一则诗赋毕竟不是人人都能唱，二则诗赋一般只能吟唱，三则即便有高明者可以演唱，但诗赋也并不适合所有的场合演唱。事实上，高丽朝乃至朝鲜朝的诗赋一般是"可咏而不可歌"的，与唐代的可歌之诗多有不同，所以"如欲歌之，必缀以俚俗之语，盖因俗音节所不得不然也" [李滉(1501—1570)语]。在这种情况下，在长歌魅力的吸引下，文人们一时兴起，于是也就偶尔仿作一下，但为了显明高下之别、贵贱之分，同时也基于他们的汉文修养和创作习惯以及当时尚未创制本国文字的现实背景，于是便有了这种用汉字标写的汉语和韩国语混杂的韩国语诗歌——景几体歌。所以韦旭升在分析景几体歌产生的渊源时说："汉文诗的写作在朝鲜(韩国)虽已有上千年的历史，高丽文人也用它来表达自己的思想感情，但是它可咏而不可歌，只能有书面形式，而不能口头传诵。要做到可以结合朝鲜民族声乐歌唱，就只能向民间歌谣学习，创作出像《西京别曲》这样的歌诗体裁来。《翰林别曲》的创作就是一种尝试。"① 也就是说它是"一种文人国语歌谣体裁"。另外从《翰林别曲》的创作情形来看，这种文体具有很大的娱乐性和业余性，这和中国文人词的产生渊源及社会功用非常相似。所以，如果把长歌比做高丽朝的民间词的话，那么这种景几体歌可以算做是高丽朝早期不成熟的文人词。虽然还不成熟，但毕竟按节可歌，所以它也在一定层面上明显地取代了词的功用。而它的进一步发展则相当于成熟的文人词，那就是时调的产生了。

---

① 韦旭升:《朝鲜文学史》,《韦旭升文集》, 卷 1, 第 171 页。

7.3.3　时调

时调产生于高丽末期。"时调文学的产生是韩国文学史上一个划时代性的大事","自古以来，在诗歌史上有多种诗歌兴起复又衰灭，惟有时调自从出现在诗歌史上以后，一直常盛不衰，并随时间推移益加大放异彩。仅此一点亦可看出，时调这种诗歌形式最适合于韩国人的心境，也最能表现韩国人的精神生活","可谓是韩国诗歌的代表。"这是赵润济对时调文学的评价。从这充满骄傲、热情洋溢的赞美中，我们不难看出时调文学在韩国人心中的崇高地位。时调文学也确实很了不起，它和日本的俳句一样，是极具民族特色能够展示一国风貌的文学样式。这种文学样式一经产生，便显示出了强大的艺术生命力。自高丽末到朝鲜朝末，500余年间确是"常盛不衰"、"大放异彩"。时调从形式上看与景几体歌有相似之处，就是都有一个大致固定的格式，同时又能灵活变化。一般情况下，时调由初、中、终三章组成，每章两句，所以有人用"三章六句"来概括时调的形式特点。通常"每章由3—4个音节的四个词语或语节组成，称为句、段或音步。这样，每章有15个字左右，整篇作品共有45个字左右"①。这种文学样式从萌芽到定型经历了较长的历史时间。一般认为它萌芽于高丽中叶而定型于高丽末期，但按照赵润济的看法，"他不是发生在高丽中叶，而是在这之前许久，韩国诗歌中就已孕育了时调这种形式。"②如果就其渊源而论，赵氏的说法未尝没有道理。不过因现存的高丽时调都是高丽末期的作品，故而时调文学作品的产生，通常还是定在高丽末期。

高丽末期的时调作品虽然在形式上已经定型，但与朝鲜朝的时调相比，其实还是不够成熟。尽管如此，时调所应具备的因素、所应表现出来的特色在它身上也都已经表现得很全面。流传至今的高丽时调多保存在金天泽编的《青丘永言》(1727)和金寿长编的《海东歌谣》(1763)中。其中较为著名、流播广远的是李芳远和郑梦周的作品：

此亦如何？彼亦如何？

---

① 赵东一：《韩国文学论纲》，北京大学出版社2003年10月版，第160页。
② 赵润济：《韩国文学史》，社会科学文献出版社1998年5月版，第94页。

万寿山上藤萝缠绕交错又如何？

你我缠绕交错，共享百年之乐如何？

此身死而复死，可死百番千次。

纵令我魂飞入九霄，骨骼化为泥。

丹心一片为君意，长在永不移！

　　据载，恭愍王后期，李成桂的势力已经越来越大，篡权自立的苗头也越来越明显，特别是他的儿子李芳远，一直想方设法剪除异己，不断巩固和扩大李氏集团的力量。李芳远是一个既有雄才大略，又够心狠手辣的人，他与李成桂颇有点像李世民与李渊。不过，明眼人对李氏家族的狼子野心早已经看得一清二楚，于是很多忠于高丽王朝的人针对李氏集团开始采取一些积极的措施。在这些人中，以郑梦周最具影响力，对李氏集团的威胁也最大。但李成桂对郑梦周颇多容忍，表现软弱，李芳远深以为忧。后来，李芳远下定决心，如果郑梦周不能收为己用，只能下手剪除。于是设宴邀郑梦周对饮，以作最后的努力。在觥筹交错中，李芳远佯装不胜酒力，举杯对郑梦周唱出了"此亦如何"之歌。意思是问郑梦周到底肯否与他合作，二人携手，共创大业。同时也是在劝郑梦周不要过于执拗，暗示忠于旧君和忠于新君只是一个选择的问题，其实彼此并没什么区别。这首歌中的机关信息，郑梦周自然听得再明白不过。于是唱了"此身死而复死"这首歌。有人给这首歌取名《丹心歌》，颇洽主旨。歌中表现了宁为玉碎、不为瓦全，丹心向主、誓死无悔的不屈气节和坚定意志。李芳远听了以后，知道郑梦周决心已定，于是便派人在他返回路上途经善竹桥时将他刺杀。据传忠臣烈士的碧血遗痕至今仍深印在善竹桥上。

　　这两首歌很能代表高丽时调的特点，三章六句的形式、言浅意深的表达、形象的语言、歌唱的方式，都极具代表性。特别是个中深意，细加咀嚼，尤觉耐人玩味。当然，从当时的斗争背景出发来审视这两首时调，无疑已经是好作品，但如果我们能把这个背景暂时搁置一边的话，会发现它的"好"不止于此。单就作品而论，这两首时调其实还是非常优秀的情歌。两首作品对举，犹如情歌对唱。前一首体现了无比的痴缠，而后一首则体现了无比的坚贞。当然还可以理解成一方痴缠不休，而另一方已经心有所属。这使得这两首时调平添了几分梦幻般的浪漫色彩，作品魅力也因此而大增。事实上我们并不能排除李芳远和郑梦周两人当时原本就是借爱情以指时事的可能，就像唐宋词中借伤春悲秋以表达美人迟暮、英雄末路之感一样。只是这种深厚的艺术蕴含还没有被众多的读者所发现罢了。

　　此外，高丽朝写过时调的人，据载还有禹倬、李兆年、李存吾、成汝完、崔莹、李穑、元天锡、吉再、徐甄以及郑梦周之母等。但对这些作品的真实性，各家看法不一。赵润济认为这些作品"可信程度都很小"，但韦旭升、赵东一对这些作品却并不怀疑。兹举两首如下：

> 梨花月白，银汉三更，
> 一枝春心，惟有子规知情。
> 多情亦是病，无眠听漏声。
>
> ——李兆年作

> 喂肥绿耳霜蹄，洗净溪边，飞身上马，
> 砥砺龙泉雪锷，系紧腰间，一刃横插。
> 大丈夫为国尽忠，志在天下。
>
> ——崔莹作

　　赵润济在分析这两篇作品时说"李兆年忠直不阿，甚有正名。他晚年致仕后回到故里星州，以山水自娱，此为当时见景抒情之作"。又说崔莹的这首"充分写出了他热血武士的勇武气概"[1]。此说未免拘泥。如此佳作，大可不必非要联系作者的生平事迹，将其作实不可。这两首时调从风格上看一婉约，一豪放，婉约者清新流丽，豪放者语壮气雄，前者很容易让我们联想到春闺怨女，后者很容易让我们联想到秋塞豪英。神韵风味与词非常相似。

---

[1]　赵润济：《韩国文学史》，社会科学文献出版社1998年5月版，第98—99页。

如果我们对时调进行一番全面的考察，就会发现，时调与词的相似性不止体现在表现手法和神韵风味上。诸如它们都形式固定，它们都和乐可歌，它们都传播广泛，它们都深入人心，它们都以情为主等等。所以，很早就有学者把二者联系起来进行考察。如韦旭升就说：

> 高丽时调开始产生，正是在中国宋词极盛以后。由于朝鲜（韩国）文人文学与中国文学的血缘关系，极富于音乐性的可唱易懂的宋词不可能不对高丽文人产生某种印象和具有一定影响。一些宋词如柳永的《雨霖铃》等已传入高丽，被吸收为高丽宫中乐曲。此外，曾久居中国的李齐贤也填了不少词。后来高丽文人就创造了他们自己的"词"，这也是时调产生的一大外部原因。[①]

这里，韦旭升先生说时调就是韩国的"词"，虽然只是捎带一笔，但却触及了时调的本质。张琏瑰在谈及时调时也说："朝鲜时调都是用朝鲜拼音文字谚文创作的，每行有固定的音节数，类似于我国的词。"[②]我们且不说中国词对韩国时调影响的有无深浅，只说时调在韩国文学史的地位、性质、作用相当于中国的词，仅此一点，就足以影响中国词文学在韩国的推广，削弱其影响力。即便时调在产生之初，某些方面吸收了中国词文学的一些因素，但定型后的时调已经有了自己的魅力和品格，虽然这种韩国本国的词尚不至于让外来的中国的词完全没有发展空间，但已经大大限制了它的发展。

从长歌到景几体歌再到时调，可以看做是韩国文学史上高丽朝的俗文学发展史，或者说是高丽朝的"本土词"文学的发展史，它们是在高丽本土文化土壤的滋养孕育下诞生并发展起来的文学样式，它们更适合于高丽本土的酒边樽前、花前月下，更容易为高丽的文士、民众所乐于接受，更适于他们用来抒情，也更适于他们用来娱乐。同样是传唱流播，在高丽朝，它们明显比词更有优势。有了它们的存在，也就大大减少了词文学的施展空间，这可以说

①　韦旭升：《朝鲜文学史》，《韦旭升文集》，卷1，第178页。
②　赵润济：《韩国文学史》，社会科学文献出版社1998年5月版，第146页。

是词文学在高丽朝不得繁荣兴盛的一个极为重要原因。

此外，还值得一提的是"取法"的问题。所谓"取法乎上，得其中，取法乎中，得其下"。高丽词就"取法"而言，主要是取法于元。关于高丽词的发展，益斋之前，虽然有李奎报这样的大家，但开山之功虽在，总体成就终归不高。开高丽词坛乃至后世韩国词文学之盛者，仍非益斋莫属。仅以高丽词坛而论，其后词人几乎无不受其影响。而李齐贤作词，虽然"翘启苏轼"，并有遗山之风，深得二人之精神余绪，然其真正滋养浸润者，仍在元朝词坛。如赵孟頫的影响便是显而易见的。而词文学走到元朝的时候，已经开始衰落。这一点明、清论者已有共识。如在明代，王世贞就说"曲兴而词亡矣"(《艺苑卮言》)，杨慎也说"元人工于小令套数，而宋词又微"(《词品》)，与王世贞是同一论调。在清代，此说大盛：

> 词昉于唐，盛于宋，稍衰于元明。
>
> ——沈德潜《清绮轩词选序》

> 自宋之亡而正声绝，元之末而规矩隳。
>
> ——张惠言《词选序》①

> 词之坏于明，实坏于元。俳优窜而大雅之正音已失，阡陌开而井田之旧迹难寻。

> 元明词不足道。
>
> ——江顺诒《词学集成》卷一

> 词兴于唐，盛于宋，衰于元，亡于明。(卷一)

> 元词日就衰靡，愈趋愈下。(卷三)

---

① 张惠言：《词选》，中华书局 1958 年 2 月版，第 8 页。

词至元明，犹诗至陈隋。(卷七)

诗衰于宋，词衰于元。(卷八)

——陈廷焯《白雨斋词话》

词衰于元。当时名人词论，即亦未臻上乘。

——况周颐《蕙风词话》卷二

词兴于唐，成于南唐，大昌于两宋，否于元，剥于明。

——沈休《强村丛书序》

词肇于唐，成于五代，盛于宋，衰于元。

——陈匪石《声执》卷下[①]

虽然有人认为"词衰于元"之说并不完全正确，以为"词并不衰于元。而衰于南宋，导致词体衰落的诸多元素在南宋业已展现。元词是宋词的延续与余波，延续了它积极的一面，也延续了它不可避免的衰颓趋势，然而不能就此认为词的衰落是从元代开始的以及元代词坛只是一片衰阑景象"[②]。这种言论，实在是脱不了强为辩解的嫌疑。既然"词体衰落的诸多元素在南宋业已展现"，而且元词又是"宋词的延续与余波"，那么其衰落势属必然。况且"词衰于元"，并非说"词始衰于元"，陶氏之说虽然颇多创见，终归无法抹杀元代词已经衰落这一事实。如果按照况周颐的看法，则元代不但词文学的创作已经衰落，而且词学理论也不见得高明。那么词作水平可想而知。李齐贤效法于元，虽然比效法于明能稍好一些，但最多也只能是"效法乎中"。当然，这只是就总体形势论，李齐贤天才卓荦，加之苏轼和元好问的影响，所得绝非仅止于下。不过时势规律的影响毕竟是人力所不可逆挽，在那种大气候下，要

---

① 陈匪石编著，钟振振校点：《宋词举》，江苏古籍出版社，第 207 页。
② 陶然：《金元词通论》，上海古籍出版社 2001 年 7 月版，第 100 页。

求李齐贤"得乎上"也是万万不能的。那么其后学李齐贤者，所得又必然低于李齐贤。如此一来，欲求高丽词坛繁荣兴盛，本身便是一件难事。

另外，高丽词文学创作低迷另一个不可忽略的原因是缺乏理论的支撑。高丽朝应该说是韩国汉文学大兴的一个朝代。特别是汉诗创作，先后出现了多个非常优秀的作家和一大批优秀的作品。尤为难能可贵的是，此时还出现了像《破闲集》、《补闲集》、《白云小说》、《栎翁稗说》这样的诗话理论著作。这些理论对前人或时人的诗歌，或指责得失、或品评优劣、或谈论技法、或叙述经验，颇多精辟见解，而这些势必会反过来促进诗歌创作水平的提高或刺激诗歌创作热情勃发。而高丽词文学方面却明显缺失了这一环。终高丽之世，在词文学方面唯一的一篇议论文字是林椿的《答皇甫若水书》。而在中国，词文学产生不久，就已经有相关理论见诸各种序跋诗话中，在宋朝，更有李清照的《词论》、杨湜的《古今词话》、杨缵的《作词五要》、赵威伯的《诗余话》、黄升的《玉林词话》、张炎的《词源》、沈义父的《乐府指迷》、陆行直的《词旨》等专门性的著作。两宋词文学之盛况的形成，这些词学理论所起的作用无疑功不可没。而且中国的情况是诗话、词话或合二为一，或并行不悖，何以在高丽朝有诗话而无词话呢。如果说李仁老、崔滋的诗话中未及于词我们尚能理解，尚可接受，因为这两个人毕竟没有词作传世，我们姑且可以认为他们对词文学并不了解，但在李奎报和李齐贤的著作中也没有论及于词，就有些不合情理了。特别是李齐贤，他不但作词甚多，成就甚高，而且久居中原，对词文学这一文学样式的体认自是非常深入，应该有很多话说才对。他也是最有资格谈词，而且绝对能谈出东西的人。但是遍翻《益斋乱稿》和《栎翁稗说》，李齐贤对于诗文创作提出很多精辟见解，对于他所熟知的词却只字未提。这只能说明一个问题，就是李齐贤虽然写过词，但却无意向本国文人介绍、提倡和弘扬这种文学创作。如果李齐贤能说几句话，以益斋词传播之广，影响之大，韩国古代词坛可能会是另一番风貌。

第八章

结　论

　　总体上看，虽然高丽朝词作的数量不多，但因为有李奎报、李齐贤这样的大家在，所以质量还是非常高的，对后世的影响也非常大。词到了朝鲜朝虽然比高丽朝更加多姿多彩，并且也出现了如金时习、许筠、崔演、曹友仁、金烋、赵冕镐、高圣谦、金允植等一批成就不俗的词人，而且赵冕镐的词作数量还在李齐贤之上，但其创作规范、总体走向，基本还是高丽朝给定下来的。

　　高丽朝词文学的发展可以李齐贤为界分为前后两期。前期词受唐宋词风和词学理念的影响更大些，而后期受金元词风和词学理念的影响更大些，这种转变主要是因为李齐贤的巨大魅力所致。

　　《高丽史乐志》中的《唐乐》是研究韩国词文学发展之源的关键所在。无论从词文学的输入角度还是从接受角度，还是从韩国词文学的萌芽的角度来看，它都具有重大的意义。以前的《唐乐》研究，多从文化交流，或者从音乐的角度进行研究，而从文学的角度，对其中的作品进行考证或者文学分析的成果很少，这是一个缺憾，也是一个值得花大力气去开发的新的研究方向和领域。对于《唐乐》中的作品的来源、性质，到目前为止，学界的看法或者模糊，或者混乱。从作品本身来看，有两点是可以肯定的，也是必须澄清的。一是《唐乐》中的作品绝非用于宗庙祭祀的大晟雅乐，二是《唐乐》中的作品中包含了韩国词人的早期词作。

　　李奎报和李齐贤是高丽词坛的代表人物，他们的作品也最能显示出高丽词的特有风貌。这里面值得注意的是，李奎报和李齐贤对中国的词文学绝对不是亦步亦趋的模仿，无论是在词艺上还是在词学理念上，他们都能在吸收中国优秀因子的同时，而别有发挥，别有创造。特别是李齐贤，他的词处处体现了中国优秀传统和韩国本土因素以及李齐贤自身才气个性的结合。李齐贤的很多研究者只看到了中国对李齐贤的影响，而没有看到韩国文化传统对李齐贤的熏陶，这是一个明显的失误。

和中国的词相比，高丽词无论在主体选择上还是艺术形式上、总体风格上都有明显的不同，造成这种不同的原因很多，但不同的文化传统和民族心理肯定是其中非常重要的一个方面。语言差异也不可忽略。这种不同不能以优劣高下论，不能用一种标准来衡量，应该从不同的视角，作客观地分析。出发点不同，得出的结论也就不一样。

高丽词文学的输入和创作晚于日本和越南，但却要比日本和越南同时期的创作成就高很多。和越南不用说，高丽朝词的创作数量已经大致相当越南900年间所有词作数量的总和。而日本词据神田喜一郎的考察，在嵯峨天皇、智子亲王、滋野贞主、兼明亲王之后，几百年间，再无创作。而这几个人留下的词作不过十几首。此后一直到17世纪中后期，才有词人出现，那么与高丽朝同时期的创作数量和质量也是不可比的。

但高丽朝词的创作与同时期的诗歌散文相比，还是大有不如，如果同中国同时期的词创作相比，差距就更大了。但这种差距主要是由于客观因素造成的。这种客观因素主要有两个方面，一是文化土壤的差异，一是文学功用的替代。这是社会历史的大趋势使然，是个人力量所无法逆转的。

参 考 文 献

中文资料

一、图书类

1．曹辛华著：《20世纪中国古代文学研究史》（词学卷），东方出版中心2006年1月版。

2．陶然著：《金元词通论》，上海古籍出版社2001年7月版。

3．胡云翼著：《胡云翼说词》，华东师范大学出版社，2004年9月版。

4．张仲谋著：《明词史》，人民文学出版社2002年2月版。

5．沈松勤著：《唐宋词社会文化学研究》，浙江大学出版社2000年1月版。

6．朱崇才著：《词话史》，中华书局2006年3月版。

7．陆侃如、冯沅君著：《中国诗史》，山东大学出版社2000年8月版。

8．叶嘉莹著：《清词论丛》，河北教育出版社1998年6月版。

9．叶嘉莹著：《唐宋词名家论稿》，河北教育出版社1998年6月版。

10．叶嘉莹著：《古典诗词演讲集》，河北教育出版社1998年6月版。

11．叶嘉莹著：《我的诗词道路》，河北教育出版社1998年6月版。

12．叶嘉莹著：《嘉陵论词丛稿》，上海古籍出版社1980年11月版。

13．吴熊和著：《唐宋词通论》，浙江古籍出版社1989年3月版。

14．俞平伯著：《读词偶得》，人民文学出版社2000年12月版。

15．俞平伯著：《清真词释》，人民文学出版社2000年12月版。

16．杨柏岭著：《晚清民初词学思想建构》，安徽大学出版社 2006 年 1 月版。

17．张宏生著：《清代词学的建构》，江苏古籍出版社 1998 年 7 月版。

18．邓乔彬著：《唐宋词美学》，齐鲁书社 2006 年 3 月版。

19．杨海明著：《唐宋词与人生》，河北人民出版社 2002 年 5 月版。

20．陈匪石著：《宋词举》，江苏古籍出版社 2002 年 4 月版。

21．王兆鹏著：《唐宋词史论》，人民文学出版社 2000 年 1 月版。

22．缪钺、叶嘉莹著：《灵溪词说》，上海古籍出版社 1987 年 11 月版。

23．严迪昌著：《清词史》，江苏古籍出版社 1999 年 8 月版。

24．杨海明著：《唐宋词史》，天津古籍出版社 1998 年 12 月版。

25．陈廷焯撰：《白雨斋词话》，人民文学出版社 1959 年 10 月版。

26．况周颐著：《蕙风词话》，人民文学出版社 1982 年 11 月版。

27．刘永济著：《词论》，上海古籍出版社 1981 年 3 月版。

28．夏承焘著：《月轮山词论集》，中华书局 1979 年 9 月版。

29．夏承焘著：《唐宋词人年谱》，上海古籍出版社 1979 年 5 月版。

30．苗菁著：《唐宋词体通论》，中州古籍出版社 1998 年 3 月版。

31．薛砺若著：《宋词通论》，上海书店 1985 年 6 月版。

32．王力著：《诗词格律概要》，北京出版社 1983 年 1 月版。

33．王力著：《诗词格律》，中华书局 1982 年 6 月版。

34．龙榆生著：《唐宋词格律》，上海古籍出版社 1978 年 10 月版。

35．龙榆生著：《词学十讲》，北京出版社 2005 年 10 月版。

36．罗忼烈著：《诗词曲论文集》，广东人民出版社 1982 年 6 月版。

37．孙克强著：《词学论考》，延边大学出版社 2001 年 9 月版。

38．石麟著：《稼稗兼收——中国古代诗词戏曲小说论集》，延边大学出版社 2001 年 9 月版。

39．李旭著：《唐宋词研究》，延边大学出版社 2001 年 9 月版。

40．姚柯夫编：《人间词话及评论汇编》，书目文献出版社 1983 年 12 月版。

41．周密辑，查为仁、厉鹗笺：《绝妙好词笺》，上海古籍出版社 1984 年 1 月版。

42．柳永著、薛瑞生校注：《乐章集校注》，中华书局 1994 年 1 月版。

43．唐圭璋笺注：《宋词三百首笺注》，上海古籍出版社 1979 年 9 月版。

44．俞平伯撰：《唐宋词选释》，人民文学出版社 1979 年 10 月版。

45．刘永济选释：《唐五代两宋词简析》，上海古籍出版社 1981 年 2 月版。

46．龙榆生编选：《唐宋名家词选》，上海古籍出版社 1984 年 8 月版。

47．沈祖棻著：《宋词赏析》，上海古籍出版社 1981 年 10 月版。

48．夏承焘、盛弢青著：《唐宋词选》，中国青年出版社 1982 年 9 月版。

49．胡云翼选注：《宋词选》，上海古籍出版社 1978 年 3 月版。

50．夏承焘著：《唐宋词欣赏》，百花文艺出版社 1980 年 7 月版。

51．夏承焘选校，张珍怀、胡树淼注释：《域外词选》，书目文献出版社 1983 年 10 月版。

52．王水照选注：《苏轼选集》，上海古籍出版社 1984 年 2 月版。

53．王奕清等撰：《钦定词谱》，中国书店 1983 年 3 月版。

54．朱彝尊、汪森辑：《词综》，中华书局 1981 年 5 月版。

55．万树撰：《词律》，中华书局 1958 年 2 月版。

56．曾昭岷等编著：《全唐五代词》，中华书局 2001 年 1 月版。

57．唐圭璋编撰：《全宋词》，中华书局 1999 年 1 月版。

58．唐圭璋编撰：《全金元词》，中华书局 1979 年 10 月版。

59．林语堂著：《苏东坡传》，上海书店 1992 年 3 月版。

60．孔凡礼撰：《苏轼年谱》，中华书局 2005 年 5 月版。

61．李泽厚著：《中国古代思想史论》，人民出版社 1986 年 11 月版。

62．许树安等著：《中国文化知识》，北京语言学院出版社 1987 年 11 月版。

63．唐作藩著：《音韵学教程》，北京大学出版社 1988 年 5 月版。

64．唐圭璋撰：《词话丛编》，中华书局 1986 年 1 月版。

65．刘熙载著：《艺概》，上海古籍出版社 1978 年 9 月版。

66．韦旭升著：《韦旭升文集》，中央编译出版社 2000 年 9 月版。

67．李岩著：《中韩文学关系史论》，社会科学文献出版社 2003 年 7 月版。

68．金炳珉主编：《韩国——朝鲜文化的历史与传统》，黑龙江韩国民族出版社 2005 年 5 月版。

69．彭林著：《中国礼学在古代朝鲜的传播》，北京大学出版社 2005 年 5 月版。

70．李梅花著：《10—13 世纪宋丽日文化交流研究》，华龄出版社 2005 年 12 月版。

71．朴文一等主编：《中国古代文化对韩国和日本的影响》，黑龙江韩国民主出版社 2000 年 4 月版。

72．王晓平著：《亚洲汉文学》，天津人民出版社 2001 年 8 月版。

73．孟昭毅著：《东方文学交流史》，天津人民出版社 2001 年 8 月版。

74．陈尚胜著：《中韩交流三千年》，中华书局 1997 年 12 月版。

75．朱红星等编著：《韩国哲学思想史》，延边人民出版社 1989 年 8 月版。

76．蒋非非等著：《中韩关系史》，社会科学文献出版社 1998 年 7 月版。

77．郑判龙主编：《韩国诗话研究》，延边大学出版社 1997 年 5 月版。

78．杨昭全著：《中国——朝鲜韩国文化交流史》，昆仑出版社 2004 年 1 月版。

79．杨昭全、何彤梅著：《中国——朝鲜韩国关系史》，天津人民出版社 2001 年 8 月版。

80．朝鲜民主主义人民共和国科学院历史研究所编：《朝鲜通史》，吉林人民出版社 1975 年 10 月版。

81．(韩)金得榥著：《韩国宗教史》，柳雪峰译，社会科学文献出版社 1992 年 5 月版。

82．王忠和著：《韩国王廷史》，团结出版社 2006 年 9 月版。

83．刘顺利著：《半岛唐风——朝韩作家与中国文化》，宁夏人民出版社 2004 月版。

84．杨乃乔主编：《比较文学概论》，北京大学出版社 2005 年 9 月版。

85．袁行霈主编：《中国文学史》，高等教育出版社 2002 年 2 月版。

86．李炳海等主编：《中国文学史》，吉林人民出版社 2004 年 1 月版。

87．游国恩等编著：《中国文学史》，人民文学出版社 2005 年 9 月版。

88．刘大杰著：《中国文学发展史》，上海古籍出版社 1984 年 2 月版。

89．郑振铎著：《插图本中国文学史》，北京出版社 2001 年 1 月版。

90．龙榆生著：《中国韵文史》，上海古籍出版社 2002 年 3 月版。

91．崔根德著：《韩国儒学思想研究》，学苑出版社 1998 年 1 月版。

92．金程宇著：《域外汉籍丛考》，中华书局 2007 年 7 月版。

93．华钟彦撰：《花间集注》，中州书画社 1983 年 3 月版。

94．无名氏撰：《尊前集》，华夏出版社 1998 年 1 月版。

95．林延清、李梦芝等著：《五千年中外文化交流史》，世界知识出版社 2002 年 1 月版。

96．曾枣庄、舒大刚主编：《三苏全书》，语文出版社 2001 年 11 月版。

97．范之麟主编：《全宋词典故辞典》，湖北辞书出版社 2001 年 5 月版。

98．苏轼著：《苏东坡全集》，珠海出版社 1996 年 11 月版。

99．张惠言撰：《词选》，中华书局 1958 年 2 月版。

100．陶尔夫、诸葛忆兵著：《北宋词史》，黑龙江人民出版社 2005 年 1 月版。

101．陶尔夫、刘敬圻著：《南宋词史》，黑龙江人民出版社 2005 年 1 月版。

102．方智范等著：《中国古典词学理论史》，华东师范大学出版社 2005 年 12 月版。

103．王兆鹏著：《宋南渡词人群体研究》，文津出版社 1992 年 3 月版。

104．沈家庄著：《宋词的文化定位》，湖南人民出版社 2005 年 1 月版。

105．丁放著：《金元词学研究》，中国社会科学出版社 2002 年 5 月版。

106．王强著：《唐宋词讲录》，昆仑出版社 2003 年 3 月版。

107．（美）孙康宜著：《词与文类研究》，李奭学译，北京大学出版社 2004 年 9 月版。

108．余传鹏著：《唐宋词流派研究》，武汉大学出版社 2004 年 6 月版。

109．刘尊明著：《唐宋词综论》，中国社会科学出版社 2004 年 12 月版。

110．刘尊明著：《唐五代词的文化观照》，文津出版社 1994 年 12 月版。

111．张再林著：《唐宋士风与词风研究——以白居易、苏轼为中心》，人民文学出版社 2005 年 6 月版。

112．孙立著：《词的审美特性》，文津出版社 1995 年 2 月版。

113．刘石著：《苏轼词研究》，文津出版社 1992 年 7 月版。

114.（日）神田喜一郎著：《日本填词史话》，程郁缀、高野雪译，北京大学出版社 2000 年 10 月版。

115.（韩）赵东一著：《韩国文学论纲》，周彪、刘钻扩译，北京大学出版社 2003 年 10 月版。

116.（韩）赵润济著：《韩国文学史》，张琏瑰译，社会科学文献出版社 1998 年版。

117. 吴梅著：《词学通论》，华东师范大学出版社 1996 年 11 月版。

118.（韩）金台俊著：《朝鲜汉文学史》，张琏瑰译，社会科学出版社 1996 年 8 月版。

119. 金炳珉、金宽雄著：《朝鲜文学的发展与中国文学》，延边大学出版社 1994 年 10 月版。

120. 宛敏灏著：《词学概论》，上海古籍出版社 1987 年 7 月版。

121. 刘毓盘著：《词史》，上海三联书店 1985 年 5 月版。

122. 朴忠禄著：《朝鲜文学论稿》，北京大学出版社 1994 年 11 月版。

二、杂志类

1. 黄拔荆：《试论豪放派词风对朝鲜词人李齐贤的影响》，《国外文学》，1990 年第 2 期。

2. 周延良：《金代词史格位的文化机缘》，《中央民族大学学报》，1998 年第 5 期。

3.（日）内藤虎次郎：《宋乐与朝鲜乐之关系》，《小说月报》，第 22 卷 9 号，1931 年。

4. 谢桃坊，《高丽史乐志》所存宋词考辨》，《文学遗产》，1993 年第 2 期。

5. 张维民：《论萨都拉词》，《中央民族大学学报》，2000 年第 4 期。

6. 刘泽宇：《元高丽词人李齐贤的两首华山词》，《渭南师范学院学报》，2003 年第 2 期。

7.（韩）池荣在：《益斋李齐贤其人其词》，《词学》，第 9 辑。

8. 王彩云：《中国古籍在韩国》，《古籍整理研究学刊》，1996 年第 4 期。

9.（韩）车柱环：《高丽与中国词学的比较研究》，《词学》，第 9 辑。

10．(韩)池浚模：《高丽汉文学史》(下)，《语文学》，第39辑。

11．唐圭璋、金启华：《历代词学研究述略》，《词学》，第1辑。

12．周笃文：《金元明清词选序》，《词学》，第1辑。

13．赵维江：《论金元词的北宗风范》，《文学遗产》，2000年第4期。

14．岳珍：《关于"词起源于隋唐燕乐"的再思考——与李昌集先生商榷》，《文学遗产》，2004年第5期。

15．陶然：《论元词衰落的音乐背景》，《文学遗产》，2001年第1期。

16．罗忼烈：《高丽朝鲜词说略》，《文学评论》，1991年第3期。

17．(韩)柳基荣：《苏轼与韩国词学的关系》，《复旦学报》，1997年第6期。

18．李海山：《试论李齐贤诗歌的思想倾向性》，《延边大学学报》，1986年第1期。

19．吴熊和：《高丽史乐志所载北宋词曲》，《吴熊和词学论集》，浙江大学出版社。

20．(台湾)衣若芬：《李齐贤八景诗词与韩国地方八景之开创》，《中国诗学》，第9辑。

21．李凤能：《李益斋和他的旅蜀词》，《文史杂志》，2000年第1期。

22．柳己洙：《高丽、朝鲜词三题》，《中韩文化比较》，第1辑，南京大学，中国文化研究中心1997年。

23．(韩)李元淳：《朝中图书交流瞥见》，《韩国学研究论丛》，第3辑，复旦大学韩国研究中心编，上海人民出版社1997年11月版。

24．王颋：《高丽忠宣王西谪事件考析》，《韩国研究论丛》，第3辑，复旦大学韩国研究中心编，上海人民出版社1997年11月版。

25．崔凤春：《高丽国义天法师入宋拜访诸名僧》，《韩国研究论丛》，第8辑，复旦大学韩国研究中心编，中国社会科学出版社2001年9月版。

26．徐连达：《10世纪中叶到11世纪初北宋与高丽王朝的友好关系》，《韩国研究论丛》，第1辑，复旦大学韩国研究中心编，上海人民出版社1995年3月版。

27．郑成宏：《中韩儒学典籍的相互流通》，《韩国研究论丛》，第11辑，复旦大学韩国研究中心编，中国社会科学出版社2004年12月版。

28．鲍志成：《杭州高丽寺遗址出土苏东坡护法像考释》，《韩国学论文集》，北京大学韩国学研究中心编，社会科学文献出版社 1996 年 10 月版。

29．宋晓念：《高宗朝丽蒙关系考述》，《韩国研究论丛》，复旦大学韩国研究中心，中国社会科学出版社 1998 年 12 月版。

30．鲍志成：《高丽寺寺址和沿革考述》，《韩国研究》（沈善洪主编），杭州大学出版社 1994 年 4 月版。

31．吴熊和：《〈高丽史乐志〉中宋人词曲的传入时间与两国的文化交流》，《韩国研究》（沈善洪主编），杭州大学出版社 1994 年 4 月版。

32．何忠礼：《高丽朝科举制度要录》，《韩国研究》，第 3 辑，杭州出版社 1996 年 12 月版。

33．黄建国：《古代中韩典籍交流概说》，《韩国研究》，第 3 辑，杭州出版社 1996 年 12 月版。

34．（韩）柳种睦：《韩国的词和词学》，《词学》，第 18 辑，华东师范大学出版社 2007 年 12 月版。

35．苗威：《高丽忠宣王与中国》，《东疆学刊》，2000 年第 3 期。

36．胡树淼：《朝鲜李齐贤和他的诗》，《河北大学学报》，1985 年第 2 期。

37．温兆海：《李齐贤诗美理论探微》，《延边大学学报》，2000 年第 4 期。

38．朴忠禄、紫荆：《李白对朝鲜古典诗歌的影响》，《延边大学学报》，1983 年第 2 期。

39．吴绍釚、宁海：《李白对高丽时期汉诗发展的影响》，《延边大学学报》，1994 年第 2 期。

40．徐健顺：《李齐贤在中国行迹考》，《延边大学学报》，2005 年第 4 期。

41．王汝良：《李齐贤笔下的中国形象》，《延边大学学报》，2007 年第 1 期。

42．赵维江：《类诗与类曲——论词体特征在金元时期的嬗变》，《阴山学刊》，2001 年第 2 期。

43．胡元翎：《对"曲化"与"明词衰弊"因果链的重新思考》，《中国韵文学刊》，2007 年第 1 期。

44．陶然：《论元代之词曲互动》，《浙江社会科学》，2003 年第 5 期。

45．吴熊和：《苏轼奉使高丽一事考略》，《杭州大学学报》，1995 年第 1 期。

46.（韩）林贞玉：《李奎报之文学与宗教》,《泰安教育学院学报岱宗学刊》,1997 年第 1 期。

47.（韩）林贞玉：《李白诗与李奎报诗审美意识之比较》,《延边大学学报》,1998 年第 4 期。

48.杨佐义：《苏轼词学思想研究》,《东北师范大学学报》,1991 年第 2 期。

49.孙虹：《苏轼词的诗化对词统的颠覆与重构》,《中国韵文学刊》,2005 年第 1 期。

50.吴帆：《论苏轼词的审美个性》,《锦州师范学院学报》,1996 年第 2 期。

51.尹禧：《宋词在韩国的传播与接受》,《北京师范大学硕士学位论文》,2006 年第 5 期。

52.李琴声：《李齐贤词与中国词文学》,《延边大学硕士学位论文》,2002 年第 5 期。

53.何永波：《李齐贤汉诗研究》,《中央民族大学博士学位论文》,2006 年第 3 期。

54.徐建顺：《论李齐贤词作的成因和意义》,《文学前沿》,2002 年第 5 期。

55.孙艳杰：《李齐贤的词文学研究——以思想内容为中心》,《北京大学硕士学位论文》,2003 年第 5 期。

56.柳己洙：《李益斋及其词之研究》,《香港大学博士学位论文》,1991 年。

韩文资料

一、图书类

1.金起东,国文学概论,太学社

2.李丙畴,한국의 汉文学,民育社,1991,4

3.李丙畴等,汉文学史,世文社,2004,8

4.韩国文献研究所编,《高丽史》,서울 亚细亚文化社

5.车柱环,中国词文学论考,서울 大学校出版部

6.李家源,李家源全集(6),正音社,서울,1986,9

7.崔英成,韩国儒学思想史(古代、高丽篇),亚细亚文化社,서울,

1994, 10

8. 李家源, 朝鲜文学史, 太学社, 서울, 1995, 2

9. 秦东赫, 古时调文学论, 萤雪出版社, 서울, 1982, 2

10. 金起东、李家源等, 原译乡歌丽谣(国语国文学丛书3), 瑞音出版社, 서울 1983, 2

11. 李承梅, 韩国词文学通论, 성균관대학교 출판부, 서울, 2006, 7

12. 金起东、李家源等, 完解时调文学(国语国文学丛书2), 瑞音出版社, 서울, 1983, 2

13. 时调의 史的研究, 二友出版社, 서울, 1981, 7

14. 郑琦镐, 高丽时代诗歌의研究, 仁荷大学校出版部, 仁川, 1986, 11

15. 张师勋, 时调音乐论, 서울 大学校出版部, 서울, 1986, 12

16. 李基白、闵贤九, 史料로 본 韩国文化史, 一志社, 서울, 1986, 10

17. 金镇英, 李奎报文学研究, 集文堂, 서울, 1984, 2

18. 朴乙洙, 韩国时调文学全史, 成文阁, 서울, 1984, 3

19. 柳己洙,《历代韩国词总集》, 한신대학교 출판부, 오산, 2006, 10

20. 许辉勋、蔡美花, 朝鲜文学史, 延边大学出版社, 延吉, 2003

21. 闵丙秀, 韩国汉诗史, 太学设, 서울, 1996, 11

22. 조선문학사, 김일성종합대학출판사, 조선문학강좌, 평양, 2006, 9

23. 조선고전문학연구(1), 문학예술종합출판사, 평양, 1993, 5

24. 기행시집, 윤용태, 문학예술출판사, 평양, 1994, 7

25. 조선전사(년표 1), 과학백과사전출판사, 평양, 2004, 11

二、杂志类

1. 裴仁秀, 李奎报의诗文学考——特히苏轼의영향을中心으로, 东岳汉文学论集, 第3辑, 1987, 11

2. 韩国诗人의中国诗受容样相, 比较文学의 研究

3. 崔利子, 金克己诗、词의形式研究, 石轩丁奎福博士还历纪念论丛, 1987

4. 崔利子, 金克己研究——生涯와时代的状况을 중심으로, 韩国言语

文学，第 23 辑，1994，3

5．심경호，"诗"장르의 역사적 변화와 "词"——益斋李齐贤과茶山丁若鏞의 경우를 중심으로，白影郑炳昱先生还甲纪念论丛(3)，新丘文化社

6．李廷卓，时调의发生과名称考，柿园金起东博士回甲纪念论文集，教学社，서울，1986，11

7．金圣基，李齐贤의文学에나타난 儒、佛思想，开新语文研究，第 7 辑，1990，5

8．李庆馥，高丽时代妓女文学研究，月山任东权博士颂寿纪念论文集(国语国文学篇)，集文堂，1986，4

9．朴文烈，高丽时代의书籍输入에관한 研究，人文科学论集，第 11 辑，1992

10．이환용，高丽俗歌의 形态研究，韩国言语文学，第 12 辑，1974，12

11．金俊荣，景几体歌와 俗歌의 性格과系统에관한考察，韩国言语文学，第 13 辑，1975，12

12．车柱环，韩国词文学研究——资料整理를中心으로，亚细亚研究 7 卷 3 号，1964，9

13．李明九，高丽史乐志所载宋词考，成大论文集，第 10 期，1965

14．车柱环，韩中词学之比较，韩国研究，第 3 期，1981，3

15．池荣在，益斋长短句의 研究，成均馆大，硕士学位论文，1977

16．池荣在，益斋词의 风格에관한 研究，中国语文学，2 집，1981

17．池荣在，益斋长短句의 成立，中国文学报 4 호，1980

18．池荣在，益斋长短句의 境界，东洋学丛书，11 집，1981

19．李明九，高丽史乐志唐乐条所载宋词의관한考察国际文化，第 3 辑，1965，6

20．尹贵燮，高丽俗谣와 宋词와의 比较试论，成大文学，第 11 辑，1965

21．白祯喜，韩中词의 比较研究，中国学论丛，第 9 辑，1993

22．车柱环，唐乐研究，泛学，1979，9

23．白祯喜，韩国词文学小考——高丽의 词(1)，中国学论丛，第 10 辑，

1994，9

24．白祯喜，韩国词文学小考——高丽의 词(2)，中国学论丛，第 11 辑，1995

25．姜铨燮，板本《乐章歌词》에 对한 管见，韩国言语文学，第 14 辑，1976，12

26．车柱环，高丽史乐志唐乐考，震檀学报，第 23 辑，1962

27．洪瑀钦，益斋词의 风格에 관한 研究，中国语文学，第 2 辑，1981

28．金时晃，益斋研究，中文出版社，1988

29．赵汉秋，传入韩国宋词乐——步虚子与洛阳春研究，文化大学艺术研究所硕士论文，1979 年

30．白祯喜，李奎报词研究——韩、中词比较研究의 方法으로，诚信女子大学校，汉文学科博士论文，1996

31．柳种睦，高丽 및 朝鲜 문단에 있어서의 中国 词文学의 수용과 전개，中国学报，韩国中国文学会，1999

32．徐镜普，益斋词小考，论文集，제 3 집，青丘大，1960

33．徐镜普，益斋词小考，汉文学研究，국어국문학희 편 국문학연구총서 7，正音社，1981

34．萧继宗，李益斋와 그의词韩国文学에 끼친 贡献을 论함，东洋学，제 2 집，檀国大，东洋学研究所，1972

35．李炳日，益斋词研究，公州师大教育大学院，硕士学位论文，1986

36．朴仁和，益斋词에관한 연구，汉文学论考，제 2 집，公州大汉文学会，1986

37．赵承观，韩国文学上의 苏东坡，국어국문학노문집，제 4/5 집，동국대，1964

38．柳己洙，中国과韩国의巫山一段云词비교，中国学研究，제 8 집，1993

39．李承梅，韩国词文学小考——한국사창작 부진의 원인 규명을 중심오로，열상고전연구，제 20 집，2004

40．李承梅，韩国词文学研究，成均馆大学校大学院国语国文学科，博

士论文，2005，10

41．金泰旭，高丽武人政权时期《东国李相国集》의 편찬과 간행，아시아문화，제12호，翰林大学校아시아文化研究所编，翰林大学校出版，1996，9

42．许辉勋，李齐贤在中国的活动与创作，洌上古典研究

43．申用浩，益斋의 文学观——栎翁稗说을 中心으로，韩国汉文学研究，第7辑

44．崔云植，李奎报의 诗论——白云小说을 中心으로，韩国汉文学研究，第2辑

45．李钟振，李奎报试论，中国语文学志

46．박현규，고려말 性理学과 李齐贤의 수용 과정，汉文学报，第13辑，2005，12

本书作者攻读学位期间发表的论文

1.《朝鲜词文学发展论略》,《东疆学刊》2009 年 02 期，独立完成

2.《略论李齐贤在朝鲜词史上的地位和影响》,《辽东学院学报》2009 年 04 期，独立完成

3.《〈西游记〉中的生命观》,《辽宁大学学报》2009 年 04 期，独立完成

4.《论古代中韩〈诗经〉研究比较的可行性》,《长春大学学报》2005 年 05 期，独立完成

5.《从神怪情节看韩国古代小说中的中国因素》,《延边大学学报》2005 年 03 期，独立完成

6.《崔曙海与鲁迅小说比较论略》,《延边教育学院学报》2006 年 06 期，独立完成

后　记

这本书从最初酝酿到今时出版，已经过去了八个年头。

几年来的光景，如今回想，历历在目；而个中甘苦，如鱼在水，冷暖自知。关于这本书的最初想法，尚在考博之前。然未及着手而女儿降生，刚欲着手而父亲去世。后又奔赴朝鲜，今又身在韩国。书之问世，实是承载了诸多的生命感受和生活感想。奔波劳碌之中，全仗家人支持和师友关爱，付梓之际，满怀谢忱。

首先要感谢的是我的授业恩师许辉勋先生。先生治学，专精博采；先生为人，云淡风轻；先生授业，遗貌传神。追随先生之际，课上课下，获益良多。无先生的教导和点拨，亦无此书。

还要感谢蔡美花先生，得遇先生，实亦宝龙之幸。

还要感谢南开大学赵季先生，人民文学出版社周绚隆先生，人民出版社侯俊智先生。此书得以问世，仰仗三位先生甚多。人民出版社的编辑人员付出诸多辛苦，在此一并致谢。

限于学识水平，书中疏漏错误之处在所难免，敬请同仁指正。

李宝龙　于韩国奎章阁

2011 年 11 月 9 日

责任编辑:侯俊智
装帧设计:肖　辉

图书在版编目(CIP)数据

韩国高丽词文学研究/李宝龙 著. -北京:人民出版社,2011.12
(青年学术丛书)
ISBN 978-7-01-010382-2

Ⅰ.①韩…　Ⅱ.①李…　Ⅲ.①词(文学)-诗词研究-朝鲜-高丽
(918~1392)　Ⅳ.①I312.072

中国版本图书馆 CIP 数据核字(2011)第 224649 号

韩国高丽词文学研究
HANGUO GAOLI CI WENXUE YANJIU

李宝龙　著

人 民 出 版 社 出版发行
(100706　北京朝阳门内大街 166 号)

北京龙之冉印务有限公司印刷　新华书店经销

2011 年 12 月第 1 版　2011 年 12 月北京第 1 次印刷
开本:710 毫米×1000 毫米 1/16　印张:21.25
字数:310 千字

ISBN 978-7-01-010382-2　定价:45.00 元

邮购地址 100706　北京朝阳门内大街 166 号
人民东方图书销售中心　电话 (010)65250042　65289539